# Iven Kruse

## Schwarzbrotesser

### Erzählungen · Betrachtungen · Gedichte

——

Herausgegeben
von
Volker Griese

——

Die Deutsche Nationalbibliothek verzeichnet
diese Publikation in der Deutschen Nationalbibliografie;
detaillierte bibliografische Daten sind im Internet
über dnb.d-nb.de abrufbar.

Satz Volker Griese, Wankendorf.
Herstellung und Verlag: BoD-Books on Demand, Norderstedt
Alle Rechte, auch die der Einspeicherung und
Rückgewinnung in Datenverarbeitungsanlagen
aller Art sowie der Übersetzung und
photomechanischen Wiedergabe,
sind vorbehalten.
Printed in Germany.

ISBN 978-3-7386-0645-4

*Wirklichkeit, der rauhe Bauer,*
*Schuf dies Buch,*
*Durch den Heimatboden führend*
*Seinen Pflug;*
*Über ihm in Morgenwonne*
*– Tirili –*
*Eine Lerche steigt zur Sonne:*
*Phantasie.*

Iven Kruse

»Der Letzte der Alten Garde um Liliencron«

Hans Ehrke

# INHALT

# ERSTE SCHRITTE

# CHRISTUS.

Ich lieg' auf einer kleinen sandigen Anhöhe am Rande des Torfmoores, mitten in den zartrosig-bläulichen Blüten des Marienbettstroh's, das meinen Lagerplatz teppichgleich überzieht. Hier und da ist ein grüner Ginsterbusch achtlos und unordentlich auf diese herrliche Decke geworfen, mit prächtigen tiefgelben Blüten besetzt, welche flügelfaltenden Schmetterlingen gleichen. Das Junisonnenlicht um mich verklärt sich zu leuchtendem Golde. Träge lass ich meinen Blick über die Moorfläche schweifen. Das Moor bietet während der längsten Zeit des Jahres einen öden und traurigen Anblick: blänkernde, unbewegliche Wasserlachen, schwarze Torfhaufen, verlassene, graugrüne Wiesenflächen – sonst bemerkt das Auge nichts. Aber in der Jungsommerzeit ist es desto prächtiger und lebendiger; zumal nach einem erquickenden nächtlichen Regen ist nichts so farbenfroh, als das arme Moor: überall, wohin man sieht, überzieht den ebenen Plan ein leuchtendes samtartiges Grün, mit bunten Blumen und den wehenden weichen Flocken des Wollgrases, weiß wie Schnee, geschmückt: tausende von Schmetterlingen, mit blauen und purpurnen, weißen und orangegelben Fittigen, gaukeln darüber hin; allenthalben stehen an den wie geschmolzenes Silber blinkenden Kuhlen Erlen- und Weidenbäume, mit deren slatternden glänzendgrünen Blättern jener leichte warme blöde Wind spielt, wie er nur im Gefolge des jungen Sommers auf die nordische Erde kommt; hoch vom Himmel herab klingen die hellen Lieder der Lerchen, ganz erfüllt von der nervenstählenden Frische des Morgens; der Kiebitz schreit sein Ki-witt, Ki-witt, ohne indessen sichtbar zu werden; Fliegenschnäpper und schlanke Schwalben schießen unaufhörlich durch die Luft, den summenden Fliegen und Mücken nachstellend, und drüben über dem See blitzen die weißen Schwingen der Möwen leuchtend im Sonnenlicht. Alle Augenblicke kommt vom Dorfe her ein Storch geflogen, um die Kuhlen nach Fröschen zu durchsuchen, ernsthaft und gravitätisch, ohne sich von den Menschen stören zu lassen, welche nacktbeinig an den Rändern derselben stehen, ganz von dem schwarzen Schlamm beschmutzt, den sie aus der Tiefe holen und aus dem sie die viereckigen Torfsoden kunstgerecht zurechtformen.

Mein Blick folgt gedankenlos einem der voll steifer Grandezza nach dem Dorfe zurückfliegenden Störche und verliert sich dann in der Unergründlichkeit des blassblauen, keuschen, jedem Gebet offnen Himmels dieser Jahreszeit ... Große weiße flatternde Wolken, mit welchen die frohe lächelnde Sonne zu spielen scheint, ziehen langsam, wie furchtsame verirrte Engel, unter seiner Kuppel dahin ...

Mein Auge wandert mit ihnen ...

*

Plötzlich seh' ich diesen Himmel sich öffnen, und eine göttliche Gestalt steigt herab, in ein weißes schimmerndes Gewand gehüllt – mit schmalen Purpursäumen, von einem goldenen Gürtel gehalten, sonst ohne Schmuck – und wandelt mit unbeschuhten Füßen über das grüne Moor dahin, ein göttliches, gütiges Lächeln in dem seligen Antlitz, dessen dunkle Augen voll weicher, liebkosender Milde sind ...

Christus? ...

Das grüne hohe Schilf neigt sich säuselnd vor dem langsam Dahinschreitenden in der stillen Luft und die kleinen gedrungenen, ganz mit Torfschlamm bespritzten Gestalten der Heidebauern – schwarz wie Mohren – sehen auf und halten in ihrer Arbeit inne; er streckt die schönen Hände über sie aus und sie neigen sich unbeholfen, aber voll tiefer Ehrfurcht ... und starren ihm mit weitoffenen Mäulern nach ...

– – Ich seh' ihn nicht mehr.

*

Wie kommt es, dass ich einer solchen Erscheinung gewürdigt werde?

Denn ich ... Freilich es gab eine Zeit, da ich an diesen herrlichen Messias glaubte ... Damals war ich glücklich ... Aber dann wurden mir die Augen aufgetan und es kamen harte, schwere, finstere Tage ... Doch, ich hatte sie überwunden und ich war ruhig geworden – ruhig: freudlos und leidlos.

Ach – wie glücklich ist jener alte kümmerliche Tagelöhner dort im blauen Linnenkittel, der so mühsam, von Zeit zu Zeit schwer hustend, hinter seiner Schiebkarre einhergeht ... Ich beneide ihn, der sein ganzes Leben wie im Opiumrausch verbrachte und darüber sein elendes Lebenslos vergaß. Wollte er, mühselig und beladen, mürrisch werden, so brauchte er nur die dicke Bibel vom Simms über der Tür zu nehmen:

»Ich will Euch trösten, wie einen seine Mutter tröstet.«

»Kommet her zu mir Alle, die Ihr mühselig und beladen seid, ich will Euch erquicken.«

»Meine Last ist leicht und mein Joch ist sanft.«

»Ei, du frommer und getreuer Knecht, du bist über wenig getreu gewesen, ich will dich über viel setzen. Gehe ein zu deines Herrn Freude.«

Und so weiter. Die knorrigen Hände des Trostsuchenden falten sich, seine zersprungenen Lippen zittern, die Augen unter den grauen buschigen Brauen leuchten dann – – und er fühlt die Last nicht mehr ...

Frage ihn, wie er sich den Himmel träumt: ich werde in einem hohen hellen, glänzenden Saal auf einem weichen Pfühl sitzen, von Engeln mit weißen Flügeln umringt ... Frage ihn nur, so oder ähnlich wird er mit den gläubigsten Augen antworten. Und ebenso wird wahrscheinlich auch sein Junge antworten, der sich in der frischen Jungsommerpracht des Moors wälzt, währen seine Kühe ihre Schnauzen wollüstig in das junge Gras strecken und sich an dessen frischer Saftfülle nach der langen in dumpfer Stallluft verbrachten Winterszeit berauschen.

Aber wer soll darauf verfallen, ihnen eine so närrische Frage vorzulegen?

\*

Mich überkam plötzlich die Lust, dieser Narr zu sein. Ich will mich davon überzeugen – ich will zu ihm gehen – Hm, übrigens – ist es vielleicht nicht der Mühe wert! Obwohl – hm – warum nicht? Ich bin doch neugierig, ob ich mich geirrt habe; ich will zu ihm gehen.

Ich erhob mich. Mein Hirtenbube saß jetzt in halsbrecherischer Haltung auf einem wackeligen Hecktor zwischen grünen Erlenbüschen in einer Zaunlücke. Sorglos ließ er seine bis zum Knie entblößten, von der Sonne braunverbrannten Beine baumeln und seine weißen Zähne bissen lustig in einen dicken Brocken harten, wohlschmeckenden Schwarzbrots. Unbedenklich gab er sein gelbes Haar der Sonne preis und sie hatte es redlich verblichen; auf seinem lustigen sommersprossigen Gesicht lag der feine Staub des braunen Moorweges.

Seine Augen sahen so zufrieden, so lustig, so unbedenklich und unbedingt gläubig in die bescheidene holde Pracht, die sich ringsum entfaltet hatte – – und ich fragte ihn finster: »Du – gibt es einen Christus?«

Er starrte mich von seinem Sitz herab erstaunt an. Die Hand mit dem halbwegs zum begehrlichen Munde gehobenen letzten Bissen sank ihm in den Schoß ... Er schien grenzenlos verdutzt.

Ich schlug eine helle Lache auf und schritt den Moorweg weiter hinab.

Nach kurzer Weile sah ich mich um. Mein Simplicissimus saß noch da – wieder gemütlich kauend. Aber etwas wie ein unbestimmtes Gefühl der Scham musste ihn erfassen, als ich ihn so sah und kauernd purzelte er vom Heck und duckte sich hinter den Erlenbüschen nieder ...

\*

Ein altes Mütterchen kam mir entgegen. Es war die Brotfrau aus dem nahen Dorf. Sie ernährte sich durch das Auskrämern von Weißbrot und Semmeln an die Dörfler; zweimal in der Woche versah sie sich beim Bäcker im nächsten Kirchdorf mit dem nötigen Vorrat. Zum Tagewerken im Dienste der Bauern war sie seit langem nicht mehr geschickt; früher zwar war sie ein »Rasmus«, eine Arbeitsheldin gewesen; aber ein halbhundertjähriges Arbeiten, Tag für Tag unausgesetzt, sollte auch ihre Knochen wohl mürbe machen. ... Jetzt wurde ihr das Schleppen der Brotvorratskörbe, die von einer über die Schulter gelegten Tracht ihr zu beiden Seiten herabbaumelten, in der prallen Hitze schon schwer genug. Über ihr braunes verrunzeltes Gesicht mit den kleinen grauen dummen gutmütigen Kneifaugen perlte heller Schweiß herab; sie atmete geräuschvoll und ihre kümmerliche welke Brust ging unter dem weißschmutzigen, kreuzweis verschlungenen Miedertuch mühsam auf und nieder.

»Glauben Sie an Christus? ... Wie sieht er aus?« fragte ich sie brüsk.

Sie steht keuchend still und schaut mich blinzelnd von unten bis oben an – ganz so ungewiss und verdutzt wie der Hirtenjunge. Aber plötzlich – ihre Lippen zucken, tiefernst wird ihr Gesicht. Ich werde rot unter ihrem tiefernsten Blick, ich fühle es – und habe doch nicht aus Spaß gefragt. Sie freilich mag das fürchten ...

Dann, zu Atem gekommen, sagt sie leise:

»Uns' Herr Christus? O, dat is'n schönen, fründlichen Herrn ... De ward mi segg'n wenn ik den mal van disse Eerd afropen ward: ›Na, nu komm man her, min Deern, to mi – Du hest Di lang 'nog plagt un afmarachelt up de ole Eerd'. Nu schast Du dat darför awerst ok god hebben, segg ik Di!‹ ... Un denn gifft he mi fründlich sin weeke Hand ...«

Ich starrte der Alten, die, von der Zuverlässigkeit ihres Glaubens felsenfest überzeugt, kopfnickend, hechelnd ihre Last weiterschleppte, mit einem Gefühl der Bestürzung, wie betäubt nach ...

»God hebben«: In einem schönen Saal auf weichem Pfühl sitzen, nie mehr arbeiten müssen, keine Sorgen haben, vielmehr von Engeln sich pflegen und bedienen lassen und eine weiche warme Segenshand auf der Stirne fühlen, über welche nie mehr ekler Schweiß herabrinnen wird ...

# DIE VIOLETTEN HANDSCHUHE.

Ich war in ein Café eingetreten, das in der Nähe des Hafens und des Bahnhofs lag. Bequem zurückgelehnt in einem Plüschdivan, starrte ich gelangweilt in einen großen vortrefflichen Spiegel, der Alles wiedergab, was sich auf der Straße ereignete, und außerdem noch den Bahnhof und ein kleines Stück Hafen sehen ließ. Vom Vormittag bis ganz vor Kurzem hatt' es geregnet – es hatte gleichsam Schnee geregnet; längliche, grauweiße, schon halbaufgelöste Flocken sanken schwer aus den Wolken und zerschmolzen, bevor sie noch auf die Straße kamen – die Fahrdammsteine und die gelben Trottoirplatten waren ganz wasserblank. Eine schmutzige Weichheit lag über den Häusern, dem Hafen, überall, bis ganz zu den Wolken empor; jene kalte Feuchtigkeit, die durch die dicksten Wände kriechen kann und bis in die Seele dringt, durchschwamm die Luft; sie hatte auch die dunklen Schmutzadern in den hellgrauen Mörtelüberzug des großen Eckhauses gegenüber gezeichnet und die große Messingstange vor den hohen Ladenfenstern ganz blind gemacht ... Mit großen Lettern – im Spiegel konnt' ich's deutlich lesen – stand zu beiden Seiten des Fensters an der Wand: »Handlung von Schiffs-Ausrüstungsgegenständen - G. C. Repennig & J. V. Thormälen – Udsalg af Skibsudrustningsgjenstande«. Mir zum Tort hatte das Schlackerwetter nun aufgehört, da ich im Trockenen saß, ein Schälchen heißen schwarzen Kaffees neben mir ...

Trotzdem blieb ich abgespannt, müde, verbittert sitzen und sah gleichgiltig die von dem unerbittlichen Spiegelglas aufgefangenen Schemen vorüberhasten, die plötzlich aus dem faltigen mattgelben Jutevorhang, der an dem Spiegel niederhing, hervorquollen, über die Fläche des Glases eilten und an der andern Seite spurlos im Rahmen verschwanden – sah, als ob sie, langgezogen, darin plötzlich erstarrten. Vor mir diese Schemen, vorgebeugt, fröstelnd, die Hände in den Taschen, den triefenden Schirm unterm Arm, die Kopfbedeckung tief in der Stirn; hinter mir, deutlich durch das große bis an den Fußboden reichende Fenster schallend, die platschenden Tritte auf den glitschigen Trottoirfliesen, anschwellend, wieder verhallend ... Merkwürdig das – und eine seltsam geisterhafte unbehagliche Stimmung überkommt mich ... Da, jetzt kommt Jemand um die Ecke des Hauses gegenüber, aber nicht hastig, sondern mit langsam schiebenden Bewegungen, lauernd gemächlich ... deshalb fällt er mir auf ... eine breite Gestalt in abgetragener Arbeiterkleidung ... mit sandfarbener Kinnkrause im sandfarbenen Gesicht, in welchem nur die Nase lebhafter gefärbt ist ... Er steht still, er lehnt sich gemächlich gegen die gelbe

Messingstange vor dem Schaufenster, hinter dem dicke Schiffstaue, Haufen von Schiffszwieback, blanke Messingsachen, Ferngläser u.s.w. aufgestapelt sind ... Gleich mir betrachtet er sich das Treiben, mit unbeschreiblich gelangweiltem, müdem, höhnischem, geringschätzigem Gesichtsausdruck ... Was will er da? Ihn muss doch frieren ... Und übrigens: – was? Gleich mir? Gerade wie ich? ... Ich ärgere mich ... und wende meinen Blick von ihm ab. Es ist wahrscheinlich einer der Streikenden? Die Arbeiter der D**schen Werft haben ja vor einigen Tagen die Arbeit eingestellt ...

Angewidert glitt mein Auge von ihm in das Stück Himmel, das der Spiegel wiedergibt. Es ist graublau und gesprenkelt mitrahmgelben Punkten und Adern; die Wolkendecke scheint mir gegen vorhin mit einemmale viel höher geworden zu sein. Stellenweise kommt ein blassblaues, ungemein zartes Stücklein Himmel in eigelb umrandeten Wolkenöffnungen zum Vorschein ... Vom Hafen starren eine Unmenge von Schiffsmasten, reichbetakelt, aus weitbauchigen, schwarzen oder rotschwarzen oder gelbschwarzen Schiffsrümpfen zu diesem Himmel empor ... »Augusta«, »Hartwick« ... Aus den Bauchlöchern der »Augusta« kommen lange, gelbe Ballen hervor, scheinbar ohne Menschenhilfe – wie ein Bindfaden aus Gauklermund. Der »Hartwick« löscht Kohlen; auf den über hohe Blöcke gelegten Bohlen, die aus dem Schiffsrumpf kommen, laufen Arbeiter mit gefüllten Schiebkarren hin, die sie über den am Quai haltenden Eisenbahnwaggons durch einfaches Umkippen geräuschvoll entleeren. Ah, mir schwindelt fast ... Wie sicher sie auf dem schmalen Brett, hoch über dem Wasser, hin- und hergehen ... ich würde fallen ... Zwischen den Schiffsrümpfen hindurch erblick' ich auf der grauen Hafenfläche kleine, flink hin- und herschießende Fährdampfer, weiße kleine Rauchwölkchen sparsam aus ihren kleinen Schloten ruckweise in kurzen regelmäßigen Pause in die Luft stoßend. Hell schrillt ihr Pfeifen in das leere Café, in dem ich fast der einzige Gast bin ... Auf dem hochgelegenen Bahnhof verhaucht eine Lokomotive den letzten Qualm; es ist, als ob ihr ruhiger Rauchfang lauter kleine grauschwarze Flaumfedern in die Luft bliese ...

Aber wirklich! Friert ihn denn nicht? Noch immer steht der Arbeiter an jene Messingstange gelehnt. Noch immer wandert sein Blick gelangweilt hier und da mit einem Vorüberhastenden – dann wendet er das Gesicht ab und spuckt aus. Jetzt hat er die Hände aus den Taschen gezogen ... er hat was mit ihnen vor ... richtig, er zieht Handschuhe an, große wollene Fausthandschuhe – von lebhaftester, violetter Farbe ... Diese grellvioletten, giftigen Handschuhe stechen schreiend, gewalttätig ab von der sonstigen grauschmutzigen Kleidung der Gestalt; sie protestieren gleichsam gegen deren Farbenbescheidenheit ... Nun legt er die beiden violetten Hände, die Arme weit vom Körper abstreckend, um die Messingstange ...

... Ja, vielleicht ...? Ich kann mich nicht genau entsinnen ... ich meine gelesen zu haben irgendwo, das Violett sei die Kaiserfarbe – irgendwo, bei den alten Römern oder den Marokkanern oder den Chinesen ... oder so ... jedenfalls, gelesen hab' ich's ...

Und plötzlich musst' ich denken, und es schauderte mir – ich sah es: wie! Wenn ihm da draußen nun von den Händen her die violette Farbe über den ganzen Körper wüchse! Dann wird er Kaiser sein ... dann nehmt euch in Acht, die er jetzt mustert, teilnahmslos ergrimmt; dann wird er nicht mehr an der Ecke stehen und mit – trotz alles Grimmes – unbewusst flehend, neidischen Blicken um sich sehen – – dann: – aber jetzt sieht er ja mich an – wahrhaftig! – aus dem Spiegelglas, spöttisch drohend ... sich breitbeinig aufstellend ... den Mund verziehend, als ob er mich anspucken wolle ...

Und, so bequem ich auch saß: voll tiefen Unbehagens und Ekels erhob ich mich und ging in den Hintergrund des Zimmers ...

## Die Gekreuzigte.

Ich stand auf einem weiten, ungeheuren Blachfeld. – Die scharfe, weiße, glasklare und glaskalte Helle, die dem Sonnenaufgang vorausgeht, umgab mich; ein eisiger trockner Wind peitschte unablässig, höhnisch, ohne Erbarmen mein Gesicht. – Es war die Stunde der Hinrichtungen. – Vor mir lag eine große Stadt: Jerusalem. – Doch nein, nicht die Davidstadt ist es, ich bemerke hohe Kirchtürme, ich höre Wagengerassel, helles, ohrenbetäubendes Glockengeläute, das schmetternde Getöse der ihre Arbeit aufnehmenden Fabriken, das schneidende Pfeifen der Lokomotiven, das donnerähnliche Geräusch, mit dem die Züge in die Bahnhofshallen hineinkeuchen und dieselben nach kurzem Aufenthalt wieder verlassen, den weiten Gottesluftraum mit dem aus den Schloten quellenden missfarbigen, graugelblichen Dunst erfüllend.

Also: Berlin, Paris, London!

Wie herrschsüchtig, kalt verschlossen die Millionenstadt in dieser fahlen Morgenluft aussieht. Mir erbebt das Herz. ...

Und was ist das für ein Auflauf?

Immer dichter wird er, immer gedrängter. Fabrikarbeiter mit bleichen Gesichtern und wüsten, gleichgiltigen Augen; Männer und Weiber mit schlumpigen Kleidern; vornehme »feine« Damen und Herren in äußerst eleganter Kleidung – als hätte ein Sturmwind sie hier in tyrannischer Laune auf dem weiten Platz zusammengefegt.

Sie schauen sich nicht an; alle Augen sind voll beklommener Neugier auf einen wüsten Hügel gerichtet, den Flaschenscherben, Butterbrotpapier, faules Stroh, Lumpen und blassgelbliches, ungesundes Unkrautgewirr bedecken.

Ist es Golgatha?

»Wie schön ist es hier draußen!« sagt ein bleiches Mädchen mit rührend großen, wie verdursteten Augen zu ihrem Begleiter, ihrem Geliebten – bleich wie sie, mit zynischem Lächeln um die breiten Lippen.

Er antwortet nicht, nimmt die Kalkpfeife aus dem Munde und spuckt aus. ...

Jetzt reckt alles die Hälse. ... Einige Männer besteigen den Hügel – keine Henkersknechte im Blutmantel, keine römischen Kriegsknechte im blitzenden Kürass – moderne Herren im Frack, einer mit einem Pincenez auf der Nase.

Sie richten ein Kreuz auf, ein hohes schwarzes Kreuz. ...

Ein dumpfes Geschrei entringt sich der unzähligen Menschenmenge und zitternde Fäuste schwenken Hüte und Taschentücher; roh bestialisch klingt es: »Kreuzige, kreuzige!«

Und das schwarze Kreuz, sich scharf abzeichnend in der hellen Luft, scheint begierig seine noch leeren Arme nach einem Opfer auszustrekken. ... In schrecklicher Spannung starren die tausende von Augen zu ihm hinauf. ...

Irgendwoher, unendlich süß und leise, als ob die Lüfte es schluchzten, klangen die Worte mir in's Ohr. »Kein Herz, keine Liebe mehr auf weiter Welt! ...«

Auch ich sah tieferregt auf das Kreuz. Hastig und doch schwerfällig klopfte mir das Herz. ... Eine Minute lang schloss ich die Augen – mir war, als müsst' ich blind werden. Denn etwas Entsetzliches sah ich ...

Mit rauen Stricken, die sich tief in die zarte, weiße Haut einschnitten, ziehen schwarzbehandschuhte Hände die Göttin der Liebe an das Kreuz empor – die Glücks-, die Lebensspenderin: betörend, überwältigend schön. ...

Berauscht von der göttlichen Pracht, vergess ich einen Augenblick das Entsetzliche; meine Augen ruhen beseligt, wunschlos befriedigt auf dem Wunder des enthüllten Leibes der Reinen ... Das Gesicht, die Brust, die Arme, die zartweiße Haut, unter welcher das rote Lebensblut pulst, die kleinen Hände, die schön sind wie ein Traum, und die schlanken Füße ... aber o, o – und ich erwache aus meinem Entzükkungsrausch – sie bluten; bis zu den Knöcheln hinauf sind sie mit Wunden bedeckt, mit Wunden, die ihr die schnöden Flintsteine ritzten, als sie unbeschuht von ihren Peinigern durch das Blachfeld bis hierher geschleppt wurde, gefesselt von rauen, engen Schlingen! Schluchzen befällt mich.

Jetzt ist sie emporgezogen. Eine Leiter wird an das Kreuz gelegt. Die göttlichen Arme werden straff an den Querbalken entlang gezerrt, die kleinen Fäuste auseinander gepult und dann rostige Nägel in sie hineingeklopft. ... Widerlich kreischend gleitet der Hammer an dem Nagelkopf ab und trifft die arme zuckende Hand. ...

Nun ist es vollbracht. Rohe Hände reißen auch die letzten Schleier von der göttlichen Gestalt; erbarmungslos ist die weiße, blühende Götterpracht dem kalten, unfrommen Tageslicht, den Millionen gieriger, schamloser Augen preisgegeben. – Widerliches Hohngeschrei. ...

In bebender Scham lässt die hehre Göttin ihr leidend schönes Haupt auf die Brust sinken; mitunter zucken die festgeschmiedeten Hände, als bestrebten sie sich, die Blöße zu verbergen und könne nicht, und können nicht. ... Und Hohngeschrei. – – –

Blässer, blässer wird der Leib dort am Kreuze, spärlicher tropft das Blut der durchbohrten Hände und Füße. ... Noch einmal öffnet die Gekreuzigte ihre wundervollen Augen, ein unbeschreiblicher Blick, seltsam gemischt aus gemisshandelter Liebe und qualvollem Mitleid streift die Menschenmasse.

Ihr wisst nicht was ihr tut: o wenn ihr's wüsstet! ... sagt dieser Blick der sterbenden Götteraugen.

Dann senken sich matt, qualvoll langsam die weißen Augenlider. ... Widerlich tosendes Geschrei, Gelächter, auch Angstrufe. ...

Ein General der Heilsarmee umtanzt wie trunken das Kreuz und ruft! »So recht, so recht! Es steht geschrieben! Kreuzigt Eure Lüste und Begierden!«

Jemand stößt ihn an – sich überkugelnd rollt er am Erdboden hin. Und Lachen, schauriges, – blödsinnig lallendes Lachen ringsum. – –

Und die Sonne rötet den Himmelsrand und lässt die tote Göttin durch den ihr vorausfliegenden Schimmer noch einmal mit Lebensfarben überrieseln. Ein Zucken läuft durch ihre zarten Glieder, ihre Augen öffnen sich nicht wieder.

Und dann steigt die Sonne empor.

Aber wie in ungeheurem Entsetzen über den namenlosen Gräuel, den sie erschaut, verschwindet sie wieder.

Von einem dämmrigen, blassgrauen Himmel hebt sich das Kreuz ab – nur ein dünner, mattgelber Glanzstreifen am Himmelsrand quert den Kreuzesstamm, gerade da, wo die blutüberströmten Füße der Gekreuzigten festgenagelt sind.

Tosendes Lachen und Hohngeschrei: »Geh' schlafen, alte Sonne, geh' schlafen, wir brauchen dich nicht mehr, wir machen uns unser Licht schon selber. ...«

Und es ward dunkel ... dunkel. ...

# ERZÄHLUNGEN

# HOLSTEINISCHE JULILANDSCHAFT

Ich fuhr mit der Kleinbahn vom Altonaer Gählersplatz nach Kaltenkirchen.

Es war an einem grellsonnigen Julitag. Lange Jahre sind darüber
vergangen, aber der heiße Tag steht mir noch deutlich vor Augen.

Ich erreichte Kaltenkirchen nicht. Ich konnte es einfach in der engen Staub- und Bazillenherberge des Abteils nicht mehr aushalten.
An einer kleinen Haltestelle, deren Namen mir entfallen ist, verließ
ich sie und schlenderte zu Fuß auf der Landstraße weiter.

Die Knickbüsche, die Gräser und Kräuter am Wegrande erstickten
im Staub – sie sahen so matt, so welk, so verzweifelt durstig aus. Aber
nichts kündigte Regen an. Ich sah zum Himmel empor. Er war blei-
farben, als wäre er aus Metall geschmiedet.

Allmählich verschwanden die Knickwälle; sie liefen gleichsam in den
Boden hinein.

Die Heide.

Unendlich dehnte sich ihre flache Weite um mich aus; braun, dürr,
versengt gab sie sich dem weißen, heißen Licht des Julinachmittags
preis. Dieses Licht – es lebte gleichsam über dem struppigen Kraut; es
war, als ob es sich an den spitzigen Stauden verletzte, als ob es nicht
zur Ruhe kommen könne und fortwährend zitternd und zuckend darüber hintanzen müsse.

Am Himmel, der mir dreimal höher als sonst vorkam, standen an
einer einzelnen Stelle einige kleine Wolken, leuchtend weiß und zart
grau; sie verharrten regungslos, als ob sie an der bleichblauen Kuppel
festgenagelt wären. Missvergnügt schielten sie nach der Sonne hin,
nach der heißen, flammenden, versengenden Sonne, die sie hassten
und fürchteten zugleich.

Und in der Ferne ein schwarz-grüner Tannenwald.

Wie prachtvoll scharf er sich von dem gelblich-weißen Himmelsrand abhob! Stolz, finster, verschlossen –; ein Geheimnis, das niemand lösen kann noch mag.

Und vor ihm die Heide. Sie sah so welk aus, wie ein fahlbrauner
Bärenpelz. Dennoch regte sich tausendfaches Leben in ihr: Fliegen,
Mücken, schillernde Käfer spielten über ihr; kleine blaue, weiße, gelbe Schmetterlinge trieben mit milden, lässigen Flügeln in der weißen
Glut dahin; hohe, dünne mäusegraue Sandhalme erhoben sich überall aus dem Gestrüpp und hin und wieder begrüßte das Auge ein
bräunlich-grüner Fleck. Dort ist ein Wässerchen, dort blühen auf hohen dicken saftstrotzenden Stängeln große gelbe Blumen, die so frisch
von der saharahaften Dürre rings abstechen. Ganz weit hinten vor

dem schwarzen Walde – werden sie häufiger; lange regelmäßige dunkelbraune Flächen wechseln damit ab: zum Trocknen hingelegte Torfsoden.

Und in der Ferne der schwarz-grüne Tannenwald.

Er zog unwiderstehlich meine Blicke an. Wie eine undurchdringliche Wand, die irgend etwas verbergen, oder vor der irgend etwas geschehen soll, kam er mir vor.

*

Ich schritt ein Stück in das Heidmoor hinein und streckte mich lang in seinem zottigen Pelz aus. Nur mein Kopf ragte aus dem Gestrüpp und aus den aromatischen Kräuterwogen hervor. Wie glühend heiß der dürre Boden war!

Und in der Ferne der schwarz-grüne-Tannenwald.

In immer gleicher Ferne noch. Die fünfhundert Schritt in die Heide hinein haben mich ihm um keinen Schritt näher gebracht.

Und immer gleich geheimnisvoll. Ich bin in gespannter Erwartung: was wird vor ihm geschehen?

Und immer gleich verschlossen. Ich starre und starre zu ihm hinüber – und ich sehe nichts.

Nur am Horizont, an diesem gelblich-weißen Himmelsrand, von dem der Tannenwald nur ein Stück verdeckt, flimmert und flackert es unaufhörlich. Weiße zuckende Lichter schießen dort wimmelnd durcheinander.

Kommt eine lange Prozession hinter der schwarzen Waldwand hervor? Es sieht genau so aus, als würden dort von unsichtbaren Händen, in feierlichem Zuge, unablässig weiße strahlende Kerzen getragen, unendlich fern. Nur die zitternden weißen Flammen sind sichtbar, die sich, im leisen Luftzug flatternd, winklig biegen – bald klein und schmal, bald wieder lang und breit.

Und der Zug nimmt kein Ende.

*

Und in der Ferne der schwarz-grüne Tannenwald. Teilnahmslos.

Und hinter ihm hervor, unablässig, der weiße Lichterzug.

Den Kopf in den mageren, dünnen Heidehalmen, starre ich zu ihm hinüber. Es kommt mir so seltsam vor, dass zwei dieser kleinen Halme, die nur spannenweit auseinanderstehen, die langgestreckte Tannenwand einfassen und sie weit überragen.

Und jetzt erst fällt mir ein brauner Haufen auf, der mitten vor der Waldwand steht. Vielleicht eine Kate, vielleicht ein Torfhaufen. Das Zitterlicht lässt es nicht genau erkennen. Eine schmale, feine, blasse Rauchsäule wolkt kerzengrade aus ihr empor in den bleichen Himmel.

Plötzlich durchfährt es mich. Vielleicht ist es ein Scheiterhaufen?

Und mir ist, als ob die Prozession sich wende und auf diesen Scheiterhaufen zuschreite, eintönige Bußlieder singend, eintönig, wie das schläfrige Gemurmel in den heißen Lüften um mich her. Voran drei weiß behemdete Knaben mit einem Kreuz und starren Goldbannern; dann zwei blutrote Henkersknechte und zwischen ihnen – ja – zwischen ihnen eine junge, schöne Dirne, deren süßes Gesicht eine wahnsinnige Angst entfärbt hat; das Gesicht ist so weiß, wie ihr langes Linnengewand. Die Henker haben ihre blutroten Ärmel in die schneeweißen der jungen Dirne geschoben; weniger wohl, um einen Fluchtversuch zu verhindern, als weil sie fortwährend stolpert, fortwährend, hinzufallen droht. Hinter ihnen gehn schwarze Mönche, weiße Nonnen, braune Bauern und buntscheckige Bauernweiber mit brennenden, geweihten Kerzen.

Und nun muss die Dirne – denn sie ist eine böse Hexe, die sich in einen blanken Hund verwandeln konnte, durch ihre Zauberei die Milch der Kühe verdarb und die Brunnen vergiftete; Gott sei gepriesen, Gott sei gepriesen, dass sie nun auf dem Wege Rechtens zum Feuertode verdammt wurde – nun muss die Dirne den Scheiterhaufen besteigen, in dessen Innern die Glut schon entfacht ist. Und nun binden die Henkersknechte die Zusammengesunkene aufrecht an einen Pfahl. Aber noch immer schlägt Lohe nicht aus dem Torfscheiterhaufen. Da werden die Leute voll Eifer alle die brennenden Kerzen auf ihn. Nun endlich flackern unter dem schwelenden Qualm die roten, fressenden Flammen hervor. Entsetzt über den Frevel, der vor dem stummen Walde geschehen soll, flüchtet der Rauch hoch hinauf in den Himmel.

*

Plötzlich erlosch das Sonnenlicht.

Die kleinen, wie festgenagelten Wolken hatten sich allmählich unmerklich ausgedehnt und einen dünnen Schleier vor das grimmige Sonnenantlitz gezogen, durch dessen Gewebe sie nur als ein blasser Fleck hindurch scheint.

Und der Strahlentanz über den Heidestauden, der ferne Lichterzug am Himmelsrand, der flammende Scheiterhaufen – auch sie sind erloschen, fort, verschwunden wie ein Spuk.

Und nun, da das heiße, flimmernde Sonnenlicht die Augen nicht mehr quält und täuscht, sehe ich deutlich, dass jener Scheiterhaufen eine alte Hütte ist, wie Torfgräber sie sich mitten im Moor errichten, um darin ihre Mittagskost zu bereiten.

Noch immer zieht die feine, schmale Rauchsäule aus ihr himmelan, kerzengrade.

Und in der Ferne der schwarz-grüne Tannenwald.

*

# He will de Ogen todohn

1.

Der Querbalken des Ziehbrunnens ragte ein beträchtliches Stück weiter in den Junihimmel empor, als der Giebel der kleinen Kate auf der andern Seite der grauen, staubigen Landstraße. Wie in regungsloser Verwunderung schien er die weißen flockigen Wölkchen zu betrachten, welche sich droben mutwillig in der zarten Bläue umhertrieben; denn heute kam niemand, um mit kräftigen Armen seinen Schöpfeimer zu dem kalten Quell dort unten hinabzuschicken; das ganze Dorf lag still um schweigend da, es war wie ausgestorben, denn alles, was Hände und Füße rühren konnte, war auf den Wiesen draußen; es war mitten in der Heuzeit. Manchmal zitterte von ihnen leise ein klangvoll scharfer und doch melodischer Ton herüber: die in den grünen Kräutern stumpf und blind gewordenen Sensen wurden gewetzt; dann, wenn ihnen die blanken, gierigen Zähne wieder geschärft waren, bahnten sie sich tyrannisch ihren Weg weiter durch all das frischgrüne, saftstrotzende, blumendurchstickte Sommerleben.

Ein köstlicher, bittersüßer Geruch, der sich aus dem kräftigen Duft der graugrünen Kräuter an den Wegrändern, des Beifußes, des Wermuts, des Lattichs und des Rainfarns, vor allem aber aus dem Arom der in der Sonne welkenden Wiesengräser zusammenmischte, erfüllte die helle, stille Luft, die nur mitunter ein mutwilliger Kräuselwind ins Zittern brachte – ein Zittern der Freude; gleichsam ein geräuschloses Insichhineinlachen des jungen freudigen Sommers.

Es war noch früh am Vormittag; die Klarheit des Himmels und die Windstille versprachen einen heißen Tag. Köstliches Wetter zum Heumachen; so schön, wie der Bauer sich's nur wünschen kann! – Und in der Zeit vom ersten Sensenhieb in das Wiesengras bis zum letzten Getreidefuder lernt er das Beten. Heute: »Leew' Gott, lat dat regen.« Morgen: »Leew' Gott, lat de Sünn schienen.« Und dabei verlangt Klaus Regen, wenn Detlev sich eine Saharaglut erfleht. Kein Wunder, wenn der liebe Gott es keinem recht machen kann.

Vor der Kate hielt ein Wagen, wie sie der Bauer für seine Sonntagsausfahrten in der Scheune stehen hat, die man aber an einem Alltag, wie heute, sehr selten auf der Landstraße sieht – ein Wagen mit zwei Stühlen aus Korbgeflecht. Die Räder und das Schutzleder sind ganz weiß bestäubt, als hätte das Gefährt schon eine längere Fahrt hinter sich. Auf dem vorderen Stuhl sitzt ein junger Knecht mit einem Ausdruck freudiger Behaglichkeit in seinem roten Gesicht; jedes Mal, wenn der Klang gewetzter Sensen an sein Ohr dringt, verzieht sich sein Mund zu einem Schmunzeln, welches deutlich sagt: »Ick heww dat good, wilt de dor ünnen in de Wischen sweeten mütt!« Und er lehnt sich bequem in eine Ecke zurück, gleich einem Baron.

Die Pferde sind lebhafter, »wähliger«; der bittersüße Geruch des Krauts und des frischen Heus tut es ihnen an, unruhig schnauben sie, spielen mit den Ohren, reißen an den Zügeln, werfen die Köpfe zurück und stampfen mit den Hufen; zudem wärmt die Sonne das Blut ihrer drallen glänzendbraunen Leiber. Mitunter ziehen sie den Wagen etwas weiter vorwärts, sie suchen sich dem Graben mit seinen Kräutern zu nähern, aber das apathisch-despotische »Prr!« des Knechtes hält sie zurück.

Aus der Türöffnung der kleinen baufälligen Kate streicht langsam ein feiner blauer Strahl beißenden Torfrauchs; dann folgen unmittelbar darauf, sich in der Enge gleichsam drängend und überkugelnd, dicke gelbgraue Wolken, als sei drinnen feuchtes Holz auf die Torfkohlen geworfen.

Die rotbraune Tür lebensmüde in ihren Angeln hängend, steht schief zurückgeschlagen an der bröckeligen, aus mit Lehm beworfenem Zaungeflecht bestehenden Wand. Sie ist früher einmal mit gebläutem Kalk angestrichen, von dem hier und da große Stücke abgeblättert sind, so dass der gelbe Lehm zu Tage tritt. Der Giebel neigt sich aus Altersschwäche vornüber auf die Straße; an einem Herbstabend, bei dunklem, regnerischem Wetter kann das räucherige Gebäude einen unheimlichen Eindruck machen, so vorübergeneigt, fensterlos, mit einer schwarzen, oben über der Tür angebrachten Luke wie mit einem drohenden Polyphemsauge auf die Straße starrend. Vielleicht kommt der Name »Packan«, wie die Kate seit Menschengedenken im Dorfe heißt, nur daher; wenngleich man von einem Besenbinder und Krupschütt »Swart-Heitmann« erzählt, der hier einst gewohnt haben soll, doch mit dem Hinzufügen: »Awer dat weer all lang vör min Tid.« Jetzt indessen, in der freudigen Sonnenhelle des Juni-Vormittags, macht sie eher einen friedlich-idyllischen Eindruck.

In diesen Katen gehen die Freude wie das Leid mit gleicher Vertraulichkeit aus und ein; beide stehen auf Du und Du mit den Bewohnern. Der schönen flatterhaarigen Göttin Freude braucht man keine bunten Fahnen aus dem Eulenloch im Giebel entgegenzustecken, sie kommt auch ohne dem und weiß, wie willkommen sie ist; dass aber das Leid sie ablöst, ist ja von jeher so gewesen und muss und wird ertragen werden. Auch der Tod tritt ohne viel Anklopfen über die ausgetretene Schwelle, und er stößt sich nicht daran, dass über das sammetweiche Moos, das auf dem im Laufe der Zeit schwarz gewordenen Strohdache wuchert und im Sonnenlicht herrlich grün schimmert, keine schwarzen Trauerflore gespreitet werden. Auch die graugrünen Haferhalme, die oben nahe am First aus dem Moos emporgeschossen sind, werden trotz des Vernichters Eintritt lustig weiter wachsen, und nur die Tremse, die sich neben ihnen angesiedelt hat, hebt dann ihre holde tiefblaue Blüte gleich einem Auge in Tränen zum lichten Sommerhimmel empor.

## 2.

Drinnen auf der Diele ist es dämmerig. Eine Kuh brüllt ab und zu verlangend, mit dem weißstirnigen Kopf um die Ecke lugend, während ihre lange Zunge die graue blank-feuchte Schnauze beleckt. Auf dem niedrigen Herde flammt das mit Torfsoden und feuchtem Kratt genährte Feuer, sein roter Widerschein spielt Versteckens zwischen den mancherlei Geräten, die an den Wänden entlang stehen, und scheint ab und zu gierig den von dem undichten Boden herabhängenden Strohhalmen entgegenzulecken. Der Raum ist ganz mit Rauch erfüllt; der ist hier Hausgast und hat alles gebräunt und geschwärzt; das Gebälk vor dem Herde, von einem bis zum anderen Ende mit dicken Speckseiten, Schinken und Mettwürsten behängt, die die Bauern hier für eine geringe Vergütung räuchern lassen, ist von dem Sott ganz schwarz und blank. Von Zeit zu Zeit sieht man einen Sotttropfen auf der Lehmdiele zersprühen; ganze Reihen von runden flachen Löchern sind in ihrer gelbbraunen Fläche zu bemerken: Merkmale der, wer weiß seit wann schon, von den Balken fallenden Sotttropfen.

Die Kuh ist schon ganz heiser, sie hat bereits vom frühen Morgen an verlangend nach Sonne und frischem Gras gebrüllt. Es ist vergessen worden, sie heute Morgen aus dem Stall zu lassen, als der Hirt der Tagelöhner-Kühe seine Herde austrieb.

Aber die alte Frau dort am Herde scheint nichts zu hören. Sie steht regungslos – dem Anscheine nach auf ein Gespräch in der Stube horchend. Ein brauner, selbstgemachter Rock umhüllt ihre hagere Gestalt; ihr braunrotes, runzeliges Gesicht, das besonders um den schmalen, festgeschlossenen Mund voller Falten ist, umschließt noch die weiße Nachthaube, unter welcher ein paar graue Haarsträhnen hervorquellen, die mitunter von der schwieligen, knotigen Missgestalt einer Menschenhand, wie sie nur harte Arbeit schaffen kann, zurückgestrichen werden, jedoch immer wieder zum Vorschein kommen. Hart, hart ist diese Frau; und um so seltsamer, fast unheimlich berührt es, dass von Zeit zu Zeit bald aus dem einen, bald aus dem anderen der grauen Augen langsam eine Träne über das Gesicht rinnt und sich in den Falten der Mundwinkel verliert.

Sie hört es auch nicht, dass jemand die Seitentür öffnet; sie sieht nicht, dass eine helle Goldgarbe des Sonnenlichts auf die Diele fällt und dass die hochroten, dicken Köpfe der Bauerrosen stumpfsinnig von dem kleinen hellen Garten in das düstere Innere der Kate schauen. Sie fährt erst zusammen, als eine Männerstimme laut das übliche Grußwort ausruft.

Es ist Detelt Wuppdich, der Schuster. Er heißt eigentlich Detlev Klupp, aber man nennt ihn Wuppdich, nicht nur, weil er hinkt, sondern weil alle Bewegungen seines mageren Körpers etwas Hastiges, Unruhiges, Fahriges an sich haben. In seinem eingefallenen grünlichblassen Gesicht fallen die ernsten grauen Verstandesaugen auf, in deren Grunde etwas wie eine stille stumme Anklage ruht. Sie scheinen zu sagen: »Warum bin ich ein Krüppel –?« Wenn er spricht, hält er sein Kinn mit einer der rissigen, pechzerfressenen Hände fest, als fürchte er, es könne herunterfallen. Er war, wie fast alle Schuster, ein nachdenklicher Mensch und im ganzen Dorfe wohlgelitten, weil er sich ruhig hänseln ließ. Nur das konnte man nicht leiden, dass er nie, selbst am Erntedankfest nicht, zur Kirche ging, und man sagte ihm sogar nach, dass er nicht an die Bibel glaube.

»Na, wa geiht Hinnerk dat denn, Trina? – Wat, du sühst ja ganz verdwas ut – is dat denn würkli so leeg?«

»O Gott, Detelt, ick glöw, he liggt op't Letz' – Wat weer dat för'n gräsige Nacht! – He stöhn' so fürchterli; ick kreeg keen Og vull Slap. – Un hüüt Morgen segg he ok sülben, datt dat ut weer. – – Wenn he de Ogen todohn will, och du leewer Gott, wat schall ick denn eenmal opstell'n!«

Der Schuster sah sie ein wenig erstaunt an; er wusste, dass die beiden nicht allzu friedlich nebeneinander gelebt hatten: nicht, dass sie sich gezankt oder sich gar geprügelt hätten, nein, ganz im Gegenteil, sie sprachen tagelang kein Wort, sie maulten wochenlang mit einander, und das Notwendige, was durchaus gesprochen werden musste, kam so happig und verbissen aus dem Mund, als müsse sich jedes Wort an den Zähnen blutig ritzen. Es war, als ob ein schleichender Teufel zwischen ihnen hin- und herginge, der sie gegenseitig boshaft verleumde. Namentlich Trina hatte diesen giftigen Schleicher gehätschelt – und jetzt weinte sie? Er hatte nicht geglaubt, dass es ihr so nahe ginge.

»Wa is dat denn kam'n?«

»Ja, wa is dat kam'n? Dörch Unvörsichtigkeit, natürlich. He müss jo Heu upstaken un as he nu de Ladersch den Winnelbaum ruplangt, do grippt se ni ördentlich to un dat sware Stück Holt fallt mi de Spitz' gerad' up em. He meen eerst, dat weer ni so slimm un an'n Dokter wull'n wi jo ock ni geern 'ran. Awer as ick öwer Nacht dat fürchterliche Grünzen un Stähnen hör'n de, do verfehr'ck mi; dat kenn' ick, dat is de Dod. – Hüt Morgen sä he dat denn jo ock sülben – he wull dat Abendmahl hebben un uns Buer weer so god un leet den Paster hal'n.«

»Wat?« sagte der Schuster, »de Paster is dar binnen? Denn ...«, »Will ick gahn« wollte er vollenden, aber das Knarren der Tür hinderte ihn daran.

Aus der Stubentür kam der alte Pastor in seinem schwarzen Talar zum Vorschein. Schweißtropfen standen auf seinem roten, wohlwollenden Antlitz, das oft diesen Leuten und ihrem hartnäckigen Egoismus gegenüber einen Ausdruck kindlicher Hilflosigkeit annahm. Er hatte ein gutes Herz, aber »he is en beten hochweg«, meinten die Bauern achselzuckend, hörten ihn geduldig an und taten dann doch, was sie wollten.

Der Pastor streckte der Frau seine volle warme Hand entgegen, kam dabei aber zu weit unter die sotttriefenden Balken und zog sie schleunigst zurück, als ein brauner Tropfen auf der Hand zerplatzte.

Verblüfft eilte er nach der Tür, wo er stehen blieb; der Schuster drehte sich um – er hatte Mühe, das Lachen zu verbeißen.

»Wa steiht dat, Herr Paster?« fragte die Frau.

»Nach menschlicher Anschauung schlecht, liebe Frau«, antwortete er. »Aber was Gott tut, das ist wohlgetan. Unser Leben, sagt der Psalmist, währet siebenzig Jahre.«

»Awer he is jo eerst twee un sössdig«, fiel die Frau dem Pastor unwillkürlich in die Rede.

»Liebe Frau, es ist gesetzt dem Menschen, zu sterben, wann es dem Herrn gefällt, uns aus diesem Jammertal in seinen seligen Himmel zu versetzen. – Seine Gedanken sind nicht unsere Gedanken – seine Wege sind nicht unsere Wege.«

Die Frau stöhnte. »Awer wat schall nu eenmal ut mi warden!« sagte sie.

Der Pastor schüttelte betrübt sein Haupt. »Der Herr belastet uns nicht über Vermögen, liebe Frau. Wem er eine Last gibt, dem gibt er auch die Kraft, sie zu tragen. Der Herr sei mit dir und tröste dich.«

Hüstelnd setzte er sich den Zylinder aufs Haupt und verschwand. Bald hörte man das Fortrollen eines Wagens.

Die Frau sank auf die Herdkante: »Wat schall ut mi warden, wat schall ut mi warden!« jammerte sie.

»Hest du denn soväl von em holen?« fragte der Schuster unwillkürlich. Er meinte es nicht böse, es war ihm nur so von den Lippen geflogen.

Ein wunderliches Zucken lief über das Gesicht der alten Frau; sie murmelte: »Dat is ni mägli, wa schall ick darmit torechkamen. – Wa kann he mi ok dodbliwen! Nu mutt ick in't Armenhuus!«

## 3.

»Ehr Hart hett doch'n weeke Stell hadd,« denkt Detlev Wuppdich und geht dann zu dem sterbenden Nachbarn. Ein dumpfer, beklemmender Geruch schlägt ihm entgegen, zusammengemischt aus dem Dunst ungemachter Betten und mit Tran geschmierter Stiefel, aus dem Duft von Speiseüberresten und alten Kleidern. Die Goldlack- und Geraniumblüten, die in dem durch die kleinen, in allen Regenbogen-farben schillernden Fensterscheiben hereinfallenden Sonnenschein wie Blutstropfen schimmern, vermögen ihn mit ihrem Arom nicht zu durchdringen und zu mildern – im Gegenteil, sie geben dem Dunste etwas unangenehm Süßliches. Draußen vor den Fenstern stehen zwei Kirschbäume, deren Laub das Sonnenlicht mit kleinen beweglichen Schattenpünktchen sprenkelt; sie tanzen unruhig auf der weißge-scheuerten Platte des alten Föhrentisches umher und lassen die Messingknöpfe des Beilegerofens bald blitzähnlich aufschimmern, bald wieder erblinden; sie flattern über den an der weißgekalkten Wand befestigten Neuruppiner Bilderbogen mit seinen Reihen euro-päischer Soldaten und die darunter hängenden Porträts der Kinder der beiden Alten, die nach ihrer Konfirmation in die weite Welt ge-gangen sind; – sie tänzeln auch über die rotkarierte Bettdecke, hu-schen über die darauf liegenden still gefalteten Hände, deren Dau-men sich träge um einander drehen, und über das blasse unbewegte Gesicht des Sterbenden mit den eisgrauen Bartstoppeln um den bläu-lichen Mund. – Die Blicke der starr zum Deckbalken gerichteten Au-gen, welche den Wechsel von Licht und Schatten kaum mehr zu emp-finden scheinen, haften – gleichgültig, so scheint es – an der blanken Axt, die oben zwischen zwei eng nebeneinander eingeschlagenen Nä-geln hängt. Nur wer aufmerksamer in diese Augen hineinsieht, glaubt ein Zittern in ihrem Grunde wahrzunehmen: ist es Verwirrung, gren-zenloses Staunen, ist es Schreck, Angst oder Furcht?

Detlev Wuppdich ist ans Bett getreten und der Sterbende wendet, ohne den Kopf zu bewegen, die Augen zu ihm und bewegt die Lippen.

»Na, Nawer, wa geiht dat?«

»Dat is sowied« murmelte dieser.

»Och wat, Hinnerk, slag di doch de trurigen Gedanken ut'n Kopp. Du büst jo noch'n Jungkerl. Ick bün twee Jahr öller as du. – Un vör en paar Wäken hest du jo op't Ringriden noch lustig mit din Fru danzt.«

»Dat hölpt sach wat – Dat is nu eenmal so – Ick mutt nu von de Welt af – –.«

»Och wat, Hinnerk – –.«

Und beängstigendes Schweigen tritt ein. Der Sterbende hat seine Augen wieder auf die Axt gerichtet; seine Daumen laufen unaufhörlich regelmäßig umeinander. Wie gebannt folgen des Schusters Blicke diesem Spiel. Wirre Gedanken fliegen ihm durch den Kopf. Müh', Arbeit, Ärger, wilde Lust – Katzenjammer – und aus und vorbei! – Es ist so sonderbar; diese grauen trüben Augen scheinen in ihrer Starrheit schon tot zu sein; das mechanische Spiel der Daumen ist ihm unheimlich. Ihm, der glaubt, dass mit dem letzten Atemzuge alles aus und vorbei ist, wird schwül zu Mute, unruhig rutscht er auf dem Stuhl hin und her. Endlich erhebt er sich.

Da wenden sich die trüben Augen wieder wie ängstlich suchend auf ihn.

»Segg' mi,« kommt es zögernd aus dem Munde des Sterbenden, »de Paster is jo en Hochdütschen un ick kunn ni all'ns verstahn, wat he sä. He snack ock so gau. – He sä mi veel Schönes von unsen Herrgott un denn, düch mi, sä he ock wat von'n olen Hund.«

»Von'n olen Hund?«

»Ja: Du bist ein alter Hund, Mensch, du musst sterben, glöw ick, sä he. Mi kann he dar doch ni mit meent hebben?«

Aber der Schuster wusste gut in der Bibel Bescheid, trotzdem er als Freidenker galt.

»Du hest di verhört, Hinnerk, he hedd seggt: Es ist der alte Bund, Mensch, du musst sterben.«

»Bund –? Na, denn is't god. – Ick bün jo ock ümmers en tämlich goden Kerl west. – Uns' leev Herrgott kann mi ni von sik afwisen. – Sünst wörr jo keen Een selig. – Uns' Buer weer jo ock ümmers mit mi tofreden.«

»Ja, dar heff man keen Sorg för, Hinnerk,« sagte der Schuster beklemmt. »Awer ick mutt gahn. – Adjüs, Hinnerk! Un ...«

»Gode Beterung,« wollte er sagen, aber es schien ihm doch unpassend, als er noch einen Blick auf den sterbenden Freund warf.


4.


Als er wieder auf die Diele trat, sah er die Frau noch auf dem Herde sitzen, – sie hatte einen Teller voll räucheriger Buttermilchsgrütze auf den Knien, den sie langsam leer löffelte, indem sie von Zeit zu Zeit Stücke von einer Schwarzbrotschnitte abbröckelte und in den Mund schob.

»Trina, dat geiht würkli op't Letz' mit din Mann,« sagte Detlev Wuppdich, »wullt du ni leewer 'ringahn na em?«

Ein Schauer überlief sie. »Ick kann dat ni mit ansehn,« stöhnte sie.

»Ja, wat helpt dat, Trina, dat is jo eenmal ni to ännern. He kann dar doch ni so alleen ligg'n bliwen.«

Sie stand schwerfällig, widerwillig auf, den Teller, den sie in der Hand behalten hatte, eilig leer löffelnd, dann ging sie, ohne sich weiter um den Schuster zu bekümmern, schleppenden Schrittes in die Stube.

Des Sterbenden Augen wandten sich ihr zu, aber sie wechselten kein Wort. Die Frau machte sich an ihrem Nähkasten zu schaffen und fuhr zusammen, als er plötzlich stammelnd, wie mit schwerer Zunge, sagte:

»Les' mi 'n beeten ut't Gesangbok vör –.«

Noch immer wortlos langte sie einen alten Band vom Sims über der Tür herunter, der neben der Bibel lag. Denn nicht diese, die höchst selten zur Hand genommen wird, sondern das alte Cramersche Gemeindegesangbuch ist der fast ausschließliche Herzenströster der Landleute.

Sie öffnete das Buch, setzte sich eine Hornbrille, die zwischen den Blättern lag, auf die Nase, rückte den Stuhl an den Tisch und begann langsam, eintönig, mit trockener zitteriger Stimme zu lesen:

»Seuf-zer für ei-nen Ster-ben-den.« (Sie las den Titel gewissenhaft mit.) »Hei-lig-ger barm-her-zi-ger Va-ter, sie-he in Gna-den an un-sern Mit-er-lös-ten, der mit dem To-de rin-get. Er-bar-me dich sei-ner in sei-ner letz-ten Angst. Wir be-feh-len dir sei-ne See-le, er-bar-me dich ih-rer im Ge-rich-te, er-lö-se sie von allem Übel und nimm sie auf in, dei-ne Hän-de. Gött-licher Er-lö-ser Jesus Christus, auch für die-sen Ster-ben-den hast du dein Blut ver-gossen, ste-he ihm bei in sei-nen letz-ten Kämpfen. Du hast sei-ne un-sterb-liche Seele er-löset zum ewigen Leben. Lass sie er-schau-en deine Herr-lich-keit. Hei-li-ger Geist, sei ihm Licht, Trost und Kraft, wenn sein Au-ge bricht. Hilf und –«

Er rührte sich nicht. Plötzlich ließ sie das Buch in den Schoß sinken, nahm die Brille ab und sah zu ihm, der wie verwundert über die Unterbrechung ihr seine Augen zuwandte, hinüber, als wenn sie ihn noch notwendig etwas sagen müsse, bevor es zu spät sei.

»Awer, Hinnerk, wa schall dat eenmal warden, wa schall ick dor eenmal mit torechkam'n?« begann sie mit lamentierender Stimme. »Wokeen schall den Sarg maken?«

»Jochen Plogsteert,« erwiderte er mit matter Stimme, aber doch klang etwas wie Verwunderung hindurch, denn: wer sollte ihn wohl sonst machen? Mehr Tischler, als Jochen Plogsteert, wie man Jochim Stölten allgemein nannte, gab es ja nicht im Dorf.

»Un wokeen schüllt di rutdregen? Womit schall ick de Folgers upwahren? Mit Grog oder Kaffee?«

»Och, dat is jo eenerlei. – Quäl' mi doch ni darmit. – Lat mi – nu doch blot – ruhig starwen.«

»So? – « Und sie ward eifrig, wie immer während der langen Jahre, die sie mit- oder vielmehr nebeneinander verlebt hatten. »So? Ja, du kümmst dar wohl mank ut, för di is dat licht to. Du denkst man blot an di sülben, an din arme Fru denkst du ni, – un ick heff naher doch de ganze Last darvun. – Du kunnst mi nu doch woll een beten to Hölp kam'n. – Awer dat hest du jo ni een eenzigs Mal dahn. O Gott, o Gott, wa sitt ick hier to!« Und sie bricht in Schluchzen aus und deckt die blaue groblinnene Schürze über ihr Gesicht, während das Buch mit hässlichem Gepolter auf den Lehmboden fällt.

Er hat bei ihren ganz unerwarteten Vorwürfen versucht, sich aufzurichten, aber stöhnend fällt er zurück.

»Lat doch man – Dat kümmt – wull allens – t'rech – –« bringt er noch hervor. Das letzte Wort verlängert sich zu einem röchelnden Seufzen. Dann erzittert er und streckt sich lang aus, dass die alte morsche Bettstatt knackt.

Er ist hinüber.

*

# NACH ROM –?

Ich hatte ihn lieb gewonnen, den kleinen zehnjährigen Hinrich – oder Hinne, wie er gewöhnlich genannt wurde.

Er war der König aller Gänse des kleinen weltverlorenen Dorfes auf dem mittelholsteinischen Geestrücken, in dem ich einmal einige Sommerwochen verbrachte – Fredenkamp heißt es und ein Feld des Friedens ist es in der Tat. Die Sage freilich verlegt ein Schlachtfeld hierher auf den weitgestreckten Heideplan; in der Nähe das Moor heißt noch heute »Fiensmoor«, Feindesmoor. In die Wasserlöcher dieses Torfmoors soll irgend ein König oder Herzog aus grauer Vorzeit seine Feinde hineingedrängt haben, »dat se all elendig versapen sunt«, wie es in einer alten Chronik heißt, und dann schloss er unter freiem Himmel bei dem Dörflein Frieden mit seinem Widersacher und nannte die Stätte Fredenkamp. – Und hierauf ritten beide auf ihren ungeschlachten Holstenhengsten nach entgegengesetzten Seiten davon, wie gesättigte Wölfe. »Gott mit Ju und kamt ni wedder!« mögen die armen Bauern gedacht haben, deren magere Felder von den Übermütigen zerstampft waren, diese Felder, deren harte sandige Schollen sie mit unbesieglicher Hartnäckigkeit um und um kehrten. Schwerlich ist hier der tiefe, unverbrüchliche, ach so wohltuende Friede seitdem jemals wieder gestört worden. Übrigens wird die Sage wohl im Recht sein. Denn im Moor erzählte mir ein Torfbäcker, der mit den nackten haarigen Füßen den Torfschlamm geschmeidig trat, den ein Genosse aus der Grube nebenan ihm herausschaufelte, dass dieser ihm vor einigen Jahren einen langen Knochen zugeworfen habe. Ihn aufsammelnd und betrachtend, hätt' er entsetzt ausgerufen: »Gott bewahr' uns, Klaas, du smittst mi jo Minschenknaken hin!« Es war ein menschliches Schienbein. »In't Moor hölt sowat sik lang; dor is dat ümmer kold«. Hierauf hätten sie die Grube wieder zugeworfen. »Sowat will sin Roh hebben.« Später sei noch ein Professor aus Kiel gekommen und habe nachgraben wollen, doch habe man die Stelle nicht wieder finden können. »Un dat is ok man good; sowat schall man in Freden laten.«

Jetzt war nur Hinne hier König. Der wirkliche König war weit weg – Wilhelm – in Berlin im Preußenland. Übrigens hing im Dorfkrug, »Zum hungrigen Wulff« genannt, sein Bild.

Ein blaugrüner Haselstecken war Hinnes Zepter; ein hoher spitzer Hut, den er mit seinen gewandten braunen Fingern selbst aus den beim Austrieb der Gänse in den Moorwegen zusammengerafften Binsen flocht, seine Krone.

Auch einen Thron hatte er.

Oben auf der Höhe, wo die drei im heißen flimmernden Sonnenlicht gelbglitzernden sandigen Wege sich schnitten, war ein dreiarmiger verwitterter Wegweiser aufgerichtet, auf dem die regenverwaschenen Namen dreier weltverlorener Geestdörfer standen. Um seinen Fuß waren bis hoch hinauf Steine aufgeschichtet, welche die Bauern von ihren mageren Feldern aufgelesen und hier, wo sie ja niemandem im Wege waren und keinen Schaden anrichten konnten, hergeschüttet hatten. Auch scharfkantige Flintsteine waren darunter. Dieser kümmerliche Wegweiser war Hinnes Thron; die rundum liegenden Steine dienten ihm als Stufen, mit deren Hilfe er sich gewandt auf die drei Querbretter zu schwingen vermochte. Von hier aus konnte er fast den ganzen Bereich der Dorfgemarkung übersehen.

Er saß gern da oben, während seine schnatternden Untertanen – fürwahr, er hatte es fast ebenso schwer, wie der Selbstherrscher aller Reußen – sich rupfend an den niedrigen, mit Hasel- und Dorngebüsch bewachsenen Zäunen, die die Wege einfassten, zerstreuten.

Er war nicht gerade hübsch, der kleine Hinne; im Gegenteil, er sah fast aus, wie ein Räuberhauptmann in spe. Er trug eine Jacke und Beinkleider aus grobem blauen Linnen mit großen rissigen Hornknöpfen; die Hosen waren fast immer aufgekrellt und ließen bis zum Knie die braunen stämmigen Beine mit den nicht allzu reinlichen – mein Gott, er trabte ja den ganzen langen Sommertag damit im Staub der Heidewege umher! – Füßen frei; unter seiner Binsenkrone quoll sein gelbliches struppiges Haar hervor, das wohl nur alle Sonntage mit dem Kamm in Berührung kam und das im Nacken von der prallen Heidesonne ganz weiß gebleicht war; sein mageres Gesichtchen war braun verbrannt und mit großen blässlichen Sommersprossen dicht übersät; von den Backenknochen hoben sich weißlich schimmerne Härchen ab, in denen sich der feine, von seinen eigenen und den vielen Gänsefüßen aufgewirbelte Staub festsetzte. Aber er hatte so hübsche, ahnungsvolle Augen, die, wenn er oben auf seinem Throne saß, gar zu gern in die Ferne sahen – in die wunderreiche Ferne: verlangend, durstig, sehnsuchtsvoll ...

Stundenlang konnte er auf den morschen Querbrettern sitzen, mit den braunen Füßen schlenkern, mit den weißen kräftigen Zähnen lustig in die dicken Knacken Schwarzbrot beißend, die ihm von einem Bauern als Mittagsmahl mitgegeben waren, die Augen im heißen Sonnengefunkel über den blühenden Heideplan wandern lassen – bis an den fernsten Rand, wo weiße, goldbesonnte Wolken in sommerlicher Trägheit lagerten. Und wie leicht baut sich die Knabenphantasie aus weißen Wolken weiße herrliche Paläste!

Um ihn herum aber war das schlummertrunkene und doch ewig rege Sommerleben der Heide. Die Luft war erfüllt von dem süßen bienenlockenden Geruch des Buchweizens, des Heidekorns, der in seiner Blütezeit weite Strecken mit zartem hellrosigem Schimmer überkleidet. Lerchenstimmen klangen jubelnd, taufrisch aus dem zartblauen Luftgewebe herab, im Sonnenschein schwärmten zahllose Mücken, mit ihrer zarten Netzflügelmusik die Stille erfüllend, blitzende Fliegen und honigbeschwerte Bienen schossen summend durch die sonnige warme Luft, in den Brombeer- und Haselbüschen zirpten die Grillen eintönig, unverrückt, wie Ton geworden Sonnenstrahlen, und wie holde Sommerträume flatterten über die Siesta haltende Heide weiße und blaue und rote Falter dahin, unablässig um einander herumgaukelnd oder dann und wann sich an die großen tellerartigen weißrosigen Blüten der wuchernden Brombeersträucher hängend, wie ermüdet ihre entzückend feingefärbten Fittiche faltend. Dazwischen kam ab und zu das träge Gleiten einer Schlange, die sich im rieselnden Sande der an der Sonnenseite gelegenen Wälle in ihrer ganzen Länge ausgestreckt hatte und sich an der Sonnenwärme gütlich tat.

Und plötzlich merkte dann der träumende Junge, wenn seine Augen und seine Gedanken aus der Ferne heimkehrten, dass seine Untertanen über den Zaun geklettert waren und sich in einem Buchweizenfelde gütlich taten. Hastig – ein ingrimmiges »Verdammi« ausstoßen – kletterte er dann von seinem Thron herab, nahm aus dem Wegsande den ihm entglittenen Stecken – sein Zepter – auf und setzte sich in Trab, um die Rebellen zum Gehorsam zurückzurufen. In einer Wolke weißen Staubes kugelte er dahin, den Weg entlang, grobe Scheltworte mit seiner hellen Stimme ausrufend.

*

Bei meinen Streifzügen durch Moor und Heide traf ich den kleinen Gänsekönig oft auf seinem Thron und bald hatte sich eine Art Freundschaft zwischen uns gebildet.

Einmal fragte er mich, wie es in der Stadt aussähe.

Ich bemühte mich, ihm davon ein Bild zu geben.

Anfangs leuchteten seine Augen bei meinen Worten auf, dann schienen sie sich zu verschleiern.

»Möchtest du wohl dort sein?« schloss ich meine Schilderung.

Ein leises, scheues, verlangendes: »Ja.«

»Und weshalb, mein Junge?«

»Ick möch geern rik wesen un dat good hebben –.«

Wenige Tage darauf rief er mir zu:

»Rom is wol wied vun hier?«

»Rom? Aber wie kommst du denn darauf?« rief ich ganz erstaunt.

»O, de Lehrer vertell uns darvan in de School, as wi Geographie harrn. Is dat würkli wahr, dat in Rom ni eenmal richtigen Winter is?

Un sünd de Hüser dor all ut Marmor buut? Ik meen so'n Marmor, as worut de lütten Krüzen op unsen Karkhof makt sünd. – Un'n grote Kark is dor, sä he: de harr so'n hogen Toorn, dat unse Kark dor tweemal uppenanner in stahn kunn. – Awer dat kann jo wol meist ni angahn; ick kann dat ni rech glöwen; unse Karktoorn is doch all so hoch; wenn een dor 'rup kikt, ward'n jo all ganz swimeli in'n Kop. Un sehn hedd he dat jo ock ni. – Un denn sünd dor'n Barg Denkmal'n, sä he, un Springbrunn'ns, – un in de Goorns schüllt Palmen stahn, de ümmer grön sünd – Is dat all richti so?«

»Ja, Hinne, das ist ganz richtig.« – Er schwieg einen Augenblick mit grüblerischem Ausdruck im Gesicht, nicht ganz überzeugt, wie es schien. Dann fing er wieder an:

»Na. – Awer wenn dor Palmen sünd, denn is Rom wol heel wied weg?«

»O ja, Rom ist sehr weit weg.«

»Hunnert Milen wied?«

»O, wohl über hundert Meilen noch, mein Junge.«

»Un na wat för'n Gegend hin liggt dat?«

»Nach Süden hin.« Und ich wies ihm die Himmelsrichtung mit dem Finger.

»Dorhin geit jo de Weg na Kraienkamp,« murmelte er, wie mit sich selber redend; »un denn kümmt Ellerhoop un denn Grevenkrog; – Grevenkrog is'n Mil wied; denn kümmt Bullerbrook. – Denn müss man mal twee Wäken gahn?« setzte er wieder, zu mir gewendet, hinzu.

»Ja – vielleicht noch länger, Hinne. Willst du denn wirklich dahin?«

»Ja – « sagte er ernsthaft. »Wenn ick grot bün,« fügte er zögernd hinzu. »Denn bün ick jo min egen Herr –.«

Und er sah nach Süden hin, und aus dem flockig weißen Gewölk entstand vor seinen Augen die glänzende Siebenhügelstadt mit ihren weißblinkenden Marmorpalästen.

Einige Tage später – an einem Julimittag – hatte ich mich am Abhang eines Hünengrabes, der einen schmalen Schattenstreifen aufwies, in das feine, langhalmige, bräunliche Gras geworfen. Das Grab hieß der Köhnshügel, der Königshügel. Oben sollte nämlich einer der Sagenkönige gehalten haben auf seinem Ross, um die Schlacht zu leiten. Jetzt blühten nur blaue Glocken auf dem Hügel und holzige Hartheustängel mit prächtig gelben Blüten, die in der Sonne gleißten, – unwillkürlich musste ich an rinnendes Gold im Schmelztiegel denken.

Denn es schwamm Feuer durch die Luft, helle, flackernde, weiße Flämmchen zuckten unablässig, sich kreuzend und durcheinanderschießend, am glühenden Himmel hin und her. Von Zeit zu Zeit schien er zu erbeben und dann tropften gleichsam silberne Fünkchen auf die Erde herab. Die Luft zitterte vor Hitze.

Entsetzt warf ich meine Mittagszigarre weg und legte meinen Kopf zurück in das kühle Gras, die Augen starr und gedankenlos in die Weite gerichtet. Die Felder schienen wie ausgestorben, aber allmählich belebten sie sich; schwarze, sich rasch bewegende Pünktchen schossen in ihnen umher.

Das waren Menschen; die Bauern waren bei der Einheimsung des Erntesegens.

Mich durchzuckte es wie ein Schauer: in dieser Glut arbeiten zu müssen – hart und schwer arbeiten!

Und dann reckte ich mich behaglich.

Trotz der regen Geschäftigkeit, die ringsum lebendig war, kam es mir doch vor, als träume alles und ich selbst träume mit.

Wohl eine Stunde mochte ich so, gedankenlos hinträumend, wohligmatt im Grase gelegen haben, da –

Ein Schrei durchzitterte die Stille, ein heller lang andauernder, wie in einem Winseln ersterbender Schrei.

Ich erhob mich. Und dann sah ich auf den der Landstraße am nächsten liegenden Feldern die Leute ihre Arbeit langsam verlassen und auf den Weg stürzen. Von unbestimmter Angst erfasst, folgte ich ihnen. – Schon aus der Ferne sah ich, dass sich ein Haufen ganz verstörter Schnitter um den Wegweiser scharte, der – das Herz krampfte sich mir zusammen – nur noch zwei Arme hatte.

Sie flüsterten leise untereinander, kurze abgebrochene Worte – und dann wandten sie die arbeitsroten Gesichter mit dem peinlich entsetzensvollen Ausdruck wieder auf den Steinhaufen.

Und auf diesem lag mein armer Hinne, mit zerschmettertem Kopfe; das morsche Brett hatte ihn wohl nicht mehr tragen können und er war beim Fall mit der Schläfe auf einen scharfen Flintstein aufgeschlagen. Der Tod musste alsbald eingetreten sein.

Vor ihm aber stand ein alter Arbeiter, der Tagelöhner Johann Raben, Hinnes grauhaariger Vater.

Er war mit bei der Ernte beschäftigt gewesen.

In seinem verwitterten, starkbehaarten Gesicht lag ein wunderlicher Ausdruck des Entsetzens und der Spannung, gerade als ob er hoffe, sein Söhnchen werde sich im nächsten Augenblick erheben und ihn anlachen: »Vadder, dat weer jo man Spaß!« Seine groben Hände hatte er krampfhaft geballt; der Körper des robusten Mannes zitterte – aber kein Jammerwort, keine Klage, nur einen aus tiefstem Herzen kommenden Seufzer entriss ihm der Schmerz.

Dann plötzlich brachen ihm die bebenden Knie; der starke Mann sank an der Leiche seines Kindes zusammen, wie eine vom Blitz gefällte Eiche. Mit gefalteten Händen blieb er liegen, die Augen unverwandt in das erstarrte Gesichtchen gerichtet, – dann nach langer Pause hob er die große gebräunte zitternde Hand und strich leise, sanft die Haare aus der bleichen Stirn des Knaben.

»Min lütt Hinne –,« murmelte er. Wie unsäglich weich das klang !

Die Leute rings umher hatten diesem Auftritt stumm zugeschaut und wandten sich jetzt erschüttert ab. Die Weiber und Mädchen schluchzten.

Der Alte sah sich verwirrt um mit den nassen grauen Augen in dem gramverstörten Gesicht, dass die Leute sich erschreckt langsam zurückzogen. Die meisten gingen aufs Feld zurück. Was hatten sie noch hier zu tun? Allen war das Zweifellose des Todes klar.

Dann nahm Johann Raben sein totes Kind – langsam, sanft, wie um es nicht aus süßem Schlummer aufzuschrecken – auf seine Arme und ging langsam dem Dorfe zu.

Er hatte keine Tränen, aber von Zeit zu Zeit durchrann ihn ein Zittern, wie ein innerliches Weinen.

Und von Zeit zu Zeit murmelte er mit leiser, unsäglich zärtlicher Stimme: »Min arm' ol lütt Hinne.«

Hinterdrein aber lief ahnungslos ein kaum fünfjähriges Kind, von den Eltern wohl während der Arbeitszeit mit aufs Feld hinausgenommen, weil es im Hause unbeaufsichtigt geblieben wäre, und hatte die im Wege gefundene Binsenmütze des toten Knaben auf sein Flachsköpfchen gesetzt.

*

# DIE RINGELNATTER
## Studie aus einem mittelholsteinischen Moordorf

Nun waren wohl alle Bauern und Kätner zum Mittag heimgekehrt aus dem großen weiten Torfmoor, das sich im Südwesten des kleinen Dorfes ausbreitete; die Kätner mit dem langen scharfen Torfstechmesser auf dem Rücken, die Bauern mit ihren Leiterwagen, vollbepackt mit den braunen Torfsoden. Die Türen der Dorfhäuser waren alle fest verschlossen, nur oben im Dorf stand der Flügel des Einfahrtstores in einem alten Bauernhaus halb auf, als ob er noch auf etwas warte. Kein lebendes Wesen zeigte sich auf dem mit braunem Torfstaub bestreuten Dorfweg. Und hinter diesen Türen saßen die Bauern vielleicht noch vor dem Grützegrapen, vielleicht auch hatten sie sich schon in die kühlsten Winkel ihrer Behausungen zum Mittagsschlaf verkrochen, – ein Stündchen lang, bis die größte Hitze vorüber war, die jetzt die Luft über den schwärzlichen spitzen Schilf- und Heidekrautdächern zum Kochen brachte und brodelnd erzittern ließ. Diese Stille! Es war, als ob man durch die verschlossenen Türen die langsamen, aus tiefster Brust kommenden taktmäßigen Atemzüge der Schnarchenden hören könne.

Auch das Dorf war am Einnicken in der heißen, mitleidlosen Mittagssonne.

Es bestand dem Anschein nach nur aus zwei krummen Reihen von Bauernhäusern und Kätnerhütten, deren blau-weiß gekalkte, in der sengenden Sonne grell blinkende Fachwerkswände von runkelrübenrotem Ständerwerk durchadert waren. Die Türen sahen ebenso aus, aber ihre Klinken waren violett gefärbt. Über die niedrigen, kaum mannshohen Wände erhoben sich ungeheure spitz zulaufende schwärzlich-grüne Dächer aus Heidekraut, Roggenstroh und Schilf; wie aufs Trockene geratene Sintflutarchen sahen die Häuser aus, die hier, in der Hitze, den Kiel nach oben, allmählich zertrockneten und auseinanderfielen. Hier und da befand sich bei den größeren Archen ein mit morschen grauen Brettern umkleideter Ziehbrunnen, dessen über einen Gabelstamm gelegter Schwengel wie in regungsloser Betäubung in den hitzeblassen Himmel zu starren schien.

Bei fast allen Häusern neigte der Giebel sich ein wenig nach vorn; der Beschauer musste unwillkürlich an knixende alte Bauerfrauen denken, wie sie an heißen Sommersonntagen beim Segen nach der Predigt in den Kirchstühlen stehen, steif und ernst – und sich regelmäßig verneigen, wenn der Name Gottes des Vaters, Gottes des Sohnes, Gottes des Heiligen Geistes genannt wird. Und an beiden Seiten des Weges, vor den Häusern entlang, unregelmäßig, den Wänden viel zu nah, standen, im Sonnenlicht badend, niedrige, kolbenförmige, graurissige Weidenstämme mit einem Schopf von feinen schlanken Schossen, – die armen Weiden wurden immer wieder geköpft. Sonst gab es keine Bäume im Dorf; nur vor dem Hause mit der halboffenen wartenden Tür oben stand schräg eine ungestalte, von der Mitte oberhalb des Bodens an in lange bleichgelbe Borsten eingehüllte Pappel, die gleichfalls allherbstlich unbarmherzig geköpft wurde. Neben dem Brunnen dieses Hauses hatten einige schlanke hohe Goldweidenzweige mit langen schmalen feinen Blättern Gott weiß wie Wurzel geschlagen; der Wind hatte sie gesät. Jetzt war es, als ob die geschmeidigen Goldgerten in der Sonne schmölzen. Unverrückt fielen die Baumschatten, ein wenig schräg, auf die Häuser der linken Seite, auf die festverschlossenen Türen.

Totenstille! Doch eben schreit sie auf – so ist der Eindruck – wie aus Angst vor sich selber. Hinter dem zweiten Hause auf der linken Seite, in dessen kleinem Garten hohe Maisbüschel stehen und gelbe große greisenhafte grüne Sonnenblumen, dass es ist, als ob hier Sumatra sei oder Borneo, kräht eben schrill ein Hahn, wie aus Beklemmung und Furcht vor dieser Stille und Hitze. Mürrisch darauf sagt eine müde greisenhafte Frauenstimme, wie heraus aus tiefem Traum: »Lat din ol Kreihn na, 'keen mag dat hörn!« Hierauf ein paar sachte Schritte; dann sprach der nämliche Matronenmund: »Gaht doch hen un muus't doch; wat doht ji hier to sitten – «; zu ein paar Katzen jedenfalls, die ganz marode, ganz gliederlahm von der Juliglut im Sonnenschein faulenzten, mit der roten Zunge um den Mund leckten und die gelben Augen klein machten. Ah, wie ihnen das Mausefleisch in diesem Augenblick zuwider war! Und dann fiel mit schläfrigem Klirren eine wacklige Tür in die Klinke.

Und noch einmal der müde, bange Hahnenschrei. Dann nur noch ein schläfriges Singen und Seufzen in der Luft, eintönig, das Mitsichselbersprechen der brütenden Stille; so eintönig, wie das gelbgrüne, mit langen schwarzbraunen Gräben, die sich hier und da zu Gruben mit trübem Wasser erweiterten, durchzogene Moor auf der einen, die schillernd-stumpfe Blutbuchenfarbe der Heide auf der anderen Seite; ganz so ununterbrochen und sich gleich bleibend, wie der weite flache Plan, über dem sie brütend schwebte.

Aber noch konnte das Dorf nicht ganz zur Ruhe kommen. In der Ferne auf dem schmalen Weg aus dem Moor zum Dorf hin erwachte ein holperndes, stolperndes Geräusch, als ob ein Wagen über eine Grabenbrücke aus runden Erlenstämmen rolle. Und bald darauf kam noch ein schmächtiges, hoch mit zunderdürrem braunem Sodentorf bepacktes Gefährt auf dem leicht federnden, braunschwarzen Wege, in den unzählige schmale Räder zwei Rillen sauber hineingenagt hatten, dumpf ins Dorf geklappert. Ein hagerer, magerer Bauer, in dessen faltigen Linnenhemdärmeln brauner feiner Torfstaub lag, lenkte nebenhergehend die Mähren, deren Rippen unter der stellenweis abgeschabten Haut hervortraten, deren Köpfe tief gesenkt waren, wie der scharfgeschnittene Kupferkopf ihres Führers, und deren dünne Schweife fortwährend auf die spitz hervortretenden Hüftknochen fielen, denn ein Schwarm von Mücken und Pferdefliegen flog beständig und gleichsam ruckweise mit den Tieren. Hinter dem knarrenden Gefährt ging ein junges Mädchen in kurzem braunen Rock mit nackten Armen und Füßen, die die Sonne gelblichbraun verbrannt hatte. Müde, ausdruckslos sahen ihre blassblauen Augen in die Ferne. An ihrer Hand führte sie lässig ein kleines Kind, das nicht mitkommen konnte und in einem Traben blieb; es war nicht zu sehen, ob es ein Mädchen oder ein Knabe war; es sah wie ein kleiner Türke aus mit seinem braunroten Gesicht, von dem das fahlgelbe, fast weiße Haar so grell abstach, dass es einem schmutzigweißen Turban glich. Die immer auf- und abschlenkernde freie Hand umkrampfte gelbe Mümmeln und weiße, noch fast ganz geschlossene Seerosenknospen mit welk gesenkten Köpfen und schlaffen, durstleidenden, lang aus der moorkühlen Tiefe herausgerissenen Stängeln.

Und unaufhörlich rieselten nun die Schatten der Schopfweiden über die Pferde, die Menschen und den Torf hin: es war, als bedürfte es eines kleinen Sprunges für sie, um über die spitz hervorstehenden Hüftknochen hinüberzukommen, und auch auf dem Torfsodenberg entstand ein wunderliches Schattengehüpfe.

Ganz hinten am Ende der Straße, bei dem alten Haus mit der offenen Tür, hielt der Wagen still. Das Kind, die Blumen mitten in den braunen Weg werfend, wo sie nun in der grellen Sonne ganz verzweifelten, – denn sie hatten bisher noch immer wirr und unbestimmt von einem bauchigen, weißglasierten Topf mit verschwommenem blassblauen Arabeskengeäder voll kalten Wassers in kühler, dämmeriger Stube geträumt, – zerrte die Tür noch weiter auf und verschwand hinter ihr. Das junge Mädchen ging zu dem Brunnen; es war gleichsam zu sehen, mit welch wonnig-wollüstigem Gefühl sie ihre glimmenden Fußsohlen auf die kühlen Steinplatten stellte, auf die der Schatten der hölzernen Umfassung fiel; die Goldweidenzweige neigten sich über ihr Haupt und ließen feine Schatten über ihr kornfarbiges, glanzloses, sonnenversengtes Haar gleiten. Mit kräftigen Armen sandte sie die glattgegriffene Holzstange in die kühle Tiefe; der Eimer zerstieß den Wasserspiegel, der aus dem kreisrunden Brunnenloch heraufschillerte; dann zog sie den gefüllten Eimer, von dem glitzernde Silbertropfen in die Tiefe glitten, rüstig wieder empor und goss das blitzende Wasser in den langen Tränktrog, der unter dem Ausgussrohr stand.

Mehrmals tat sie so; dann verschwand auch sie in der Tür. Der Bauer schirrte die Pferde ab und führte sie an den Trog; die durstigen Tiere tranken gierig, mit sich blähenden Hälsen. Dann brachte er sie in den Stall und kam auch selber nicht wieder zum Vorschein. Nun saßen wohl alle drinnen hinter dem Tisch in der kühlen Küche und aßen abgerahmte, kellerkalte Milch mit steifer Grütze und dann gebratene Speckschnitten und graue Buchweizenklöße, die sie in mit zerlassenem Fett verdünnten Sirup tauchten, um hierauf in dem Heu vom vorigen Jahre auf eine kurze Stunde sich auszustrecken.

Kein Laut mehr. Nur das Sieden der Stille ringsum.

Die Torfbauern schnarchten nun alle in den kühlsten Winkeln ihrer Archen. Auch diese schliefen und die Bäume, die Pappel und die Weiden – doch diese nicht so fest und traumlos wie die Bauern. Die graugrünen schmalen Lanzenblätter zitterten unmerklich und träumten von wetternden Gewittern und von kalten großen klaren Tropfen, die mit dumpfem Schlag auf ihrer nun bestaubten Oberfläche zersprühen und sie wieder blank waschen sollten. Und den gleichen Traum träumte die tiefblaue Tremse auf dem dunkelgrün bemoosten in der Glut bratenden Dach des zweiten Hauses links, die sich hoch oben nah der Firste angesiedelt hatte; den gleichen Traum träumten die fremdartigen, grünen Maisstauden neben dem Hause und die hohen Sonnenblumen – und nur die flammende Sonne ganz allein mitten im Himmel, der die Farbe abgerahmter Milch zeigte, wachte grimmig, rastlos. Weit unter ihr dehnte sich das gelbe, versengte Moor aus hinter dem Dorf, unendlich, mit den tausenden Haufen von braun-schwarzen Torfsoden, den Erlen und Weiden an den feuchten, blänkernden Stellen. Ein heißer, lichtzitternder Dunst lag über dem gelben Plan; in der Luft war es wie ein leichter Brandgeruch. Es musste gefährlich sein, sich hier eine Pfeife anzuzünden; nur eines ungehüteten Funkens schien es zu bedürfen, um diese ganze Fläche in ein Feuermeer zu verwandeln. Und doch schmauchte hier jeder seine kurze Pfeife, – Timmermannstobak Nr. 1, in witt Popier, »Petum optimum subter solem, de beste Tobac onder de zon, bey E. A. Wriedt, Altona.«

Kein Laut, Totenstille –

Urplötzlich wurde die blutrote Tür der zweiten Kate links aufgestoßen, mit solcher Kraft, dass sie klatschend an die Wand fuhr und einige Kalkscherben von ihrem gelben Lehmbewurf abblätterten. Das Sonnenlicht sprang durch die Türöffnung auf die Diele in taumelnde, bestürzt beiseite weichende Schatten; die Krone des Schattenbaumes fiel wie abgesägt auf die gelbbraune Lehmdiele. Ein Bauer, die Beinkleider, die Hemdärmel, das Haar noch voll von Heuhalmen, braun im Gesicht, die Augen wirr und wütend aufgetan, stolperte hastig über die Schwelle und schrie wie besessen: »Dat Diert, dat wull mi in den

Mund krupen!« Seine Frau folgte ihm, mit ratlosen und ängstlichen, zitternden Bewegungen, mit abgewandtem, entsetztem Gesicht. In ihrer Faust hielt sie krampfhaft – und doch zugleich, als ob sie sie am liebsten weit, weit wegschleudern möchte – eine Feuerzange fest – den steifen Arm soweit wie möglich vom Leib abgereckt. Und in dieser fest zusammengekniffenen Zange wand und krümmte sich eine lange stahlgraue Ringelnatter, öffnete den flachköpfigen Rachen und zischte und streckte die schwarze feine blanke Gabelzunge hervor. »De Schüfel, flink!« brüllte der entsetzte wütende Bauer. Eine eisgraue Großmutter, hinter deren Rockfalten an jeder Seite zwei fahlhaarige Kinderköpfe entsetzt und wütig – die gebleckten Zähne sahen aus den verzogenen Mündchen – hervorstarrten, erschien in der Türöffnung, langte dem Schimpfenden das geforderte Gerät hin und blieb dann breitbeinig starren Gesichts auf der Schwelle stehen. »Lat dat Diert los!« Und hochaufatmend nahm die Frau die Zange auseinander – eilig glitt ein schmaler dunkelgrauer, sich in weichen Halbkreislinien windender Streifen an der Weide vorbei in den Weg hinein. Hastig hopste der Bauer ihm nach mit hocherhobener Schaufel und ließ sie wuchtig niederfallen. Es war, als ob er die arme Ringelnatter mit dem Schlag an den Boden festgenagelt habe. Der Kopf hob und bog sich noch, der Schwanz bewegte sich, doch der vorhin so geschmeidige Natternleib kam nicht mehr von der Stelle. »Kiek, wat de ol Snak sin swarte spitze Tung utstickt! Un twee gäle Hörn hett dat Diert up den Kopp!« sagte der Bauer triumphierend. »Uh, – dat Aas wull mi in den Mund krupen!« Und sich schüttelnd, stieß er noch mehrmals mit der Schneide des Schaufelblatts auf den zuckenden grauen Wurm, als ob er ihn in Stücke hacken wolle. Blinzelnd tropfte das Blut an mehreren Stellen zwischen den grauen Schildern hervor; in jedem roten Tropfen lag ein winzig blitzendes Sönnchen. Jetzt regten sich nur die graue Schwanzspitze und der Kopf noch, kaum merkbar. »Kiek, he deiht dat Mul wied apen – he jappt nu all na Luft!« Und die Hände gegen seine Knie stützend, betrachtete der Mörder befriedigt und kaltblütig sein Opfer. Dann ließ er den armen Wurm in der heißen Sonne liegen und kehrte mit Weib und Kind ins Haus zurück. Die Tür fiel langsam hinter ihnen in die Klinke, die Sonne hatte wieder ihr Reich allein. – Wie vorhin stand der Schattenbaum an der braunroten Tür, doch war er wohl ein wenig, ein ganz klein wenig weiter nach rechts gerückt; der besonnte Teil der eisernen Klinke schien nun kleiner zu sein, als vorhin. Alles ist wieder reglos still; nur die schmalen grau-grünen Weidenblätter erzittern von Zeit zu Zeit in ihren tiefen verworrenen Träumen – und noch immer zuckt die Schwanzspitze des mehrfach gebrochenen, welken Natternleibes. Die Sonne hat die Blutstropfen rasch getrocknet; sie nehmen sich aus, wie Rostflecken auf einer grauen

Degenklinge. Aber der Kopf regt sich noch; wie in tiefster Todesangst reißt die sterbende Kreatur manchmal hastig den kleinen großen Rachen auf, dessen Inneres vom zartesten Mattrosa ist – und lässt die Kiefer langsam, wie in Verzweiflung, unbehilflich, als habe sie sie nicht recht mehr in ihrer Macht, wieder zuklappen.

Sonst regt sich nichts. Alles ist totenstill.

Aber da wird weiter oben im Dorf wieder ein Wagen auf den Weg geschoben. Pferde trappeln, werden an die Deichsel geschirrt. Die Mittagsstunde ist vorbei. Und die breiten Hufe der Pferde mit ihren ungefügen Eisen und die harten Räder werden die Todesqual verlöschen, die den zerschlagenen Schlangenleib durchbebt.

*

# DER LIEBE GOTT
## Studie aus einem holsteinischen Tagelöhnerdorf

Ganz unten im Gutsdorf, in der Biegung eines hohen Knickwalls, dessen Zweigwerk fast so hoch war wie ihr Dach, stand eine kümmerliche schiefwandige Kate mit kleinen blinden bleigefassten Fenstern und einer zusammengesunkenen Strohmütze, auf der blendend weißer Schnee lag. Von fern konnte man fast glauben, dies kleine Gebäude sei nur ein zusammengewehter Schneehaufen, weil seine kläglichen Fachwerkwände mit einer weißbläulichen Kalkflüssigkeit angestrichen waren. Kam man aber näher, so war an dem rotbraunen Ständerwerk und an der ebenso gefärbten Tür zu ersehen, dass man ein Menschenobdach vor sich habe.

Die kleine Hütte war fast begraben unter den weißen Schneemassen, die sich in den letzten Tagen hoch an den Zäunen aufgehäuft hatten. Selbst die nackten, hakigen Haselzweige waren von den Flocken sorgsam mit weißen flaumigen Polstern umkleidet. Und über dem allen lag blendender, höhnisch-kalter Sonnenschein. Man schauerte zusammen – und blickte unwillkürlich nach dem Schornstein: kein Rauchwölkchen stieg aus ihm empor in die flimmernd klare Winterluft.

\*

Die Tür wurde geöffnet; es ging nicht leicht, der davor aufgehäufte Schnee musste von dem Öffnenden mit Gewalt weggeschoben werden. Eine alte, hochgewachsene und noch immer kräftig erscheinende Frau trat daraus hervor, deren runzeliges Gesicht mit der blutroten Nase von einer gewaltigen Kapuze umrahmt war; ein dicker Schal war mehrfach um den Hals geschlungen; ihren Oberkörper umhüllte eine wollene Friesjacke, wie sie sonst nur von Männern getragen wird, – ebenso wie die derben großen Stiefel mit den dicken Holzsohlen, die unter dem Saume ihres groben grauen Beiderwandrockes hervorschauten – nein, nicht umsonst nennt man sie im Dorf »Trin Pauersch.«

Dieser Name, den ihr die Art ihres schwerfälligen Ganges eingetragen, hatte einen tieferen Sinn, als die, welche ihr ihn aufgehalst hatten, ahnten. Denn wie wäre Trin durch das Leben gekommen, wenn sie nicht so fest und sicher auf ihren Beinen gestanden hätte! Das tapfere Vorwärts- und Hindurchschreiten hatten schon ihre Kinderfüße lernen müssen; schon an ihren Kinderhänden bildeten sich Schwielen, und sie war sie bis jetzt nicht los geworden; sie wird sie nun auch mit ins Grab nehmen müssen. Ihre Eltern waren Tagelöhner, sie arbeiteten beide den ganzen ausgereckten Tag auf dem benachbarten

Gutshof. Sie musste, kaum dass sie nicht mehr in der unbeholfenen Wiege schlief und auf ihren eigenen Füßen stehen konnte, ihr inzwischen angekommenes Brüderchen warten und füttern, die Ziege melken und abends ihren von der Arbeit heimkehrenden Eltern die Grütze kochen. Dann, nach ihrer Konfirmation, kam sie, ein starkes, solid gebautes Geschöpf, als Meiereimädchen nach dem Gut, fiel hier einem der Knechte in die Hände, bat ihn tausendmal, sie nicht unglücklich zu machen und gab ihm doch eben so oft Gelegenheit dazu. Sie kam mit einem totgeborenen Knaben nieder. Gott sei Dank, dass er tot war. Der Knecht verheiratete sich mit einer anderen – aber trotzdem war ihr Fehltritt, ihr »Fall«, halbwegs ein Glück für sie, denn sie kam jetzt als Amme ins »Herrenhaus«, und an ihrer Brust wuchs der Stammhalter des Gutsherrn zu einem starken, kräftigen Bengel heran. Dann heiratete sie einen Tagelöhner, dem sie an Größe und Körperkraft weit überlegen war, und ging ihm tapfer zur Seite, »zu Hofe«. Er war grad' »der beste Bruder auch nicht«; er liebte den Kümmel und war in der Trunkenheit außerordentlich zanksüchtig; ruhig und schweigsam prügelte sie ihn dann durch, bis er sich zufrieden gab und Besserung gelobte. Nie wurde ein Gelübde öfter gebrochen. Endlich wurde er krank und musste über ein Jahr lang still darnieder liegen, doch sie arbeitete für zwei und legte ihn endlich, ohne Murren zwar, aber mit Tränen in den Augen, in die Erde; sie hatte trotz alledem etwas von ihm gehalten; mit der Zeit hatte sie, wie es so oft geht, ihr Kreuz liebgewonnen. Jetzt war sie allein in der Kate und im Leben; ihre Kinder, bis auf den letzten Sohn, waren alle früh gestorben, und dieser letztere, Klaus, war nach Amerika gegangen und sandte regelmäßig zu Weihnachten viele Grüße und einen Dollar. Aber sie verzagte nicht.

All die rastlose Arbeit hatte die Kraft ihres Leibes gebrochen, – aber zur rechten Zeit erinnerte ihrer sich der liebe Gott. Der Gutsherr hatte seine gute Amme nicht vergessen und gab ihr, trotzdem er als Geizhals galt, in dieser Kate, die ihres schlechten Zustands halber ohnehin meist leer stand, freie Wohnung für ihren Lebensabend und versprach ihr obendrein für den Winter freie Feuerung. Sie weinte vor Rührung und blickte ihn zärtlich an, den guten Herrn, der in seinem Gutsbezirk wie ein König herrschte und mit seinen strengen grauen Augen, seinem wohlgepflegten Backenbart und seinem großgeblümten Schlafrock, vergraben in einem weichen Sessel, ihrer Meinung nach auch wirklich wie ein König aussah.

Seitdem lebte sie, so gut es gehen wollte, im Dorfe und nährte sich ehrlich und kümmerlich. Sie strickte Strümpfe, spann unermüdlich und war als Wärterin bei Kranken rings in der Umgegend sehr beliebt. Sie konnte überdies »raten« und »besprechen« und kannte allerlei Sympathiemittel. So hatte sie sich bis jetzt tapfer und unverdrossen durch alle Nöte und Hindernisse des Lebens hindurchgebracht, und tapfer und unverdrossen sah sie auch jetzt, vor der Tür ihrer Kate stehend, in ihrer groben, halb männlichen Kleidung aus.

*

Sie hielt in dem blendenden Schneesonnenlicht die beschattende Hand über die Augen und starrte blinzelnd zudem in der Ferne sichtbar werdenden, sich dunkelbraunviolett von dem blassblauen Himmel und der weißen Erde abhebenden Walde hinüber, leicht bebend vor Kälte; dann schritt sie entschlossen in den Schnee hinein. Große unförmliche Löcher ließ sie hinter sich. Sie wollte sich im Walde drunten etwas Feuerholz sammeln, um ihr ärmliches Stübchen durchwärmen zu können. Der liebe Gott sowohl wie der Gutsherr schienen sie beide vergessen zu haben; – aber vielleicht war es auch nur eine Prüfung, wie sie deren ja so manche überstanden hatte. Der Gutsherr war überdies so eigen, er konnte das Mahnen nicht haben und – schriftlich hatte sie's ja nicht von ihm. Und von Gott hieß es in ihrem Gebetbuch, in dem sie manchmal buchstabierte: »Meine Gedanken sind nicht eure Gedanken und meine Wege sind nicht eure Wege.« Bis jetzt hatte sie gewartet – aber es war nichts vom Gut geschickt worden, und über Nacht hatte sie in ihrem Bett gar nicht warm werden können.

Es galt für ihre alten Füße, wieder einmal tapfer auszuschreiten.

*

In diesem Augenblick hörte sie ein lustiges zweistimmiges Mädchenlachen, und als sie verwundert stillstand, kamen zwischen den hohen Schneebastionen zwei Meiereimädchen vom nahen Gute um die Ecke – sie zogen einen mit feinem gelben Buchenkluftholz hoch bepackten Schlitten hinter sich her. Ihren großen braunen Händen war die Fortbewegung dieser schweren Last ein Kinderspiel; auf ihren vollen rotwangigen Gesichtern lag der Abglanz sorgloser Jugendlust und robuster Gesundheit, und ihre kräftigen Leiber hatten trotz ihrer Derbheit etwas von der energischen Geschmeidigkeit des Waldwildes: jeder Arbeit gewachsen und jedem Scherz, jeder Lust mit unbekümmerter Wonne entgegengehend – je toller, desto besser!

Die Augen der Greisin leuchteten in erstaunter Hoffnung auf.

»Goden Dag, Moder Krohn«, riefen die lustigen frischen Mädchen mit hellen Stimmen. »Wat is dat koold – Se hedd gewiss all fror'n –?«

»Ja, över Nach heww ick rein schrudern müsst,« sagte die Alte. »Un nu wull ick man to Holt gahn un mi een beten Kratt sammeln.«

»Deiht ni nödig, Krohnsch, gah Se man wedder 'rin un trecken Se de groten Stebeln ut – Se könnt een jo rein bang maken in düsse Utstür.«

Die Mädchen brachen in ein lustiges Gelächter aus und die Alte, gleichmütig an sich niedersehend, lachte gutherzig mit.

Dann erzählten sie, wie der Herr schon in aller Herrgottsfrühe in die Meierei gekommen sei und gesagt habe, er hätte rein vergessen, die alte Frau Krohn mit dem nötigen Feuerungsvorrat zu versorgen. Es wäre nötig, ihr sofort etwas Holz zu bringen; ein Wagen mit Torf solle später nachgesandt werden.

»Is dat wahr?« brach die Alte gerührt aus. »Ne, de gode Herr! – Na, denn kamt man 'rin!« Die Alte öffnete eilfertig die Tür und die Mädchen schoben den Schlitten in den dunklen Vorraum. Hier machten sie ein loderndes Feuer auf dem Herde an, das in der Dämmerung golden leuchtete. Dann schoben sie auch Holz in den Ofen, kauerten sich davor nieder und bliesen die Glut mit ihren gesunden Lungen zu lohender Flamme an. Das Holz knisterte und knackte und eine wohlige Wärme verbreitete sich in dem kleinen Raum. Die Alte hatte sich auf einen Stuhl gesetzt und blickte, die Hände im Schoss gefaltet, behaglich den Leistungen der jungen Mädchen zu.

Jetzt erhoben sich diese, reichten der Alten zum Abschied die Hand und eilten lachend und schäkernd von dannen. Keine von ihnen dachte im lustigen Jugendübermut daran, in jener alten kümmerlichen Frau auf dem morschen Holzstuhl die eigene Zukunft zu sehen.

\*

Die allein gelassene Alte starrte zufrieden vor sich hin.

Ihre Augen leuchteten, als bete sie. Und sie betete auch wirklich – ein heißes Dankgebet für das Holz und den in Aussicht gestellten Torf; umso heißer war ihr Loben und Danken, als ein halb unverstandenes Reuegefühl in ihr emporstieg darüber, dass sie so wenig Vertrauen zum lieben Gott und zu ihrem Gutsherrn gehabt hatte. Indessen war sie so vorsichtig, bei dem Dank für den Torf, den sie noch nicht hatte, hinzuzufügen: »wenn ick em krieg.« Das tat der Innigkeit ihres Gebetes aber keinen Eintrag.

\*

Und sie sah wie durch einen schwachen Nebelglanz den Herrgott auf seinen Thron sitzen, den lieben gütigen Gott, der die Armen, Alten und Schwachen nicht vergisst. Immer inniger wurde ihr Gebet, zwei große Tränen liefen über ihr verrunzeltes Gesicht und verloren sich in den tiefen Falten, die sich um ihre Mundwinkel eingegraben hatten.

Wenn sie genauer hingesehen hätte, würde sie darüber erstaunt gewesen sein, dass der liebe Gott ihrem guten gnädigen Gutsherrn so ähnlich sah – überaus ähnlich in der Tat, nur trug er eine blitzende Goldkrone auf dem Haupt. Im Übrigen: der nämliche Backenbart, die gleichen strengen, herablassenden Augen, die gleiche scharfe Nase – ja, er trug sogar den nämlichen großgeblümten Schlafrock.

Aber, Gott sei Dank, sie sah nicht näher hin.

*

Und – ich weiß es – ihr Gebet fand den Weg zu dem Himmel des Himmels, zu dem Licht, »da niemand zukommen kann,« in dem der Herrgott thront.

*

# Der Holzapfelbaum

Draußen auf dem Feld auf einem Wall zwischen niedrigem Hasel-, Weiden- und Dorngebüsch stand ein nichts weniger als ebenmäßig gewachsener Holzapfelbaum mit einer dürftigen, aus knorrigen Zweigen gebildeten Krone. Aber er ließ sich das wenig anfechten, sondern bedeckte sich im jedem Frühjahr, das Gott werden ließ, mit frischem Grün und mit hübschen weißrosigen unschuldigen Blüten, und im Sommer, wenn goldener Sonnenschein heiß herniederlachte, hängte er ein paar verkümmerte grasgrüne Äpfelchen an seinen Zweigen aus, so dass die Krähenblumen, die unten zwischen seinen wunderlichen, eigensinnig verrunzelten Wurzelfüßen ihre sommerliche Farbenpracht entfalteten, ordentlich erstaunt, ja fast ehrfürchtig zu ihm aufblickten. Im Herbst aber ließ er immer ganz traurig seine Blättchen eines nach dem andern fallen und blickte voll Wehmut den vom Winde Entführten nach – es war ihm nicht gelungen, auch nur eine einzige seiner Früchte zur Reife zu bringen, denn die bösen Dorfjungen hatten sie ihm allesamt geraubt und ihn, wenn sie in die grasgrüne Unreife der Äpfel erwartungsvoll hineingebissen hatten, noch obendrein ob der Unlieblichkeit seiner Erzeugnisse mit allerlei unlieblichen Namen bedacht.

Ja, das hat man davon! Undank ist der Welt Lohn.

Aber sind schon die Jungen undankbar, so sind die Alten es erst recht.

Im Frühjahr sah der Bauer, dem das Feld gehörte – er war ein stämmiger, vierschrötiger Mann mit rotem wetterhartem Gesicht – den Baum in seiner rosigen Blütenpracht.

»Kiek an,« sagte er, »Gott's Segen mit di; 'n schönen Baum, den de Wind seiet hedd; mi hedd he nicks kost't; – wenn ick in'n Harwst wedderkam un alle Blomen Appeln sünd, denn is dat 'n feinen Profit!«

Diese Anerkennung tat dem armen Baum wohl. Und dankbar strengte er sich an und hatte diesen Sommer mehr der grünen Bälle ausgehängt, als jemals zuvor. Und für ein lüsternes Knabenauge schimmerten sie im goldenen Julisonnenlicht verteufelt verlockend aus dem lederartigen, dunkelgrün schimmernden Laube hervor.

Und alle Äpfel fielen den bösen Jungen zum Opfer, bis auf einen einzigen, der ganz hoch oben in der Krone hing.

Diesen pflegte der arme Baum nun mit aller Umsicht deren er fähig war, um – wenn der böse Bauer käme –.

Und da war er schon!

Es war an einem warmen Julisonntag. Der arme knorrige Baum zitterte vor Angst wie ein Schulbub beim Examen. Der Bauer mit dem strengen roten Gesicht und dem stacheligen Stoppelbart, die blaue Linnenhose in den kurzschäftigen Stiefeln, kam, um seinem Schwager aus der Stadt, einem Tischler, seine Felder mit ihrem Erntesegen zu zeigen.

Der arme Baum steckte seinen prächtigen Einzigen recht zur Schau in den Sonnenschein hinaus, während die beiden näher kamen und über den Roggen sprachen, an dessen Halmen schwere gelbe Ähren hingen, gelb wie Gold. Das Feld glich einem wahren Californien, so voll war es des Goldes. Aber dem Bauer war es doch nicht genug, denn er steckte bis an den Hals in Schulden.

So kamen sie allmählich in die Nähe des Baumes. Des Bauern Gesicht ward streng.

»No kiek an, Swager,« eiferte er, »kiek, so'ne lögenhafte Kreatur von Appelbaum. Fröhjahrs sitt he över un över voll Blomen un versprickt mi'n ganze Tünn voll Appeln un nu hett he man een eenzigen vermikerten Appel to Gang kregen – un de hingt noch darto so hoch, dat Een dor ni'mal anlangen kann. Awer ick will em doch rünnerhal'n, wenn du em hebben willst.«

Und der kurze deftige Mann schob sich richtig in die Krone des ächzenden und stöhnenden Baumes hinein, der voller Angst und Zuvorkommenheit den Apfel gerade vor die Füße des Tischlers warf.

Verblüfft guckte der Bauer herunter.

»Ne, so wat ock doch!« begann er dann mit seiner groben heiseren Stimme zu schimpfen: »Dat harr den ollen verdreihten Boom ock doch ehrer infallen kunnt!«

Als er wieder unten ankam, sah er, wie sein Schwager sein ganzes Gesicht in Unordnung gebracht hatte.

»Wat fehlt di?« fragte er ganz besorgt.

»Och, de Appeln hier sünd jo wol dreemal von'n Düwel in Ädi kaakt!« schimpfte dieser und ließ den angebissenen Apfel zur Erde fallen. »De is jo so bitter as Gall; he hett mi ganz den Mund tosamentrocken.«

»So? Ja, ick seh wol, de Baum döggt ni!« Und der Bauer blickte den armen Apfelbaum ganz giftig an. Dann kam ihm ein neuer Gedanke.

»Weeßt wat, Hinnerk? Sin Holt is doch wol wat wert; du kunnst mi'n lütt Schapp darut maken. – Geld heff ick wol ni veel optobewahren, awer doch – unbetahlte Reknungs!«

»Ut den Baum?« rief der Schreiner lachend. »Minsch« dar is jo keen eenzi Brett ut to sniden, dat lik weer!«

»Nich? Un em ümtohau'n un as Brennholt wegtoföhrn, dat lohnt ok nich de Möh. He is also to nicks, würkli to nicks in de Welt to gebruken – – un waßt un grönt un nimmt sin Platz in Gott's gode Luft in, as harr he Wunner wat to Koop«

So schimpfend, ging der Bauer mit seinem Schwager weiter. Der alte Apfelbaum aber seufzte, während der linde Sommertraumwind schmeichelnd über seine harten grünen Blätter fuhr, als ob er ihn trösten wolle.

– – Und dann kam der Winter. Die bunten hübschen Krähenblumen waren längst verblüht; der arme Apfelbaum hatte all sein Laub hergegeben, um die zarten Blumenleichen recht warm zuzudecken. Und dann kam der Trost und endlich der Schnee. Ihn fror, dass seine kahlen Zweige knackten.

Da kam eines Tages der Bauer durch den Schnee gestiefelt.

Er sah ganz merkwürdig aus, so finster und gedrückt und seine Augen waren rot unterlaufen. Auch ging er nicht so fest wie sonst auf seinen kurzen strammen Beinen. Seine Fußspuren zogen sich in einer merkwürdig krummen Linie hinter ihm her.

– »So!« sagte er dumpf, die Zähne zusammengebissen, als er den alten Apfelbaum erblickte. »Du büst doch ni ganz to'n Unnütten; man good, dat ick di heff stahn laten in'n Sommer. Ick dacht' ni, dat't so slimm kam'n weer! Von Hus un Hof af! Ick, de ole Eggers, Bankrottmaker – 't is hart, warafdi, dat is hart! Na, du ole krumme Baum, nu schall – un dat in'n deepsten Winter – 'n Appel an di hang'n, – 'n Appel, as du noch keenen dragen hest.«

Und er lachte kurz auf – heiser und verbissen; dann zog er einen derben Strick aus der Tasche, knüpfte ihn um den dicksten Ast des Baumes und machte am anderen Ende eine Schlinge daran. – Der Apfelbaum wusste nicht recht, was das bedeuten sollte und war zu Tode erschrocken, als er sah, dass der Bauer die Schlinge um seinen kurzen dicken Hals legte, in die Zweige hinaufkletterte und sich dann plötzlich mit aller Gewalt fallen ließ.

Er wollte sich erhängen.

Aber der Bauer blieb nicht, wie er es beabsichtigte, am Baume hängen, sondern er – knick knack! sagte es – fiel tief in den mit Schnee gefüllten Zaungraben, ganz sanft und weich, kein Finger tat ihm weh von dem hastigen Sturz, und der dickste Ast klatschte vom Baum mit dem Strick neben ihm in die weiche weiße Schneedecke.

Einen Augenblick blieb er liegen und blickte nur ganz erstaunt und verblüfft erst den Ast, dann mit einer leichten Wendung des Hauptes den alten Baum an; hierauf griffen seine Finger an den Hals und lockerten die Schlinge, die sich doch verdammt festgeschnürt hatte; – dann zog er den Kopf behutsam heraus, stellte sich spreitbeinig auf seine kurzen stämmigen Füße und maß den alten barmherzigen Baum mit bösartigem Blick.

Er schüttelte drohend die geballte schwielige Faust gegen ihn und schrie mit ausnehmender Grobheit:

»Du büst warafdi de dögenichsigste Baum, denn't in de Welt geben kann – nimal ophing'n kann man sick an di!« Sprach's, wickelte den Strick zusammen, steckte ihn sorgsam in die Tasche und stiefelte langsam durch den Schnee davon.

*

# FEIGHEIT —?

Wir hatten einen – übrigens fast erfolglosen – Jagdausflug in die »Hahnheide« gemacht, eine moorige Brucheinöde voll von Gestrüpp, verwelktem Heidekraut und Ginster; dazwischen blänkerten Wassertümpel, angefüllt mit modernden Sumpfpflanzen. Hier und da, an tieferen Stellen, erhoben sich dünne Erlenstämme und weiße leuchtende Birkengruppen mit gelbem schwarzgefleckten Laube, das einen bitter-aromatischen Geruch aushauchte; die Bäume standen unendlich fein in der klaren milden Herbstluft, ebenso wie die drei, vier kleinen Moorbauerngehöfte, die uns zu Gesicht kamen, und die fernen braunen Waldmauern, die rings die »Hahnheide« einschlossen und im Sonnenduft fast wesenlos erschienen. Alles ganz nett; ein Landschafter von der Artung der Worpsweder wäre zweifellos höchst entzückt gewesen; aber wir! Wo blieben denn die Birkhühner, die hier so zahlreich sein sollten? Kein Haar, keine Feder – und dabei ausgezogen, wie die Schwaben, sieben Mann hoch. Nun stiefelten wir müde und verdrießlich den krummen, tiefspurigen Heideweg entlang, dem fernen, schmalen Streifen des satten Abendrots entgegen, der am Himmel glomm. Wir wanderten der kleinen Bahnstation Brokstedt zu, mitten in der Heide, um mit dem letzten Zuge die Behausung unseres gastfreien Wirtes, des Kirchspielvogts und Majors a.D. von Gyldenfeldt, zu erreichen, dessen Haushälterin – er war unvermählt – mit einem kräftigen Jagdsouper auf uns wartete. Es wurde kaum ein Wort gesprochen, nur der kleine Gutsbesitzer von Sartorius (die Ahnen Krämer, dann Großhändler in Hamburg) schimpfte fortwährend auf die naturverderbende Kultur, machte sich lustig über die Versuche, in dem »europäischen Garten« wieder »wildes Wild« anzusiedeln – wie die Steppenhühner – und schwor, er gäbe sein Leben darum, wenn er mit Hermann dem Cherusker den Auerochs in den grünen Tiefen altgermanischer Forsten hätte jagen können. »Ihr Leben?« brummte hier einer von uns in den Bart. »Dann jagen Sie doch lieber gleich mit dem Rodensteiner!« – Aber heut – keine Jagd – keine Poesie. »Nichts mehr, meine Herren, nur alles in Kultur nehmen, jedes ehrliche Stück Jagdland aufbrechen und – puh! – mit Stacheldraht einzäunen, in jedem Wald Wege ziehen fürs liebe Sonntagspublikum und Schilder anbringen mit: Rauchen verboten! – Nein, meine Herren, ich gehe nach Afrika und werde Löwenjäger. Wäre nur nicht die Überfahrt. Die Dampfer ... selbst der Ozean ist verdorben durch diese hässlichen Ungetüme mit ihren rauchenden Schloten.«

»Nun, Sie haben doch just keine Ursache, diesen Dampfern so gram zu sein!« grollte der Grobian von vorhin, den das ewige Schwitzen des Kleinen wohl ärgern mochte. Der schwieg denn auch pikiert.

Endlich war das Bahnhofsgebäude erreicht; ein kleines ödes Vierwändeding, mitten in der Heide an das Parallelogramm der Schienen hingestellt, wie ein Häuschen aus einer Spielzeugschachtel. Es zeigte sich, dass wir noch über eine Stunde zu warten hatten. Wir verfügten uns in das leere Wartezimmer; drei eifrige Skatspieler nahmen den einen Tisch in Beschlag und gerieten gleich beim ersten Spiel in den heißesten Streit – Herr von Sartorius zückte missbilligend die Achseln und setzte sich zu uns anderen in eine Ecke. – Da die Jagdstreiferei keinen Stoff bot, kam das Gespräch auf einen Vorfall, der sich kürzlich in der Gegend ereignet hatte. Ein Knecht hatte seine Braut, die Tochter eines vermögenden Bauern, der, wie Väter meistens sind, dem Verhältnis ein schroffes »Nein« entgegengesetzt hatte, auf deren Wunsch erschossen; die Liebenden hatten gemeinsam in den Tod gehen wollen – doch nach dem Mord hatte er nicht den Mut gefunden, auch sich selbst zu erschießen.

»Pah, wie schlaff! Eine erbärmliche Feigheit!« bemerkte, Herr von Sartorius.

»Andererseits,« versetzte der Grobian, der den Kleinen nicht recht ausstehen konnte, »gilt auch der Selbstmord als eine Feigheit; eine Feigheit allerdings, zu der nicht jeder den Mut hat, das ist wahr.«

Herr v. Gyldenfeldt, unser alter Wirt, strich seinen grauen borstigen Schnurrbart, der zu seinem feinen alten Gesicht mit den zugleich kühnen und sanften blauen Augen und der leicht gebogenen Nase nicht recht passte. Dann sagte er zögernd mit seiner hohen, aber sehr angenehm klingenden Stimme: »Feigheit, meine Herren – ja, es ist gewiss etwas Seltsames um die Feigheit – sie ist eine der rätselhaftesten Empfindungen. Als Soldat darf man sie ja nicht kennen. Und doch hat sie mich manchmal gepackt. Merkwürdigerweise – und das ist keine Renommisterei nie während einer Schlacht und überhaupt nicht, wo wirkliche Gefahr vorhanden war. Im Gegenteil, meine werte Leiblichkeit konnte sich kaum in größerer Sicherheit befinden, als wenn mich dies niederträchtige Gefühl beschlich; ich war eigentlich nur Zuschauer, den das, was ihm die Seele lähmte, im Grunde gar nichts anging. – Oder war es keine Feigheit? War es ein nur mir persönlich eigenes Gefühl? Ich weiß es nicht. – Es hat ja, wie man heute sagt, ein jeder morsche Stellen im Gehirn, Wahnsinnspunkte, die nur eine dünne, leichtverletzliche Haut bedeckt. Wie dem auch sei, jedenfalls war ich in dem Augenblick und lange hinterher noch das, was ich mir unter dem Ausdruck »Memme« vorstelle. So eine Art geistiger Blutvergiftung, wenn ich mich so ausdrücken darf.«

»Aber, Herr Major« sagte Herr von Sartorius entsetzt.

»Es ist so, lieber Sartorius. Behüte Sie Gott vor dieser Empfindung, denn dass Sie sie nicht kennen – nun – Und dabei würden Sie lachen, meine Herren, wenn Sie von den Anlässen dieser Erschlaffung hörten.«

Wir protestierten lebhaft.

»Nun – besonders drei solcher Geschehnisse stehen mir noch im Gedächtnis. Das erste: ich war noch jung, zwanzig, einundzwanzig Jahre; komme von einem Rendezvous, bin heiter und guter Dinge. – Ich entkleide mich; plötzlich reiße ich, bevor ich das Licht lösche, den Spiegel von der Wand und schau hinein – Gott mag wissen warum und ... ja, ich bin's und doch ist das Gesicht mir fremd, ganz fremd, hab's nie gesehen – und ich starre darauf, in die entsetzlichen Augen des Spiegelgesichts. Was ist denn das?! denk' ich. – Und ich fühle, wie ich zittere, bebe – ich will mir's nicht gestehen – und doch, – ich fürchte mich! Ich sehe wieder hin – »was, fest drauf los!« such' ich mich in Gedanken zu ermutigen, aber es hilft nichts. Ich werfe den Spiegel zum Fenster hinaus.

»Das andere Mal. Ich sah einen Hund verenden. Es war auf der Jagd, am heißen Mittag. Infolge eines unverzeihlichen Zufalles geht meine Büchse los und die Kugel trifft meinen Hund. – Er stirbt, langsam, röchelnd. – Dieses schnarchende Röcheln, in der Totenstille rings um der einzige Laut, kann ich heute noch hören. – Und »Wulf« sieht mich an, so elend, so bettelnd, was für Augen, so liebevoll und doch so furchtbar und grässlich. Und plötzlich überfällt mich wieder jenes Gefühl des an einem bodenlosen Abgrund stehend, in den man hinein muss, muss – ohne Gnade. Und ich lief weg, lief wie ein Verfolgter, mit geschlossenen Augen, den verendeten Kadaver liegen lassend.

»Auch das ist lange her. Später lächelte ich über diese kindische Gefühlsamkeit und schob sie auf das undisziplinierte Jugendblut, bis ich durch das Wiederkehren des fatalen Gefühls eines anderen belehrt wurde. Ja, noch jetzt, erst vor kurzem. – Sie wissen, ich war im Hochsommer bei unserm dicken guten Rathlev im Nordholsteinschen zu Besuch. Da oben – ganz wie aus aller Welt. Nur das Gut mit dem kalkweißen, viel-, aber kleinfenstrigen Herrenhaus – das zugehörige Strohdachhäuserdorf – eine weite Feld- und Wiesenmark, in deren Getreidegelb oder Kleegrün die hakigen Hasel- oder Dorn- und Buchenknicks ihre wunderlich ineinandergeschobenen Trapeze oder Trapezoide hineinzeichnen. Nun, das kennen Sie ja, wir sind ja alle Holsteiner. Es war im späten August, an einem Sonntage. Ich war mutterseelenallein, sogar ohne Hund, den ganzen Nachmittag mit der Flinte auf den Beinen gewesen. Eigentümlich hell waren die Felder – so leer – so weit, überall nur Stoppeln. Ich war quer darüber hin geschritten, – durch all diese gelbgraue Leere; ich hatte mich nämlich, soweit dies in Holstein überhaupt möglich ist, ein wenig verirrt; ich konnte die Landstraße nicht wiederfinden. »Struff, struff« schlugen die straffen steilen Stoppelröhren um meine grau bestaubten Stiefel. Die Sonne stand schon tief; die Stoppeln glänzten gelbrötlich in ihren schrägen Strahlen; – ich sah ihr ab und zu blinzelnd entgegen. Sie blickte, zwischen trägen, dicken, dunkelgrauen Wolkenbergen stehend, müde durch das knorrige, schon herbstartig durchsichtige Haselgebüsch des Knicks, auf den ich zustrebte. Hinter ihm musste die Landstraße sein. Die breiten Haselblätter hingen schlaff nieder und waren über und über mit Strohhalmen behängt – von der Ernte her, die hier vor einigen Tagen reinen Tisch gemacht hatte. Gedankenlos, matt und eigentlich traurig in tiefster Seele –«

»Aber warum denn?« fragte Herr v. Sartorius erstaunt. »Dazu hatten Sie doch gewiss keine Ursache.«

»Nein –« bestätigte mild mit feinem Lächeln der Erzähler, aber in so eigentümlichem Tonfall, dass der Kleine sichtlich errötete, wie ein auf einem Unrecht Ertappter.

»Eigentlich traurig in tiefster Seele – ganz grundlos, wie das mitunter so kommt, – kletterte ich den Wall hinauf und sah umher. Drüben auf der nächsten Koppel standen die kleinen, in der schrägen Sonne bronzebraun schillernden Buchweizengarben – wie Türkenzelte, nur der blanke Halbmond fehlte ihnen – dann andere Felder, dahinter, nur undeutlich zu sehen, aber ich wusste es ja, die Dorfhäuser mit ihren Strohkappen. Auch stiegen dort feine Rauchsäulen auf aus den Häusern, welche schon Schornsteine hatten – es gab deren einige. Und neben mir her lief eine breite, weiße Landstraße, die in der Ferne plötzlich umbog. Sie war da mit einem Male wie zu Ende. Und dort stand auf einem gelben Hügelchen, erst kürzlich aufgeworfen und deshalb noch nicht übergrünt, ein erst vor wenigen Tagen errichtetes hohes Wegweiserkreuz, noch ganz frisch weiß – so dass es einem in der Sonne die Augen blendete und, wenn man sie schloss, sich von der roten Finsternis unter den Lidern als grünlich schillerndes Kreuz abhob. Um das Kreuz und um den gelben Hügel herum erhob sich ein Dickicht von graugrünem Wermut, Beifuß und breiten Klettenblättern.

»Ich wollte mich durch das Zweigwerk hindurchdrängen, um auf den Weg zu kommen. Da, plötzlich ein grellklingender Ruf – von der Wegbeuge her. Und mehr Rufe. Und dann kam's auch schon um die Ecke. Eine wilde Jagd. Ich starrte angestrengt hinüber: vorauf, stolpernd, ein alter hochgewachsener Mann in einem langen grauen Rock, dessen Schöße ihm wirr um die hastigen Beine flogen, fast als könnten sie nicht mitkommen. Mit seltsamen Gebärden, einen mit einer langen Pike versehenen Krückstock wie ein Gewehr im Arme haltend, stürzte er atemlos den Weg entlang. Eine johlende Schar von Bauern-knechten und halbwüchsigen Jungen eilte hinter ihm her. Ein Sonntagsspaß vermutlich. Heiser schrien sie: »Hier 'ran, Krischan, hier 'ran!« – »Krischan, loop doch nich so!« Und sie feuerten sich gegenseitig mit dem Hundehetzlaut »Ks, ks!« zur weiteren Verfolgung an. Es war widerlich.

»Ich erkannte den Verfolgten, ich hatte ihn schon ein paarmal auf Spaziergängen beobachtet. Er hatte dann in einer Zaunlücke am Wege gestanden, die mit einem als Steg dienenden hohen Steinblock ausgefüllt war. Dort sah ich ihn sowohl in aller Herrgottsfrühe, wie auch am sinkenden Abend. Hochaufgerichtet, das im Widerschein bronzeartig leuchtende Gesicht mit der langen blutroten Narbe, welche die niedrige Stirn gleichsam spaltete, der Sonne zugewandt, stand er da. Ich war entsetzt, als ich der sonderbaren Erscheinung zum ersten Male ansichtig wurde; ich dachte an Derwische und Schamanen, an wahnsinnige Sektenstifter. So stand er da, vor ihm der große Granitblock, der einem Opferstein glich; der große Pikstock war etwas schräg in die Erde gestoßen; ein breites Band, an welchem wertlose Denkmünzen, Bleisiegel, kupferne Sechslinge und dergleichen aufgereiht waren, die im Scheine der sinkenden Sonne blinkten, zog sich quer über seine Brust; übrigens befand sich auch ein wirklicher Orden darunter, denn er hatte 48 mitgemacht. Hoch hielt er die großen braunroten Hände erhoben; leise bewegten sich die zersprungenen Lippen, die ein weißer, spitziger Bart umrahmte, in dem, wie in seinem weißen Haupthaar, jeder Scherenschnitt zu sehen war – er verlieh dem verstörten feierlichen Antlitz eine Art von feierlicher Würde – eine Würde, die durch die hagere Goliathsgestalt nur unterstützt wurde.

»Selbstverständlich hatte ich mich sogleich näher nach der sonderbaren Gestalt erkundigt. Natürlich, es war ein armer ganz harmloser Verrückter; »he hedd sin Fif ni«. Ein seltsames Menschenunkraut, vegetierte er jahrzehntelang schon zwischen den sonst so unbarmherzig jedes Unkraut vertilgenden Bauern. Seine Verrücktheit stammte, glaub' ich, aus den Kriegsjahren; ein Säbelhieb hatte sein ohnehin wohl noch nicht allzu fest gefügtes Gehirn ganz in Unordnung gebracht. – Genug, er lebte als Gemeindearmer in einer kleinen elenden Katenstube, die er allerdings meist nur als Nachtquartier benutzte, in schönen Sommernächten auch das nicht mal; am Tage streifte er in der Umgegend umher und betete morgens und abends die Sonne an, bei der er seine Feinde und Verfolger verklagte und um Schutz für sich bat. Denn Feinde habe er, wie er mitunter erzählte; er sprach dann stets von sich in der zweiten Person oder nannte statt des Fürwortes seinen vollen Namen: »Krischan Hemsen«. So wie die kleinen Kinder tun. Einen Übernamen hatte er seltsamerweise nicht; es war, als ob die Bauern, die doch sonst bei allem Lächerlichen oder sich nur durch irgend eine Besonderheit Auszeichnenden leicht mit beißend witzigen Necknamen bei der Hand sind, ihm gegenüber einen scheuen Schauder hegten, hervorgerufen durch das angstvolle Grauen vor der geheimnisvollen Macht, die ihm zwar die Klarheit, aber auch die Beschränktheit ihres nüchternen Bauernverstandes geraubt hatte.

»Dieser Unglückliche war es, den ich dort oben in ratloser Bestürzung den Weg hinabsegeln sah. Aber er war schon gänzlich außer Atem und schlug bald der Länge nach in den Sand.

»Man to! man to! nu hebbt wi em!«

»Ein Triumphschreien der Betrunkenen gellte zu mir herüber, die feiernde Stille jählings brutal unterbrechend.

»Er rührte sich nicht, er machte keinen Versuch, sich zu erheben. Ruhig blieb die dunkle Masse im grauen Wegsand liegen, umhüllt von Staubwolken. Bald hatten ihn seine Verfolger umringt, sie ergriffen ihn an den Armen und richteten ihn empor. Er ließ widerstandslos alles mit sich geschehen.

Man schien sich, ihn festhaltend, zu beratschlagen. Ich wollte in den Weg treten; vielleicht, dass meine Dazwischenkunft schon die Burschen gezwungen hätte, von ihrem Opfer abzulassen. Aber mich hatte eine seltsame Unschlüssigkeit befallen, die Burschen waren so roh –.«

»Ja, Herr von Rathlev hält zu wenig auf Disziplin,« bemerkte eifrig der kleine Sartorius.

»Mag sein. – Er ist in dieser Hinsicht anders, als einer seiner Vorfahren, der einen Arbeiter, wie die Sage geht, totgepeitscht hat. Das war allerdings noch zur Zeit der Hörigkeit. Und warum? Der Ärmste ist bei Sonnenuntergang nach dem Pflügen mit einem »Schar« zum Nachschärfen nach der Schmiede geschickt worden. Da er todmüde ist und die Sonne noch ziemlich hoch steht, legt er sich unterwegs unter eine Eiche – sie steht noch da einsam auf einem großen Hoffelde – um ein wenig zu druseln. Aber der Ärmste schläft fest ein und erwacht erst bei Sonnenaufgang. Indessen, die Sonne steht bei seinem Erwachen ja noch ebenso niedrig am Himmel, wie bei seinem Einschlafen, und ohne etwas zu merken, trollt er nach der Schmiede. Der Schmied erst klärt ihn auf – entsetzt eilt er nach dem Felde, kommt zu spät und ohne das Schar – und wird totgepeitscht. So sagt die Sage. Nun, unser Rathlev ist allerdings ganz anders. Aber wo war ich –? Ja richtig: ich wurde aus meiner Unschlüssigkeit aufgeschreckt durch den lärmenden, mit beifälligem Jubel aufgenommenen Ruf.

»Ja, ja! Ophing'n! ophing'n!«

»Dann sah ich einen der jungen Burschen auf den Wegweiser klettern und sich über dessen Kreuzarme lehnen. Ein zweiter schnitt lange Weidenzweige und drehte sie so lange, bis sie schmiegsamen Seilen glichen. Dann übergab er sie dem Kletterer. Und hierauf hoben und schoben sie den alten, armen Schächer, der sich seinen Quälern ohne Sträuben überlassen hatte, an das Kreuz empor – und jener knotete seine Arme gewandt und sicher an den Querbrettern des Pfahls fest. –

»Und nun, bei diesem seltsamen Anblick, überfiel mich jenes Gefühl. – Ich hätte dazwischen treten, hätte die rohen Knechte von der Ausführung des »Spaßes« abhalten sollen. Aber ich konnte es nicht, nein, ich wagte es nicht. Es überschlich mich von hinten, den Rücken herauf, leise, kalt, feucht, schleimig – wie ein aus der Erde aufgestiegenes heimtückisches Gewürm. – Vergebens suchte ich mich zu ermannen. Ich erinnere mich, wie ich hart in das Strauchwerk griff und mich stramm stellte, die Hacken zusammen – umsonst. Seltsamerweise blickte ich in diesem Moment unausgesetzt in die Sonne, so dass lauter bald rote, bald grüne Scheiben vor meinen Augen tanzten. Er hing da, der Alte, wie ein greiser Heiland – oder hatte man aus Rache den ewigen Juden gekreuzigt? – Mit dem langen grauen Rock, den bestaubten Schnürschuhen nun knoteten sie auch seine Beine fest an den weißen Stamm. Und über all das fielen unruhig die letzten Strahlen der Sonne – über das grüne breitblättrige Kraut – über das gelbe Hügelchen – über das weiße Kreuz, über den daran hängenden, der sein Haupt auf die Brust sinken ließ, dass seine welke Mütze in den Sand kollerte. – Einmal jagte ein düsterer Schatten über die Erde und das Kreuz hin; eine dicke Wolkenwand schob sich vor die Sonne. Aber es war, als brenne diese ein Loch durch das graue Polster, nicht größer, als dass sie genau hindurchsehen konnte, und wieder fiel eine Garbe ihres Untergangslichtes auf den gekreuzigten Alten. Dann aber zog sich die Wolke vor der Sonne wieder zusammen; die Öffnung wurde immer kleiner und mit ihr auch die Sonne, die wie ein Lichtflämmchen in der dicken Wolkenfinsternis erlosch.

»Wie ein Schwindel stieg's mir ins Gehirn, und doch sah ich mit unendlicher Spannung auf das Kreuz. Die Burschen hatten sich im Kreise um den Alten aufgestellt; sie riefen ihm Necknamen zu, grüßten ihn höhnisch, warfen ihm grüne Kletten auf den Rock, in den Bart, in das Haar. Einer suchte ihm die entfallene Mütze wieder aufs Haupt zu werfen und hob sie, sein Ziel fortwährend verfehlend, unzählige Male wieder aus dem Wegesand auf; ein anderer hatte des Alten Stock aufgelesen und pikte ihn damit unter den Armen, als ob er ihn kitzeln wolle; ein dritter bot ihm seine dampfende Pfeife an.

»Da scholl aus der Ferne ein Laut wie Wagengerassel herüber. – Schnell stürzten die Burschen hinzu und durchschnitten die Weidenstricke, die des Alten Arme und Füße fesselten. Schwer sank er von dem Kreuz herunter, raffte Mütze und Stab auf und verschwand, mit sich selber redend und seltsame Handbewegungen machend, nach dem Dorfe zu. Die Knechte, die wieder in Brand gesetzten kurzen Pfeifen im Mundwinkel, folgten ihm; gemächlich schlendernd, über den gelungenen Spaß lachend.

»Und ich lag am Wall. Ich flog, ich zitterte. Mit unwiderstehlicher, unabwendbarer Macht hatte mich's erfasst. Mir war zu Mute, als ob … ich erinnere mich, dass ich mehrmals heftig ausspuckte, einen so widerlichen Geschmack hatte ich im Munde. Oder ich bildete mir das vielleicht nur ein; nicht in meinem Munde, sondern in meiner Seele saß dies Übelschmeckende. – Ich suchte mir einzureden, dass ich nur ein paar besoffene Knechte gesehen hatte, die sich einen Spaß gemacht, dass ich bei bildlichen Darstellungen der Passionsgeschichte wohl tiefe Rührung empfunden hätte, aber nie so deprimiert gewesen sei; ich versuchte sogar zu lachen –: es half alles nichts; ein unglaublich demoralisierendes Gefühl von Angst und Erschöpfung kroch in meine Adern hinein und nagelte mich gleichsam an den Boden fest. Eine ätzende, nagende Bitterkeit erfüllte mich ganz – ganz. Erst spät erhob ich mich, und den ganzen Abend sah Rathlev mich verwundert an und fragte mich, was mir denn fehle, ich sähe so verstört aus.

»Ja, meine Herren – jetzt finden Sie mich vielleicht lächerlich. Aber so denk' ich mir die Beschaffenheit der Feigheit. – Es ist was Fremdes, das sich an mich heranschleicht, von hinten, plötzlich umklammert's Einen dann, umschnürt die Gurgel, greift kalt ums Herz, das sich wild aufbäumt unter dem eisernen Druck. Aber das wird wohl unser Zug sein?«

In der Tat rollte der Zug heran. Der Beamte riss meldend die Tür auf – und wir verließen das Zimmer.

*

# DAS ZEPTER

Heiße Mittagsglut lag über dem stillen Friedhof des kleinen Heidedorfs.

Ein einsamer zweckloser Spaziergang auf dem schmalen Fußweg, der sich in eigensinniger Verschnörkelung durch das rot angeflogene Weiß der Buchweizenkoppeln und das blasse Gelb der Kornfelder wand, hatte mich dahin geführt.

Ich stand plötzlich unversehens vor einem morschen hölzernen Gittertürchen; das Halmenmeer war mit einem Male zu Ende – leise, wie verschlafen nickten die vollen Ähren über einen niedrigen Zaun, auf welchem sich ein duftendes Hunderterlei von lachenden Feldblumen angesiedelt hatte – eine hochstehende Rade zeichnete sich scharf gegen das in der Hitze zitternde Himmelsgewölbe ab. Dieser Wall schloss die kleine stille Welt der Toten von der ebenso stillen Außenwelt ab.

Fast bestürzt betrat ich den kleinen Gottesacker. Meist waren es nur morsche, hölzerne Kreuze, von denen die schwarze Farbe längst abgeblättert war, die hier zu Häupten der blumenbedeckten Gräber standen. Aber die Sorgfalt, mit der diese von Unkraut freigehalten waren, gab Zeugnis von der liebevollen Anhänglichkeit, mit der die Angehörigen draußen im Dorf für ihre Toten sorgten.

Der alte Totengräber zog den zerknüllten und zerrissenen Strohhut, als ich an ihm vorüberging. Er war mit dem Mähen des Grases für seine Ziege beschäftigt, das an noch nicht benutzten Stellen in üppiger Fülle wuchs. Kirchhofserde ist fruchtbar.

Lange wandelte ich kreuz und quer auf dem kleinen Totenfelde umher. Zuletzt stand ich sinnend in der entlegensten Ecke still – vor einem Schutthaufen, wie ich anfangs glaubte. Aber der Totengräber sagte mir, dass ich vor einem Grabe stände, Ein Grab? Aber es war dennoch ein Schutthaufen, denn all das auf den anderen Gräbern ausgereutete Unkraut war hier zusammengeworfen und hatte – Unkraut vergeht nicht – frischweg wieder Wurzel geschlagen. Erdrauch, Vogelknöterich, die kleinen feuerroten Augen des Gauchheil, die weißen Sterne der Miere, Kornblumen, gelbe Hundeblumen, Ehrenpreis, Klatschrosen – all solches Gekräut grünte und blühte hier lustig durcheinander. Und recht in der Mitte des Grabhügels erhob sich die gelbschimmernde, gedrängt mit Goldknöpfen ähnelnden Blüten bedeckte Königskerze, die einen süßen Duft aushauchte. – Die Blume glich genau einem stolzen Zepter.

Wie seltsam, diese Königsblume, dies Zepter auf dem Grabe eines Namenlosen, eines Vergessenen!

Vielleicht wollte ihm der Tod – der Tod ist oft barmherziger, mitleidiger als das Leben – geben, was ihm seine Mitmenschen versagt hatten? Vielleicht hätte dieser Vergessene ein Zepter tragen sollen?

Ich fragte den Totengräber, wessen Grab das sei.

»Tscha, dat weet ick ni, dat weet nüms. De dor liggt, de harr sik sülwst dat Lewen nahmen. Dat is al lang her, datt he dor versackt wörr; ik weer to de Tid noch'n Jung un dach ni doran, datt ik noch mal Kuhlengrawer warden de. Dat is jo ok so good, as lebennig begraben. – Tscha, wokeen weet, wat noch mal ut em warden schall? Düsse hier hett dat wul ok ni mehr weten un he harr to dat Fragen keen Lust mehr. Do hedd he sik doodschaten. Min Vörginger, ja, de fünn em hier ins Morgens dood in't Gras liggen, de Pistol noch in de Hand. Wodenni he jüst hierher kamen is, dat hedd nüms rutkregen; utsehn schall he hebben, as en Stadtherr. Vellicht hedd em dat hier gefulln – im nu hedd he hier jo ok sin Rauhstä.« – Eigentümlich bewegt ging ich noch einmal an das Grab zurück.

Wen deckte es? – Vielleicht einen Schuldbeladenen, der seiner selbstgeschaffenen Last keuchend erlegen war und frevelnd den Tod vor der Zeit gesucht hatte. Vielleicht aber auch einen Menschen mit königlichem Sinn und Herzen, dessen hochfliegendes Streben kein Verständnis fand und dem die toten Schätze seiner Brust ein zuletzt unerträglich werdendes Martertum bereitet hatten.

Und dann war er aus der Welt geflohen und hatte die Last des Lebens von sich getan, wie ein Müder die Hülle seiner Kleider – um schlafen zu gehen.

Und hier hatte man ihn, den Selbstmörder, eingescharrt, in dem stillen unbeachteten Winkel, wo das duftende Unkrautgewirr den Müden in seinen Schoss genommen hatte.

Mir erschien es nicht mehr seltsam – dies Zepter auf dem vergessenen Grab eines Vergessenen!

*

# DIE KREUZOTTER
## Idyll aus dem Torfmoor

Über das Torfmoor kam, heiser krächzend, ein ganzes Geschwader kohlschwarzer Krähen geflogen. Es war am Spätnachmittag, und sie wollten in der Schonung, die sich auf dem im schrägen Sonnenlicht flimmernden sandigen Hang erhob, zu Neste ziehen. Viel Scheu hatten die Vögel nicht, denn hier war sozusagen noch Wildnis. Der Hang war mit rotblühender Heide und mit würzig duftendem Thymian überwuchert, und die Schonung, die wohl den ersten Vorstoß der Besiedelung darstellte, bestand aus gespenstisch misswachsenen, ruppigen Kiefern. Soweit man sich auch umblicken mochte, nur ein Häuschen war rundum zu erblicken. Es stand wie ein verlorener Posten dicht am Rande des Moores, vorsichtig und ängstlich geduckt, geborgen unter einer Pappelgruppe, deren blanke Blätter trotz der Windstille fortwährend leicht säuselten, und der einige Apfel- und Birnbäume als Hilfsdeckung zur Seite getreten waren. Die weißgekalkten Fachwerkwände blinkten lichtrosig überhaucht in der sich neigenden Sonne, und die kleinen Fenster, die freundlich unter dem tief herabgezogenen und grünbemoosten Strohdach hervorblinzelten, glichen vorsichtig lugenden Äuglein. Aber in das Moor – das die weit entfernt wohnenden Bauern nicht mit Unrecht »die Walachei« getauft hatten – schienen sie nicht gern zu blicken. Deshalb war nah vor ihnen von den Bewohnern ein dichtes Gitter von Stockrosen angepflanzt worden, die fast bis zur Firsthöhe reichten und zahlreich mit hübschen, weiß, gelb und rot schimmernden Blüten besetzt waren. Die anderen Seiten des Hauses umgab ein Gärtlein mit Blumen, Gemüse, Beerensträuchern und jungen Obstbäumen.

Die Krähen überflogen das Anwesen, äugend und zögernd. Vielleicht war hier noch ein leckerer Abfallbissen vom Kehrichthaufen mitzunehmen? Aber nein. Seit man im Frühjahr den vom Zehrfieber hinweggerafften Besitzer des Hauses in dem langen schwarzen Kasten nach dem Friedhof des fernen und reichen Kirchdorfes gefahren hatte, waren diese Bissen immer rarer geworden. Und mit missachtendem Geschrei über den Geiz der Hinterbliebenen Frau stiegen sie wieder höher in den blanken Himmel empor und verschwanden in den Gipfeln der Kiefern, in denen ihre Horste wie schwarze, plumpe Missbildungen hockten.

*

Die grüngestrichene, in der Mitte geteilte »Blangendör« der Kate stand auf. Der Oberteil war ganz an die Wand zurückgeschlagen; der untere Teil war durch einen vorgeschobenen Ziegel auf den Trittsteinen festgehalten. Vor ihr auf dem breiten Gartensteige zwischen den Stachelbeerbüschen spielte im Sande ein etwa vierjähriges fahlhaariges Büblein mit ein paar Holzklötzchen. Die Pforte, die den Ausgang zum Moor hinab verschloss, war sorgfältig eingeklinkt, und das war wohl nötig, denn das Kind schien ganz allein zu sein. Nur in der Öffnung der Dachluke, in dem Giebelvorbau über der Tür, war noch ein lebendes Wesen zu bemerken; dort hockte, von der Sonne beschienen, in nachdenklicher Stellung ein prächtiger, gelb und grau gestreifter Kater mit glänzendem Fell, der behaglich spann und über die Zufriedenheit als Grundlage des Weltdaseins nachzudenken schien. Zuweilen hörte man auch das ewig besorgte Gackern einiger Hennen, die sich an der Brettereinfassung des Schwengelbrunnens unter den Pappeln ein Sandbett zurechtgemacht hatten und ein Sand- und Sonnenbad nahmen. Aber über diese gedankenlos unzufriedenen Stimmen hörte der Kater mit vornehmer Gelassenheit hinweg.

Vom Moor her näherte sich – die Vesperzeit war herangekommen – eine Frau. Trotz ihrer Jugend ging sie, von Arbeit und Sorgen gedrückt, vornübergebeugt. Torfstaub lag auf ihrem Kopftuch und auf ihren Linnenärmeln. Sie hatte augenscheinlich draußen im Moor Torfstücke zum Trocknen in Ringhaufen gesetzt, denn in ihrer blauleinenen Schürze sah man auch zwei dunkle Knieflecke. Noch einmal, ehe sie die Pforte aufklinkte, blickte sie ins Moor zurück, das braun und flach und unendlich, mit vielen großen und noch mehr kleinen Torfhaufen bedeckt, in der Spätsonne lag. Nur vereinzelte Wiesenstücke leuchteten grün aus dem Torfbraun heraus; hier und da blinkten vor den Torfstichwänden kleinere und größere Wassertümpel mit verstecktem Glanze auf, aus denen Binsen und fleischige Rohrkolben hervorwuchsen. Die Frau legte die Hand über die Augen. Mochte im übrigen Moor geschehen, was da wollte, das ging sie nichts an, es gehörte den großen Bauern; sie schaute nur nach ihrem Stückchen und auf die Wiese daneben, auf der ihre einzige Kuh weidete. Und diese Kuh, »Brunella« geheißen, war ein hitziges und äußerst neugieriges Wesen; sie brachte es unbedenklich fertig, über den Wiese und Moorstück trennenden Höftgraben zu springen und die mühsam gesetzten Torfringe zum Zeitvertreib mit ihren Hörnern auseinanderzubringen. Doch nein, noch graste Brunella ganz friedfertig und schien keinerlei Schelmstücke im Kopf zu haben.

Nun hob die Frau das sie vergnügt ankrähende Bübchen auf den Arm und liebkoste es mit wortkarger Innigkeit, bis der Junge ungeduldig wieder zu seinem Spielzeug strebte. Sie ließ ihn und holte aus der Küche einen Napf mit Milch, setzte sich auf das Bänkchen unter den schwerfällig nickenden Sonnenblumen und brockte eifrig einige Zwiebäcke und Kringel hinein. Der Kater droben machte ebenso gierig wie vorsichtig einen langen Hals; aber er wusste wohl, dass dieser Napf nicht für ihn bestimmt sei, und kauerte sich wieder hin. Er schnurrte nicht mehr, und in das würdige Gesicht war ein missvergnügter und ungehaltener Zug gekommen, der anzudeuten schien, dass seine Weltbetrachtung einen argen Knacks bekommen habe.

Die Speise war fertig, und die Mutter lockte den Jungen mit gemachsamer und zuversichtlicher Zärtlichkeit herbei. Er hörte das Wort »Melk«, warf vergnügt seine Holzklötzchen beiseite und kam eilends herbei. Die Mutter begann das fahlhaarige Bürschchen, das sich vor sie hinstellte, zu füttern, nachdem sie noch einmal in die Niederung geäugt hatte. Der kleine Asmus folgte ihrem Blick.

»Brunella!« sagte er verständnisinnig.

»Ja, ja, Brunella; Brunella itt, et du ok!« mahnte sie.

Der Kleine schlürfte behaglich-ungeschickt aus dem vorgehaltenen Löffel, aber die Kringelstücke schienen ihm noch zu hart zu sein, und er versuchte sie zu umgehen, ja, er schob sie zuletzt mit den Fingerchen zurück. Die Mutter war jedoch mit diesem Eingriff nicht einverstanden, und unnachsichtig schalt sie: »Du Leckertehn! Ni de Melk alleen, ok Brood eten!«

»Ok Brood eten – Leckertehn –,« suchte der kleine Asmus belustigt diese Mahnworte zu wiederholen, als ob er sie sich einprägen müsse.

Etwas ungehalten nahm die Mutter das Bürschchen, das selbst das Essen noch nicht ernst nahm, auf den Schoß; aber auch jetzt fand sie noch nicht das erwartete Entgegenkommen. Asmus guckte vielmehr aufmerksam ins Moor und sagte dann: »Brunella – buh, buh!«

»Ja, ja, itt man to,« erwiderte die Mutter abgespannt; als aber der Junge mit dem »Buh, buh!« fortfuhr und sie seinem Blick folgte, bemerkte sie zu ihrem Entsetzen, dass die aufsässige Brunella in der Tat über den Graben gesprungen war und die Torfringe, das Werk eines mühevollen Arbeitstages, dem Erdboden gleichzumachen strebte.

Rasch setzte sie den kleinen Asmus in den Sand, gab ihm den Napf zwischen die Beinchen, den Löffel in die Rechte, und sagte zu ihm: »Itt sülben, du Leckertehn – awer dat Brood ok!« Dann lief sie wie ein Tütvogel ins Moor hinab.

*

Ebenso selbstzufrieden wie tappig löffelte der Junge weiter.

Dem beschaulichen Kater droben schien jetzt wohl der Augenblick günstig, den Knacks in seiner Weltanschauung auszubessern und zum mindesten mit Asmus Halbpart zu machen; er hob sich auf die Pfoten und schien die Höhe des Sprunges zu bemessen, die ihn von dem Milchnapf trennte. Aber eine andere Kreatur kam ihm zuvor. Aus dem Heidekraut am Rande des Gärtchens hob sich ein Kreuzotterkopf mit tückisch und gierig funkelnden Äuglein und lüstern spielender Gabelzunge, und bald wand sich der kupfrig schillernde Wurm geräuschlos näher. Der schwer enttäuschte Kater droben machte einen krummen Buckel, sein Pelz sträubte sich, seine gelben Augen sprühten knisternde Neid-, Wut- und Angstfunken, und er fauchte was hast du, was kannst du. Aber die Otter focht das nicht weiter an; geschmeidig schlängelte sie sich näher und näher, ringelte sich am Rand des Napfes empor und begann dann die Milch zu schlecken.

Dem Jungen war solch eine Frechheit noch nicht vorgekommen. Der Kater – das wär' was anderes gewesen, der war Spielkamerad und Hausgenosse. Er starrte das fremde und widerwärtige Tier zuerst maßlos verdutzt an; den Löffel hatte er zurückgezogen und hielt ihn wie eine präsentierte Waffe in der Rechten. Dann wich seine Betroffenheit einer lebhaften, mit Erheiterung gepaarten Aufmerksamkeit. Als er aber sah, dass auch der Wurm die Semmelstücke liegen ließ, huschte es wie ein Schatten über sein freundliches Gesicht; er schlug mit dem Löffel an den Rand des Napfes und rief befehlend:

»Du Leckertehn – Brood ok, Brood ok!« Der durstigen Otter war die Erschütterung des Milchbehälters augenscheinlich unangenehm; erregt glitt sie an dem Topf herab und hob dann zischend den falschen, wutsprühenden Kopf.

Da klang die Pforte; der Ruf »'n Adder! 'n Adder!« wurde hörbar; die Mutter war zurückgekommen und hatte mit einem Blick die Gefahr übersehen, in der ihr Junge schwebte – – totenblass riss sie ihn empor und starrte der verscheuchten Viper, die eilig im Heidekraut verschwand, wie gebannt nach.

Der Junge aber sagte mit der ruhigen Entrüstung des Gerechten: »De Leckertehn! Fi, fi, Bloot de Melk eet he, bloot de Melk !«

»Ja, ja,« stammelte die Mutter mit stockendem Herzschlag, »ja, ja – «, und ihn stürmisch an sich pressend, verschwand sie mit dem Bübchen in der Haustür.

*

Der Kater droben, der ein höchst selbstgerechtes Gesicht schnitt, war mit dieser Entwicklung der Dinge im Grunde ganz einverstanden. Es kam nur darauf an, ob man zu warten vermochte – mit dieser Erkenntnis schob er seine arg erschütterten Überlegungen wieder ins Gleichgewicht. Noch einmal blickte er abschätzend herab; dann wagte er den Sprung und machte sich über den ansehnlichen Rest der Mahlzeit her; wie durch ein Wunder war nur wenig verschüttet worden.

Niemand störte ihn bei seinem Schmaus. Aber um der Vollständigkeit willen sei es hinzugefügt: er machte reinen Tisch und verschmähte auch die Semmelstücke nicht.

*

# Es ist worden kühl und spät

Ein Freund – ich nenne ihn nur den »Cincinnatus von Inthörn«, weil ihm nichts lieber ist, als sein Land und sein Sand, seine Rinder und seine Pferde, seine Pflüge und Dreschmaschinen, seine Hunde und Jagdwaffen und weil ihm, obgleich er Junggeselle ist, die Stadt eine luftlose Hölle dünkt – hatte mich in diesem Herbst für einige Zeit auf sein kleines Landgut Inthörn gebeten. Wir hatten für die Zeit unseres Zusammenseins auf schönes Herbstwetter gehofft, aber da hatte zunächst eine Eule gesessen. Mit meinem Eintreffen trat Regenwetter ein. Endlos goss der Regen herab, dieser grau-spinnenfädige Regen, der gar nicht aufzuhören scheint. Und der wütende, eintönige Herbststurm übertönte selbst das knarrende Brummen der Dreschmaschine, die vollauf zu tun hatte und von der mein Freund nur dann und wann einen Augenblick hereinsah.

Gelangweilt und melancholisch stand ich allein gelassen, stundenlang an den kleinen Fenstern des einsamen Landhauses und starrte hinein in die graue Trübe. Der von Wagenspuren mannigfach durchschnittene Vorplatz war aufgeweicht, von der Regenfeuchtigkeit gleichsam gedunsen; hier und da hatten sich Wasserlachen angesammelt, auf deren Oberfläche die fallenden Tropfen große Blasen bildeten, die zitternd dahinglitten und dann zerplatzten; der Sturm, für gewöhnlich wie in endloser Ferne dumpf murmelnd und sausend, schnob zuweilen ungestüm heran, dass die schon gelben Kronen der jungen Linden und Pappeln entsetzte Bewegungen machten und eine Menge welker Blätter in hastig kreiselnder Bewegung zur Erde taumeln ließen; er zerriss die biegsamen grauen Wasserfäden gleichsam in der Luft und überzog die Oberfläche der Lachen mit einer Gänsehaut ... Dann stob er plötzlich wieder davon ... und das schlüpfrige Regennieseln und das monotone Brummen der Dreschmaschine klang wieder in mein Ohr. Fröstelnd vergrub ich meine Hände in den Taschen – die kalte Feuchte drang auch in das Gemach und überrieselte mich gleichsam. Der Sommer kam mir vor wie ein Traum; es war mir, als könne es niemals wieder anders werden, als würde es immer gleich kalt, grau und feucht bleiben. Die Menschen, die zuweilen an den Fenstern vorüberhasteten, gingen alle gebückt und sahen verfroren und gleichsam verquollen aus; wenn ein alter Tagelöhner die Rinderherde vorbeitrieb, war es als ob »... Proteus seine Robbenscharen heimschwemmt im grauen Ozean.«

Und mir kam es vor, als müsste ich ewig an diesem grauen Fenster stehen, in dieses graue Wetter starren, mich in graue Gedanken verlieren und den Totenwurm in dem morschen Holzwerk des alten niedrigen Gemaches picken hören.

Dann aber wandte ich mich, all meine Energie zusammenraffend, ab und setzte mich an den altmodischen Kamin, ließ die Scheite flammen, rauchte wohlduftenden »Glasgower F. u. J. Smith« aus meiner kurzen Meerschaum und ließ den Toddykessel seine heimeligen Weisen sieden und sausen. Wenn dann mein Freund hereinsah, fröstelnd seine roten Hände ineinander reibend und die Nase, in der es vor Frost kribbelte unendlich komisch verziehend, blieb er immer ein wenig länger, als er wollte; manchmal stundenlang ... und er fluchte mir freundschaftlich, wenn er dann seine Uhr aus der Tasche zog.

*

»Es kann ja nicht immer so bleiben hier unter dem Wechsel des Monds« ... Eines Tages waren Sturm und Regen vorüber und ein blauer sonniger Tag lockte in die kleinen Fenster des alten Hauses hinein. Schleunigst fuhr ich nach dem Kaffee in meine Stiefeln – meinen Rock, meine Pfeife – und so vorwärts, hinein in das silberne Licht des Herbsttages! Mein Freund, schon wieder bei seiner Dreschmaschine, konnte mich leider nicht begleiten, aber er gab mir doch allerlei Ratschläge: Geh erst den Weg hinauf bis zu der großen Erle ... dann links ab, den Weg über die Koppel, dann rechts, den Weg durchs Moor ... dann bei dem großen Stein wieder links durchs kleine Gehölz, dann rechts, dann links.« Lachend unterbrach ich ihn und eilte die kleine Lindenallee hinauf. Wer kann sich alle die »rechts« und »links« einprägen – und wozu auch, wenn man aufs Geratewohl schlendern will!

Inthörn sieht für ein altes holsteinisches Landgut ziemlich ungewöhnlich aus; das Haus selbst uralt und mürrisch-behäbig, Park und Umgebung aber dürftig und jung. Das alte Gut tut, als wäre es eine Ansiedlung aber, dem widerspricht das alte weißgestrichene Haus mit dem riesigen schwärzlichgrünen Strohdach. Der Vater meines Freundes, überhaupt wohl ein ziemlich wunderlicher Held, hatte mit dem allmählich herannahenden Alter eine seltsame Abneigung gegen alte Bäume bekommen und sie im Park und überhaupt in der Umgebung des Hauses sämtlich niederlegen lassen – es war ein wahrer Jammer, es hatten sich prachtvolle alte Eichen, Blutbuchen und sogar eine wundervolle riesige Eibe darunter befunden. Dafür hatte der Alte dann lauter junge Bäumchen anpflanzen lassen, selbst diese aber waren, sobald sie ein stattlicheres Ansehen gewannen, wieder durch junge Bäumchen ersetzt worden. Diese wunderliche Marotte hing vielleicht mit der Angst vor dem Altwerden zusammen, die den alten Herrn, je älter er wurde, quälte; es war als wolle er sich mit lauter jugendlich sprossendem Leben umgeben. Es hatte ihm nichts genützt, er hatte doch endlich davon müssen und war den gleichen Weg gegangen wie seine alten Bäume. So bestand denn auch die Lindenallee aus lauter jungen Bäumen, die erst im vergangenen Jahre, kurz vor dem Tode des Alten, gepflanzt worden waren. Die äußeren Zweige ihrer Kronen steckten sich schon kahl in die klare Herbstluft, nur an den inneren saßen noch die hellgelben herzförmigen Blätter. Es war, als ob die dünnen Bäumchen frören, als ob sie zitterten. Weit um die Allee herum dehnte sich gepflügtes Land und bereits wieder bestelltes Land aus, über das sich in der Ferne ein wundervoll feiner blauer Duft legte. Die grünen Roggenhalme kamen schon fein und spitz aus der lockeren Erde hervor, die wie Krümelschokolade aussah, weiterhin wirkten sie wie ein grüner unendlich zarter Hauch, der sich unmerklich mit dem bläulichen Herbstduft verwob. Und darüber wölbte sich der bleichblaue, an seinen Rändern bleifarbene Himmel. Lange dünne Wolkenstreifen sonnten sich regungslos an ihm. Aber das Licht der Sonne war so blass, so blass ... es gemahnte mich fast an Mondschein; die fünf, sechs großen Buchweizenschober in der Ferne, mit ihren gelben Strohklappen, sahen ganz wesenlos aus, als wären sie ein Bild, das gleich zerrinnen müsse.

Bald bog ich in einen Feldweg ein, der zwischen Haselknicks zu irgendeinem Dorf führte, wie mir der lebensmüde an der Wallecke stehende Wegweiser verriet. Das Hasellaub war vom Frost versengt; viele der breiten runden Blätter lagen schon am Boden und die noch an den Zweigen sitzenden waren schon gelbgesprenkelt. Hier und da sahen aus den Haselbüschen Hagedornzweige und Ebereschenbäumchen mit ihren mennigroten Früchten heraus. Kleine weiße Blumen standen noch am Wall, aber sie sahen feucht, zerdrückt und müde aus. Nur die fünfzüngigen Blätter an den Brombeerranken waren noch grün, der Tau hatte sie blank überzogen; sie sahen aus, als wären sie handgeschmiedet und dann grün gelackt worden. Nur hier und da begegnete ich einer Ranke, deren tiefgrüne Blätter mit blutroten gelbgeränderten Punkten gesprenkelt waren – wundervolle Kunstwerkchen des Meisters Herbst.

*

Der Weg gabelte sich. Zur Rechten führte er zwischen den gelben Haselknicks weiter; zur Linken ging er durch eine Wiesenniederung und bot freie Aussicht. Ich wählte den Wiesenweg. Der Boden war noch taufeucht und fühlte sich elastisch wie Muskelfleisch unter den Füßen an; die Brust hob sich frei in der klaren Luft – und doch lag es wie eine Beklemmung auf ihr in dem Gefühl: »Die Blätter fallen, es ist Herbst – es ist worden kühl und spät!« Weißes kühles Licht rieselte herab auf die kahlgeweideten Wiesen, auf denen sich gleichwohl noch weidendes Vieh befand; häufig aber hoben die Rinder ihre breiten Stirnen von der Grasnarbe empor und ließen gestreckten Hauptes ein klagendes Gebrüll ertönen; weiß flog ihr Atem in die kahle Luft hinaus ... Hier und da standen Erlen, die noch ganz tief grün waren, aber die schmalen spitzigen Blätter der Weiden waren in lauter Goldmesser verwandelt. Ein gelbgrauer Hügelzug erhob sich hinter den Wiesen; ein kleiner gelbroter Buchenwald stand in der Ferne; sie lagen in bläulichem Silberduft, der ihre Farben dämpfte und sie so wunderlich still und fein erschienen ließ, als ob sie nicht zur Wirklichkeit gehörten, sondern die Ufer eines Traumlandes wären.

Langsam stieg ich den Hügel hinan. Ich kam auf ein weites ebenes Feld, auf dem Leute mit der Kartoffelernte beschäftig waren. Ein kräftiger Wind hatte sich erhoben und strich über die Hügelkuppe dahin. Fünf, sechs Frauen, die Köpfe mit dicken roten und blauen Tüchern umwunden, lagen knielings auf der aufgewühlten Erde, die einen frischen, strengen Geruch ausströmte, und sammelten die weißgelben Knollen in Spankörbe; zugleich schienen sie lustige Gespräche zu halten, denn sie murmelten, zeterten, lachten in einem fort. Neben ihnen stand, in einem dicken grauen Rock gehüllt, ein wollenes Tuch um den Hals gewustet, ein alter Bauer. Seine hagere Gestalt hatte sich vorübergeneigt; mit den blauverfrorenen Händen stützte er sich auf einen Knotenstock. Sein Gesicht mit der scharfen Hakennase schnitt sich wie eine Silhouette am Himmel aus; es hatte eine fast lilarote Farbe; grell stach der eisgraue Stoppelbart davon ab. Er sah, mitten auf seinem Felde stehend, aus, als wäre er selber ein Gewächs des Bodens; ja, es schien, als wüchse er, alt und krumm wie er war, schon wieder in die Erde hinein. Ich begrüßte ihn und die Kartoffelleserinnen und trat herzu. Die Sammlerinnen unterhielten sich vom Schatzgraben; auf der Höhe waren in geringer Tiefe wiederholt vergrabene Geldtöpfe gefunden worden; sie mochten auf das Thema gekommen sein, weil sie selber in der Erde wühlten, aber statt Goldbrocken nur Kartoffelknollen fanden. Mit ernstem Gesicht wandte sich der Alte zu mir: »Se glöben wull ok nich mehr an't Schatzgraben? Awer ick kann se seggen, dat gifft hier so'n Stä'n wo nachts so'n blau Füer brennt ... dat sünd de richtigen. Ick heff dat sülben sehn, as ick noch jung weer; nu kann ick nachts jo nich mehr rut ... Awer wenn'n so'n Füer findt un smitt'n verstahlt Mess' rin, denn kann 'n den Schatz heben ... Nu wüllt de Lüd jo nich mehr dor an glöben, awer dat is noch gor nich so lang her, do sünd hier ole Pütt funn'n, bet tom Rand vull vun ol Geld ... Awer de Lüd sünd nu to klook worrn, se glöwt an nix mehr ...«

Hier unterbrach uns ein frischer, sechs- oder sieben-jähriger Junge, der dem schatzsüchtigen Alten, seinem Großvater wohl, mit heller Stimme zurief, er solle heimkommen zum Frühstück; zugleich brachte er den Frühstückskorb für die Kartoffelleserinnen, die sich wie auf

Kommando erhoben und klappernd ihre Pantoffeln aneinanderschlu-
gen, um sie von der anhaftenden Erde zu befreien. Der Alte ging, den
Jungen an der Hand, davon; ich folgte ihm.

Ich eilte dem braunroten Buchenwäldchen entgegen.

Wie aus weißem Stein gemeißelt, leuchteten mir an seinem Eingange
die Stämme einiger Birken entgegen; ihr Laub war gelb und schwarz-
gefleckt. Dahinter leuchteten die bronzegelben und kupferroten Kronen der alten hohen Buchen. Doch innen schimmerte der Wald noch
sommerlich grün, nur manchmal kam ein rotbeblätterter Zweig dazwischen, von der darüberstehenden Sonne zu Gold verklärt. Mitten
im Wald lag eine stille sumpfige Wiesenlichtung; im Sommer war hier
Torf gestochen, das zeigten die steilen dunkelbraunen Ufer der
Torfkuhle im Hintergrund. Eine raschelnde Schilfwildernis erhob sich
in der Grube, dazwischen standen hohe Stengel mit weißen Samen-
wollköpfen und großen Rohrkolben. Bunt wie Schlangenhaut schil-
lerte das stille Wasser herauf. Hier und da stand eine kräftig Eiche auf
der Wiese, noch grün; an einem Graben war eine Weide aufgeschos-
sen deren zierliche Krone mit den dottergelben Zweigen und Blättern
sich wie Goldschein von dem blassen Herbsthimmel abhob. Und
rundum, schweigend, regungslos, in der Sonne leuchtend, die rostro-
ten Buchen. Lange stand ich hier, an den Stamm einer Eiche gelehnt
und dachte dem Verfließen und Verfliegen des Lebens nach; dachte
Herbstgedanken. Alte, längst vergessene Eindrücke und Begebenheiten, geliebte Bilder und Gesichter zogen an mir vorüber. Wie im
Traum hob ich endlich den Fuß. Aber als ich das Waldtal verlassen
hatte, da war es mir, als würde ich nun nie – nie! – jene Stätte der
Einkehr und Ruhe wieder finden.

Ich näherte mich einem Dorfe; als erstes Haus tauchte eine uralte
Kate auf mit niedrigen kalkweißen Wänden und rotem Ständerwerk;
mit ihren kleinen, blanken, hoch unter dem grünbemosten Strohdach
sitzenden Fensteraugen blinzelte sie schläfrig in die Sonne. Eine alte
Pappel streute ihre Blätter auf das Moosdach; wie Pünktchen flimmerten sie silbern in der Sonne. Eben vor dem Dorf aber wurde mir
noch ein überaus reizender Anblick. An einem kleinen Teich, dessen
Oberfläche fäulig grün war und in dem ein paar Enten hin- und her-
ruderten, stand zwischen niedrigen, rissigen Kugelweiden eine Birke
– die seltsamste Birke, die ich je gesehen hatte. Der silberne Stamm
war schwarz gefleckt; eine Krone hatte der Baum nicht, sie war ihm
wohl, wie den Weiden, von den Bauern ständig gekappt worden; aber
der ganze Stamm saß von unten bis oben voll feiner Zweige, die
borstenartig von ihm abstanden, und diese Zweige saßen voll von kleinen, runden, hellgelben Blättchen, die fortwährend baumelten. Waren es Zwanzigmarkstücke? Fürwahr, es sah genau so aus, und mir

war, als hörte ich ganz deutlich das Geräusch – blinkele, blankele – das sie beim Baumeln machten. Ein alter Mann schlich vorüber; ich rief ihm zu:

»Wüllt wi de Twintigmarkstücke dor plöcken?«

»Wa–a–at?

»Wat wie de Twintigmarkstücke dor plöcken wüllt!«

»Och, dat is so'n dummen Spaß!« antwortete der Mann ärgerlich mit heiserer Stimme. »Twintigmarkstücke – wo sünd de blewen! De gifft dat jo gornich mehr!« Die Stimme schlug ins Wehmütige um. Dann wieder ärgerlich und heftig: »Un wenn dat dor Twintigmarkstücke weern, denn wörn dat veel weniger wesen!« Sprachs und wandte sich verdrießlich ab – sehr verdrießlich.

*

Über der Betrachtung des Baumes war mir die Pfeife erloschen und ärgerlicherweise hatte ich keine Streichhölzer bei mir. Langsam schritt ich auf die Kate zu, um mir ein Flämmchen zu erbitten. Ich öffnete die rote Eingangstür und trat auf die Lehmdiele. Ein strenger Torfrauchgeruch schlug mir entgegen. Wände und Decken waren braun verräuchert; die Balken, an denen hie und da Speckseiten und Mettwürste hingen, glänzten von Ruß und Sott. Es war dämmerig auf der Diele und erst, als ich einige Schritte vorwärts getan hatte, sah ich, dass auf dem niedrigen Herde in sich zusammengesunken ein altes Mütterchen saß, den Kopf erschrocken erhoben, etwas Weißes im Schoss, das ihre alten welken Hände mechanisch streichelten. Grell und befremdet sahen die grauen Augen aus dem alten Gesicht, das eine weiße Haube straff umrahmte, mich an. Ich brachte mein Anliegen vor. Die Alte erhob sich mühsam und nahm das Weiße von ihrem Schoss zärtlich in den Arm – es war eine tote Katze, an deren weißen Haaren hier und da Blutstropfen zu hängen schienen. Mir wurde ganz märchenhaft zu Mute. Sie trat näher an mich heran, einen fragenden Ausdruck in den grellen graugünen Augen mit den großen Pupillen und legte ihre Hand hinter das Ohr. Augenscheinlich war sie schwerhörig und hatte meinen Wunsch nicht verstanden. Endlich gelang die Verständigung; die Alte griff in eine kleine Öffnung in der Wand des altmodischen, von einem Schwibbogen überwölbten Herdes, holte ein Schwefelhölzchen hervor und strich es an. Während ich den bläulichen Schwefelschein an dem Hölzchen in meiner Hand zur goldenen Flamme werden ließ, sah ich verwundert auf die Katzte. Die Alte, auf die tote Kreatur zeigend, sagte mit der übertrieben lauten Stimme, wie Schwerhörige sie sich leicht angewöhnen:

»Ja ja, dat weer min besten Fründ, der Kater – keen Mus in de ganze Kat! Un wenn ick sitten de, spröng he mi up'n Schot un spünn – un ick warm min Hann an em, denn ick bün wat frosteri ... Un nachts legg he sick to min Föten un heel de ok warm ... Awer hüüt morgen hebbt de Schooljungs em dodmördert, dat verdreihte Aastüg! ... Se harrn dat arme Diert an'n Boom bunn und hebbt so lang dorna smeten, bet dat dood weer – hier dicht an min Kat; awer ick kunn dat Jaulen jo ni hören, ick bün jo harthörig ... As ick em fünn ...«

Die Stimme der Alten brach sich in Schluchzen; sie sank wieder auf den Herd und streichelte das tote Tier.

»As ick em fünn, dor weer he dood un all kold; de Düwel schall de Jungs halen! Nu ward dat Winter – un ick bün so frosteri ...«

Ich wollt die alte Frau trösten, aber sie hörte, in ihre Gedanken versunken, gar nicht auf mich hin, sondern murmelte fortwährend in sich hinein.

Meine Pfeife erlosch draußen schon nach den ersten Zügen wieder.

Ist uns allen jetzt nicht ähnlich zu Mute, wie jener alten Frau? Ist uns nicht allen so, als wäre uns von boshaften Mächten etwa Weiches, Zartes, Warmes geraubt?

Ach, es ist worden kühl und spät! ...

*

# ADAM UND EVA

Klaus Langmaack hatte bisher sein Leben als »großer Junge« gelebt, obwohl er schon nahe an dreißig Jahre alt war. Das kam vielleicht daher, dass der Hof seiner Eltern abseits lag, allein zwischen den Feldern, in einer Geländefalte in grüner Einsamkeit. Er war das einzige Kind seiner Eltern, langgliedrig und stark, aber in seinen blauen Augen, die unter blonden Brauen ruhig und still in die Welt sahen, lag es immer wie Traum und Verwunderung. Wenn im Dorfe eine Festlichkeit war, kam auch er wohl aus seiner Einsamkeit dahin und manches Mädchenauge sah ihn wohlgefällig an, aber ihn umgab es wie eine Wolke von Schüchternheit und diese Blicke schienen ihn eher abzuschrecken als anzuziehen. Seine Mutter sprach wohl zuweilen davon, dass es an der Zeit sei, ihr eine Schwiegertochter zuzuführen, aber dann lachte Klaus: »Dat hedd noch Tied« und machte sich aus der Stube. Auch als der alte Vater gestorben war und die Frage dringlicher wurde, traf Klaus keine Anstalten, den Wunsch der Mutter zu erfüllen. Auch sie starb dahin, seufzte noch im Sterben, dass er jetzt nicht mehr säumen dürfe, ein junges Weib auf den Hof zu bringen, und ließ dann ihren Sohn mutterseelenallein auf dem Hofe zurück.

Mutterseelenallein – das ist natürlich nur so eine Redensart. Auf einem größeren Bauerngut gibt es immer einen Knecht und, wenn keine erwachsenen Töchter da sind, eine Magd. Auch Knecht und Magd auf »Ellerstrüken« – so hieß die Stelle Klaus Langmaacks – waren alt und grau. Sie trauerten mit ihm um den Verlust der alten Leute, aber das Leben auf dem Hofe ging anscheinend in der alten Spur weiter.

\*

Bald aber hieß es in der Gegend, dass Klaus Langmaack »deepsinnig« geworden sei. Er saß viel umher; seltsame Gedanken zogen durch den Kopf des Verlassenen. Er fragte sich: Wozu dieses Leben? Wozu diese Welt? Zu welchem Zweck hat Gott dies alles geschaffen? Wäre es nicht besser, wenn er dem Erdenkloß, den er Adam nannte, nie seinen Odem eingehaucht hätte?

Wenn der alte Knecht seine Anweisung zu der Arbeit begehrte, schüttelte er mit dem Kopf und sagte: »Lat mi tofreden. Weeßt jo so good, as ick, wat du to dohn hesst.« Wenn die alte Magd ihn zum Essen rufen wollte, musste sie ihn oft erst lange suchen, um ihn endlich in einer Wiesenecke, unterm Knickbusch liegend und träumend vorzufinden. Oft entdeckte sie ihn auch gar nicht und es wurde dann ohne ihn gegessen. Aber deshalb wies er selten bei der nächsten Mahlzeit gesteigerten Appetit auf.

Knecht und Magd sahen dies Wesen eine Zeitlang mit an, beratschlagten aber oft, wie ihm ein Ende zu machen sei. Der Alte wusste nichts vorzuschlagen, aber im Hirn der Magd keimte ein Plan, den Träumer zu kurieren. Eines Morgens erklärte sie ihrem Herren, dass sie zu gebrechlich sei, dem Haushalt allein vorzustehen; sie müsse eine Hilfe haben. »Na, denn nimm die een,« stotterte Klaus, unangenehm berührt. Auf diese Zustimmung hatte die schlaue Alte aber bloß gewartet und nach ein paar Tagen stellte sie ihm ein schlankes, rotwangiges Mädchen vor, das sie in ihrer Arbeit unterstützen wolle. Diese Line war eine Schwestertochter von ihr und sie nährte insgeheim die Hoffnung, dass sie den trübsinnigen Einspänner bald von seinen Grillen kurieren werde.

Klaus erschrak, als er das junge Mädchen sah und erklärte bei nächster Gelegenheit ihrer Muhme, dass er sie nicht zu behalten wünsche.

»Awer worüm denn ni?« antwortete diese und tat, als ob sie sehr verwundert sei. »Ehr Öllern sünd affbrennt, se hedd sotoseggen keen Heimat mehr. Dat weer jo unchristli, ehr wedder wegtodrieben. Un denn – se verlangt keen groten Lohn un se is fix in de Arbeit.«

»Se is to jung,« murmelte Klaus unruhig und mit gequälter Miene.

»To jung!« sagte die Alte. »Dat is'n Fehler, de sik mit jeden Dag mehr geben deit.«

*

Es war nicht mehr die Rede davon, Line wieder wegzuschicken. Aber war es Zufall oder Absicht, Klaus und sie gingen einander zunächst aus dem Wege. Immer ließen sich Begegnungen jedoch nicht vermeiden.

»Büst du noch hier?« fragte er einst, als er sie im Garten traf, wie sie irgend eine Arbeit erledigte, wobei sie ein vergnügtes Liedchen trällerte. »Un denn so vergnögt! Dat is Sünn!«

»Sünn?« fragte sie erstaunt.

»Ja,« nickte er. »Denn uns' Leben up de Eer, dat is jo nix as'n Prüfung, un wenn wi singt un tralart, denn fallt wi dörch. De Himmelstrepp is ut de Qualen buut, de wi uns hier uppleggt!«

Sie guckte ihn zunächst ehrlich erstaunt an, dann lachte sie ihm ins trübsinnige Gesicht.

»Dat hedd de lewe Gott nich befahlen, dat wi hier mit Nixdohn dörch dat Leben gaht!« sagte sie dann übermütig. »He hedd wul seggt, dat wi arbeiden schüllt, awer nich, dat wi hier ümherloopt un uns den Kopp toschanden gruwelt. Un de, de sin Arbeid man deiht, de kann ok geern singen dorbi; dor hett he wiß nix gegen. Ein fröhliches Herz hat Gott lieb, dat steiht all in de Schrift!«

Er blickte sie an, sah dass es um ihren roten Mund zuckte, als ob sie sich mühsam ein Lachen verbeiße – und wandte sich, auf den Mund geschlagen, ab.

*

Klaus Langmaack konnte diese Begegnung lange nicht vergessen, aber er schlug sich die Gedanken daran gewaltsam aus dem Kopf und setzte seine düstere Existenz voll Entsagung und Qual fort. Es ging gegen das Frühjahr, es musste gepflügt werden und der alte Knecht lag dem Herrn in den Ohren, dass er ebenfalls mit dem Pfluge zu Felde zöge, weil er allein die Pflugarbeit nicht mehr bemächtigen könne. Aber Klaus wandte ein, dass er mit dem Heil seiner Seele allzu stark beschäftigt wäre. Als Klaus am nächsten Morgen erwachte, hörte er ungewöhnlichen Lärm auf dem Hofe. Er stieß den Fensterladen auf; es war ihm, als hätte er Lines Stimme vernommen. In der Tat, da stand sie, hatte einen Pflug auf einer Schleife verstaut und war bemüht, ein paar störrische Pferde anzuspannen. Unbesorgt gab sie ihren sonnenbraunen Hals dem scharfen Lenzwind preis, der wild mit ihrem blonden Haar spielte, und Klaus mit Verwunderung sah, wie gut sie mit der Mannesarbeit umzuspringen wusste. Langsam ging er über die große Diele nach dem Hofplatz.

»Wat makst du dor?« fragte er.

»Ik will plögen!« antwortete sie herb. »Een alleen kann dor nich meer mit fardig ward'n.«

»Plögen! 'N Deern kann doch ni plögen!«

»Ik heff min Vadder oft bi't plögen holpen.«

»Awer dat is doch keen Deernswark!«

»Wenn't hier keen Mann mehr gifft?«

»Woför höllst du mi denn?«

»För'n Sünner!« sagte sie mit Betonung.

»Dor hest du recht!« sagte er. »Dat Leben is en Qual.«

»Och wat! Arbeit is dat Leben – awer Arbeit is keen Qual. Arbeit is en Vergnögen!«

»Und dat seggst du? West du nich, dat in de Schrift schreben steiht: Verflucht sei der Acker um deinetwillen, mit Kummer sollst du dich nähren dein Lebenlang, Dornen und Disteln soll er dir tragen, im Schweiße deines Angesichts sollst du dein Brot essen?«

»Ja, so hebbt wi dat in de School lehrt. Awer dat passt jo gor nich up di – du magst di wul mit Kummer nähren, awer veel Sweet hest du üm din Brot noch ni vergaten!«

Er senkte den Blick. »Eva!« murmelte er.

»Ick heet Line!« antwortete sie ruhig. Sie hatte ein ganz ruhiges Gewissen, denn sie hatte es eigentlich nie darauf angelegt gehabt, ihm gefallen zu wollen. Ihm aber ging es angesichts ihrer frischen Jugend wie Frühlingsschauer durch die Seele und er empfand den elementaren Zauber, der um rote Wagen, leuchtende Augen und üppiges Haar webt.

»Eva oder Lina!« stöhnte er. »Worum quälst du mi so? Awer dat steiht ok all in de Bibel, dat dörch dat Wiv all de Qual in de Welt kamen is!«

»Ja, de Arbeit!« sagte sie. »Awer du arbeitst jo nich! Un wenn de Arbeit 'n Qual is, so is se doch ok 'n Erlösung!«

»Is se dat?«

»Dat is se. Wi mütt all arbeiden. Un wenn wi arbeidt, denn seggt de Grabben un de Grillen Adüs. Awer nu help mi man, dat ik to Fell kam!«

Er trat an sie heran; gehorsam schirrte er die Pferde an die Schleife. Dann wollte sie ihm das Leitseil aus den Händen nehmen. Aber er ließ es nicht zu.

»Gah rin, Eva!« sagte er, und der schwache Schimmer eines Lächelns zeigte sich in seinem Gesicht. »Dat schickt sik ni, dat Deerns to Fell treckt. Deerns hört in de Kök. Gau! Un quäl mi ni mehr.«

»Ik quäl di ni!« sagte das Mädchen erstaunt.

»Doch!« sagte er. »Ik wull dar nix vun weten, dat du hier bleewst, awer du büst hier blewen; ik wull mi di ut'n Kopp slagen, awer ik kann dat ni; un nu –«

Heiße Röte flutete ihr ins Gesicht. »Adam!« murmelte sie. Aber sie sah, dass dieser Adam vollständig im Bann ihrer hellen Augen stand. Seine Hand streckte sich ihr entgegen. Sie ergriff sie. Das war ihr Verspruch. Dann zog er hinaus aufs Feld.

Heute ist Klaus Langmaack kein Kopfhänger und Faulenzer mehr. Er und Line sind längst verheiratet und er isst sein Brot im Schweiße seines Angesichtes. Aber er hat erkennen gelernt, dass die Arbeit nicht allein Qual ist und das Weib kein Fluch, wie das alte finstere Wort des Alten Testaments will, sondern auch Erlösung und Segen.

*

# KÄPT'N ADEBAR

Käpt'n Adebar?« seggst du verwunnert. »Is dat nich datsülwe, as Hauff sin Kalif Storch?«

Wat schull dat wull! 'N olen Käpt'n is doch keen Kalif! Un denn weer he ok all lang uter Deensten. Un disse Schippskalif ahn Schipp lew ok nich ünner Palmen in Bagdad, nee, he lew – na, eenerwegens twüschen Hamborg un Blankenes' an'e Elw. Mien gode Frün, dat is dörchut ni ümmer nödig, dat du na Farsistan oder Dschinnistan, na Mauretanien oder Avalun geihst, wenn du Märchen beleben wullt. Dat kannst du ok in unsen Newelnorden hebben. Bloot – Glück hört darto. Un so'n Glück heff ik hatt. Paß mal up, ik will di wat vun Käpt'n Adebar vertelln. De Geschich passt ganz good in uns' dakerige Tied un to'n Glas Grog. Hess noch wat in't Glas? ...

Na, good – ik harr wat in de Stadt to dohn hatt, allerlei Geschäfte, weeßt du – un weer nu vergnögt, dat ik ut den Hexenketel werr rut kunn. Ik harr dor ünner annern'n »Konferenz« hatt, un as du an dütt Wort all hören kannst, harr sik dat üm Ding hannelt, de mi to Kopp troken weern.

»Weeßt wat?« sä ik to mi sülben. »Geihst nu to Foot na Blankenes'« – dor bün ik jo letzter Tied to Besök wesst, as du weeßt. »Denn ward di de Kopp werr klor un dat Hart werr frisch!« Na good – harr jo ok all ganz schön wesen kunnt, wenn nich de verflixte Hamborger Newel wesen weer. Du weeßt, de is ut extra stark dreihte Fadens wewt un so geelsmuddelig as unblekt Burenlinen. Awer nu weer ik eenmol ünnerwegens. Achter Alt'na wörr't ok 'n beten beter un de grote Larm vun'n Hoben her weer ok ni mehr so dull. 'N Bagger quietsch allerdings jammerbar un de Sirenen huln as dull – bi den Newel keen Wunner! Un na Blankenes' weer't noch wid. Ik kiek den Anbarg lank up, wat ik denn nich eenerwegens 'n Krog to sehn kreeg. Bi de olle Nattküll, de een ok dörch Mantel un Rock tröck, harr'ck gortogeern 'n Glas Grog hatt. Awer 'n Krog weer nargends to sehn.

Dorför keem nu awer dat Märchen.

Denk di an! Ik hör nämli mit eenmal 'n Adebar klappern. Ganz dütlich. Ik bleew stahn. Nee, heßt di wull verhört, dach ik jüst un wull wiedergahn – do, nä, dat weer Adebar-Klappern – doch! Dor vun baben, vun den Anbarg her, vun een vun de lütten gemütlichen Hüs', de dor ünner Böm versteken liggt. Ole Fahrenslüd wahnt dor, Kapteins un Lotsen un so'n Oart Lüüd. Un noch mal dat Klappern. Ik keek in'e Hög; dor weern witt Stackett un achter dat Stackett 'n lütt gemütli Hus in sin Goarn. Ik müß Gewissheit hebben, obschonst ik sünst jüss nich nieschierig bün – un so klabaster ik mi langsam den Stieg na dat Hus rup.

Un wat seeg ik do, as ik wid genog rup weer?

Ja, dor wör de düstergrön Husdöhr mit ehren blanken mischen Klopper stünn up de erste Treppenstuf in'n düsterblo Jack 'n lütten dicken Mann mit'n kubberrod Gesich un'n sneewitten kortsneden Vullbort, de in de Hand 'n Spohnkorw harr, ut den he mit den anner Hand ümmer wat blanks rutlang un in de Luft smeet. Un üm em rüm danzen, hüppen, stültern, knickbeenig un knackstibelig dree Ade-baren – ja, meiner Six! dree Adebaren.

»Mirrn in'n Winter?«

Jo, segg man! Dat dach ik ok un wull min Ogen ni tro'n. De müssen doch lang in Ägypten wesen, in dat fette Land Gosen –? Awer all Ogen-wischen hölp nix, de Adebaren weeren dor un bleewen dor un danzen üm den lütten dicken rotsnutigen Wittbart rüm. Nu seeg ik ok, dat he ehr regelrecht fodern de. Harr so'n lütt Oart Fisch in sin Spohnkorw, Stint oder sowat. Ik müss de Sak up'n Grund kamen un sleek mi neeger un neeger ran, bet ik vör de Goarnport stünn. De Adebarmann keek mi wat stier an, awer dat wer mi eendohnt. Ik fat de Klink an un güng in den Goarn rin.

De dree Adebaren weren jüst nich schu, knacksteweln awer doch wat wieder weg. De lütt Mann kiek mi so untofreden an, dat ik dach: mit den muss man geel snacken, sünst ward'n am Enn noch groff.

»Verzeihung,« sä ik, »ich ging spaziern und sucht nach einer Schen-ke, um einen Grog wider den Nebel zu trinken.«

»Allright – das beszte Mittel,« nückkoppt he un keek mi wat lied-samer an. Weest du, dat Wort Grog is bi uns to Lann so'n Oart Lo-sungswort.

» ... konnte aber keine finden,« sä ik denn.

»Wunder mich, gibt szonßt genug hier ... fünf Schritt von hier Nach-bar Peemöllers Erholung – ganz gut da!« füll he in.

Awer wat güng mi Peemöller an!

» ... und da sah ich dies immerhin höchst bemerkenswerte Schau-spiel der Storchenfütterung,« snack ik wieder un kiek na de Adebaren, de ümmer neeger rankeemen un nich bloß mi beögen dehn, nee, noch mehr den Spohnkorw, ut den keen Fisch mehr rutfüll'n.

»Ja–a–a!« sä de lütt Mann verwunnert un so recht langtägsch, »kennen Szie mich denn nich?«

»Bedaure, nein!« anter ik em, »ich bin eigentlich fremd und nur zu Besuch hier – d.h. in Blankenese.«

»Szo, szo, szo!« zirß he – dat Es spròk he so scharp, dat ik mark, he weer een echten Landsmann vun güntsied de Eider her. »Das isz denn was anderes. Kennen mich szonst alle hier als Käpt'n Adebar. Kann ich begreifen, dass das Klappern und der Anblick Ihnen szeltszam geweszen ist. Isz all vielen szo ergangen.« Un he smeet sik in de Bost, so good dat sik bi sin Buk maken leet. Denn wörr he ganz formell, mak so'n lütten Kratzfoot un sä: »Käpt'n Susemihl is mein Nam'.«

»Kruse,« sä ik un mak ok min Serviteur.

»Szehr angenehm. – Un nu lassen Szie mich meine Sztorchenfütte-rung beendigen und dennszo szollen Szie auch Ihren Grog haben – nä, keine Widerrede! – Szehen Szie bloß meine Sztörche an … un da drinne hab ich auch noch viel, was Szie interssieren wird.« Un dorbi kreeg de lütte Mann sin Spohnkorw bi'n Kripps un kapp em eenfach üm – Junge, wat keem dor för'n Upregung öwer de dree Swartwittröck! De Flünken halwhoch, füngen se een Grapsen, Slin-gen un Slucken an, dat mi de Ogen öwergüng'n. To'n Klappern harrn se gorkeen Tied mehr. Ik harr blots Angst, dat se sik verslucken kunn'n.

»Ja, da sztaunen Szie!« sä de Käpt'n dorbi. »Bin kein Hagenbeck« … un he smeet mi een halw strengen, halw swienplietsche Blick to … »hätt aber vielleicht einer werden können … Tiere haben mich immer interessiert, war aber Szeemann, und hatt keine Zeit für Liebhabere-ien … Hab gefahren, bis ich Szechzig war. Dann hab ich aufgelegt …« Un as wenn he dach, ik kunn dormit nich tofreden wesen, sett he brutt hinto: »Was szollt ich noch fahren? Frau lange tot, Kinder groß … Ja, szehen Szie, da bin ich mit meiner Linaszweszter zuszammengezogen un wir wohnen nu hier all 'n paar Jahre un kümmern uns nich weiter um diesze schäbige Welt … Ja, un die Szörche? Nu, ich bün, wie ges-zagt, all ümmer ein Tierfreund geweszen … Un als ich für immer zu Anker gegangen war, da lief ich viel szpazieren – denn Bewegung muss der Mensch haben – un da hab ich vorn Jahrer drei den erszten Sztorch szpät im Oktober in einer benachbarten Wiesze aus Mitleid eingefangen. Sztand da ümmer so bekümmert rum, Flunk lahm-geschossen, hatte die grosze Reisze nich machen können … Irgend 'n Jäger hat ihn angeschossen, denn Sztörche gehn auch auf Junghasen … Wollt ihn zuerst blosz durch den Winter füttern, er wollt aber nach-her nicht wieder weg … Un die andern hab ich ähnlich gekriegt, auch lahmgeschossen. Un so bün ich nu auf meine alten Tage zum Käpt'n Adebar geworden. Aber ich szag Ihnen, Sztörche sind mächtig inter-essante Vögel. Werden leider Gottes immer szeltener bei uns … Huusch! Huusch!« mak he denn un dreew sin dree Adebaren vör sik her. Ik güng mit em.

»Gut untergebracht, nich?« frag he mi denn un leet ehr dörch dat Gatter vun'n tämlich grote Wierenvoliere, achter de 'n Stall weer. Ganz folgsam leepen de Vageln dor rin.

»Das ist der Hühnersztall, aber die Hühner haben natürlich 'n anderen Auslauf,« mak he mi dorup klor. »Un nu kommen Szie man rein. Keine Umstände. Mein Grog ist besser, als Nachbar Peemöller szeiner, und unterhaltlicher ists auch bei mir, als in dem szeiner Gasztsztube.«

Na – ik wer nu nagrad in so'n H.-C.-Andersen-Stimmung, dat ik sogar de Konferenz vergeten harr un ebenso folgsam as sin Adebaren vör em hergüng. All up de Vördeel seeg ik, dat ik bi een groten Vagelfründ to Besök wesen müß, denn se weer ganz mit utstoppt Vageln utstaffeert. Mi öwer'n Kopp sweew 'n riesengroten Albatros mit utspreedt Flünken – un denn geew dat dor Möwen un Alken un Lummern un Pinguine un Dood un Düwel. Meist Gevogeln, awer ok Papageien und Tukane und Paradiesvageln seeg ik. Un bi jedes Tier füng de Käpt'n 'n lang Geschicht an to vertelln.

Uns' Snacken lock wull »Linaszweszter« ut de Döer. Dor keem se'n lütt rundliche Dam to'n Vörschien, in'n swart Kleed, mit'n witten Platen vör, de Käpt'n up un dal, blots dat ehr Gesich ebenso witt, as sin rot weer. »Mein Linaszweszter,« stell Käpt'n Adebar vör un se nück mi fründlich to. Denn bestell he unsen Grog – »aberst jo nich szu szwach von Rum.«

Den Grog harrn wi jo nu in de »Vagelstuw« drinken schullt. Nee, nich up de Vördeel – in'n annern Rom, wohin de Ol mi nu föhrn deh. Mien himmlischer Vadder, wat för'n Stuw! All di Wänn mit Hecken und Burn behangt un vull vun lebennige Vageln, de döreenaner krieschen un piepen un singen dehn. Hier weer de Ol in sin Element. Wenn'ck em man verstahn harr! Awer man kunn jo nich mal sin egen Wort verstahn. Un jüst to rechter Tied, ehr ik min Gehör ganz verleeren deh, keem »mein Linaszweszter« mit de Groggläs' up ehr Teebrett.

»Nu kommen Szie man in die Wohnsztube,« sä se. »Hier mank all das Geschrarke kann'n ja szein eigen Laut nich hören.« Ja Linaszweszter weer Gedankenleserin!

»Just wie mein szel Fru,« gnurr Käpt'n Adebar. Awer dat hölp em nix. Linaszweszter seil direktemang up de Wahnstuw to un wi müssen dennjo achterher.

Un denn seeten wi in de Wahnstuw un Linaszweszter klapper mit ehren Strickstrümp un wi drünken Grog, un de Grog weer good. Awer dat Märchen weer ut. Käpt'n Adebar füng vun Barmat un Konsorten an ... un wi weern bald iweri mit de dütsche Tokunft beschäftigt. Un denn mak ik mi up de Stümp.

Wat meenst du? Kunn jo wesen, dat so'n Keerl mit'n Vagel geew – awer ik harr doch woll veel tophantaseert? Nich 'n Spier, segg ik di. Ja, wenn ik Hauff weer! Süh mol, de is in sin Lewen blots bet Bremen kamen, awer dat höll em ni af, Märchen ut Bagdad un Tetuan un Gottweetwat to schrieben. Ik dargegen, nee, ik bliew bi uns to Hus –

denn ok dor kann man Märchen belewen. Un Käpt'n Susemihl steiht in't Adressbook. Kannst jo naslagen ...

Na, hess din Glas nu leddig?

# Zum stillen Unverhofft

## 1.

Aus dem in der dämmerigsten Ecke der kleinen Stube stehenden Bett klang ein halblautes Murren. Vermutlich galt es dem Schlag der Nachtigall, der betäubend laut aus unmittelbarer Nähe herein scholl. Dann kam eine Hand über den Bettrand und wühlte in den Kleidungsstükken, die unordentlich auf den neben dem Bett stehenden Stuhl geworfen waren. Dabei fiel das Beinkleid herunter und das Schlüsselbund in der Tasche verursachte ein lautes Geklirr. Die Hand fuhr ins Dunkle zurück und eine Maus flitzte entsetzt über den Dielenboden und in ihr Loch. Sonst blieb alles still. Nach einer Weile erschien ein junges Gesicht über dem Bettrand, die Stirn von verwühltem blonden Haar bedeckt.

»Hell as de Dag – un dorbi schall'n nu slapen – un buten de verdrehte Nachtigall!« kam es halblaut unter dem Schnurrbart hervor.

Endlich hatte der junge Mann entdeckt, was er suchte: die Weste. Aus ihrer Tasche zog er eine hastig tickende Uhr.

»Du leewe Gott – eerst Klock twee! Un ick dach, dat weer all Dag!«

Die Uhr wanderte in ihr Behältnis zurück und der junge Mann warf den Blondkopf wieder in das verwühlte Kissen. ...

Von draußen klang erneut der Nachtigallenschlag herein, aber erheblich leiser. Der liebeskranke Vogel hatte wohl den Balzplatz geändert. Das erfüllte den Schlaflosen mit lebhafter Befriedigung und behaglich drehte er das Gesicht zur Wand. Da aber schmetterte ein Sehnsuchtslaut mit so erschreckender Klangfülle an sein Ohr, dass er gleich wieder mit völlig verzweifeltem Gesicht emporfuhr. Kein Zweifel: es handelte sich um einen Wettgesang.

»Tom Verrücktwarden is dat! Noch keen Og vull Slap hadd un ...« – Ratlos blieb er sitzen, fuhr sich mit der Rechten durch seinen Blondschopf und wandte dann das wütende Gesicht dem verhängten Fenster zu. Der Mondschein zeichnete das Fensterkreuz scharf in dem geblümten Stoff des Vorhangs ab.

»Maandschien ok noch ...« Er schien ins Grübeln zu verfallen.

»Ja, dat is dat jo man, 'n smucke Deern is se jo. Awer – – keem se hierher? Se is de Eensamkeit jo gor nich wennt – – un up de Nachtigall gifft se gewiss nich soveel, as up Lorenz sin Dweerfleit. Un mit Schana-Mösch tosam? De kann jo leger wesen, as de leegste Swiegermoder. Un denn kann se gewiss ok ganz en annern kriegen. – Tolacht hedd se mi jo mennimol. Awer wat wörr ehr Vader seggen?

84

De – – – na, he dücht sik as de grötste Mann in't Dörp – – un mi hedd he ganz gewiss ni up de Reken. Un wenn ik em denn seggen müss, dat se tom mindsten noch fiefdusend Mark mitkriegen müss – – o du leewe Gott, ehrer kunn ik gewiss to den Landrat Du seggen! – Verdüwelte Sak! ...«

Der Sprecher warf sich abermals zurück. Er kreuzte die Hände unter dem Blondkopf und starrte missmutig auf den Balken, der sich unter der niedrigen Stubendecke hinzog.

»Wenn ik ehr dat doch seggen möch!« murmelte er. »Awer dat kann ik un kann ik ni. Un ik mutt doch! Denn betalt mutt dat warden. Un'n Fru mutt ik hebben. Schana-Mösch kann den Kram hier ni mehr vörkam'n.«

Wie ein zackiger blauleuchtender Blitz, dem ein perlender Triller folgte, unterbrach eine neue Strophe des Nachtigallenliedes hier die Betrachtungen des jungen Mannes und drehte ihm schier das Herz im Leibe um.

»Dat hol de Düwel ut – ik ni!« brach er aus. Dann schlug er heftig die rotgewürfelte Decke zurück, stieg aus dem Bett und öffnete leise das Fenster. Violenduftige Nachtluft quoll ihm wie die Liebkosung einer kühlenden Hand um das heiße Gesicht. Dann horchte er eine Weile an der Tür zum Nebenzimmer, aus dem schlafbefangenste Schnarchatemzüge herübertönten.

»De slöppt good noch för ehr Öller!« murmelte er, kleidete sich hastig an und schwang sich dann möglichst geräuschlos aus dem Fenster.

## 2.

Draußen machte der Flüchtling nur ein paar Schritte in den Garten hinein und blieb dann wie benommen stehen. Aus dem Kies des Gartenweges hatte er im ersten Eifer einen größeren Stein aufgerafft, um damit die Nachtigall zum Schweigen zu bringen. Aber der Zauber der Junimondnacht bannte ihn. »Muss ni!« sagte sie und lächelte ihn begütigend an, dass er den Stein fallen ließ. Mit dem Duft der Nachtviolen, die in dem Garten wie wild wucherten, mischte sich in der taufeuchten Luft der schwere aromatische Geruch des blühenden Roggens. In der milchigen und doch klaren Helle der Luft blinkten die Sterne wie matte Kristalle und nur die schmale und feine Mondsichel hatte noch ihren ruhigen Glanz; aber auch sie schien ebenfalls bereits die Frühe zu wittern, die bald das gewaltigere Gestirn emporsteigen sehen werde.

Erstaunt, erregt und abgelenkt lehnte sich der junge Mann über die schmale Pforte, die aus dem Garten auf das Feld führte. Schweigend gab er sich dem Zauber der Sommernacht hin. Er musste an Adam denken; dem mochte etwa so zumute gewesen sein, wie ihm jetzt – an jenem Morgen, da Gottvater ihm die Hand gütig auf die Achsel legte und seinen großen erstaunten Augen das Paradies zeigte, das er ihm dann zum Bauen und Bewahren übergab.

»Adam,« dachte er, »ja würkli, Adam. Adam, as he noch keen Eva harr.« Und als fast unmittelbar neben ihm die Nachtigall – sie saß zweifellos in dem großen Hollunderbusch, der den Immenhagen überlaubte – wieder ihren Sang anhub und dann auf die Antwort der Nebenbuhlerin horchte, dachte er abermals: »Aha, ok twee Adams, de keen Eva hebbt.« Denn ihm fiel ein, dass es namentlich ungepaarte Männchen sind, die so unermüdlich die Nacht durch schlagen. Wenn die Weibchen schon rar geworden sind.

Leise machte der Träumer das Pförtchen auf und schlenderte in den engen Steig hinein, der hier mitten durch den blühenden Roggen nach der Wiesenniederung hinablief. Der Roggen reichte ihm fast an die Schultern – und er war der Kleinste nicht – und hatte schwere, volle Ähren. Sein Roggen! Selbst gesät. Und seine Brust hob sich vor Stolz. Unwillkürlich blieb er stehen und sah sich um. Felder und Wiesen ringsum waren sein. Waldungen umschlossen sie. Grenzstreitigkeiten konnte es hier nicht geben. Und als er sich umwandte und sein Haus unter dem riesigen bemoosten Strohdach ins Auge fasste, konnte er ein Gefühl der Überraschung nicht unterdrücken, wie schön es auf der Höhe lag. Wie eine Welt für sich – und hatte ja auch seinen Namen für sich: Oldenrottshörn. Die Gemeinde, zu der sein Gewese gehörte, hieß Oldenrade und lag jenseits der Waldungen. Groß war es ja nicht. Nur zwei Pferde und fünf Kühe. Und außerdem noch – Schulden. Unwillkürlich sank er etwas zusammen, als fühle er plötzlich ihren Druck. Mein Gott, die Geschwister waren ziemlich anspruchsvoll gewesen, als – im Januar – der Vater gestorben war und die Erbauseinandersetzung stattfand. Die Brüder rieten ihm, zu verkaufen und sein Glück in der weiten Welt zu versuchen. Aber er, der Jüngste, den der lange kränkelnde und zuletzt etwas hintersinnige Vater nie hatte von sich lassen wollen – was hatte er denn gelernt? Außerdem – ihm war Oldenrottshörn ans Herz gewachsen. Trotz aller treuen Arbeit hatte er freilich den Krebsgang der kleinen Hufe nicht wesentlich aufhalten können. Seine Mutter war zu früh gestorben, der Vater, wie gesagt, wunderlich gewesen. Er hieß in der ganzen Gegend »Hinnerk achter't Holt« und der Name wurde immer mit einer Betonung gesprochen, als wenn »achter't Holt« bedeutete: »achter den gesunden Minschenverstand«. Nach dem Tode seiner Frau hatte er sich mit einer Schwester der Verstorbenen als Wirtschafterin beholfen, Schana-

Mösch, die allmählich auch alt und verdrießlich geworden war. Die Brüder Diedrichs waren nach dem Urteil des Schulmeisters für die Landwirtschaft »zu begabt« gewesen; der eine war bei der Post, der andere auf einer Gerichtsschreiberei beschäftigt. Von Diedrich hatte der Schulmeister gemeint, es stecke vielleicht ein Dichter in ihm. Da er aber mit dem Vater Diedrichs ganz einer Meinung war, der das Dichten zu den brotlosen Künsten rechnete, hatte er von ihm die förderungslüsternen Finger gelassen und Diedrich war Landmann geworden. Vielleicht wurde im Laufe der Zeit ein »Diederich achter't Holt« aus ihm. Anlagen hatte er ja dazu.

Leicht hatte er es nicht gehabt. Selbst der Milchwirtschaft hatte er sich annehmen müssen. Es war ja eine Genugtuung, einen so stolz gedeihenden Roggen gebaut zu haben, aber wenn man immer nur für Zinsen und Schuldenzahlen arbeiten muss – und wenn man nur ein altes, sorgenschweres und immer brümmliches Weibwesen zu Hause hat – und wenn man, Schmach und Schande, seine Kühe selber melken muss – und wenn man – wenn man so schüchtern ist – ja, das war das Allerschlimmste! Die Anna vom Krugwirt drunten im Dorf, das wär was für ihn gewesen, schmuck und frisch, wie eine Julikirsche – aber der Alte! Und überhaupt: von der Anna zu träumen, dazu war er imstande; aber sie frischweg an die Hand zu nehmen, ihr gar den Arm um den Nacken zu legen –? Schon bei dem Gedanken schlug sein Herz rascher. Aber noch viel ärger war der Gedanke, vor den hochmögenden Krüger hinzutreten und nicht nur um die Hand seiner Tochter, sondern auch um eine so erhebliche Mitgift zu bitten, dass demgegenüber auch der wohlstehendste Bauer ein schiefes Gesicht geschnitten hätte.

Und die Anna selbst? Nun, sie hatte ihm gewiss manchmal ermunternd zugelacht. Aber das war auch alles. Und ermunternd zugenickt hatte sie gewiss schon manchem – im Krug ihres Vaters kehrten ja so viele ein. Vielleicht war sie gar schon heimlich versagt. Er hatte neulich etwas Derartiges sagen hören. Unter diesen Umständen verliebt zu sein ... war er nicht gerade so daran, wie die beiden einander noch immer in der Kunst des Gesanges messenden Nachtigallmännchen, die vermutlich ein noch einsichtiges Weibchen gar nicht vernahm?

Diedrich war in diesen Gedanken bis an das Hecktor der Wiesenniederung geschlendert. Über den grünen Plan schleppten weiße Nebelgespenster müde vom Nachttanz ihre Florkleider. Seine rotbunten Kühe waren ganz in der Ferne schon emsig beim Grasrupfen. Er freute sich, dass sie ihn nicht gewahrten und sich also nicht beunruhigten. »Dat is ni good för de Melk.«

Der Himmel erhellte sich sachte; der Mond verblasste und hing plötzlich nur noch als silberner Schemen demütig und kläglich ernüchtert droben, wie ein ertappter Nachtschwärmer. Der Nachtigallenschlag war hier nicht mehr vernehmbar, aber in der alten Schopfweide, die ihren grau-rissigen Stamm über den breiten Wiesengraben neigte, schien ein schlankes graugefiedertes Vögelchen genächtigt zu haben; noch halb wie im Traum hüpfte es jetzt von Zweig zu Zweig, bis es die Spitze erreicht hatte. Dann begann es seinen eintönigen träumerisch-wachen Gesang; es war, als winde es spinnwebfeine Glasfäden von einer winzigen hölzernen Rolle, die ab und zu sachte in die sinnige Weise hineinknarre. Diedrich, der sonst alle Vögel kannte, wusste dies zierliche Morgengeschöpf nicht zu benamen, hörte ihm aber umso entzückter zu. Als er sich vorneigte, das Tierchen genauer zu sehen und das Hecktor unter seinem Druck ächzte, hielt das Vögelchen erschreckt in seiner Andacht inne, hüpfte auf einen andern Zweig und drehte das vorgestreckte Köpfchen sichernd hin und her, ehe es mit dem Abwickeln seines Gespinstes fortfuhr. Dann aber versank es bald wieder in seine Andacht und Diedrichs Gemüt befreiten die zarten Spinettöne wunderlich von den Bedrückungen dieser Nacht, er wusste selbst nicht, warum.

Vom Hause her klang aber jetzt ein volltönender Hahnenschrei, und mit Verwunderung bemerkte Diedrich die blasse Helle, die sich auf der Erde verbreitet hatte. Ein leiser Morgenwind schaukelte die Roggenähren. Diedrich reckte sich und gähnte. Dann ging er den Steig langsam wieder hinauf.

Als er sachte durch die Gartenpforte schlüpfte, fielen die letzten Schluchzer der Nachtigall wie schwere Honigtropfen zu Boden. Dann vernahm er ein mattes Flattern im Gebüsch und ein fröstelndes Wit-Wit. Die violenduftende Nacht mit Mond- und Sternherrlichkeit war vorüber. Dafür standen plötzlich zahllose Lerchen im Himmel und begrüßten jubelnd die zart und zag aufblühende Morgenröte, aus der silberne Speere zu zucken schienen.

3.

Nun sah die Sonne hell und heiter auf Oldenrottshörn hernieder und gerade so, als ob sie einen mächtigen Spaß vorhabe. Diedrich hatte seine Morgenarbeit wie immer erledigt und kam nun in die Küche, wo die alte Schana-Mösch am Herde hantierte; in dem lohenden, von Holz und Torf genährten Feuer sah sie mit ihrer getollten Haube, die ihr faltiges Eulenantlitz umrahmte, wie eine fabelhafte Hexe aus. Diedrich ließ der Anblick aber ganz gleichmütig, denn er kannte Schana-Mösch von Kindesbeinen an und wusste, dass sie es nicht halb so schlimm meinte, wie sie aussah. Er freute sich an dem labenden

Kaffeegeruch, der die Küche durchwürzte, und setzte sich an den weiß-gescheuerten Tisch, denn die Küche wurde der Bequemlichkeit halber auch als Esszimmer benutzt. Indem aber wurde die Blangentür der Küche aufgeklinkt und herein trat Stina Krohn, eine Frau aus dem Dorf, die zuweilen in hilden Zeiten auf Oldenrottshörn aushalf. Erstaunt sahen Diedrich und Schana-Mösch sie an.

»Na, Diedrich,« begann sie in munterem Ton, »büst du noch ni in Wichs?«

»In Wichs« fragte er verblüfft.

»Na, nu sleit't awer dörtein! Hest du mi sülwst ni vör acht Daag bestellt? Hüt is doch Ossenmark in Weddelbrook un dor wusst du doch hin – mit de ole Wittkopp! Hest du dat rein vergeten?«

»Mark in Weddelbrook? Is hüüt denn all Middewek?«

»Ja« hüüt is Mark in Weddelbrook.«

»Dat harr ik ni dach, dat't all so wied weer!«

»Dat süht di lik!« knarrte die Eulenstimme vom Herd her. »Un mi hest du keen Woort darvun seggt.«

»Na« is ja noch ni to lat,« beschwichtigte Stina. »Awer to musst maken; mit de ole Wittkopp an'n Reep kannst wul up dree Stunn Wegs reken.«

»Dat ik dat so ganz vergeten heff –,« grübelte Diedrich noch immer.

»Och wat,« knarrte die Eule geringschätzig, indem sie die Kanne feierlich auf den Tisch setzte, »wat hest du ni all all vergeten! Verget nu man ni, Wittkopp mittonehmen. De harr all lang weg müsst.«

»Wat schull ik dat wul vergeten!« brummte Diedrich verletzt.

»Na, na!« antwortete die Alte geringschätzig. »Du dröömst jo ümmer. Un dröömt heww ik ok över Nach, jüst, dat du mit Wittkopp wegtröckst un mit'n Deern wedderkeemst un de harr Wittkopp an'e Hand.«

»'N Deern?« fragte Diedrich und verbarg seine Neugierde unter einem Lachen. »Wa seeg de denn ut?«

»Gewiss as den Kröger sin Anna,« warf Stina verschmitzt ein, »denn de will ok na Weddelbrook, as ik man hört heff. Awer denn musst di ran holn, de sünd noch mehr up'e Spur!«

Die Alte hatte sich bedacht: »Se harrn egenmakten Rock an, mit'n breeden Samtstoot un korte Ärmel – jüst so, as dat fröher Bruk weer.«

Diedrich war enttäuscht. So trug sich die Anna nicht – nie. Aber er ließ sich nichts merken, sondern strich sich ein mächtiges Honigbrot.

»Un denn?«

»Ja, dat weer leidig. Hier bi't Hus bünn se de Koh an'n Boom un sett sik tom Melken dal.«

»Dat bedüüdt wat«, warf Stina augenzwinkernd hin. »Denn kümmst du gewiss mit'n Bruud vun'n Mark.«

»Na, wenn he dat man dä«, knarrte die Alte. »Tid wörr dat jo, dat ik

in min Öller ok noch'n beeten tom Sitten keem. Awer seh man to, dat'e
een kriggst, de ok'n beeten in de Melk to krömen hedd!«

»Den Kröger sin Anna!« lockte Stina.

»Nu ward dat Tid to gahn!« versuchte Diedrich zu spaßen und ent-
eilte wie eine arme Seele, die des Fegefeuers ledig gesprochen wird.


## 4.

Kaum eine Stunde später, sonntäglich angetan, mit der alten würdi-
gen Wittkopp im Tau, die bedächtig und gleichmütig hinter ihm drein
trottete, befand sich Diedrich auf dem Weg nach Weddelbrook. Zunächst im Schatten hoher Haselstauden auf einem Feldweg; da konnte er ungestört seinen Gedanken nachhängen. Sie waren sehr ungleich.
Allerlei flüchtige Vorstellungen von Marktvergnügen und dauerndem
Glück umflatterten und umtrillerten ihn wie die Lerchen, die zu hunderten in der Luft standen; allerlei lockende und heitere Hoffnungen
erwachten in ihm mit dem lauen leichten Junihauch, mit dem er sie
gleichsam einatmete. Sie säten ihm ein unendliches Verlangen nach
Glück ins Herz. Aber wenn er sich dann vor der hübschen Anna stehen sah oder gar vor den zusammengekniffenen Augen und Lippen
ihres Erzeugers, entsank ihm alle Zuversicht und er zog dann so heftig
an dem Tau, dass Wittkopp aufsässig wurde und entrüstet zu brüllen
begann. Wittkopp, die ihren Namen von ihrem ganz milchfarbenen
Kopf hatte, gefiel der Ausflug überhaupt immer weniger, besonders,
als sie erst auf die breite Landstraße eingebogen waren, die mit eifrig
vorwärtsstrebenden Marktgängern und vielem Fuhrwerk erfüllt war.
Immer häufiger verfiel sie dem Eigensinn, die willige Nachfolge zu
verweigern.

Gerade war Diedrich wieder mit Wittkopp in eine ernsthafte Aus-
einandersetzung geraten, als die beiden abermals ein Gefährt über-
holte. Er schenkte ihm zunächst keinerlei Beachtung; als aber der
Wagen plötzlich anhielt und er aufblickte, wurde er gewahr, dass auf
ihm, von dem Anblick des Zweikampfes sehr erheitert, Krügers Anna
und ihr das Wägelchen kutschierender Bruder, sowie ein junger Mann
saßen. Und dieser junge Mann saß bräutigamsmäßig neben dem Mädchen. Diedrich kannte ihn nicht, er sah nobel und städtisch aus; aber
in den Krug kamen ja so viele Gäste! Ihm war, als wenn er in die Erde
sinken müsse; Stina Krohns Wort klang ihm ins Ohr: »De sünd noch
mehr up de Spur.« Und nun hatte Wittkopp auch noch die Rücksichts-
losigkeit, gerade jetzt mit der ganzen Harmlosigkeit weltungewohnter
Wesen ein Geschäft zu verrichten, das keineswegs auf die Landstraße
gehört. Das knickte Diedrich dermaßen, dass er nicht einmal den ihm

munter zugerufenen Gruß erwiderte. Die Heiterkeit auf dem Wagen erreichte ihren Gipfel, als nunmehr der halbwüchsige Krügerjunge den Spottvers anstimmte, mit dem Diedrich schon als Schuljunge gepeinigt worden war:

»Diederich, Diederich,
Gah man na de Köh;
Nimm din Ammers un din Drach
Morgens in de Fröh.«

Denn schon damals hatte er auf dem Oldenrottshörn die demütigenden Magddienste versehen, die mit der Kuhhaltung verbunden sind.

Gelassen erklärte sich Wittkopp endlich zum Weitergehen bereit, aber Diedrich stand wie ein Pfahl und erwachte nur halb aus seiner Betäubung, als er den Wagen mit seinen noch immer lachenden Insassen an der nächsten Wegbiegung entschwinden sah.

Was ist schwerer zu verwinden, als der Einsturz von Luftschlössern?

## 5.

Wie Diedrich von der Chaussee gekommen war, konnte er sich später nie mehr entsinnen. Vielleicht war es Wittkopp, die die Führung übernommen hatte. Kurzum: er fand sich später mit der alten braven Kuh wieder in einem Feldweg und hatte ihr Zeit genug gelassen, sich an dem üppigen Gras zu ersättigen, das an den Knickgräben stand. Dabei waren sie natürlich nicht sehr schnell vorwärtsgekommen, hatten sich aber doch Weddelbrook genähert, denn an Diedrichs Ohr trug der Juniwind ab und zu abgerissene Klänge des festlichen Trubels, der heute das alte behäbige Kirchdorf erfüllte. Er fuhr zusammen. Es schien ihm völlig unmöglich, dass er nun noch – es war schon hoher Mittag – mit seiner Kuh auf dem Schauplatz des Kaufens und Tauschens, der Freude und Lebenslust erschiene!

Ja, die Sonne stand schon hoch am Himmel und sie lachte über das ganze Gesicht, als solle nun der Spaß kommen.

Und er kam.

Diedrich sah mit einem Male, wo er war. Der Weg führte hinab an den Weddelbrooker See und am Ufer des Sees lag in einem Buchenhain ein altes Wirtshaus, dessen Inhaber zugleich Landwirt und Fischer war, denn von seinen Krugeinkünften hätte er schwerlich leben können. Vor Zeiten freilich hatte das Haus als Fährkrug eine gewaltige Bedeutung gehabt; der See hatte hier eine schmale und seichte Stelle, die derzeit allgemein für die Viehtriften zu den Jahrmärkten benutzt worden war; außerdem hatte das Haus die Fährgerechtigkeit für

Leute und Fuhrwerk mit Kahn und Prahm besessen. Dazumal war hier oft ein unbeschreibliches Leben und Treiben gewesen und in der Krugstube saß es voll von Ochsenhändlern mit dicken Bäuchen, Viehtreibern, Aufkäufern aus der Marsch und aus Hamburg, Roßkämmern und Marktbesuchern, die handelten, diskurierten und Karten spielten und viel Geld draufgehen ließen. Aber diese Zeit war längst vorbei; die Eisenbahn und die Chaussee hatten dem Verkehr bequemere Wege gewiesen und der Krug war allmählich vereinsamt. Nur im Sommer herrschte hier zuweilen etwas Leben, denn das Haus hatte einigen Sommerfrischlern gefallen, die es zufällig entdeckt hatten und gern wiedergekehrt waren. Einer von ihnen hatte dem einsam und versteckt gelegenen alten Hause den Namen »Zum stillen Unverhofft« gegeben.

Diedrich atmete auf. Das war ein Asyl für ihn und Wittkopp; hier konnten sie sich von ihrer Irrfahrt erholen und er überlegte sich nur noch, wie er etwaigen Fragen nach dem Grund seiner Einkehr begegnen solle.

Er traf es gut. Das ganze Haus war leer, nur der Wirt saß in Hemdsärmeln vor der Tür. Es war ein alter, aber trotz seines Spitzbäuchleins sehr beweglicher Mann mit pfiffigen Schielaugen im roten Gesicht.

Ganz verblüfft sah er den Ankömmling an.

»Wat Düwel, Diederich, büst du dat, oder büst du dat nich?« begrüßte er ihn. »Kümmst du vun'n Markt oder wullt du eerst hin?«

Diederich stotterte eine Antwort, die zu unklar war, um den Alten zu befriedigen.

»Diederich, du schusst vun den Hannel de Hann laten. Dat versteihst du ni. Söök di leewer 'n Brut – oder hesst all een?«

Diedrich verneinte so einsilbig und trübselig, dass der Alte ihm verwundert ins Gesicht sah.

»Wat Düwel, Diederich, du musst doch'n Fru hebben. Sünst geiht up Oldenrottshörn jo allns achterrut.«

»Dat hedd noch Tid«, sagte Diedrich. »Un wo bliew ik mit Wittkopp?«

Der Alte rieb sich das stoppelige Kinn; dann schoss ihm ein pfiffiger Blitz aus den Augen.

»Na, Diedrich, de kannst du mi verköpen,« meinte er. »Kumm, binn ehr man eerst an, un denn wüllt wi'n Glas drinken. Kann wesen, dat wi noch mehr Geschäfte maken künnt.«

»Noch mehr Geschäfte?« sagte Diedrich bitter, indem er sich neben dem Alten auf der Bank niederließ. »Mit mi sünd slecht Geschäfte maken. Ik heff nix as Schulden un nix as Wittkopp to verköpen.«

»Ja, ik meen man, du büst doch nu so wit, dat du 'n Fru hebben musst?« beharrte der Alte.

»Och wat,« schlug Diedrich gepeinigt heraus,« 'n Fru – wo is wul een, de mi nehmen dä? Denn ik müss een hebben, de düchtig wat mitkreeg.«

»Süso is dat«, meinte der Alte. »Kann ik mi denken. Wat sädst du, Diedrich, wenn ik'n Deern wüßt, de di geern nehmen dä, un de di ok soveel Geld tobröch, as du bruken musst? Oldenrottshörn is jo ni slecht, wenn dat sin Recht kriggt, un du büst jo 'n fixen Keerl. Awer – 'n düchtige Fru musst du ok heben, sünst geiht de Kram doch scheef. Un ik weet een för di.«

Diedrich horchte auf. »Keen schull dat wul wesen?« fragte er zweifelnd.

»Ja, Diederich, dat is nu min Marie, du kennst ehr jo; se is jo mit di tom Beden gahn un se hedd ümmer veel vun di holn. Ji passt good tohopen. Wat meenst du darto?«

Über Diedrichs Gesicht flog der Schatten tiefster Enttäuschung.

»Ja – – – awer se scheelt ja so fürchterli,« stotterte er.

»Deiht se, Diedrich, min Jung. Awer dat hedd se vun mi un dat makt jo gor nix. Se is sünst fix – un arbeitsam – un dorup kümmt dat an.«

Diedrich seufzte. Er verglich die schieläugige Marie mit der hübschen Anna. Aber dann sah er die Anna wieder so fürchterlich lachen. Auslachen würde ihn Marie gewiss nicht.

»Na, wat seggst du?« drängte der Alte. »Wullt du Marie hebben, kannst du dreedusend Mark foorts kriegen, de schall se mehr hebben, as min annern Kinner, wenn se di kriegen kann.«

»Fiefdusend!« fuhr es Diedrich in der Herzensangst darüber heraus, dass er Marie nehmen werde und doch nicht einmal seine Schulden würde decken können.

Der Alte pfiff überrascht vor sich hin. Aber er hielt dafür, dass er den Fisch bereits halb an der Angel habe.

»Süh an, wat du för'n Koopmann büst«, sagte er. »Na, denn mintwegen fiefdusend. Und denn noch de Koopsum för Wittkopp. Un de kannst du glieks werr mitnehmen, dat is denn de Koh, de Marie mitkriegen deiht.«

»Wittkopp is'n olen Drahn«, warf Diedrich hin.

»Na, dat mutt ik seggen«, erstaunte der Vater Mariens. »Awer wi künnt de Koh denn ok noch bi Gelegenheit ümtuschen.«

»Schana-Mösch ehr Droom«, murmelte Diedrich halb abwesend.

»Wat sädst du?«

»Och, wider nix. – Awer lat mi Bedenktid. De Lüüd seggt jo, dat Marie ganz utermaten düchtig is, awer ik harr doch mindaag ni doran dacht, bi di antokloppen.«

»Ne, Diedrich, Bedenktid – Bedenken is 't Best bi 'n Minschen – awer wenn du eerst wedder up Oldenrottshörn sittst, denn kunnst du di tolang besinnen. Frische Fische sünd gode Fisch. Kumm, slag in!«

Und Diedrich erhob die Hand – ihm lief's wie ein Mühlrad im Kopf herum – und eh er wusste, wie's geschehen war, hatte er eingeschlagen.

»Zum stillen Unverhofft,« murmelte er dabei vor sich hin.

»Na, Diedrich, dat ward di gewiss ni verdreeten, dat du in uns' Famili kamen deihst. Awer nu kumm rin, ik gew'n Buddel Rotwin ut – un wenn min Frunslüd vun'n Mark kamt, künnt wi glieks Verlawung fiern. Datt lett sik min Marie gewiss ni drömen, dat ik hier dat beste Jahrmark för ehr prat heww.«

6.

Wieder zog der silberne Mondkahn inmitten der Sterne dahin: ruhig und sicher. Zwischen den Haselhecken zog Diedrich mit der unwillig schnaufenden und keuchenden Wittkopp durch die würzige Sommernacht dahin, aber nicht so ruhig und sicher. Andauernd schnurrte in seinem Kopf das Mühlrad, andauernd murmelte er das Wort »Zum stillen Unverhofft« vor sich hin, klangen in seinen Ohren die Töne der Handharmonika: »Ha – ik man een, ha – ik man een, ha – ik man een mit scheewe Been!« wider. Das Instrument hatte der Knecht vom »Stillen Unverhofft« gespielt, denn nach der Heimkehr vom Jahrmarkt hatten die Insassen des alten Hauses noch eine lärmende Verlobungsfeier veranstaltet. Die schieläugige Marie war wirklich selig gewesen. Diedrich, der noch unter der Nachwirkung des Rotspohns stand, sang die alte Weise vor sich hin; er hoffte, dass die Beine der Marie nicht so schief sein würden wie ihre Augen, bemühte sich aber im Übrigen vergeblich, Ordnung in seine Gedanken zu bringen. Schwere Müdigkeit hockte ihm auf dem Genick: die schlaflose Nachtigallennacht, die heutige Irrfahrt, die Verlobung – es war des Guten zu viel.

Endlich stand er an der Wiese und ließ Wittkopp durch das Heck. Trotz ihrer Müdigkeit stieß sie ein heiseres Begrüßungsgebrüll aus und ihre Kameraden erhoben sich in der Tat freudig erstaunt aus dem Gras, um die Abenteurerin zu beschnüffeln und zu begrüßen. »Dat is ni good för de Melk«, murmelte Diedrich, als er das Hecktor schloss. Aus der Krone der Schopfweide kam ein leises Rascheln. War das das graue Vöglein von heute früh? Diedrich schüttelte den Kopf. Dann stieg er durch den Roggen nach seinem Hause hinauf. Schon auf der halben Höhe vernahm er wieder Nachtigallenschlag. Das war denn doch ... Empört im Innersten raffte er einen Erdkloß auf. Es fiel ihm ein, wie er an dieser Stelle an Adam und an Gottvater gedacht hatte.

Aber das war lange her und galt heute nicht mehr. Als er an dem Hollunderbusch vorüberkam, warf er den Erdkloß wütend hinein und entsetzt stob das singwütige Vöglein von dannen. Er hatte keine Sorgen mehr, seiner Schulden wegen, und an die Anna mochte er nicht mehr denken – und die paar Nachtstunden, die er jetzt noch vor sich hatte, wollte er schlafen – tief und traumlos.

*

## DER HEILTRANK

Es war im Winter, auf der Jagd, im Mittelholsteinischen. Den ganzen Tag über war es nicht richtig hell geworden und nun zerfloss einer jener dunstigen mattgelben Dezembernachmittage allgemach über der weiten, schmutzig weißen Schneefläche der Felder. Mehrfach gefroren, dann von einem weicheren Tage wieder angetaut, bildete sie einen brüchig-zähen Brei, durch den ich mit schweren Füßen langsam dahinschritt. Grauen Schattenreihen gleich tauchten aus dem feinen silbrigen Nebel zuweilen lange Buschknicks auf – und wunderlich: gerade der Anblick dieser regungslosen toten Schattenreihen, die ein unendlich zarter Lilahauch umwitterte, brachte mir die zage und schlaffe Stimmung, die ich an diesem grauen, totenstillen Tage mit jedem Atemzug in mich zog und die mich hinderte, meine Gedanken auf irgend einen bestimmten Gegenstand zu konzentrieren, zum Bewusstsein. Müde blickte ich auf meine Füße. Die Augen an dem mit Schmutzadern durchzogenen Boden, stolperte ich dahin. Auf erhöhteren Stellen hatte der mildere Tag doch den Schnee von den feuchten Schollen des gepflügten Landes gewaschen und dort glich das Land einem weißgelben Meer mit schwarzen Schaumköpfen. Mir war es, als ob ich mich niemals aus diesem toten Meer herausfinden würde, und ich beneidete die Krähen, die sich, vor meiner Flinte erschreckend, krächzend aus einigen entfernten Weiden erhoben, mit in der schweren Luft dumpf puffendem Flügelschlag über mir hinwegeilten und bald in dem grauen Dunst verschwanden.

Außerdem erinnerten sie mich daran, weswegen ich unterwegs sei, und als gleich darauf einige wilde Enten mit heiserem »Rölk, rölk« aus dem gelbverfrorenen Schilf eines kleinen, fast kreisrunden Wasserlochs inmitten des Ackerlands aufstiegen, griff ich zur Flinte. Aber sie versagte. – Ärgerlich beschloss ich, nach Hause zu gehen. Nach Hause – aber wo befand ich mich denn eigentlich? Und ich sah umher. Ich erinnerte mich nicht, jemals während meines vierwöchentlichen Aufenthalts in dieser Gegend an diesem kleinen Weiher gewesen zu sein, der wie ein matter brandiger Fleck aus dem Grauweiß ringsum hervor sah. Ich sah meinen armen Hund an, der mit gesenktem Haupt pflichtschuldig hinter mir drein getrottet war. Er hatte sich die Pause zu Nutze gemacht, um sich niederzusetzen und seinen Fuß zu lecken. Erst jetzt ward ich aufmerksam auf ihn. Ich rief ihn zu mir, er hinkte; eine seiner Spuren zeigte eine rötliche Färbung. Was war denn das? Ich beugte mich zu ihm herab. Einer seiner Läufe blutete. Der scharfe glasartige Schorf, der sich über jeder lange liegenden Schneedecke bildet, hatte ihm jedenfalls die Haut verletzt. Armes

Tier, warum denn hattest du deinen unbarmherzigen Herrn nicht aufgestört?

Ich zog ein Taschentuch hervor, ihm die Wunde zu verbinden. Doch weil ich keine Bindfäden hatte, wollte das Tuch nicht sitzen und das Tier konnte mit dem plumpen Beutel um seinen Fuß nicht gehen. Nach drei Schritten schon blieb das Tuch im Schnee stecken.

»Ja, mein armer Basse, es hilft nichts, vielleicht kommen wir irgendwo hin, wo Menschen sind.« Ich sprach diese Worte ganz laut. Der Hund wedelte mit dem Schwanze und blickte mich mit seinen guten Augen dankbar an, als ob er mich verstanden hätte. Er hatte mich auch verstanden.

Und als ob der harte Gott der trüben Öde diese Worte gehört und – weich geworden – erhört habe, gelangten wir in kurzem an einen augenscheinlich öfter begangenen Pfad, der an einem der Buschknicks entlang führte. Ihm zur Seite zeigte sich in größeren Abständen mehrfach der Abdruck eines in den Schnee gesetzten Spankorbes; der Träger desselben mochte hier für kurze Zeit gerastet haben. Eine menschliche Behausung konnte also nicht mehr fern sein.

Erfreulicherweise – denn nachgerade begann die Welt in Nebel und Nacht unterzugehen. Es war, als ob eine Hand hinter den Wolken leise den blassgelben Schein aus dem grauen Dunst zupfe, langsam, vorsichtig. Ein schmaler Streifen nur noch lag gleich einer blinden angelaufenen Messingleiste über dem Erdenrand. Ich blickte sie an beim Weiterschreiten – sie wurde fast genau in der Mitte von einem schwärzlichen, spitz zulaufenden Haufen durchschnitten. Beim Näherkommen verwandelte er sich allgemach in eine kleine Kate, neben der zu beiden Seiten zwei schiefe verkrüppelte Apfelbäume standen, die ihre nackten Zweige auf das eingesunkene schwärzliche Strohdach legten, auf dem noch Klumpen weichen Schnees lasteten. Die von den zerzausten Kronen fallenden Wasserkügelchen hatten den Schnee unter den Bäumen ganz zerfressen; er erinnerte mich unwillkürlich an das Antlitz eines Pockennarbigen. Kein Lichtschein fiel aus den kleinen, hoch in den mit einem wärmenden Rohrgeflecht bedeckten Wänden hockenden Fenstern, die halb von dem überhängenden Strohdach beschattet waren. Sie glichen blinzelnden Äuglein, die sich in dem vergeblichen Bemühen abängstigten, sich vor dem Einschlafen zu retten.

Ich betrat durch die nur angelehnte Tür die dämmrige Diele. Unter einem Kessel auf dem von einem großen Schwibbogen beschatteten Herde zuckten infolge des Zugs für einen Augenblick einige Kohlen dunkelrot auf unter der Asche; sie hatten keine Nahrung mehr. Den ganzen Raum erfüllte ein beißender, kaltgewordener Torfrauch. Hinter irgendeinem Verschlage meckerte zaghaft und kläglich eine Ziege.

Ich pochte an die Tür neben dem Herde. Keine Antwort erfolgte. Ich öffnete sie und trat in die dunkle Stube hinein. Ein paar blasse Fenstervierecke sahen mich gleichgültig an. Der sinkende Tag draußen hatte weiter keine Macht mehr, als die kleinen blinden Scheiben grau zu färben. Nichts regte sich. Basse begann zu bellen, furchtsam und heftig – und dann fuhr mit einem wirren Schreckensschrei eine Gestalt, eine Frau der Stimme nach, in einer Ecke wie aus dem Schlaf empor, als hätte ein Gespenst den unhörbaren Fuß über die ausgetretene Schwelle des einsamen Häuschens gesetzt.

Ein unerklärlicher Schauer überrieselte meinen Leib; mir war, als wüsst' ich jetzt, warum ich so trüben Sinnes gewesen.

Ich sprach aufs Geratewohl beschwichtigende Worte in das Dunkel hinein – sowohl zu der erschreckten Frau, wie zu dem nicht minder erschreckten Hunde gewandt, der sich leise winselnd an mich drängte. Dann erzählte ich, dass ich mich verirrt habe und gern den nächsten Weg nach dem Gute des Herrn von Meyerinck erführe – und wenn sie vielleicht etwas altes Leinen habe – mein Hund habe sich den Fuß verletzt und könne nicht mehr gehen.

»Hund verbinn'n, Hund verbinn'n!« sagte die Stimme erstaunt und wirr, aber mit unverkennbar bitterem und schmerzlichem Tonfall, der mich stutzen ließ. – Dann fuhr sie fort: »Awer ick will en beten Licht maken, dat wi sehn künnt, wat wi seggt.«

Sie tastete sich zu dem Ofen hin und bald glühte ein Schwefelhölzchen knisternd auf. Alte abgearbeitete Finger krümmten sich steif um das zitternde blaue Flämmchen, das seinen bleichen, ungewissen Schein auf das darüber geneigte Gesicht warf – ein Gesicht, das ich niemals vergessen kann. Es war von einer weißen Nachthaube straff umrahmt, dies hässliche, doch gute Gesicht, das sechzig Jahre auf Gottes Gnade gewartet hatte – und noch wartete. Eisig quoll in mir die Scham empor über meine vage Hoffnungslosigkeit und Trauer – diesem Gesicht gegenüber. Die grauen Augen starrten sorgsam auf die werdende Flamme, der faltenreiche, schmallippige Mund spitzte sich sorgend zu – als ob ein Streichhölzchen ein kostbares Gut wäre. Eine schwere Last schien unsichtbar auf den breiten Schultern zu ruhen – aber diese Schultern trugen sie.

Und niemals auch vergess' ich das junge Mädchenantlitz, das dann in dem matten Schein der kleinen kümmerlichen Lampe in der ungefügen, braunroten Bettlade, wie die Tagelöhner sie sich selbst zurechtzimmern, oberhalb der rotgewürfelten Decke sichtbar ward. Nur die Augen noch schienen in diesem wächsern-bleichen Gesicht lebendig zu sein. Es waren stille scheue Augen, und sie hatten sich mit dem Ausdruck staunender Befriedigung auf mich geheftet – dankbar vielleicht für diese unverhoffte Unterbrechung des täglichen Einerleis.

Aber plötzlich geriet dies blasse Haupt in ein Zittern; es zerknitterte gleichsam; die Augen wurden klein und verschwanden; der Mund öffnete sich; der Kopf suchte sich zu erheben und die abgemagerten kraftlosen Arme kamen unter der Decke hervor – ein qualvoller Husten erschütterte die Gestalt.

»Herr Gott!« sagte erschrocken die Alte und warf sich über die nach Atem ringende Kranke, sie mir verbergend. Der Husten erstarb in einem Röcheln.

Es dauerte lange. –

Ich saß wie auf Kohlen. Nur dieses qualvolle Keuchen, zuweilen von minutenlanger Stille unterbrochen, während welcher die kleine Lampenflamme leise und eintönig sang. Mein Hund, der es sich unter dem weißgekalkten Beilegerofen bequem gemacht und den Kopf zwischen die Vorderpfoten gelegt hatte, seufzte im Schlaf. Tausend wirre Gedanken schossen mir durch das Hirn. Die kleine Stube mit ihren verräucherten bläulichen Wänden sah mich so stumm an. Es war, als ob hier der Tod bald einkehren wolle; vielleicht war die Alte deshalb so erschrocken vorhin, als ich eintrat. Hinter dem vergilbten Zifferblatt einer alten Schwarzwälder Uhr hingen der lange Perpendikel und die verstaubten Bleigewichte an langen vergrünspanten Messingketten reglos nieder. Die Lampe spiegelte sich in der gelben Messingscheibe des Perpendikels. – »Willst du wohl gehen! Willst du wohl gehen!« ging es mir durch den Kopf – »nur nicht diese Stille!« Lange sah ich ihn so schweigend und erbittert an und zugleich, aber gleichsam ohne es zu wissen, ein neben der Uhr hängendes sehr buntes Bild in einem dieser unausstehlichen gepressten Papierrahmen. Plötzlich schoss mit schnarchendem Geräusch eines der Gewichte hernieder – und ich fuhr erschreckt empor. Ich trat an das bunte Bild heran, wie um es zu betrachten – aber sonderbar: ich konnte mich später durchaus nicht entsinnen, was es darstellte, wiewohl ich es mit scharfen Blicken anstarrte und wohl hundertmal die wunderschön geschriebene Unterschrift las: »Bei der jungen Witwe – bei der jungen Witwe – C. Lasch pinxit – Druck von A. Felgner.«

Endlich erhob die Alte sich wieder. Der weiße Kopf lag mit geschlossenen Augen auf dem zerknitterten und seine oberen Zipfel wie ein paar Hörner drohend erhebenden Kissen.

Ich setzte mich wieder und auch die Alte zog sich einen Stuhl heran und ließ sich mir gegenüber nieder.

»Se hedd de Swind ...,« sagte sie dann leise. »Datt is de letzte. – Min Mann is darin storben – vör fif Johr, Johann, min öllste Söhn, vör dre Johr. – in Amerika, in Omaha; he weer all in de Eer, as ick den Breef kreeg; Klaas, min anner Söhn, vör twee Johr, dar ock, in datsülwi Bett; – do blöh se, Trinke, noch as en Ros'; se is twinti Johr, se is Brut, se hedd'n Brüdigam – un nu – –. Un ick, ick bün doch so gesund und stark as'n Bar, – as'n Bar: ick weet garni, wat Krankheit is – un ick mutt dat all dörchpietschen – un nas blief ick alleen na.« Sie breitete die Arme aus bei den Worten: »ick bün een Bar« – und in der Tat, einer Bärin glich diese alte Frau mit dem gesunden Gesicht und dem breiten stark gebauten Körper.

Sie erhob sich schwerfällig und ging zu dem grünlackierten Koffer, dessen schweren Deckel sie aufhob. Eine Zeitlang kramte sie darin herum; dann kehrte sie mit einem großen Fetzen vergilbter Leinwand und einem Knäuel Bindfaden zu ihrem Platz zurück und begann den Hund zu wecken und zu locken. Und das kluge Tier, sonst allem Fremden gegenüber so widerspenstig, kam auf den Ruf dieser treuherzigen Stimme sogleich aus seiner Ecke hervor. Sie kniete bei dem Tier nieder und begann ihm geschickt das wunde Glied mit dem Lappen zu umwickeln. In einem fort murmelte sie dabei beruhigende Worte, aus denen man heraushörte, wie sehr gewohnt das alte Weib es war, mit leidenden, trostbedürftigen Wesen umzugehen: »Na, wes' man still – dat is garni slimm. – Dö dat weh? – Ja, dat is nich anners. – Dat ward bald werr heel. – So, nu legg di man werr dal.« Der Hund hörte das mit zufriedenem Schnaufen und Seufzen an. Sie schlang den letzten Knoten, schlug ihm auf seinen erhobenen Kopf, sah ihm traurig in seine dankglänzenden Augen und setzte sich auf ihren Stuhl zurück. Basse kam auf sie zu, legte seinen Kopf auf ihren blauleinenen Schurz und sah freundlich zu ihr auf. Da wurde das Herz der Frau weich und groß – Tränen schossen ihr in die Augen und, den Hund abwehrend, stützte sie ihre Arme auf den breiten Schoss und neigte den Kopf auf ihre groben Hände. Doch ermannte das Weib sich bald – dieses Weib, das sein Leben lang hatte Mann und Weib sein müssen, diese Bärin; hastig fuhr sie reibend mit dem groben Schurz über die nassen Augen.

»Och Herr,« begann sie wieder, »dat Hart slöppt Een rein to, wenn Een hier so dagelang alleen sitt bi dat dodenkranke Gör – de Ruten in dat Bettüg kikt Een denn all so grot an. De Brüdigam lett sik natürli ni sehn; dat is ock man so'n Lüderjahn, as se hüüt all sünd,« sie fuhr wegwerfend und unwillig mit der Hand durch die Luft – »na, för sintwegen is dat vellich ebenso god, wenn de arme Deern in de Eer liggt – denn weet ik doch, wo se blewen is; dor is se am besten verwahrt.«

Ich hatte bei diesen Worten der armen Frau meine Blicke auf die Blumentöpfe der schmalen Fensterbank gerichtet. Die Pflanzen waren verwelkt, verdorben; sie waren wohl vergessen worden. Die eine hatte ihre Wurzeln in einem zersprungenen umgekehrten Lampenschirm aus weißem Porzellan, die andere in einem zerbrochenen Milchtopf. Nur der Myrtenbaum, der Brautbaum, stand in einem dieser gelbglasierten Töpfe mit den verwaschenen, höchst gutmütigen Löwengesichtern an der Seite, die längliche Ringe in den breiten Mäulern halten. Ihn hatte vielleicht früher die Kranke da mit lächelnder Sorgfalt gepflegt. Jetzt waren seine Zweigspitzen gelb verdorrt und das Grün der übrigen Blätter hatte sich kränklich vertieft. Von dem Fensterhaken hingen Zwiebel- und Bohnenschnüre hernieder, die sich zuweilen leise bewegten.

Draußen vor dem Fenster erklang plötzlich ein dumpfes Geräusch. Vielleicht hatten sich Schneeklumpen von dem schrägen Dach gelöst und waren zur Erde geglitten. Aber es klang genau, wie wenn sich jemand von einem erhöhten Standpunkt leise herniedergelassen hätte; jemand; der sich bemühte, leise zu sein – wie ein Dieb, wie ein Nachtgetier. Und dann glaubte ich, ein weißes Gesicht sich an die Scheiben pressen zu sehen. Es war, durchfuhr es mich, vielleicht der auf sein Opfer harrende Tod.

Scheu glitten meine Augen über das weiße reglose Antlitz in dem Kissen und hefteten sich dann auf die gefaltet in dem breiten Schoss liegenden Händen der vor mir sitzenden Alten. Wie ein Knäuel stieg mir's in den Hals empor; ein grenzenloses Mitleid ergriff mich und eine schmerzliche Verzweiflung, dass ich nicht helfen könne – gar nicht ein bisschen, nicht im Geringsten.

Plötzlich fuhr ich zusammen, ein Entsetzensschauer überrieselte mich – ich sah etwas, dass mir das Blut in den Adern erstarren ließ. Es war mir, als befände sich der draußen Schleichende mit einem Male hier in der Stube, in der Ecke, bei dem Bett. Der Tod? Es war nicht das feierlich grinsende Skelett, was ich sah; – was ich sah, war Tod und Teufel zugleich.

Es war eine lange Gestalt, mit schlotternden Gliedern, In dem kleinen Antlitz saßen große, von sackgrauer Farbe ganz kreisrunde, ausdruckslose Glasaugen, die geisterhaft glänzten – ähnlich den Augen jener seltsamen Affenart, die auf der Insel Madagaskar zu Hause ist. Zuweilen wandte die Gestalt den auf einem dünnen langen Hals sitzenden Kopf ganz langsam herum – wie wenn beim Turnen kommandiert wird: »Kopf langsam dreht!« Dann erloschen die Augen. – Durch den dürren dünnen Hals, der gleichsam aus beweglichen auf- und niederschnellenden Ringeln bestand, ging fortwährend eine Schluckbewegung.

Eine grenzenlose Wut stieg in mir auf diesem Spuk gegenüber; all meine anderen Empfindungen gingen darin unter. All mein Blut empörte sich; ich zitterte innerlich vor Abscheu. Ich lebte, ich war gesund und stark; hätte jenes Ding Leben gehabt von dieser Welt – ein fester Griff um seinen scheußlichen Ringelhals würde genügt haben, es aus der Welt zu schaffen. – Aber ohnmächtig trotz all meiner Wut und Kraft musst' ich dem Spuk gegenübersitzen – stumm und starr; ruhig musst' ich es geschehen lassen, dass er die Qualen seines Opfers genoss, an denen er sich weidete, von denen er lebte – von ihren Seufzern, von ihrem Angstgestöhn.

Ich wagte nicht in die Ecke zu sehen; ich starrte auf den höckerigen Lehmfußboden und es war mir, als ruhten die entsetzlichen Augen des Gespenstes jetzt mit dem Ausdruck des äußersten überlegensten Hohnes auf mir – ah, unerträglich, unerträglich!

Instinktiv, aus Rücksicht für die Alte, hütete ich mich, durch irgendeine Bewegung meine schmerzliche Erregung zu verraten. Umso peinlicher empfand ich den Drang, aufzuspringen, hart meine Hände ineinander zu ringen.

Die Alte, ihren Stuhl etwas zur Seite und zugleich mir näher rükkend, so dass sie mir die Ecke verbarg, berührte meinen Arm. Ich fuhr erschreckt zusammen und kam zu mir selbst. Ich hatte die Empfindung, dass sie schon eine Weile gesprochen, ohne das ich darauf geachtet hatte. Ein zaghaftes Lächeln stand in ihrem wie aus Holz geschnitzten Gesicht.

»Wer weet,« flüsterte sie hastig und scheu, »se ward vellich doch noch werr! Ick heff to'n leewen Gott bädt, so oft – he kunn wul op mi hörn! Wi Minschen hebbt dat jo ni verdeent, awer doch – he hedd uns dat jo eegentli verspraken. – Un as ick dat ins Awends werr dahn harr, keem annerdags hier een Mann in't Hus, de harr wat gegen de Swind un överhaupt gegen alle Krankheiten – un ok een Beschriwung darbi; dor steiht in, dat alle Minschen, de dat brukt hebbt, gesund worrn sünd. De Buttel kost awer ok 'n Daler.«

Sie ging wieder zu dem Koffer und holte eine Flasche hervor, auf deren dunkelgrünem, gedrungenem Bauch sich eine große bunte Etikette befand.

»Trinke mutt nu ock doch ehr Drüppen nehmen,« murmelte sie.

»Jacobys Königstrank« stand in großen Buchstaben auf dem Zettel, »vorzügliches Mittel zur Erhaltung einer langen Lebenszeit, namentlich dienlich gegen alle Arten von Schwindsucht« Darunter befand sich das Zeugnis irgend eines Sanitätsrats, ich glaube Meyer oder Müller, zwischen den Goldschaumabdrücken von Medaillen, die der Erfinder für den Wundertrank erhalten zu haben vorgab; – die Häupter Napoleons III. und Dom Pedros von Brasilien prunkten auf zweien derselben.

Nun hatte die Frau auch die »Beschriwung« gefunden. Ach natürlich – es war ein Zettel, wie sie so häufig bei kleinen Provinzialzeitungen liegen: mit prunkender Überschrift, mit eingehender Beschreibung der Leiden, gegen welche das Mittel hilft, das man »mit schlechten Nachahmungen zu verwechseln sich hüten solle« und das »allein echt« zu beziehen sei durch den Erfinder gegen Vorhereinsendung des Betrages. Dann folgte eine Unmasse von Zeugnissen Geheilter, alle waren natürlich todkrank gewesen –, »aber nächst Gott verdanke ich Ihrem Königstrank allein meine vollständige Genesung.« Am bestechendsten doch war die Geschichte von der Er- oder Auffindung des Königstranks, der schon vor 350 Jahren von hohen und höchsten Herrschaften gebraucht worden war. Daher der Name, »Königstrank«. Sie war in einem von einem »General von T.« unterzeichneten Zeugnis enthalten, das dem Bereiter der Medizin durch Erbschaft überkommen und bei ihm »im Original« einzusehen war. Es lautete etwa folgendermaßen:

»Ich, General von T., sollte einstmals ein Heer im Auftrage Kaiser Karls V. in die Berberei (Tunis) führen. Auf dem Marsche dahin war ich bei einem Bäuerlein einquartiert, das schon 130 Jahre alt war, nach seinem Taufschein, den es vorwies, und doch sah es so jung aus wie ein Vierzigjähriger und war noch ein munterer Bruder. Dies brachte mich natürlich dazu, nach seiner Lebensart zu fragen. Er erzählte mir, so gesund allein habe ihn ein gutes Tränklein erhalten; es sei nie krank gewesen, wiewohl es nach Art seines Standes immer hart und rauh gelebt habe. Ja, es sagte, es sei bis in seine fünfziger Jahre recht flott gewesen und habe oft Nächte durch in den Schänken gesessen, aber das habe ihm nichts thun können. Diese Erfahrung habe es nicht nur an sich, sondern auch an anderen Personen gemacht – und in der That gab es durch die Kraft des Tränkleins Leute in dem Dorf, die nicht viel jünger waren als mein Bäuerlein und doch noch stark und kräftig. In dem dankbaren Gefühl darüber, dass ich bei ihm einquartiert sei, teilte er mir die Zusammensetzung des Tränkleins mit, das mir alsdann viele gute Dienste geleistet und mich bis jetzt, wo ich 91 Jahre alt bin und noch viele Jahre zu leben gedenke, gesund erhalten hat. Auch ist dadurch auf mein Anraten der Kurfürst von *** gerettet, als ihn die Ärzte schon aufgegeben hatten. Ebenso hat sich danach die Lahmheit der Markgräfin von *** gelegt und der junge Graf von ***, dem alle Ärzte den alsbaldigen Tod vorhersagten, ist gleichfalls danach gesund geworden. Solches bezeuge ich durch meine Namensunterschrift.

(gez.) General von T.«

Der Name war nicht ausgeschrieben.

Trotz meiner schmerzlichen Aufregung kam mir während eines Moments eine sarkastische Verwunderung, dass Karls V. Generale ein so verhältnismäßig modernes Deutsch sollten geschrieben haben. Doch dann verwandelte sie sich in schmerzliche Entrüstung ob des plumpen gewissenlosen Schwindels. Aber der Frau sagen, dass –? Unmöglich – und wozu auch? Besser, sie blieb in ihrem Glauben. Und doch – ich wagte meine Augen nicht von dem Papier zu erheben, das ich mehrfach drehte und wendete, um mit geheuchelter Aufmerksamkeit und gerunzelter Stirn den Wisch wieder und wieder zu lesen ... Ich fühlte die Augen der Frau mit gespannter Aufmerksamkeit auf mich gerichtet, mit einem Blick, der eine Bestätigung ihres Glaubens an diesen Trank erwartete, doch ängstlich zu bezweifeln begann, ob ich eine solche aussprechen würde. Und ich war doch ein kluger Mann nach der Meinung der Frau.

Plötzlich glaubte ich wieder das gespenstische Gebilde zu sehen; blass und durchsichtig, lautlos richtete es sich auf. Drohend, höhnisch triumphierend sahen die großen kreisrunden Glasaugen zu mir herüber – unaufhörlich gingen die Halsringeln auf und nieder. Ich hielt es nicht aus ich sah fest in die Ecke: die Augen wurden größer und blässer – das ganze Gebilde zerrann. Die äffende Wesenlosigkeit des Dinges empörte mich – hastig fuhr ich empor. Und ich sah, dass auf einem Wandbrett eine Hornbrille mit großen Gläsern lag, in denen sich grell die Lampenflamme gespiegelt haben musste.

Ganz verwundert hatte die alte Frau mein Gebaren beobachtet. Ich hielt ihr bestürzt das Papier hin.

»Wulln Se dat vellich mal pröben?« fragte sie unsicher.

»Ja, ja,« sagte ich.

Erfreut ließ sie etwas von der Flüssigkeit in einen verbogenen blindblanken Zinnlöffel tröpfeln, hielt ihn mir dann hin und ich schluckte die rötlichtrüben Tropfen nieder. Sie schmeckten fadsüßlich, sirupartig.

»Ni wahr, dat smeckt god? Dat mutt doch wat Godes wesen? Dat mutt doch god wesen för kranke Lüd?« Zwei – vier ängstlich fragende Augen sahen mich an; der bleiche Kopf im Bette hatte sich aufgerichtet.

»Dat mutt dat.« sagte ich.

Und strahlend ließ die Alte den Löffel noch einmal voll rinnen und ging damit zu der Tochter. »Jacobys Königstrank – dat mutt dat, dat mutt dat – « murmelte sie, meine Betonung nachahmend.

Wenn ich die Augen der Alten gehabt hätte – vielleicht, dass ich jetzt an Stelle des Ungeheuers einen Engel mit langen weißen Schwingen und strahlend schönem, lächelndem Antlitz zu Häupten des Bettes bemerkt hätte.

Dann ging ich. – Die Alte begleitete mich hinaus und beschrieb mir wortreich den Weg, den ich vom »Nachtschatten« – so hieß die einsame Kate – aus einzuschlagen habe.

*

Das Wetter war umgeschlagen. Es fror, dass die Zweige der Bäume neben der Kate knarrten und klangen. Über mir wölbte sich ein hoher dunkler, fast schwarzer Himmel mit vielen bleichen Sternen, die in dem Frost so lebhaft flimmerten und zuckten, als wären sie gefesselte Blitze. Während ich dahinschritt, sah ich von Zeit zu Zeit zu ihnen empor und faltete voll unbeschreiblicher Bewegung meine Hände. Ein Bibelspruchfragment ging mir unaufhörlich durch den Kopf. »Was für ein Gemächte sind wir – was für ein Gemächte sind wir.« Ich musste ihn von Zeit zu Zeit flüsternd hersagen. Endlich hatte ich das Haus meines Gastfreundes erreicht, der schon sorgend nach mir ausschaute. Ich erzählte ihm alles und er veranlasste, dass ein Arzt zu der Kranken geschickt wurde – aber Trinke starb schon nach wenigen Tagen.

*

# DIE KOHLEN
## Eine Weihnachtsgeschichte

Niklas Vigelin und Fik Tralala waren wandernde Musikanten, er mit der Fiedel, sie mit der Harfe. Sie hatten ein lustiges Leben geführt, solange sie jung waren: von Jahrmarkt zu Jahrmarkt, von Ringreiten zu Ringreiten, von Fastnacht zu Fastnacht. Und in den Zwischenzeiten hatten sie Straßenmusik in den Dörfern gemacht – und Fiks Zinnteller war nie leer geblieben, wenn sie einkassieren ging.

Aber nun waren sie alt geworden und die Leute wollten nichts mehr von ihnen wissen. Die Hände waren zitterig, die Rücken krumm, die Stimme rostig geworden und die Groschen und Pfennige klirrten nicht mehr so bereitwillig auf Fiks Teller, wie in früheren Zeiten. Sie begriffen es nicht, aber die Leute betrachteten sie als lästige Bettler, die sie immer häufiger von der Schwelle jagten. Bei allem Musikantenstolz hätten sie sich jetzt vielleicht zur Arbeit bequemt, aber auch dazu wurden sie von niemandem aufgefordert.

*

Nun war heiliger Abend und Niklas Vigelin und Fik Tralala humpelten am Nachmittag einem Dorf zu, in dem sie seit Jahr und Tag nicht mehr gewesen waren, an dessen Freigebigkeit sie sich aber gar wohl erinnerten. Sie wollten die alten Weihnachtslieder vor den Türen singen und spielen, hofften auf reiche Gaben und wollten dann später auf einem warmen Platz in der gemütlichen Krugschenke »Zum schönsten Vergißmeinnicht« unterkriechen, in der sie früher immer willkommen gewesen waren. Aber wie fanden sie den Ort verändert! Sie erkannten ihn gar nicht wieder! – Sie hatten nicht von der Feuersbrunst gehört, die das Dorf vor Jahresfrist eingeäschert hatte, und auch nicht erfahren, dass die neue Bahnverbindung ihren alten Krug in einen stolzen und abweisenden »Gasthof zur Eisenbahn« verwandelt hatte. Das alles schüchterte sie ein. Und ihre bösen Ahnungen trogen sie nicht; überall, wo sie zu musizieren versuchten, wurden sie bald verscheucht, kaum, dass man ihnen eine kleine Münze zusteckte. Ach, ein Stück Brot wäre ihnen lieber gewesen, denn sie waren hungrig, aber sie wagten nichts zu sagen.

Ach ja, ein Stück Brot, ein Dach überm Kopf, ein Platz an einem warmen Herde – heut, am heiligen Abend!

*

Da sahen sie etwas abseits das alte Haus des reichen Bauern Grotrian – das war vom Feuer verschont geblieben und lag da, breit und behäbig, wie die gute alte Zeit selbst. Zögernd gingen sie den Gartenpfad bis zur Eingangstür hinauf.

»Schüllt wi –?«, fragte Niklas' Blick, indem er seine Fiedel unters Kinn schob.

»Man to!« nickte Fik und machte ihre Harfe spielfertig. Gleichzeitig begann sie zu krächzen:

»O du fröhliche, o du selige – –«

Plink plunk machte ihre Harfe dazu und eilfertig näselte Niklas Geige die Weise hinterher.

Aber sie kamen nicht weit; die Tür öffnete sich und eine junge Frau, die sie nicht kannten, erschien mit einer großen Gabe Brot und Speck und bat die Musikanten eindringlich, ein Haus weiter zu gehen; drinnen läge ein Schwerkranker.

*

Wie betäubt schlichen die Abgewiesenen davon, der Schenke zu, denn nun war es ihnen nur noch um ein Obdach zu tun. Aber das Haus sah sie nicht nur hochmütig-abweisend an, drinnen hörten sie auch eine der neumodischen Musikmaschinen einen Weihnachtschoral spielen; damit konnten sie einen Wettbewerb nicht wagen. Schweigend wandten sie sich ab und schlichen die verödete Landstraße entlang. – Bald würde die Nacht, die heilige Nacht, sie überfallen: aber wohin sollten sie sich wenden? Ihren Hunger, der ihnen jetzt übrigens fast vergangen war, hätten sie ja jetzt stillen können. Aber kein Dach überm Haupte, dazu die Kälte und das Verzagen in allen Knochen – und das bittere Bewusstsein, es ist Heiliger Abend, der alle Menschen glücklich macht. – Ach, sie wünschten sich so wenig! Nur einen schützenden Winkel und ein ganz kleines Kohlenfeuer, darüber sie die schon ganz steif gewordenen Hände hätten wärmen können.

*

Der Abend war angebrochen, aber es wurde nicht ganz dunkel; zwischen den ziehenden Wolken sah zuweilen die Mondsichel auf die verlassene Erde, umgeben von kalt funkelnden Sternen, die wie Eissplitter glitzerten. Die Wanderer blieben stehen, zitternd vor Kälte, und klagten sich leise ihre Not. Sie waren der Verzweiflung nahe und Fik erklärte, dass sie sich hinlegen wolle, um den Tod zu erwarten.

In diesem Augenblick sprang eine jämmerlich abgemagerte Katze aus dem Haselknick zur Seite des Weges und hätte die Ärmsten fast erschreckt. Die Katze jedoch, die fast nur noch aus Haut und Knochen bestand, tat gar nicht fremd; sie strich ihnen mit leise klagendem Miau um die Füße und schien vor äußerstem Hunger ganz furchtlos geworden zu sein.

Das war ein Wesen, noch elender als sie selber. – Voller Mitgefühl reichten sie der Kreatur von dem Speck, den sie heißhungrig hinunterschlang, bis endlich ein leises Dank-Miau ihre Sättigung kundgab.

Dann strich sie den ratlosen Leuten, die über diesem Abenteuer fast ihre Not vergessen hatten, ganz verständig voran und führte sie um die Knickecke herum zu einem alten verlassenen Hause, das hier mutterseelenallein in der winterlichen Felderöde lag. In sich zusammengesunken, das alte schadhafte Strohdach tief über die Wände herabgezogen, schien es in schwere trübsinnige Grübeleien verloren zu sein. Alle Fenster waren dunkel, wie die Augen eines Verzweifelten, der nichts mehr von der Welt wissen mag und die Lider deshalb müde geschlossen hat.

»Fik, dat Armenhus vun Bullerbrook!« sagte Niklas entsetzt.

*

Die Katze schlüpfte in eine halb aufstehende Tür hinein und forderte die Beiden, ein Weilchen auf der Schwelle verharrend, mit leisem Miauen auf, ihr zu folgen.

Aber Niklas ging erst um das Haus herum, um sich zu vergewissern, ob auch niemand anwesend sei, der ihnen den Eintritt wehren möge. Doch die alte Baracke schien ganz leer zu sein und nun wagten auch die beiden Musikanten, einzutreten. Hier hatten sie wenigstens ein Obdach!

Drinnen vor dem Herd standen, wie sie im Mondlicht bemerkten, das bald durch jagende Wolken verlöscht wurde, ein paar Binsenstühle. Die Katze, die sie so gern zur Gesellschaft mitgenommen hätten, war jedoch spurlos verschwunden.

Sie setzten sich vor den alten Ziegelherd, in dessen Rauchfang sich oft mit gespenstischem Getöse der Nachtwind verfing, hielten endlich ihr einfaches Mahl und sprachen davon, welch' gutes Glück im Unglück sie hierhergeführt habe. – Freilich, finster und kalt war es hier auch und auf der Aschenstätte des Herdes, der schwarz und unheimlich vor ihnen stand, schien lange kein Feuer gebrannt zu haben.

»Och ja – 'n lütt Füer!« seufzte Fik. Aber woher hätten sie Kohlen nehmen sollen? Und sie versanken in Schweigen.

*

Aber da glommen plötzlich auf dem Herd zwei Flammen auf, zwei helle Flammen, gelb wie Gold.

»Süh doch, süh doch – dor is noch Füer ünner de Asch west ...« sagte Fik ganz aufgeregt, stieß Niklas an, den sie schlafend meinte und streckte dann begierig die Hände über das Feuer. Wie wohl tat die Glut.

Und auch Niklas hielt die klammen Hände über die Flammen und verspürte die Wärme. »Wenn wi man'n beten Krattholt und Törf harrn, dann keem dat Füer bald örndli in Gang,« äußerte er. »Wie mütt de Köhlen en beten pusten!«

»Ne, ne, lat – denn sünd se üm so ehrer vergahn!« wehrte Fik.

Und dann redeten sie von alten Zeiten, vergaßen alle Not und Ent-

täuschung und segneten in ihrem Herzen die so geheimnisvoll aufge-
glühten Kohlen.

Und die Stunden schlichen dahin; bald schlummerten sie ein wenig,
bis einem von ihnen wieder etwas Lustiges einfiel und er den anderen
anstieß und erzählte, bald summten sie leise alte Weihnachtslieder,
denn es war ja heilige Nacht. So hielten sie ihre Feier, ganz vergnügt
und getröstet von den Kohlen, die noch immer wie Gold leuchteten
und weder verzehrt wurden, noch erloschen.

Keine Kälte schüttelte sie mehr – ganz warm und behaglich war ihnen geworden.

Aber als der Morgen kam, sahen sie zu ihrem Erstaunen, dass hinten auf dem erloschenen Aschenplatz die arme Katze saß.

An dem Glanze ihrer Augen hatten sie sich erwärmt.

*

# KNÄÄP
## Studie aus einem ostholsteinischen Tagelöhnerdorf

Ach, armes Kattholt !

Ich weiß, du galtest auch früher nicht viel unter den Gemeinden deines Kirchspiels. Du warst auch früher nur ein Tagelöhnerdorf und wurdest von den Bauerndörfern nicht für voll angesehen.

Aber wie schön lagen deine weißen Katen mit ihren grünbemoosten Strohdächern und ihrem roten Ständerwerk in der grasigen Auniederung unter den alten, sturmfesten Eichen, die sich weiterhin wie gehorsame alte Wachsoldaten zu einer regelrechten Allee zusammenschlossen, durch die gebietend das weiße Herrenhaus des Gutes herabsah. Seit Jahrhunderten waren deine Insassen allmorgendlich zu ihrer Arbeit auf den Gutshof gepilgert; in ihrer Art so ehrenfest und sesshaft, wie das Adelsgeschlecht, das auf dem Schloss hauste. Schien es nicht, als könne es nie anders werden, als müsstest du alle Ostern neu geweißt erstehen, wenn deine alten Eichen ihre ersten bräunlichen Blattsprossen in die frühlingsherbe Luft krausten?

Aber es wurde anders. Dem alten Rittergeschlecht ging die neue Zeit wie ein würgendes Gespenst an die Kehle. Seine Vasallen fielen mit. Eine neue Völkerwanderung kam: ohne den Tumult, der früher Umwälzungen begleitet hatte. Sacht und stille, wie Unkraut auf einem gepflügten und liegen gelassenen Acker, tauchte ein Wirrwarr fremdklingender Namen in den Kirchenbüchern auf.

Der letzte Besitzer musste sein Gut verkaufen. Alte Leute erzählen noch, er wäre am Abend vor seinem Abzuge durch das Dorf gegangen und hätte die alte Eiche auf dem Heidrott noch einmal umarmt. Tränen seien dabei in seinen grauen Bart gesickert. – Es ging die Sage, dass der erste Besitzer des Gutes unter dieser Eiche von einem alten Dänenkönig oder Holstenherzog zum Ritter geschlagen sei. Sie stand abseits, das Dorf beherrschend oder beschützend, auf einer heide- und ginsterblühenden Anhöhe, die nie ein Spaten oder eine Pflugschar berühren dürfe. »Ça porte malheur –« hatten die Besitzer zur Rokokozeit gesagt. Aber ein neuer Verwalter hatte von diesem Hühnerglauben nichts wissen wollen und einen beträchtlichen Teil dieses Hügels abtragen lassen, um mit dem gewonnenen Erdreich Vertiefungen in den Äckern ausfüllen zu lassen. Als der alte Graf von diesem Fürwitz erfahren habe, hätte er die Arbeit sogleich abbrechen lassen. Ça porte malheur – das Wort hatte sich vererbt. Zu spät – nun musste er davon. Hinter der Erdwand verschwand er. Er war nach Kiel verzogen, wie die Einen sagten; andere meinten, er lebe in Hamburg und sei ganz misströstig geworden.

Aber schon lange vorher waren die meisten festsässigen Tagelöhner-familien nach und nach von den Städten der Umgebung verschlungen worden. Das Kattholt verkam. Nun die Häuslerwohnungen nicht mehr regelmäßig gestrichen und gepflegt wurden, verfielen sie. Erst wurden die Weggezogenen durch Schweden ersetzt; später kamen Polen und Galizier – ein buntes, wanderlustiges Volk. Die ansässigen Leute nannten sie »Tatern«. Dazu gesellten sich dann noch Ostfriesen aus den Fehnländern der Ems, aber auch sie hatten etwas Schwarzes, Zigeunerhaftes. »Kattenköpp« nannte man sie – Gott weiß, warum. Anfangs kamen all die Fremdlinge wie Zugvögel mit dem Sommer und zogen im Spätherbst wieder ab. Manche blieben mit der Zeit aber auch sitzen, heirateten einheimische Mädchen oder ließen ihre Liebsten nachkommen. Der katholische Priester aus Neumünster wurde nicht selten in der Gasse des holsteinischen Dorfes gesehen, halb erschreckt betrachtet von den wenigen Einheimischen, die noch geblieben waren. Aber auch sie gewöhnten sich an diese befremdliche Erscheinung. Bald konnte man in den Aufgebotskasten am Torhaus des Hofes ehrbare holsteinische Namen mit schwedischen und slavischen lesen. Ein buntes Volk wuchs unter den alten Eichen heran, holsteinisch-schwedisch-polnisch-ruthenisch.

Der neue Besitzer des Hofes kümmerte sich den Kuckuck um den Verfall des Dorfes, um den Verfall des Volkslebens. Er war ein reicher Hamburger Kaufherr, der im Jahreslaufe nur einige Wochen auf dem Gut weilte, das er sich allein um des Ansehens willen erworben hatte, in der Frühsommerzeit und während der Jagd. Sein einziges Ziel war das »von«, das er bald vor seinen, im Übrigen sehr kleinbürgerlichen Namen setzen zu können hoffte. Hardt-Meyer hieß er und man munkelte, sein Urahn habe einfach Meyer geheißen und sei aus Schrimm in Posen nach Hamburg eingewandert. Wucherzinsen hätten ihn reich gemacht und seine Klienten hätten ihn wegen der Härte, mit der er sie ausbeutete, Hardtmeyer getauft. Bei der kirchlichen Taufe hätte er just diesen Namen in die Listen eintragen lassen und ihn seinen Nachkommen vererbt. Andere wollten wissen, dass sein Vorname »Herz« auf diese Weise mit seinem Zunamen verschmolzen worden sei. Was wusste er davon, dass dies Land vor hunderten von Jahren einem Fremdvolk abgerungen war? Was kümmerte es ihn, wenn es einem Fremdvolk wieder zufiel?

Nein, armes Kattholt, ich kann dir nicht viel Rühmliches mehr nachsagen. Am stimmungsvollsten siehst du noch an trüben Herbsttagen aus, deren Nebel die Anzeichen deines Verfalls barmherzig verschleiern. Ich kann nur eine trübe Schatten- und Nebelgeschichte aus dir erzählen.

*

Novemberabend. Rieselnder Nebel über den Feldern. –

Aus der geöffneten oberen Halbtür der jenseits der Heidrottanhöhe gelegenen, von tropfenden, alten Obstbäumen umgebenen Kate strich träge dicker Rauch, der sich missmutig über die gepflügten Felder legte und sich in Nebel und Finsternis verlor. Ein schwacher, roter Schein leuchtete verdrießlich aus dem dunkeln Innern in den nebelschwangeren Abend hinein. Drinnen hatten die beiden Tagelöhnerinnen den Kessel mit der Abendgrütze auf die Torfglut gesetzt; sie erwarteten ihre von der Arbeit auf dem Gutshofe heimkehrenden Männer.

Schweigsam stand jede von ihnen an dem ihr gehörigen Ende des gemeinsamen Herdes, von dem mit Krattholz und Torfsoden genährten Feuer mit einem kupfrigen Schein übergossen, und rührte mit einem hölzernen langstieligen Löffel in dem brodelnden Inhalt des an einer berußten grobgliedrigen Kette über der Flamme hängenden Grapens. Die kleine, rundliche Frau Beidokat, eine Litauerin, schaute zufrieden und ein wenig träumerisch ihrer emsig rührenden Hand zu; von Zeit zu Zeit warf sie ihren Kindern, die sich auf der Diele im Stroh balgten, ein Mahnwort zu. Ihre Nachbarin, die große, hagere Frau des Schweden, deren mageres, vogelartig scharfes Gesicht wie in Verzweiflung versteint war und dessen Ausdruck durch die darüber hinhuschenden Lichter der Herdglut etwas Bissig-Bösartiges erhielt, wandte den Kopf oft hastig nach der Tür; mitunter auch ließ sie den Rührlöffel fahren und trippelte mit kurzen, eiligen Schritten nach der Tür, um Ausguck zu halten. Jedes Mal fuhr ihre Nachbarin bei dem herrischen, trockenen Geräusch, das die Holzpantoffeln auf der holprigen Lehmdiele verursachten, zusammen. Und mit immer verkniffenerer Miene kehrte sie zu ihrer Beschäftigung zurück. Wurde ihr der Lärm der Kinder zu groß, warf sie ein Wort, scharf wie ein Vogelschrei, in die Finsternis. Dann wurde es für eine Weile mausestill; diese Frau scheuten sie mehr als ihre Mutter. »Sie hat keine Kinder,« seufzte die Beidokat, aber das war nicht richtig, sie hatte einen Sohn, einen großen, gelbhaarigen Jungen – doch der war gleich nach seiner Militärzeit nach Amerika gegangen und längst verschollen. Nie sprach sie von ihm, aber manchmal, wenn sie ganz allein war, nahm sie aus einem Nähkasten eine ganz verblasste Photographie, die ihn als Gardejäger darstellte, und betrachtete sie aufmerksam, ohne dass sich der Zug in ihrem Gesicht veränderte – Sie mochte einst nicht hässlich gewesen sein, was man ebensowohl am Gesicht, als an dem geschmeidigen Körper und den merkwürdig wohlgebildeten, wenn auch schwieligen Händen sehen konnte. Aber das war jedenfalls lange her. Ihr blasses, gelb getöntes, scharf geschnittenes Gesicht mit den stechenden Augen und dem bleichen, schmallippigen Munde hatte ihr im

Dorfe die Bezeichnung »Hexe« verschafft, zumal ein Schimmer ungewöhnlicher, wenn auch ungeschulter Klugheit aus ihren scharfen Zügen leuchtete.

»Dat is doch schier to dull, dat he ni kümmt,« sagte sie schließlich, das eintönige Geschäft des Rührens wieder aufnehmend – einen Augenblick wie selbstvergessen aus ihrer Vergessenheit heraustretend.

Die schüchterne kleine Litauerin ihr zur Seite blickte sie ganz überrascht an. Das war das erste Wort, das ihre Nachbarin ihr gönnte. Bis jetzt – und sie war doch schon seit der Ernte hier – hatte diese unheimliche Frau noch kein Wort mit ihr gewechselt und gleich am ersten Tage ihres Zusammenseins hatte sie es ihr zu verstehen gegeben, dass mit ihr nicht gut Kirschen zu essen sei. Ihren Gruß hatte sie zwar erwidert; als die Ankömmlingin aber das Gespräch fortsetzen wollte, hatte sie sich kurzweg umgedreht und war, die Stubentür krachend hinter sich zuschlagend, in ihrem Zimmer verschwunden. Aber die kleine Litauerin hatte sich, plauderlustig wie sie war, seither so gelangweilt, dass sie bei den eben vernommenen Worten aufrichtig über das vermeintliche Einlenken der Schwedenfrau erfreut war; vielleicht hatte diese einen Kummer in sich hineinzuwürgen gehabt, der sie so stumm gemacht hatte. Sie lebte nämlich sehr unglücklich mit ihrem Mann, der dem Trunk ergeben war; wie Katz' und Hund seien die Beiden anzuschauen, hatte sie einmal zu ihrem Mann gesagt, als sie in ihrer Stube deutlich hörten, wie Olaf Tufveson (oder Ole Tüwers, wie man seinen Namen im Dorf verdreht hatte) und seine Frau wieder einmal hart aneinander geraten waren. Ihr Mann hatte freilich gemeint, sie solle lieber sagen, »wie Katz' und Maus,« und sie wär' die Katz' und Ole die Maus; er habe einen heillosen Respekt vor ihr, sie sei ein wahrer Satan.

Dies alles fuhr der Litauerin durch den Kopf, aber sie ließ sich doch nicht abhalten, einen Schritt näher zu treten und tröstend zu sagen: »Mein Mann is ja ooch noch nicht hier.« Aber erschreckt fuhr sie zurück vor dem zornknisternden Blick, der ihr aus den Augen der Nachbarin entgegensprühte, die dann ihre Feuerzange ergriff und sie klirrend der Litauerin vor die Füße warf.

*

Der brave Beidokat hatte in der Tat nicht Unrecht, wenn er meinte, dass Ole und seine Frau wie Katz' und Maus zusammen lebten; die Hexe in ihrer wütigen Sinnesart hasste ihren Mann eigentlich. Kein Wunder deshalb, wenn Ole sich oft im Branntwein Vergessenheit trank und lieber im Kreise gleichgesinnter Freunde saß, die auf ihn horchten, als in seiner Kate. Aber die Vergessenheit hielt leider nicht an; wenn er aus seinem Rausch erwachte, hatte sich die Sache nur schlimmer gestaltet; mit einer unheimlichen Zungenfertigkeit

schmälte das sonst so verschlossene, wortkarge Weib den torkelnd
Heimkehrenden aus, gegen die er mit seinem stotternden Schwedenplatt und seiner branntweingelähmten Zunge nicht ankämpfen konnte. Hielt sie endlich erschöpft inne, mit einer unendlich hochmütig-
erbitterten Miene, als schäme sie sich, seinetwegen so aus sich her-
ausgegangen zu sein, so machte er schüchtern Versöhnungsversuche;
es war eigentümlich, je grimmiger sie war, desto mehr Knääp machte
er, um eine bessere Stimmung bei ihr anzubahnen, und war dann –
trotz aller Erfahrung in diesen Dingen – immer sehr erstaunt, wenn
sie nur Öl ins Feuer gossen und ihre Wut zu einer helleren Flamme
anschürten. So fand man es im Dorfe ganz begreiflich und entschuld-
bar, dass Ole sehr häufig ein Glas über den Durst und nicht selten
auch ganz ohne Durst trank; seine Frau war ja eine Katze, ein »Füer-
slott« – und er hatte das so oft, tragikomisch kopfnickend, selbst gesagt und wieder angehört, dass er zuletzt selber daran glaubte, seine
Frau trage ganz allein die Schuld, er sei sonst der beste Kerl von der
Welt; wenn sie nur anders wäre, würd' auch er anders und besser sein
– aber nun war das ja nicht möglich, nun müsse er seinen Branntwein
haben. Nach und nach war ihm auch wirklich der Schnaps mehr als
ein Beruhigungsmittel geworden, er trank ihn mit Kennermiene; selten ging er mehr sofort nach seiner Kate, namentlich am Sonnabend
nicht, dem Löhnungstage; dann ging er zum »Bahnhof«, wenn er seiner Frau, die ihm allerdings sehr häufig auf dem Wege dahin auflau-
erte, nur irgendwie entwischen konnte, und vertrank seinen Wochen-
lohn.

Und heute war Sonnabend.

*

Tritte schwerer Stiefel ließen sich hören. Beide Frauen horchten auf:
ein kleiner untersetzter Mann trat auf die Diele, die welke, abgegriffe-
ne Mütze in der schwieligen Faust schlenkernd und an ihrer statt einen runden, ziemlich großen Sack auf dem Haupte balancierend. Mit
einem kurzen, knappen »Guten Abend« kam er näher – es war Beidokat. Ole war nicht bei ihm.

Mit einem heiseren Schimpfwort riss die enttäuschte Frau des
Schweden ihren Grapen vom Feuer und stellte ihn auf den Lehmfußboden vor dem Herd. Dann bedeckte sie das Feuer mit Asche und
eilte hinaus, nur ein Tuch um die Schultern schlagend, mit flattern-
den Haarsträhnen aus der Tür – hinab zum Bahnhof, einigen fernen
Lichtern zu, die weit aus der Ferne durch die trübe Dunkelheit blin-
zelten.

Denn sie zweifelte jetzt nicht mehr daran, dass Ole mit Korn – es
war heute Korn verteilt worden – und Lohn zu Cassen Grotkopp, dem
reichen Kaufmann, Gastwirt und Getreidehändler, gegangen war und

beides vertrank – das heißt das, was er nach der Tilgung alter Zech-
schulden noch übrig behielt.

Endlich tauchten aus dem missfarbigen Nebel die Bahnhofslaternen
deutlicher hervor, deren Flammen in ihren Glashäuschen mit einem
rötlich-gelben Dunstkreis umgeben waren. Im Vordergrunde, hart am
Wege, lag ein massives, fensterloses und ganz dunkles Steingebäude
– der neu errichtete Getreidespeicher des Herrn Gastwirts und Getreidehändlers Grotkopp; etwas weiter an der anderen Seite trat wie
ein Palast das große Wohnhaus des Bahnhofsgranden hervor.

Die Frau stand neben dem Speicher still und schaute nach dem Gasthaus hinüber, aus dessen Fensterreihe zu ebener Erde anheimelnd
helles Licht schien. Als armer Musikant sollte dieser Grotkopp hier-
hergekommen sein; er hatte den Wert des damals neu eröffneten
Bahnhofs für einen anschlägigen Kopf – den hatte er und noch heute
war sein stehendes Wort »'n anschlägschen Kopp is beter as'n lerrige
Geldknipp« – sofort begriffen und zunächst eine Hökerei und eine
Wirtschaft eröffnet. Jetzt war er – wenigstens für die Begriffe der Tagelöhner – ein »schwerreicher Kerl«. Er hatte sein Geschäft verstanden. Bei dem Kramhandel und dem Bierhahn – als Kunden und Gäste
durfte er dabei nur die »lütten Lüd« erwarten – hatte er sich nur solange aufgehalten, als nötig war; sein Streben war auf Höheres gerichtet. Darum hatte er zunächst den Laden »ausgestaltet«. Welche An-
nehmlichkeiten bot das Grotkoppsche Gewese aber auch: man kaufte
seine Sachen, traf mit guten Freunden zusammen und trank sein Bier
und seinen Kümmel: »dat reine Gottswoort!« lobten die Leute mit
Kennermienen. Dazu brauchte man, wenn es kniff, nicht bar zu be-
zahlen. Grotkopp war »'n zu liberalen Mann«, wie man anerkennend
sagte; er nahm Korn in Zahlung, geräucherte Schinken, Würste,
Speckseiten, Eier, Butter usw. Das Geschäft erwies sich als einträg-
lich, der »Bahnhof« kam in Ruf, der Verkehr wuchs und sein anschlä-
giger Kopf riet dem findigen Mann, ein »Bahnhofshotel« zu bauen.
Nicht lange dauerte es und ein großer Getreidespeicher kam hinzu: er
trieb den Kornhandel jetzt im Großen. Nur ein Gefühl der Pietät ge-
wissermaßen hieß ihn noch den Kramladen und den Schank für die
Tagelöhner und Bahnarbeiter beizubehalten. In das große Gastzim-
mer nach vorn hinaus, wo die feinen Reisenden und die Honoratioren
der Umgegend, die Bahn- und Postbeamten verkehrten, durften sie
allerdings nicht kommen, aber sie blieben auch lieber unter sich, im
Laden, wo sie zugleich ihre Geschäfte abmachten. Hier war noch ein
Rest der alten Grotkopp-Gemütlichkeit hängen geblieben, die der
smarte Mann selber gänzlich abgestreift hatte. Man durfte nicht mehr:
»Grotkopp, Du –« zu ihm sagen; er war »Herr Grotkopp« und »Sie«
geworden und hatte sich ein Lexikon angeschafft, große Ausgabe. Die

kleinen Höker der Nachbardörfer, denen er das Geschäft verdorben hatte, waren ihm nicht allzu grün – aber was wollten diese »Krauter«? wie Herr Grotkopp sie nannte – und der Herr Pastor betitelte sein »Hotel« »Sodom und Gomorrha«, aber das kümmerte Herrn Grotkopp ebenso wenig. Seit er das große Lexikon hatte, gehörte er zu den »Upgeklärten«. Und die haben es nicht mit den Pastoren.

Wie ein scheuer Nachtvogel schlich die Frau sich jetzt an den hell erleuchteten Fenstern vorüber auf die durch eine Hängelampe erleuchtete Fliesendiele; sie ging an eine Glastür im Hintergrunde, durch deren beschlagene und bestaubte Scheiben ein matter Schimmer brach. Sie führte in den Laden.

In ihm, zum größten Teile auf die Tonbank gelehnt, befand sich eine bunte, rauchende, schwatzende, singende Gesellschaft. Die Mehrzahl bildeten Tagelöhner in ihren abgeschabten, blauleinenen Kitteln; auch einen Mann in einem großen Kutschermantel bemerkte die Frau – es war Klas Lensch, der Omnibusfuhrmann; die Nase in seinem gelblichen Gesicht funkelte blaurot. Er war eine wichtige Persönlichkeit, im ganzen Kirchspiel bekannt: unterhielt er doch die Verbindung des Kirchdorfes mit der Bahnstation! Außerdem standen noch einige Bahnarbeiter und Briefträger umher, die auf den letzten Zug warten mochten. Den Mittelpunkt des Ganzen aber bildete Ole Tüwers; er sprach lebhaft mit dem ewig vergnügten Lächeln in dem blatternarbigen, von gelben, krausen Haaren umrahmten Gesicht, die unter dem zurückgeschobenen im Nacken liegenden Mützendeckel hervorquollen und in die niedrige Stirn fielen. Mit seinen grellblauen Augen blickte er unbekümmert frohherzig umher, eifrig durchsägten seine Hände den schwerfälligen Tabaksqualm und alle fünf Minuten brach er in ein herzliches Lachen aus, in das seine Zuhörer einstimmten. Diese Pausen wurden dazu benutzt, einen Schluck aus den auf der Tonbank stehenden großen »Wachtmeistern« zu nehmen und der Omnibuskutscher, der als eine Respektsperson galt, sagte dann jedes Mal mit herablassender Anerkennung und voll branntweinheiserer Autorität:

»Ole is doch 'n groten Knääpmaker!« Das erfüllte den Schweden mit Stolz; immer eifriger und lebhafter wurde sein Sprechen und Gestikulieren. Er hatte ein gutes Mundwerk und alles, was er erzählte, färbte sein drolliges singendes Schwedenplatt doppelt ergötzlich. Widerspruch konnte er allerdings nicht vertragen und ausbleibende Anerkennung machte ihn rasend; dann konnte er, jähzornig wie er war, leicht Streit anfangen. Eben erzählte er, wie er einmal seine Frau angeführt habe, um sich zu rächen.

Und diese Frau starrte stumm, die Lippen zusammengekniffen, durch das trübe Fenster und folgte ihm wütend mit ihren harten, heißen Augen. – Vor Ole würde sie nicht zurückweichen, sie ist schon oft hier gewesen und hat ihn geholt, – wenn er allein war. Aber die anderen, vor allem dieser Hallunke von Omnibuskutscher! Sie würden sie necken, sie quälen und ihren Widerstand mit leichter Mühe brechen, ihre zum Kratzen gekrümmten Finger geradebiegen, ihr fauchendes Schimpfen zur Belustigung ruhig über sich ergehen lassen, jede Atempause mit einem gepfefferten Spaßwort ausfüllen und sich wohl gar, was sie am wenigsten vertragen konnte, anerkennend über die Schnellkraft ihres Mundes äußern.

Jetzt ruft Ole den Ladendiener heran. Alle, der Omnibuskutscher voran, dann die Arbeiter, die Eisenbahner und Briefboten, reichen ihm ihre Gläser hin. Während der Ladendiener sie aufs Neue an einem Fässchen im Hintergrunde füllt, zieht Ole Geldstücke aus der Tasche und wirft sie prahlerisch auf die Zinkplatte. Es klirrt stumpf und blechern, hart und unerbittlich; die Frau hört es durch das Glas. – Ah, Ole gibt aus, für alle! Heiß stieg es in ihr auf; krampfhaft griff sie nach dem Drücker, und wagte doch nicht, einzutreten. O, dieser Hindurchbringer, dieser fremde Halunke! Er schien ihr mit einem Male wirklich völlig fremd – was hatte sie sich mit ihm abgegeben!

Sie stoßen die Gläser zusammen und Ole stimmt ein Lied an – laut, lustig, prahlerisch singt er mit seiner branntweinheiseren Stimme eine seiner nichtsnutzigen schwedischen Trinkweisen, die sie nicht versteht:

»Tjuka du, att grafven är för djup,
Nu väl an! Sa tag dig da en sup,
Ditto en, ditto tva …«

Inzwischen hatte einer der Eisenbahner nach seiner Uhr gesehen; unversehens erhob er sich und ging nach der Tür. Die Frau konnte nicht rasch genug beiseitetreten – er wurde ihrer gewahr, nickte ihr zu und rief lachend zurück:

»Ole, din Fru is hier – mak Di man up de Söcken!«

Der Schwede verstummte ganz verdutzt und starrte nach der Tür; ein gewaltiger Schreck fuhr sichtlich über seine Züge. Aber sofort begriff er sich; er wollte es sich nicht anmerken lassen, dass er sich, was sie alle doch längst wissen, vor seiner Frau fürchtet. Ein gezwungenheiteres Lächeln auf dem Gesicht, näherte er sich der Tür und rief jovial-unsicher: »Kom, Flicka, du far supa en litet glas med mig !«

»Komm, Flicken, schast 'n Glas mit uns supen!« ruft der Omnibuskutscher und hält ihr mit komischer Zuvorkommenheit sein Glas entgegen; die anderen stimmen ein und dringen ihr entgegen. Aber nur ein giftiger Blick der vor Ingrimm und Wut bebenden Frau trifft sie. Dann fährt sie stumm aus der Tür in die Nacht hinaus.

»Satan!« murmelte der erschrockene Schwede, den dieser Blick etwas ernüchterte; aber lachend wendete er sich in den Laden zurück und rief seinen Kameraden, um jede Neckerei abzuschneiden, lustig lallend zu:

»Hon är dum bara, dum!«

»Wat is dat – de Hund is dumm?« lachen die anderen, die diese schwedischen Worte in den verkehrten Hals kriegen.

*

Jetzt empfand der Schwede erst recht kein Verlangen, heimzugehen. – Neue Gäste kamen hinzu – Handwerksburschen und Bauernknechte aus Tarbeck, dem Dorfe eben jenseits des Bahnhofs, die sich ein Gaudium daraus machten, Ole aufzuziehen und ihn zänkisch zu machen, um einen Vorwand zu haben, ihn durchzuprügeln und sich mit ihm zu raufen. In seiner ohnmächtigen Wut war er am putzigsten.

Die Frau hatte sich nicht nach Hause begeben. Vor Ingrimm bittere Tränen weinend, trieb sie sich draußen lange, lange umher. Sie war noch da, als der letzte Zug kam. Stumpf brütend starrte sie zum Bahnhof hinüber, auf dem sich für einige Minuten noch ein lautes Treiben entwickelte. Dann rollte der Zug weiter. Es hatte zu regnen angefangen; kalt und scharf prickelten die kleinen, eiskalten Tröpfchen hernieder, auf ihr Gesicht, auf ihre Hände, aber sie merkte es kaum.

Plötzlich erregte ein lauter, wüster Vorgang ihre Aufmerksamkeit. Die lächerlich helle, hohe Stimme des Herrn Grotkopp hörte sie befehlend und hochfahrend krähen:

»Hinaus!« Der Laden wurde geschlossen, die standhaften Gäste wurden hinausgetan – ah! und Ole hatte die Zeche zu tragen! Die Haustür wurde geschlossen, der hinausbeförderte Trupp stand noch in unschlüssiger Unterhaltung. Aber was bedeutete das? Die guten Freunde von vorhin schienen sich ernsthaft entzweit zu haben. Deutlich vernahm die in dem dichten Schatten des Speichers stehende Frau, wie ihr Ole mit zornlauter, heiserer Stimme in deutschen und schwedischen Worten die größten Schimpfereien in die Lüfte rief, die von höhnenden, jugendlichen Stimmen und grölendem Lachen nicht minder grob und herausfordernd erwidert wurden. Sie freute sich innerlich. Da sah er nun doch, wie sie waren, seine guten Freunde! – Erst hält er sie frei, und dann dankten sie's ihm so!

Ein Handgemenge, eine Prügelei hatte sich entsponnen. Plötzlich ein dumpfer Fall.

Langsam hatte sich die Frau hinzugeschlichen – die tapferen Kämpfer zogen sich lachend und triumphierend zurück. Da lag er, im ungewissen Schein der Bahnhofslampe kaum erkennbar, der Länge nach im Schmutz des Weges. Sie riss ihn wortlos bei den Haaren, bei seinem Kittel; grunzend suchte er sich in die Höhe zu richten. Endlich gelang es; aber er konnte kaum gehen. Sie zerrte ihn mit sich fort.

»Lat dat na!« drohte er dumpf mit schwerer Zunge.

Da fand sie Worte. – Sie begann eine endlose Anklage, die weit in die dumpfe, regentrübe Nacht hinein erscholl, mit einer zornerfüllten, klagenden, von Tränen heiseren Stimme. Er, mit dem schweren Kopfe, ließ alles ohne Widerrede über sich ergehen; von Zeit zu Zeit wollte er stehen bleiben und sich zu einer Verteidigung sammeln, aber ehe seine lahme Zunge ein Wort formen konnte, zerrte sie ihn hastig weiter.

Und bis zur Tür ihrer Behausung, die dunkel und schlaftrunken dalag, schalt sie in einem fort. Mit Müh' und Not und vielen Püffen brachte sie den Taumelnden endlich auf die finstere Diele. Dann fiel die Tür in die Klinke.

Draußen stieß der Nachtwächter ins Horn und sang: »De Klock is een – een is de Klock!«

*

Mitten in der Nacht weckte er sie. Gereizt und verstört fuhr sie vom Kissen.

»Wat.«

»Mak gau Licht,« stöhnte er in seinem Schwedenplatt, »ik glöw, ik mutt starben!«

Sie war von dieser unerwarteten Eröffnung zunächst völlig verdutzt. Aber rasch sammelte sie sich, erinnerte sich an Oles verzweifelte Lust, sie zu foppen und durchschaute ihn sofort – sein Rausch war verflogen und jetzt wollte er sich auf seine Art für die lange Strafpredigt rächen, die sie ihm gehalten hatte. Aber da sollte er sich verrechnet haben!

»So,« fuhr sie auf, »nu schall ik ok noch keen Rau hebben, – nu musst du ook noch din Knääp maken? Meenst du, du kannst mi nu ok noch to'n Narren hebben? Ne, dat is doch to dull! Wenn't noch wahr weer – dann kunn ik jo Gott in'n hogen Hewen danken!«

Und die Frau drehte sich ärgerlich nach der Wand um und murmelte, sein Ächzen und Stöhnen geflissentlich überhörend: »Wenn du starwen musst – dodbliwen kannst du jo ok in'n Düstern!« Am anderen Morgen – Ole lag und schlief noch fest – stand sie, mit dem Nachbarn keifend, der sich über die Störung der Nachtruhe beklagte, am gemeinschaftlichen Herde, um den Kaffee zu bereiten.

»Ji wet dat ok ni, wat dat förn Krüz is mit so'n Hindörbringer!« heulte sie zuletzt auf. »Du büst all lang togang, Nawer – he liggt noch un slöppt! Un dorbi wull he över Nacht ok noch sin Knääp maken!« Und hastig nahm sie die Kaffeekanne vom Feuer und ging, den Schürzenzipfel an die Augen hebend, in die Stube, wo sie die Tassen vom Wandbrett nahm und auf den Tisch parat stellte. – Dann trat sie zu dem Bett und rief dem schlafenden Ole zu:

»Na, wullt du nu bald upstahn? Dat ward Tid!« Aber er rührte sich nicht, nicht im Mindesten. Sie trat etwas befremdet näher ans Bett und griff dann ärgerlich nach seiner schlaff und willenlos auf der Dekke liegenden Hand, um ihn wach zu rütteln. Aber sie ließ sie sofort wieder fahren, machte große Augen, sagte eisig erschreckt: »Ochtu ne!« und fiel so jählings auf einen Stuhl, dass sie bald mit ihm umgeschlagen wäre. Dann presste sie die Hand wie in einem Atemkrampf auf die Brust und rieb sie eifrig, ohne zu wissen, was sie tat, an dem Latz, um das Gefühl der Eiseskälte aus der Haut loszuwerden, die Oles Hand ausgeströmt hatte.

Und mechanisch wiederholte sie: »Ochtu ne –,« aber diesmal überwog das Staunen in ihrer Stimme, ein Staunen, das sie fast überwältigte.

Sie betrachtete den Toten eine Zeitlang mit wandernden Augen, die nicht wussten, wo sie haften bleiben sollten, gedankenlos die noch immer reibende Hand endlich zu der andern in den Schoss fallen lassend und flüsterte – ganz langsam:

»Süh – süh – denn heww ik em jo doch Unrech dahn öwer Nach; – ik meen, dat weer man wedder een von sin verdreihten Knääp!«

*

# HOMER AM ZIEGELOFEN

Nach dieser Geschichte haben wir vermutlich genug der Wirklichkeiten des Dorfes, nicht wahr? Wohlan, so Lasst uns auf die Suche gehen, ob es nicht auch das Widerspiel dieser Wirklichkeiten in unsern Dörfern gibt – Mythen, Fabeln, Märchen, Legenden.

Die gäbe es nicht? Dazu wären unsere Landleute zu nüchtern, zu trocken und zu mundfaul?

Lasst sehen.

Mir fällt da die alte Ziegelei des Dorfes Fredenkamp ein. Sie lag unmittelbar hinter dem Dorf, in einer durch die ununterbrochen Jahrhunderte hindurch betriebene Lehmförderung immer mehr vertieften gelben Niederung, über die sich die langen niedrigen Lufttrockenscheunen hinzogen und in deren Mitte sich das Göpelwerk der primitiven Lehmmühle und die Wasserflächen der Formstellen befanden. Auf einer erhöhten, mit roten Ziegelbrocken bestreuten Stelle am Rande der Niederung aber erhoben sich die altersgebräunten Mauern des riesigen Ziegelofens, die ein mächtiges Dach von wetterfleckigen Ziegelpfannen trugen. Vom Wege aus war die Ziegelei kaum zu sehen, es sei denn dies braune Dach, denn an ihren Rändern war sie von üppigem Buschwerk, hohen Pappeln und riesigen Weidenbäumen umstellt, auf deren stattlichen graurissigen Stämmen sich mächtige grünsilberne Kronen erhoben. Wie schön waren sie, welch' erquickenden Schatten warfen sie über den grünbegrasten Abhang! Hier war der gegebene Sammelplatz der lehmbespritzten Ziegelarbeiter in den Frühstücks-, Mittags- und Vesperpausen. Und man muss sagen: sie nahmen sie alle wahr, diese Pausen. Sie ließen sich an den gewöhnlichen Arbeitstagen den Rücken nicht allzu krumm biegen, wenn sie den Lehm traten und die Steine formten, aus denen seit Menschengedenken die Häuser und Scheunen des Dorfes und die mancher Nachbarorte entstanden waren. Aber um so hilder und heißer hatten sie es – die Steine wenigstens wenn in dem großen Ziegelofen mächtige Feuer entfacht waren, in denen die Ziegel gar und schön krebsrot gebrannt wurden. Das ging dann Tag und Nacht so fort, bis die Glut verlöschte und die Ziegel kellenreif waren. Und da mussten die lustigen Gelben auch nachts heran.

Aber für die Dorfbewohner waren solche Brandzeiten ein Fest. Eine große, wohlgebändigte Glut zu sehen, ist das nicht an sich eine Freude, ein Genuss? Feuer ist Gesellschaft, sagt das Sprichwort. Und was dabei alles zutage tritt! – Ich habe mich oft den Besuchern des Ziegelofens angeschlossen und ebenfalls in die Höllenglut gestarrt. War sie es, die die Einbildungskraft der Dörfler entfesselte? Ließ sie sie nur allzu oft an den Teufel und an die Hölle denken und unheimliche Geschichten vom Reiter auf dreibeinigem Schimmel und von pferdehufigen Gespenstern erzählen? Das wäre am Ende erklärlich. Aber auch manch anderes trat zutage, Märchenhaftes, Legendenartiges, sinnig und nachdenklich oder lebhaft und mit homerischer Breite erzählt, während man vor den Feuertüren stand und saß und die Glut mit den großen Schüreisen nach Möglichkeit regelte. Manchmal löste eine schöne Geschichte die andere ab, an besonders ergiebigen Tagen: dann sah ich, wie unrecht man unseren Landleuten tut, wenn man sie nur immer als nüchtern und zugeknöpft bezeichnet und sie des Mangels an Einbildungskraft und Gemüt bezichtigt. Ja, zuweilen erwachte ein wahrer Wetteifer im Erzählen: welch' naive Darstellungsgabe trat dann zutage! Homer am Ziegelofen.

Einige dieser Geschichten, von denen manche ergötzlich, manche tragisch, alle aber um einen nachdenklichen Kern gesammelt waren, habe ich behalten; drei davon will ich im Folgenden möglichst unverändert wiederzugeben versuchen, also auch in der Sprache der Erzähler. Ich fange dabei, wie billig, mit Adam und mit der Erschaffung Evas an, die allerdings etwas anders als in der biblischen Überlieferung erzählt wurde.

Aber hört!

## EVA

Worüm ik keen Fru nahmen heff?

Will'k Ju seggen!

Ji wet doch wul, dat uns' Herrgott toeerst Adam maken de, ut'n Eerdklut, un em as Garner in sin Paradiesgorn sett. Awer wenn Adam an all de Planten un Tieren ok Sellschop nog harr, so mark de Herrgott doch bald, dat he sik langwilen de. Wenn Adam's abends de Blomen begööt oder wille Rosen okuleer, denn wull em dat ni so rech vun'e Hand, denn weer he mit sin Gedanken ümmer annerwohrns.

»Adam, wat fehlt di?« frag em de Herr.

Adam schööt in Dutt. »O, uns' Herr, mi fehlt gornix«, sä he denn.

Awer uns' Herr, de allens weet, de harr bald rut, wat Adam fehl. Adam leng sik na en Makker. He harr Lew in de Knaken und Heiratsgedanken. Dat weer de Knutt. Ja, denn 'keen schull he man heiraden?

Arm Stackel, dach de Herr. Hier helpt all Beden nix, hier mutt holpen ward'n.

Und ins Abends, as Adam bi't Okeleern vun Rosen den schönsten Stamm ritsch ratsch kappeneern de, kreeg de Herrgott em bi 'n Kripps, blas' em an – un do leeg Adam mit eenmal in'n deepsten Slap up den Grasplatz. Do nehm uns' Herrgott em mir nix dir nix 'n Ripp ut den

Bostkasten un ut düsse Ripp mak he – pust mal hin un pust mal her – Eva.

De weer awer fein! Un ehr de gode Gottvader Adam ut'n Slap weck un em mit Eva tosamgewen de, reep he de himmlischen Heerscharen tohopen und wis' ehr sin Meisterstück. He wull doch eerstmal sehn un hören, wat de darto seggen de'n. Is jo so; wenn wi up de Tegeli mal wat anners brennt, as Steen un ümmer Steen, denn wist wi uns Brandwark ok geern 'rüm.

Un de Engels, grot un lütt, keemen all hendal ut dat Blaue in den grönen Gorn, seegen sik dat Herrgottswark an un süngen glieks ganz ut de Tüt: »Halleluja! Halleluja!« Gottvader hög sik doröver un dorüm harr nüms darup acht, dat ok de Düwel, nieschierig, as he is, mit hindal kamen weer. Ja, denn de is ümmer dich dorbi, wenn de Herrgott sik wat utlüstert hedd un bi to schaffen is. Un kik, wa Moschü Blix dat verstünn, sik ran to drängeln. He hedd jo nu mal so spitzige Ellenbagen. – Un wat gescheh, as he Eva to sehn kreeg? Natürli, wuppdi up ehr los, beide de swarten haarigen Schosteenfegerarms üm ehr Lieffen. – Un ehr se noch'n Lut vun sik gewen kunn, rup mit ehr in den blauen Heewen. Dat güng – na ja, dat güng as de Düwel un bald weer he mit ehr so hoch, dat de Adbars swiemeln wörrn.

Dor stünn se nu mit ehr Halleluja.

Gottvader awer wörr bös! Dat reine Donnerwetter bröök los över de himmlischen Heerscharen un duknackig foolen se ehr Fluggwark tohopen. Dat weer em awer eerst recht ni mit.

»Wat steit Ji hier noch rüm? Wat holt Ji dat Mul piel apen un dat Fluggwark to?« ranz he de Erzengels Michel, Gabriel un Rafael un all dat anner Engelsvolk an. »Nu man gau na un jagt dat swarte Undiert de schöne Deern werr af!«

Jungedi –! Do kreegen se dat awer mal hild un seegen gau to, dat se man Luft ünner de Flünken kreegen. Dat weer jüst, as wenn Harwstdags so'n Schauw Adbars ut'n Wisch upstiggt. Un denn burrn se af, rup in den Hewen, Michel un Gabriel un Rafael vörup.

Gabriel wörr de Eerste.

He kunn flegen as so'n Adbar. Un so keem he den Düwel ok ümmer dichter up de Hacken, de möch sik ümdreih'n un so veel Füer ut sin Snut up Gabriel sin witten Flünken pusten, as he wull.

Awer to slechterletz weer de Düwel em doch jüst utknepen, wenn de isern Grootdöör to de Höll ni so swor upgahn weer.

Un wielt he sik mit sin een Krallenfust an den Dörring afmarachen müss – mit de anner harr he jo Eva ümslungen, de all lang de Ahnmachten antreden harrn – keem Gabriel em na un kunn em noch jüst bi sin Steert to faten kriegen.

Awer do reet de Steert an de Wörtel – knartsch; sä dat – ut un Gabriel störr vun den Ruck een paar Milen rünnerwarts, ehr he sin Fluggwark wedder in'e Gewalt harr.

Achter den Düwel mit Eva in'n Arm füll de isern Dör mit Geballer in'n Haken. Eva hedd keen een werr to sehn kregen. Menni Lüd meent, se weer in all de Millionen vun Johren to den Düwel sin Grotmoder word'n.

Gabriel un all de annern Engels flögen nu ganz benaut werr na't Paradies trügg, wo Gottvader up ehr töwen de un wo Adam noch ümmer in'n deepsten Slap in't Gras leeg.

Gabriel harr noch ümmer den rugen Düwelssteert in'e Hand un höll em den Herrgott entgegen.

De weer awer 'n beten führnsch. He schüll, as wenn in alle veer Himmelsgegenden to gliker Tid Gewitter weer.

Toletzt awer füll em de Düwelssteert in de Ogen, vun den dat swarte dicke Düwelsblood noch ümmer up de Eer drüppen de. Dor wörr gliks Unkrut vun; unner den Steert weer all'n ganze Schauw vun düsterrode Disteln un Mahnblomen ut dat Paradiesgras upschaten.

»Wat in aller Welt schall ik dormit?« seggt Gottvader, noch ganz uter sik vör Gramm. Awer mit eenmal güng dat öwer sin Gesicht, as wenn he 'n Infall kreeg, un do nehm he Gabriel den Steertstump gau ut de Hand un – mak en nie Eva dorut. Un de seeg de eerste so lik as en Ei dat anner.

Un dit Wiw is nu Eva, de Stammoder vun uns all. Un Adam harr sin Freud an ehr – awer, weet Gott, ok sin sworen Kummer. Denn se plück jo den oll'n Appel un leet den dösigen Adam darvun afbiten. Un so wider. Un obschons dat dotomals noch gar keen Büxen geew, harr se doch bald de Büxen an.

Na ja – un dorüm stickt soveel Düweli in de Wiwer – un dorüm, seht Ji, heff ik mi – för min Part – keen Eva nahmen.

Nu wet Ji dat.

*

Ja, so überlegen gehen unsere Landleute ungeachtet aller respektvollen Frömmigkeit mit Gott und mit dem Teufel um. Dass es ihnen an Einbildungskraft und Witz nicht fehle, zeigt schon diese biblische Historie. Aber sie schonen sich selber auch nicht. Das beweist die folgende lustige Erzählung:


### DE KOH UN DE SCHOH


Dat säwte Gebot – na ja – dat versteiht sik jo vun sülwen. Wenn'n denn noch'n beten snuti is, denn kann'n dat ok in leege Tiden noch to wat bringen.

Na, wat ik seggen wull – dor is mal so'n ganz lütten Bur west, de harr nix in'n Stall as'n Schaap. Fröher Tiden – awer dat is all ganz lang her – do geew dat mehr vun so'n lütte Schaapsburn. Awer disse harr garto geern 'n Koh hadd. Nu is dat jo so, de fallt jo man ni vun'n Hewen – un dat is in een Aart ok good so, denn för so'n Regen weer keen Regenschirm stark noch. Genog, he harr in de Kark all oft dorüm beden, datt he to'n Koh keem, awer dar keem keen un dor weer keen. Ins Sünndags awer hör he, datt de Preester in sin Predigt sä: »Ein jedes Werk, dass Ihr aus Liebe tut, wird seinen Lohn empfangen. Was Ihr durch die Haustür weggebt, das soll Euch besser durch die Küchentür wiederkommen.«

I, dat weer doch der Düwel, dach de Schaapsbur un hör hoch up. Na, dat schall mi doch mal verlangen. He bä sin Vaderunser in sin Abendmahlshoot, as de Paster den Segen spraken harr un stülter ilfoods to Hus. Dor vertell he dat unverwielt sin Fru un frag ehr, wat se dorvun denken dä.

»Gott o Gott, Hans Hinnerk, denn mütt wi jowull dat Schaap weggeben?« sä se.

»Dat mütt wi denn jowull«, anter Hans Hinnerk un nückkopp, deep in Gedanken.

Glik an'n Mandagmorgen keem nu en reisen Handwarksbursch an de Dör, to fechten. De weer toeerst ganz verbaast, as he statts 'n Penn 'n lebenni Schaap an'e Hand kreeg. Eerst wull he dor gor nich ran, awer he weer 'n Slachtergesell un wüss mit Schaap üm – un so fett hebbt se in de Gesellenharbarg mindaag ni lewt, as den blauen Mandag, as de Slachtergesell mit Hans Hinnerk sin Schaap antotrecken keem.

Hans Hinnerk un sin Fru seeten wildess un lurn, wat dor nu kamen schull.

Nu mütt Ji weten, achter ehr Hus weer'n groten Wischhof, de hör awer ni to ehr Stä – Gott bewahre – de hör ehren riken Nawer to, denn sin Köh dor jüst güngen. De Tun weer awer ni recht dich – un Hans Hinnerk harr up sin Sid 'n Dutt rode Wörteln vör de Kökendör uphüüpt – un egentli weer dat keen grot Wunner, datt dör een vun de Knicklöcker bald een vun de Köh ran un an de Kökendör kamen de.

»Süh, Moder,« sä Hans Hinnerk do, »de Preester hedd warafdigen Gott de Wahrheit seggt. Dat Schaap hebbt wi dör de Grotdör weggewen un nu kiekt all de Koh in de Blangendör.«

Un vergnögt as'n Kinjeespopp tröck he de Koh in den Stall.

Dur awer gorni lang, do harr de Nawer klook, wo een vun sin besten Melkgewers afblewen weer, un he güng na Hans Hinnerk un wull de Koh wedderhebben. Do keem he awer schön an. Hans Hinnerk beröp sik up dat Woort vun den Preester un sä slankweg, de Herrgott harr em de Koh schickt. De Nawer möch eerst lachen, denn schimpen, wat he wull, dat hölp em gornix. Do güng he jo to Gerich. Dat Gerich schreew Hans Hinnerk, he schull hinkamen, den un den Dag to de un de Stunn, ganz pünktli, sünst –. Awer de ni keem, dat weer Hans Hinnerk. De dach, se kunn em an'n Rockslippen bummeln, he harr Alldags jo man 'n Jack an – un de Herrgott müss em wider helpen. Toletzt keem de Nawer un frag em, worüm he so sümig un dreeharig weer. »Ja,« sä Hans Hinnerk, »kiek blots mal min flickten Schoh! Keen ganze Sahl ünner. Annere heff ik awer ni un in so'n kann ik mi bi de finen Herrn doch ni sehn laten!«

»Wenn't wider nix is,« sä de Nawer, »daran schall't ni liggen; ik will di geern 'n good paar vun min Schoh lehnen.«

»Ja, denn man to,« sä Hans Hinnerk. Un nu müss he denn jo würkli mit to Gerich.

»Warum gebt Ihr die Kuh nicht dem rechten Eigentümer wieder?« frag em de gestrenge Herr.

»Herr Richter,« sä Hans Hinnerk, »dat is min Koh, de hört mi to. Dat is jo nich to glöwen, awer min Nawer, dat is'n Mann, de sik allens anegen möch, wat em man ünner de Ogen kümmt. Un wenn dat ok man de Schoh hier an min Fööt sünd, he is in'n Stann un seggt, de hören em to. Fragt em man mal.«

Awer se keemen gor nich eerst to de Frag, so iweri begehr de Nawer up.

»Wat,« schrie he Hans Hinnerk to, »du schäwsche Keerl wullt dat doch wul ni in Afred stelln, datt ik di de Schoh blots lehnt heff, datt du hier vör Gericht kamen kunnst?«

»Dor künnt Ji dat hörn,« sä Hans Hinnerk ganz sinnig. »So is he ümmer. Dor hebbt Ji den Bewis.«

Un de Richter sä, dat Hans Hinnerk de Wahrheit spraken harr un de Koh beholen kunn. Vergnögt güng Hans Hinnerk af. He hög sik, denn harr he nu nich noch'n paar nie Schoh babenup? – Un de de Geschich ni glöben will, de kann jo bikamen un Hans Hinnerk sülben fragen.

*

»Mit dat Oog un dat Geweten dörf keen Spillwark dreben warrn,« sagt ein Sprichwort; aber ein anderes behauptet: »Jede Bur is en Schelm vun Natur.« Wie fein und sicher zeigt diese ironische Schelmengeschichte, welch hellen Blick man auf dem Dorf für die richtige Einschätzung einer Schlauheit hat, die mit dem Moralgesetz nicht auf ein Stück zu bringen ist, wie scharf aber auch die bäuerliche Weltkenntnis sieht, wenn sie dies Gesetz in der Erzählung nicht triumphieren lässt. – Am tiefinnigsten ist aber wohl die folgende Legende:

Ne, seggt dor nix gegenan. Dat Elend is un bliwwt in de Welt un wenn ok noch so veele Baden vun Süden un Norden, Osten un Westen kamt un seggt, dat schull hüüt oder morgen en Enn hebben. Denn worüm ni? De Herrgott sülwst will dat ni utrött hebben. Dat Elend is sin best Tuchtmittel. Hört mal all nip to!

Dor lew mal 'n arm un ol Fru, de hööß Fru Elend. Se harr rein gornix – in de Welt, as en Beerboom un en olen Hund, den se Kummer nömen de. An den Boom harr se awer mehr Arger as Vergnögen.

De Beern weern noch ni mal rip, un – sühst Du wol! – denn keemen ok all de Driwers rund ut de Nawerschopp un plöcken ehr af.

Dat harr all Johren hendör so andurt.

Do klopp ins 'n olen Mann an Moder Elendsch ehr Dör. He seeg man wat pruteri ut un sin Kleedasche weer so talterig, dat Moder Elendsch unmögli ahnen kunn, dat dat St. Petrus weer. De Herrgott schick em jo denn un wenn up de Eer, mal natosehn, wat de Minschenkinner maakt un ob dat ok all sin rechten Schick dor ünnen hedd. Denn awer hingt he den groten Slötel rechts vun de grote Hewendör up den Nagel un deit den Hilligenschin un sin groten blauen Mantel in't Schapp. Darför treckt he denn so'n Tüg an vun Broder Straubinger un geit as en Bedelmann up de Tur. Denn anners wörrn em de Minschenkinner jo gliks kennen un denn kunn he ehr jo nich up Hart un Nieren studeern.

»Och, leew Fru,« seggt de Bedelmann to Moder Elendsch, »ik bün so hungeri! Gew Se mi doch 'n lütt beten to eten!«

»Na, Du büst wol eben so'n armen Stackel, as ik sülben« säd Moder Elendsch to em. Denn so arm se weer, harr se doch Mitleden mit anner arme Minschen. Se harr jo doch en Dack över'n Kopp un Füer up'n Herd, 'n Putt up't Füer un in den Putt ok meisttid wat to eten, wenn't ok man Bookweetengrütt in Water weer. »Wenn Du 'n Teller grise Grütt magst, denn sett Di man dahl un et Di satt, 't is allns, wat ik heff. Awer för mi un min Hund will ik wol noch wat finden.«

De Bedelmann bedank sik, sett sik up de Herdkant, lepel den Teller lerri, lick den Lepel blank un stell denn beides up den Herd.

»Gottes Lohn, gode Fru. Wil dat Du so'n good Hart hat hest, kannst Du Di nu ok wat wünschen.«

»Na,« seggt Moder Elendsch, »Du sühst jo ni grad dorna ut, dat Du Een veel to God dohn kannst. Ja, wenn Du dat maken kunnst, dat jeder, de na min Beern grappst, an de Telgen behangen bleew, bet ik em sülben lossprek, dat weer jo noch wat, awer –. Un wat kunn ik ok wol för so'n Teller Grütt veel verlangen! Weer jo blot in Water kaakt mit'n beten Solt in!«

»Wenn Du wider nix wullt,« sä de Bedelmann un smustergrien so'n beten, »dat wüllt wi wol kriegen. Adjüs!«

Un dormit geit he jo af.

'N poor Dag later güng Moder Elendsch in ehrn Gorn, üm een poor Beern to halen, denn se wull Bohnen un Beern kaken; dat Speck darto müss se sik inbilden. Awer, Herr Du meine Güte! wat seeg de Beerboom ut. – Se slög de Hann äwern Kopp tosam. In de Telgens dor spaddel un taas' dat, as för dull; över un över hüng he vull vun de bösen Jungs ut'n Dörp un all krischen un bölken, as se de ol Fru ansichtig wörrn: »Moder Elendsch, lat Se mi los! Moder Elendsch, lat Se mi los!«

Awer Moder Elendsch müss luthals lachen; se reev sik vergnögt de Hannen un wat ehr ok de Olen de Husdör inlöpen un för ehr Jungs 'n good Woord inleggen – ünner dree Dag keem keener los. Na, dat is mal seker, dat vun de keeneen werr an den verflixten Beerboom ran güng. De weern kureert.

Na eenige Tid klopp wedder een Mann an Moder Elendsch ehr Dör.

»Kam in!« reep se un meen ni anners, as wenn dat wedder de Bedelmann vun fröher weer; se harr em geern ehr'n »Schön Dank« seggt. Awer 'keen weer dat? Nüms anners, as Hans Klapperbeen, de Dod.

»Goden Dag, Moder Elend,« seggt he ganz gemütli un höfli. »Dat is nu so wied, Din Klock hedd den letzten Slag dahn un ik bün kamen, Di un Din Hund Kummer vun düsse schewe Welt aftoropen.«

Moder Elendsch harr sik eerst wol banni verfehrt, awer sik rasch begrepen.

»Dat is Din Rech,« sä se stillfarrig. »Ik will mi ok ni upsetten. Awer ehr ik vun de Welt af mutt, kunnst Du mi wol noch 'n lütten Gefalln dohn. Sühst Du den Beerboom dar? De Beern sünd jüst rip um dat sünd de leckersten Beern wied in de Runn. Dat weer jo 'n Sünn, wenn de so verkamen schulln! Wes' so good un plöck för di un mi 'n Handvull darvun – kannst glöben, so 'n Beern hest Du noch ni twischen Din harden Tänen hadd!«

»Wenn 't wider nix is,« sä de Dod un kreeg't ok sülben mit de Lust, een poor vun de saftigen gelen Beern to verknacken. Denn dat weer'n hitten Augustdag. He güng also na den Boom hin, steeg rin un lang mit sin Knakenhand na de schönen Beern – awer, sühst wol, mit'n Mal weer he an den Twig fast, un wa he ok riten un ramenten dä, los keem he nich.

»Süh so,« sä Moder Elendsch, »dor bliw nu man tom Drögen hangen, Du ole Mörder!«

Un wat keem nu. Dar bleew up de wide Welt keen Minsch mehr dod! Se fülln vun't Dack un bröken sik nich dat Gnick. Se fülln in't Water un verdrünken nich. Se kreegen alle möglichen Süken un störwen nich. Dor harr Di 'n Lastwagen öwer de Bost fahrn kunnt un Di weer keen Ripp braken. Un harr man Di den Kopp afsnä'n, Du weerst doch an't Lewen blewen.

So hüng Moschü Klapperbeen volle dree Johr an den Beerboom, Winter un Sommer, jüst as so'n holten Mähl, de in de Kirschbööm steken ward, üm Spreen und Lünken bang to maken. Toletzt kreeg Moder Elend awer Mitleden mit den Dod un se spröök em wedder los, awer nich ehrer, as bet he ehr hoch un hilli verspraken harr, dat he ehr un ehrn Hund Kummer nich fröher halen wull, as bet se em sülwst ropen de.

Wat wull Hans Klapperbeen maken? He müss den Pakt ünnerschriewen. Un so kümmt dat, dat de Minschen wedder starwt as de Flegen – un dat Elend un Kummer noch ümmer in de Welt sünd.

Nu wet Ji dat.

*

Und viele solcher Geschichten mehr.

Ach, die alte Ziegelei! Welch' gute Stunden ich einst auf ihr verlebt habe!

Sie kehren nicht wieder. Denn die Ziegelei ist auch verschwunden, wie so manches Gute und Schöne mehr. Sie ist eingegangen, vor Jahren schon. Der bäuerliche Betrieb der Ziegelei vertrug sich wohl nicht mehr mit der modernen Entwicklung.

Wie leid aber tat es mir, als ich nach jahrelangem Fernsein die Ziegelei in Fredenkamp wieder aufsuchen wollte und nichts fand, als eine niedriggelegene Ackerbreite – voll von straffstehendem grünen Roggen, der bereits Ähren ansetzte und aus dem jubelnde Lerchen zur Sonne emporstiegen.

Alles irdische Werk ist vergänglich – namentlich all das, was man liebgewonnen hat. Es ist wohl möglich, dass die letzte Legende Recht hat: Elend und Kummer haben das zäheste Leben im Jammertal dieser Erde. Aber auch das Lied der Lerche ist unveränderlich und unvergänglich – und das soll uns ein Trost sein.

*

# BETRACHTUNGEN

# KNICKS.
## Offener Brief an einen holsteinischen Landrat.

Sehr geehrter Landrat!

Ich war in der Weihnachtswoche des vergangenen Jahres, wie immer, wenn ein paar Ferientage in Aussicht stehen, in meinem Heimatdorf. Nichts verpflichtet mich ihm mehr als die Erinnerung an die Jugend und an die Menschen, die mich erzogen haben: Menschen von Gemüt und von geschlossenem Charakter. Und obgleich ich seit etwa einem Jahrzehnt immer die Erfahrung wiederhole, dass ich von dort fast nichts mehr als das Gefühl bitterer Enttäuschungen mit auf die Rückfahrt nehmen kann, werde ich diese Fahrten wohl wiederholen, solange mich nur noch ein Hügel, ein Heckenpfad an mein einstiges Jungsparadies erinnert. Auch Enttäuschungen können in gewissem Sinne bereichern, wie Storms Windenritornell beweist:

Die Spur von meinen Kinderfüßen sucht' ich
An eurem Zaun und konnte sie nicht finden.

Aber – wäre es nur die Spur meiner Kinderfüße, die inzwischen verweht und vergangen ist! Es ist jedoch viel Dauerbareres, das spurlos verschwinden musste. Die Wandlungen, die das kleine Dorf seit meiner Kindheit erlitten hat, sind unglaublich. Zuerst waren sie zaghaft, unbedeutend, zu verschmerzen. Aber seit dem letzten Jahrzehnt gleichen sie Verheerungen. Schon in diesem Wort liegt es, dass sie auch Verhässlichungen sind, ausschließlich Verhässlichungen.

Ich will hier nur einzelnes flüchtig berühren, um dann bei dem Thema zu verweilen, das mir besonders am Herzen liegt.

Von den alten Bauernhäusern niedersächsischer Bauform steht nur noch eines – und auch bei diesem muss man sich fragen: wie lange noch? Da das zugehörige Land von dem letzten Besitzer an Parzellanten verkauft ist, hat es seine Bedeutung verloren. Ein pensionierter Gerichtsschreiber aus Westfalen hat es erworben und will in ihm eine Geflügelzüchterei betreiben; ein Bauernhaus ist es also schon nicht mehr. Alle anderen Bauernhäuser haben sich in fürchterliche, mit Teerpappe gedeckte Riesenkästen verwandelt, die mit herausfordernder Deutlichkeit das Schwinden alles poetischen Lebensinhalts, ein Aufkommen nüchterner Nützlichkeitsberechnung und damit eine zunehmende erschreckende Verödung des Daseins auch auf dem Lande – das den Städtern noch immer als Heimstätte Vossischer Idyllen gilt – beweisen.

Ein alter Buchenwald in der Nähe des Dorfes ist abgeholzt und durch Tannenpflanzung ersetzt – System Linienblatt –. Neuerdings sind nun auch alle alten Bäume der Feldflur niedergeschlagen. Es war manche breitschattende Buche, manch alte Eiche darunter, die schon seit Jahrhunderten Hirt und Herden zum Regenschutz und zur Mittagsrast in der sengenden Sommerhitze gedient hatte. Grund: die Besitztümer gehen seit Jahren von Hand zu Hand und werden fast nur noch mit der Absicht der Ausnutzung und der baldigen Wiederveräußerung erworben; erworben nicht von Landeskindern, sondern von jenseits der Elbe eingewanderten Neusiedlern, meist Ostfriesen. Nur zwei der Bauernhöfe sind noch im altangestammten Besitze; ihre Eigentümer hängen noch an ihrem Erbe. Die einheimischen Familien der anderen Höfe sind längst in der Stadt zerflogen und zerstoben.

Noch ärger sieht es mit den Tagelöhnerfamilien aus. Wie die verschwundenen Bauern kannte ich auch die »Insten« einst: es waren sämtlich urgesessene Holsteiner, stolz auf ihre Heimat, für die mancher von ihnen 48 und 49 als Jüngling ins Feld gezogen war. Sie sind weggestorben und ihre Kinder in die Städte gegangen: nach Neumünster, Kiel und Hamburg. Die jetzt in den Kätnerhäusern wohnen, sind nicht Landeskinder mehr: es ist viel polnisches, russisches, galizisches Volk darunter. Die Slawen, deren sich die Holsteiner einst in langen Kämpfen entledigten, wandern zurück.

Ein Gutsherr der Nachbarschaft, der auch kein Landeskind war, erwarb einen großen Besitz, der erbteilungshalber verkauft werden musste. Er wollte besonders den Zuckerrübenbau pflegen und hielt die alte holsteinische Ackereinfassung der buschbestandenen Erdwälle – man nennt sie bekanntlich »Knicks« – für sehr unpraktisch. Er ließ sie deshalb sämtlich ausroden. Viel genützt hat ihm dieser Frevel an der altholsteinischen Landschaftsgestaltung nicht, denn er hat das Gut doch nicht halten können und ist seit Jahren wieder aus der Gegend verschwunden. Aber er hat die Feldflur seines Gutes während seiner kurzen Inhaberschaft in eine öde eintönige Getreidesteppe verwandelt und – er hat Schule gemacht. Ein anderer ihm benachbarter Gutsinhaber, der infolge seiner Mittel sesshafter sein wird, folgt jetzt seinem Beispiel, und da seine Feldflur an jene meines Heimatdorfs grenzt, haben schon die durch ihn verfügten Rodungen ihre Landschaft vielfach verändert. Aber nicht genug damit: er hat auch die Bauern meiner Heimatgemeinde angesteckt. Auch sie finden, dass sie durch die Rodung der Knicks an Land gewinnen und dass die Ackerstücke sehr gut durch Stacheldrahtzäune voneinander getrennt werden können. Die Wirkung ist furchtbar. Die Eintönigkeit der bis in die letzte Ecke ängstlich und ausbeuterisch bebauten Ebene, wie sie uns in der Umgebung Braunschweigs und Magdeburgs so sehr entsetzt, wird bald auch in Holstein einkehren, wenn dieser Verwüstung nicht noch Einhalt getan werden kann.

Die Knicks sind bekanntlich Hasel- und Buchenhecken, zum Teil

mit Schleh- und Weißdorn, Hollunder- und Weidenbüschen unter-
mischt. Sie wachsen auf Erdwällen, deren Abhänge vom anmutigsten
Blumendurcheinander bedeckt zu sein pflegen. Da dem Lande jeder
ausgedehntere Wald fehlt, liefern sie dem Bauern einen großen Vorrat von Brennholz, denn sie werden im Sinne der Saatfolge »ge-
knickt«. Außerdem bieten sie den zahlreichen Vögeln des Landes, den
Gensdarmen der Insektenwelt, die beliebtesten Nistplätze, und da sie
auch die Landstraßen und Feldwege abgrenzen – die letzteren in sogenannte »Redder« verwandelnd – bieten sie den Passanten oft er-
wünschten Wind- und Wetterschutz. Die Ackerteilung des Landes ist
keineswegs nach geometrischen Regeln vorgenommen, deshalb ge-
winnt die Landschaft durch die Knicks einen eigentümlich wechsel-
vollen Ausdruck, um so mehr, da sich die großen »Schläge« der adligen Grundbesitzer zwischen den bescheideneren knickumgebenen
»Koppeln« der Bauern breit macht.

Die heutigen Zerstörer des alten und bewundernswerten Kultur-
werks der Knicks machen sich keinerlei Gedanken darüber, was sie
vernichten. Vielleicht – obwohl erwiesen sein soll, dass die holsteinischen Knicks nicht über dreihundert Jahre alt sind – könnte man dennoch Vergleiche zwischen den Hecken der Engländer und den Knicks
ihrer Nachfahren in der schleswig-holsteinischen Urheimat der An-
gelsachsen anstellen: zwischen den englischen »lanes« und »hedge
rows« und den holsteinischen »Reddern« und »Knickwegen«. Jedenfalls behandeln unsere britischen Vettern ihre überkommenen Land-
schaftseigentümlichkeiten viel pietätvoller als wir; ich war voll Überraschung, als ich auf einer Fahrt durch Niederschottland die mir so
wohlbekannten Knicks und ihre charakteristischen Hecktore wieder-
fand und die Leute auf mein Befragen, ob sie die Entfernung dieser
Hecken nicht praktischer fänden, mich voll Verwunderung anschau-
ten. Was wussten sie nicht für Gründe anzuführen, die ihnen ihre
Hecken wert machten: der Holzgewinn spielt darunter nicht einmal
die erste Rolle.

So pietätvoll-verständig sind leider die Bauern meines Heimat-
kreises nicht. Auf meiner diesmaligen letzten Weihnachtsfahrt sah ich
zu meinem Entsetzen am Wege von der Bahnstation nach Hause
streckenweise den Knick niedergelegt und das Land bloß und nackt
vor mir. An einer anderen Stelle fand ich die Leute gerade mit der
Abwrackung eines alten Knicks beschäftigt. Auf meine Frage nach
dem Grund erhielt ich die Antwort, es geschehe auf Anregung der Behörde; jene Bauern, die auf diese Anregung eingingen, erhielten für
den Meter Knicklänge noch eine Vergütung von 50 Pf. Die Behörde
leistet also dieser Vernichtung einer alten und reizvollen Landes-
eigentümlichkeit Vorschub, indem sie den nur schon allzusehr ausge-

prägten Erwerbssinn der heutigen Bauern anstachelt? Es soll das in gedachtem Kreise geschehen, weil in ihm die Beschaffenheit der Wege sehr schlecht ist; es heißt, dass die Knicks, wie zur Entschuldigung ihrer Entfernung angeführt wird, ihre rasche Abtrocknung verhindern. Aber im Nachbarkreis, dessen Landrat die Knicks zu schonen sucht, sind die Wege von viel besserer Beschaffenheit: das liegt am Wegebau, der in meinem Heimatkreis, in dessen Landtag der vielfach kulturhemmende Großgrundbesitz überwiegt, vernachlässigt wird. Wo den Fahrdämmen die rechte Gestaltung und Härte gegeben wird, läuft das Regenwasser auch unter Beibehaltung der Knicks rechtzeitig in die Seitengräben.

Ich kann nicht ausdrücken wie sehr jene Auskunft mein heimatstolzes Gemüt bedrängt. Wie kurzsichtig ist doch dies Verfahren! Anderenorts tritt die Behörde neuerungssüchtigen Landleuten gegenüber für den Heimatschutz ein. Vielfach freilich vielleicht erst da, wo man mit der alleinigen Berücksichtigung der »Rentabilitätsberechnung« trübe Erfahrungen gemacht hat. Das sogenannte Verkoppelungsverfahren in der Provinz Hannover kann z.B. keineswegs zu weiteren pietätlosen Eingriffen in die alte Gestaltung der heimatlichen Landschaft ermutigen, denn die alleinige Rücksicht auf die Nützlichkeitserwägungen hat sich dort schwer gerächt und der so viel beklagten Landflucht großen Vorschub geleistet. Der so oft als »praktisch« bezeichnete Bauer ist freilich sogenannten »praktischen« Vorschlägen sehr geneigt, heute mehr als je, weil auch er wie alle Welt von der Erwerbsgier beherrscht wird. Aber tiefinnerst besitzt er doch, mag es auch im Unbewussten wurzeln, ein Gefühl für seine alte Heimat, insonderheit natürlich da, wo es sich um langvererbten Besitz handelt, und wenn dies Gefühl nach all den allein aus Nützlichkeitsrücksichten erfolgten Wandelungen seine Befriedigung nicht mehr findet, ergreift ihn ein dumpfes Unbehagen, und die Folge ist ein leichteres Aufgeben der verhässlichten Heimat. Schon heut siedeln sich, wie gesagt, mehr und mehr Landfremde in Alt-Holstein an, gewiss ehrenwerte Leute, gegen die nichts gesagt sein soll. Aber sie haben natürlich kein sonderlich tiefgehendes Gefühl für ihre neue Heimat, und die Besitztümer wechseln ruhelos ihre Herren; Parzellanten- und Spekulantentum greifen mehr und mehr um sich: in meinem Heimatdorf sind im letzten Jahre nicht weniger als drei Stellen »verparzelliert«. Daneben macht sich mehr und mehr das sogenannte »Manschettenbauerntum« breit; seine Vertreter sind meist jüngere Bauern, die auf der Landwirtschaftsschule ihr Fach studiert haben und nun ihre Weisheit, die einseitige und kurzsichtige Nützlichkeitsweisheit ist, in überstürzter Weise erproben wollen; Bauern, die überdies nicht mehr gern die eigene Hand anlegen, weil sie dann ihre »Röllchen«

schmutzig machen würden. Diese Landwirtschaftsschulen sind in ihrer Art für die Bauern ebenso verhängnisvoll geworden, wie die Baugewerbeschule für die ländliche und auch städtische Architektur.

Eines fehlt unserem Lande, wie vielen anderen deutschen Gegenden: die bewusste und ernsthafte Pflege der Überlieferung, die Kenntnis der Landesgeschichte, die einem die Heimat erst wert macht. Schon als ich die Dorfschule besuchte, war von der Geschichte der engeren Heimat wenig die Rede; wie viel schlimmer mag es seitdem geworden sein! In meiner Kindheit waren die Lehrer meistens noch Einheimische, jetzt sind es vielfach Landfremde, die ihre neue Heimat eben nur als Brotstelle ansehen. Auch die Bildung der Kinder und der heranwachsenden Jugend ist einseitige Nutz- und Fachkultur. Ja, wenn sie, wie in Dänemark, mit der Pflege der vaterländischen Überlieferung Hand in Hand ginge! Aber was weiß der holsteinische Bauer von seiner Heimat und von seiner Landesgeschichte? In der Regel nicht mehr, als die Kühe, die auf seiner Feldflur grasen. Es ist ein Jammer. So konnte es fast ohne Aufsehen geschehen, dass eines der wichtigsten Denkmäler der Landesgeschichte, der sagenberühmte Köhnsberg bei Bornhöved, von dem Besitzer der Koppel, auf der er sich befindet, fast ganz abgetragen wurde; nur ein trauriger Rest blieb erhalten. Der Köhnsberg ist ein Hühnengrab; von seiner Kuppe aus soll Waldemar der Sieger seine Heeresmacht in der berühmten Schlacht bei Bornhöved (1227) geleitet haben. Derartige Eingriffe wären in Dänemark unmöglich. Und das ist umso betrüblicher, als die führende Rolle, die Dänemark heute in der Landwirtschaft spielt, auf holsteinisches Lehrmeistertum zurückgeht. Aber Schleswig-Holstein hat eben keinen Grundtvig gehabt: und so haben sich die Holsteiner von den einstigen Schülern weit überflügeln lassen müssen.

Woran es in Holstein fehlt, fehlt es in vielen anderen Landesteilen auch und unwillkürlich muss der Wunsch erwachen, dass alle die vielfachen Heimatschutzbestrebungen über eine bloß sentimentale Pflege der Volkssprache und der Volksüberlieferungen emporwachsen möchten, bevor es zu spät ist. Die Wirkungen Klaus Groths und Fritz Reuters mussten verpuffen, weil sie nur die Sprache und nicht die gesamte überlieferte Kultur ins Auge fassten. Manche werden freilich einwenden, dass das Deutsche Reich eine Größe sei, dem jede Region ihre Individualität zum Opfer zu bringen habe. Aber diese Nützlichkeitsauffassung ist sehr kurzsichtig und völlig undeutsch; dauernde Kraft und dauernde Treue können nicht dadurch gesichert werden, dass man versucht, die Besonderheiten die das Ergebnis der Geschichte einer Gruppe und seiner religiösen und sozialen Entwicklungsbedingungen sind, in ein dogmatisches System hineinzuzwängen oder zu einem einzigen Typus umzuformen, sondern im Gegenteil durch die Anerkennung der Tatsache, dass eben diese Besonderheit einen wesentlichen Teil des Lebens einer Nation bildet und dass sie unter weiser Leitung und unter sympathischer Behandlung jedes einzelne Brauchtum befähigen werden, seinen eigenen Teil zu dem gemeinsamen Reich beizusteuern und seine eigene besondere Rolle in seinem Leben zu spielen. Auch für das einzelne Brauchtum gilt Goethes Wort von dem Wert der Persönlichkeit.

Ein Landrat hat sicherlich einen schönen und vornehmen Beruf; des Landes Rat soll er sein. Ich kenne Sie nicht, verehrter Herr Landrat, aber ich will nicht glauben, dass Sie mit den im Verlauf meiner Ausführungen geschilderten Wandlungen einverstanden sind. Es mag ja sein, dass die Knicks einige Schattenseiten haben, im engsten, wie im weiteren Sinn; aber sie haben, wie ich gezeigt zu haben glaube, auch einige sehr schätzenswerte Vorzüge: sie ersetzen dem Lande den Wald, sind Windschutz, Viehwehr, Vogelniststätten, Holzlieferanten – und ob das Land, dass die Bauern mit ihrer Entfernung gewinnen, sie für diese Vorzüge einigermaßen entschädigt, scheint mir sehr fraglich. Ferner: sie geben dem Lande einen eigentümlichen Reiz, den es um so nötiger hat, als die Verunstaltung der Dörfer durch veränderte Bauweise der Bauernhäuser einstweilen noch immer weiter um sich greift. Sah ich doch während meines Weihnachtsaufenthalts in einem Nachbardorf ein altes Bauernhaus, dessen Dachgestühl, einst mit Stroh bekleidet, in weißblankes Blech gehüllt war, auf dessen Platten noch die Frachtbezettelung der Bahn klebte: ein Anblick von so grotesker Hässlichkeit, dass sich jedes empfänglichere Gemüt verletzt und empört abwandte. Doch auch auf diesem Gebiete könnte verständiger Rat viel zum Besseren wandeln, um so mehr seit das Gernetzdach erfunden wurde.

Ich weiß nicht, ob diese Äußerungen auf Verständnis stoßen. Aber ich will mich nicht durch diese Befürchtung zu ihrer Unterdrückung bewegen lassen. Ich meine, dass den Heimatschutzbestrebungen gerade durch die so einflussreichen Landräte aller mögliche Vorschub geleistet werden müsste. Ein gutes Wort findet einen guten Ort, sagt das Sprichwort – dass meine Worte ihn bei Ihnen finden möchten, ist meine stille Hoffnung. Manches ist schon versäumt, vertan, verloren, aber Vieles ist noch zu retten: möge es gerettet werden!

In vorzüglicher Ergebenheit
Blankenese, Ende Dezember 1911.
Iven Kruse.

# DIE FRÜHLINGSWIESE

Wem, der einst vom Lande in die Stadt gekommen ist, wäre es noch nicht so ergangen, wenn der Frühling kommt und ihm der bald sehnsüchtige, bald jubilierende Schlag der Drossel ins Ohr fällt?

Nehmen wir an, er stände bei der Arbeit oder er säße am Schreibtisch: wird er bei diesem Klange nicht für eine oder zwei Minuten innehalten, das Heimatdorf vor sich sehen und in Gedanken den Weg zur Wiesenniederung hinabgehen, über der in einigen Wochen wie ein bunter Schaum Millionen von Blüten stehen werden? Unterwegs in den schattigen Gründen am Knick sieht er die zarte Herrlichkeit der Osterblumen schon bald im Vergehen; in mancher feuchten Ecke leuchtet der schwefelgelbe Himmelsschlüssel: Die Dotterblume säumt golden die Gräben und Bachufer, über die sich die Weidenbüsche voll silberner Kätzchen neigen; da blühen auch die himmelblauen Vergissmeinnicht und überall die Kuckucksnelke, findet sich tiefer im Grunde des frisch sprießenden Grases das Knabenkraut.

O ungebändigte Frühlingsherrlichkeit der Frühlingswiese!

*

Armer Träumer, einst vom Lande in die Stadt gezogen! Nimm Dir nicht vor, wie Du es in solchen Augenblicken tust: Kelle oder Federhalter am nächsten schönen Tage hinzuwerfen, zur Bahn zu gehen und über Land zu fahren, um die Frühlingswiese Deiner Kindheit in ihrer frischerwachten Blütenpracht zu sehen! Oder Du kannst die herbsten Enttäuschungen erleben.

Wie seltsam ist es doch, dass selbst die vom Lande Stammenden in der Stadt von dem Irrwahn aller Großstädter befallen werden: dass Land im Frühling und Sommer ein Eden sei und jeder Bauer einem Adam im Paradiese gleiche, das ihm nach der biblischen Legende der Herrgott zum Bauen und Bewahren übergab. O gewiss, das Bebauen seines Landes versteht auch der heutige Adam, versteht es weit besser und gründlicher als der erste Mensch. Aber mit dem Bewahren hat es seine Nücken. Was im Grase und zwischen dem Korn blüht, ist dem Landmann in der Regel nichts als Unkraut. Die Blumen der Wiese zwar ließ er blühen, getrocknet waren auch sie Heu, obwohl ihm reines Grasheu lieber gewesen wäre. Aber die neue Wiesenbautechnik, der »sachgemäßere« Heuschnitt, vor allem aber der künstliche Dünger haben aufgeräumt unter der einstigen Blumenherrlichkeit der Frühlingswiese. Die Seltenheiten sind auch durch Blumen- und Pflanzensammler, die ernteten, wo sie nicht gesät hatten und ein lohnendes Versandgeschäft nach den Blumenhandlungen der Großstadt betrieben, arg bedroht, stellenweise schon lange verschwunden. Auch die Wurzelgräber haben viel Unheil angerichtet; in Hamburg wird noch heute die Knollenwurzel eines Knabenkrauts zu Johanni als »Glückshand« von alten Weiblein an abergläubische Leute verkauft: sie findet reichen Absatz und es zeigt sich, dass die als skeptisch verrufenen Börsenleute die eifrigsten Abnehmer sind. Viele Knicks sind zum Leidwesen der Naturfreunde, vieler Blumen und vieler Vögel ausgerodet, was heute mancher Bauer, dem das Knickholz mangelt, schwer aber zu spät bereut. Und auch die Moore mit ihren Torfstichwänden und ihren feuchten Wiesen, die wieder Standorte einer besonderen Vegetation waren, sind arg verwandelt. Wie erschrak ich, als ich ein Moor des Kreises Segeberg kürzlich wieder besuchte – es war der sog. Moordammkultur zum Opfer gefallen, aber die Arbeit war infolge des Krieges nicht zu Ende gediehen – nun gähnte mich eine wüste, tischflache Ebene an, über der ein Windmotor hässlich kreischend und knurrend sein Rad drehte, zwecklos, denn die von ihm getriebene Entwässerungsanlage war verrostet und zerfallen.

*

Auch hier machen wir die Beobachtung: die Zeit vor dem Kriege war nicht nur in der Stadt, sondern auch auf dem Lande eine Zeit des Utilitarismus, der bloßen Nutzanbetung. Auf dem Lande musste ihr die Naturschönheit, soweit sie der erstrebten Nutzbarkeitsleistung im Wege stand, zum Opfer fallen. Überall Vernichtung dessen, was »bloß schön« war. In abgelegenen Gegenden mag es noch nicht so arg sein, aber eine Verminderung des einstigen Naturbestandes ist auch dort eingetreten. Wohin die Städter auf Ausflügen scharenweise gegangen, kommt noch die Beraubung der Natur durch massenhaftes Abpflükken von Blumen und Weidenzweigen in ihrer Kätzchenpracht hinzu – wie viel davon wird welk weggeworfen oder bleibt in den Abendzügen liegen! Und die heutigen wirtschaftlichen Verhältnisse zwingen den Landmann zu noch intensiverer Ausnutzung des Bodens, zu noch rücksichtsloseren Verstößen gegen das Paradiesgebot des »Bewahrens« ursprünglicher gottgeschaffener Herrlichkeit. Polizeiliche Verbote – u.a. haben die Imker ein Interesse an der Erhaltung einer möglichst üppigen Frühlingsblüte – haben bisher nicht viel genützt; mehr könnte vielleicht die Belehrung und Aufklärung durch die Heimatvereine leisten, die möglichst in jedem Dorf Ortsgruppen bilden sollten, als Ersatz für die früheren »Verschönerungsvereine«, deren Eifer freilich übel berüchtigt war und jetzt in bessere Bahnen geleitet werden müsste. Jedenfalls: allen Schwierigkeiten und Misserfolgen zum Trotz dürfen wir nicht aufhören, immer und immer wieder für die bedrohte Heimat einzutreten; es gilt, ihr ihren Zauber zu erhalten und ihn dort, wo er bereits vermindert ist, zurückzugewinnen – und sei es auch nur die Herrlichkeit der Frühlingswiese!

# Erntezeit jetzt und früher

Die Sichel geht wieder durch das Korn. Aber so redet der Dichter. Heute ist die Mähmaschine an die Stelle der Sichel und der Sense getreten.

Der Dichter klagt: Die Maschine habe der früher so poetischen Erntezeit alle Stimmung geraubt. Und es ist wahr, auf ein »modernes« Erntefeld zu kommen, ist dem kein Vergnügen, der sich der Erntefröhlichkeiten früherer Zeiten erinnern kann. Wo sind die weißgekleideten Binderinnen geblieben? Wann erklingt noch der scharfe klangvolle Ton des Sensenstreichens? Wo hört man noch die fröhlichen Zurufe des Schnittervolks über die Knicks hinweg? Das alles ist verschwunden. Man sieht auf dem Felde einen einzigen Mann auf einer ratternden Maschine.

Alte Leute wissen zu erzählen, wie festlich früher die Erntezeit war. »Ja, es war schön, wenn wir im taufrischen Morgen hinauszogen auf das Feld – und wie klang es, wenn sieben, acht Mäher zugleich ihre Sensen strichen! Das war ein Streichorchester, dessen Musik weit vernehmbar war. Und nicht minder schön klang es, wenn die Sensen taktfest in das rauschende Korn hineinhieben. Natürlich: es war hilde Zeit, sie kostete Schweiß und am Abend konnte man fühlen, dass man Arme und ein Kreuz hatte. Trotzdem: es war eine schöne Zeit. In der Erntezeit wurde nicht leicht einer krank und der Doktor hatte nichts zu tun und konnte auf Urlaub gehen – was er denn auch tat.« –

Und wie viel alte ehrwürdige Bräuche verknüpften sich mit der Erntezeit und gaben ihr Stimmung!

Heute ist das alles vorbei.

Geht man dieser Beobachtung weiter nach, so ist überhaupt festzustellen, dass das heutige Land und das heutige Dorf gewaltige und durchgreifende Veränderungen erlaubt haben. Es ist eine ganze Welt ehrwürdiger und schöner Bräuche, die stillschweigend verschwunden ist, um der modernen landwirtschaftlichen Kultur Platz zu machen. Wie selten ist schon das alte niederdeutsche Bauernhaus mit seinem Strohdach geworden! Aber man kann ruhig weiter gehen: auch der Bewohner dieses Hauses hat sich gewandelt. Vielleicht hatte der Engländer Shaw Desmond mit seiner Behauptung, der moderne Landwirt sei ebenso wenig noch Bauer im alten Sinne, wie der Londoner, gar nicht so unrecht. So vollständig hat er nach der Meinung des englischen Schriftstellers seine alte bäuerliche und dörfliche Kultur fahren lassen. Die Äußerung hat gewiss ihre Übertreibung, aber niemand kann in Abrede stellen, dass das Landleben gerade in den letzten drei Jahrzehnten grundstürzende Änderungen durchgemacht hat.

Aber nach dieser Feststellung teilen sich die Meinungen. Die Einen finden das ganz in der Ordnung. Denn diese Entwicklung entspreche dem allgemeinen Fortschritt. Andere sehen nicht ohne Wehmut die alten volkstümlichen Formen schwinden und fürchten, dass damit etwas außerordentlich Wertvolles unwiederbringlich verloren gegangen sei.

Ein Niedergang im rein äußerlichen Bild des Dorfes und auch im Leben und Treiben auf dem Felde ist sicherlich nicht in Abrede zu stellen. Die neuen Bauernhäuser mögen bequemer und praktischer sein: so schön wie die alten nach der Überlieferung gebauten sind sie zweifellos nicht. Das gilt sowohl vom Äußeren wie von den Innenräumen. Die Innenräume des modernen Bauernhauses haben gar nichts Charakteristisches mehr, die Möbel sind städtisch – wie wenig können sie sich mit den ehren- und standfesten geschnitzten Schränken und Truhen vergleichen, die man auf der Vordiele und in den Stuben des alten Bauernhauses fand!

Und das Leben und die Arbeit – früher und jetzt! Die alte Bauernarbeit war nach feststehendem Schick und Brauch geregelt, ebenso feststehende Festlichkeiten unterbrachen sie. Davon wollte die neuere Zeit nichts mehr wissen. Aber infolgedessen verlor das Landleben viel von seinem Reiz; die arbeitende Bevölkerung verließ in Scharen die Dörfer und strömte in die Städte; der Landmann wurde gezwungen, sein Dienstpersonal in den städtischen Mietkontoren zu suchen und immer mehr Maschinen in seinen Dienst zu stellen. Die Dienstboten der neueren Art hingen nicht wie die der alten eng mit dem Hause, in dem sie beschäftigt waren, zusammen, und da sie meist aus der Stadt kamen, stellten sie für ihre Mußezeit auch den Anspruch städtischer Vergnügungen auf dem Lande. Wie schön war die alte Zeit mit ihren Spinnstuben! Man hat sie, die früher infolge missverstandener polizeilicher Schikanen aufgehoben wurden, wieder einzuführen versucht, aber dieser Versuch endete mit völligem Misserfolg. Er musste so enden, denn für die heutigen kinoverwöhnten Küchenfeen hatte ein derart harmloses Vergnügen keinen Reiz. Ein Bauer erzählte mir, dass seine »Damen« sich in der »Spinnstube« ihre Zigaretten angezündet hätten! Gott sall mi bewohren! ...

Es waren natürlich nicht bloß die alten Festlichkeiten, die dem früheren einheimischen Knecht und Arbeiter sein Leben anziehend machten: Die Arbeit selbst bot ihm große Reize. Er musste sie gründlich erlernt haben und all ihre Kunstgriffe verstehen, mit den dazu nötigen Gerätschaften umgehen zu können. Die Mähmaschine kann jeder halbwüchsige Knabe, der mit Pferde umzugehen versteht, hantieren. Die ganze Arbeit ist mechanisch geworden. Er hat niemals Tränen geweint und schlaflose Nächte verbracht, weil ihm von der ersten

Mäharbeit Arme und Rücken wütend schmerzten. Aber gerade deshalb lernt der heutige Knabe auch nicht das Glücksgefühl und den Stolz kennen, die sein Vater und sein Großvater fühlten, als sie gelernt hatten, die Sense zu meistern. Die Alten wussten, dass es eine Kunst war. Es war ein Ereignis im Leben des jungen Mannes, wenn er zum ersten Male für voll galt in der Reihe der Schnitter. Ein Gerät derart zu meistern, das gibt einen Lebensinhalt, der durchaus nicht zu verachten ist.

In »geistiger« Hinsicht hat der Landbau durch die Einführung der Maschinen also zweifellos sehr Wertvolles eingebüßt. Zu beklagen ist auch, dass das weibliche Geschlecht auf dem Lande jetzt nur noch wenig an der Erntearbeit beteiligt ist. Das fröhliche Lachen der weißgekleideten Binderinnen, ihr Erntejauchzen beim Einfahren ist jetzt völlig verstummt. Vielleicht haben die Bodenreformer recht, die da meinen, dass auf den kleineren Stellen, so die Arbeit nur von den Familienmitgliedern getan werden müsse, der alte Erntebrauch neu aufleben könne. Aber der moderne Landmann schätzt ihn gar nicht so sehr. Er ist der Meinung, dass die alte Bauernkultur, die etwa von 1750-1850 gedauert hat, für ihre Zeit gut genug gewesen sein möge, für die Gegenwart aber nicht mehr passe. Habe sie sich doch selber langsam aber stetig geändert, bis die Einführung der Maschinen ihr den Rest gegeben habe. Der heutige Landwirt habe ganz andere Anforderungen zu erfüllen, als sein Vater oder gar sein Großvater. Gewiss ist viel Berechtigtes in diesem Einwand. Beklagt man das Schwinden der alten Sitten, so werden immer nur ihre hellen Seiten hervorgehoben. Aber das alte Bauernleben hatte sicherlich auch seine großen Schattenseiten: die Arbeit in Regen und Nässe war schwer, Rheumatismus und Lungenkrankheiten waren stark verbreitet unter dem Landvolk; Unmäßigkeit und Trunkfälligkeit waren groß. Auch Unwissenheit und Aberglauben spielten eine große Rolle in der alten Zeit.

Alte Leute meinen freilich, dass auch die Tugenden der Arbeitsamkeit, des Fleißes, der Genügsamkeit und der fröhlichen Laune ebenfalls aus dem Dorfe verschwunden seien. Doch die bedenklichste Erscheinung ist jedenfalls die Wurzellosigkeit der heutigen Knechte und Mädchen. Wohl dem Hof, der ihrer nicht bedarf, sondern sich mit den Familienmitgliedern helfen kann! Wir leben in einer schlimmen Übergangszeit. Auf dem Lande macht sich heute vielfach die sogenannte »Bahnstationskultur« breit, wie in der Stadt die »Typenhauskultur«. Hoffen wir, dass diese Erscheinungen überwunden werden und dass Dorf wie Stadt wieder wie einst gefestigt, in sich selbst beruhende Kultur entwickeln.

# DIE ALTE LINDE

In den Ostertagen war ich über Land, um den Frühling zu suchen. Aber es ward nicht viel damit, der Winter ist zu hart gewesen. Noch lagen die Wiesen überall dürr und greis, und wenn auch einzeln in geschützten Knickecken die Osterblumen aufgeblüht waren, weil ihre Zeit her ist, so sahen sie doch so verkümmert aus, als ob ihnen die zarte Blumenseele in dem gewaltigen Wind, der gerade Ostern zugange war, verfroren wäre. Auch ich selber musste den Mantel immer fester um die Glieder ziehen und war nach mancher Hagel- und Schneeböe froh, endlich in einem traulichen Dorf zu landen, wo ich hoffen durfte, in einem warmen Winkel aufzutauen.

Aber gerade hier erlebte ich den großen Schmerz einer herben Enttäuschung.

Nicht, dass ich den warmen Winkel nicht gefunden hätte. Aber auf dem Anger des Dorfes, der seit alters den Namen »Klint« führt, suchten meine Augen vergebens die alte mächtige Linde, unter deren breitschattender Krone, die im Sommer zur Blütezeit voll von Bienensummen war, ich so oft im kühlen Schatten gerastet hatte. Sie war verschwunden, gefällt, nur ihr mächtiger Stumpf steckte noch im Boden und »man sah noch am zerhau'nen Stumpf, wie mächtig war die Leiche«. Man sah der Schnittfläche freilich auch an, dass die Holzfäulnis dem alten Baum übel mitgespielt hatte; »de ol Boom stunn all lang up Fall,« wurde mir auf meine Erkundigung mitgeteilt; »dat weer hoch Tid, dat he wegkeem, wat schull dat ol Diert noch,« fügte der Gefragte auf meine weiteren Fragen gleichmütig hinzu.

Ich hörte dem Tonfall dieser Äußerung an, wie sehr der bloße Nutzgedanke auch auf dem Lande, das der Städter noch immer im Lichte Vossischer Idyllen zu sehen geneigt ist, schon festgewurzelt ist, und hielt deshalb mit meinen Gedanken darüber, dass die alte Linde doch wohl außerhalb der prosaischen Verwertung gestanden hätte, zurück. Die Fäller hatten sicherlich keine Ahnung mehr von dem Baumkult unserer Vorfahren, deren letzter Rest in der Pflanzung von Doppeleichen besteht, die – seltsamer Weise – nirgends so recht gedeihen wollen. Und zweifellos war auch die alte Linde, deren Fall ich bedauerte, niemals in dem Sinne die Dorflinde gewesen, wie man sie in so manchen Dörfern und Städten von Süd- und Mitteldeutschland findet. In Schleswig-Holstein ist die Linde hauptsächlich als Alleebaum verbreitet; auch die Kirchhöfe werden zumeist von alten Linden überschattet; vor manchen Häusern findet man sie auch, ein Überrest der Rokokozeit, als Schnurbaum. Und doch, wie schön wäre es, wenn die Dorflinde auch in unserer Heimat wieder mehr in Aufnahme käme!

Verstatte man mir deshalb, wenn ich meiner alten, der Feuerungsnot unserer Zeit zum Opfer gefallenen Baumfreundin, die der schönste Schmuck des Dorfes war, eine kurze Gedächtnisrede halte.

Die Linde ist ein deutscher Volksbaum, wie die Eiche. Wenn die Eiche das Sinnbild deutscher Manneskraft ist, so ist die Linde das Symbol deutschen Frauentums. Zahllose Volkslieder besingen sie.

»Am Brunnen vor dem Tore,
Da steht ein Lindenbaum –«

Haben wir das Lied nicht alle oft gesungen? Und so steht die Linde als einigender Mittelpunkt sommerlichen Lebens auf vielen Dorfangern und städtischen Marktplätzen; unfern von ihr knarrt wohl ein altertümlicher Brunnen; denn Linde und Born gehören zusammen; im Schatten des Baumes tummeln sich die Kleinen und sammeln sich die wackeren Alten zum traulichen Gespräch nach des Tages harter Arbeit.

In grauer Vorzeit war die Linde wohl, wie noch heute in Rußland, ein Waldbaum. Aber aus unseren Wäldern ist sie lange verschwunden. Als unsere Altvorderen sesshaft wurden, sorgten sie zwar für die Nachpflanzung von Eichen, Buchen, Haseln und Schlehen, deren Früchte ihnen für ihre Wirtschaft unentbehrlich waren, überließen aber die Linde den Seilern und Muldenschnitzern, die ihren Bast und ihr Holz verarbeiteten. Nur auf freiem Felde und inmitten der Siedelungen wurde sie gehütet als heiliger Baum, der um seiner Schönheit und seines kühlen Schattens willen der Göttin Frigga geweiht war. Was heute die Kirche im Dorf bedeutet, das bedeutete in heidnischer Zeit die Dorflinde. Ja – mehr! Sie war zugleich – und blieb es bis an die Grenze der neueren Zeit – die Stätte der Gemeindeversammlungen und des Dorfgerichts, wo die Schulzen und die Schöffen gewählt, Streitsachen geschlichtet, Vergehen gesühnt wurden. Vor allem aber war hier der Ort der geselligen Zusammenkünfte und der Volksbelustigungen. Wir haben in unserer niederdeutschen Sprache noch das Wort »Maal« für Ziel. Die Linde wurde auch der »Malbaum« genannt. Um diesen Malbaum gelagert, hielten unsere heidnischen Vorfahren ihre Opferschmäuse ab. Unsere Worte »Mahl« und »Mahlzeit« hängen noch damit zusammen. »Mahlzeit« ist nichts anderes als die Zeit, die man sich am »Male« traf, die Zeit der großen Gauversammlungen. Diese hohen Zeiten war das gemeinsame Essen eigentümlich und wesentlich, an dem schließlich der Name »Mahlzeit« hängen blieb.

Die freien germanischen Gerichtssitzungen, die auch in der Zeit dieser Versammlungen stattfanden, setzten sich in christlicher Zeit in der »heiligen Feme« fort, jenem furchtbaren Gericht, das wie eine geheimnisvolle Gewalt über allem Volk schwebte und das im 14. und 15.

Jahrhundert in fast ganz Deutschland verbreitet war. Die Gerichtsstätte war die »Femlinde«. Das letzte Femgericht wurde 1568 in Celle abgehalten. Als Zeugin jener Gerichte steht noch in Dortmund die im Absterben begriffene Femlinde beim dortigen Bahnhof. Noch lange aber blieb die Dorflinde die Stätte des Bauern- und Hufegerichts.

Als das Christentum die alten Götter verdrängt hatte, erhielt die Gottesverehrung ihren Mittelpunkt in den Kirchen. Aber um die Gotteshäuser erhoben alsbald die Linden ihre Kronen und beschatteten die Gräber, die den »Kirchhof« bildeten. Als man die Friedhöfe vor den Ortschaften anlegte, folgten ihnen auch hierhin die Linden. Eine Linde wünschte der Dichter Klopstock sich für sein Grab und erhielt sie zu Ottensen. Die Linde wird immer der Malbaum des Gottesackers bleiben, wie es im Volkslied heißt:

»Da wächst eine Linde auf ihrem Grab,
Die stehet allda bis zum jüngsten Tag.«

Die Linde gilt der Sage auch als schatzhütender Baum. Über den Schätzen liegt ein Drache, der »Lindwurm«. Einen Lindwurm erlegte Held Siegfried. Frommer Glaube übertrug später seine Heldentat auf den Erzengel Michael, der nach der Legende der »Fahnenträger der himmlischen Heerscharen« und Überwinder des Teufels ist. Das erste deutsche Reichspanier trug das Bild des drachentötenden Michael und daher kommt das Wort vom streitbaren »deutschen Michel«, der freilich ebenso gern wie den Sturmhut die bequeme Zipfelmütze trägt ...

So stand die Linde in alten Zeiten in engster Beziehung zum Volksleben und Volksglauben. Hierhin lockten im Mittelalter fahrende Sänger und Fiedler das junge Volk; hier sang man die alten Volkslieder; hier entfaltete sich das lustige Leben der Kirchweihtage und der Märkte. Jung und alt – »denn da ist niemand alt« – treten in den Ring; rascher wirbelt der Reigen; Atem und Füße versagen.

»Der Reigen verwirrt sich,
Die Saite verirrt sich,
Schreiet alle: heia hei!
Da reißt die Sait' entzwei.«

Aber die alten Festsitten im Dorf sind nun fast verschwunden; die Volksfreude ist obdachlos geworden und elend heruntergekommen; die Dorftracht ist dahin; der liedersingende oder Märchen und Sagen erzählende Mund ist verstummt. In vielen Dörfern ist es nüchtern und kalt geworden und unkindlich gewordener Sinn legt die Axt an die Dorflinde.

Sollte nicht die Zeit kommen, da wir neue Dorflinden pflanzen?

# DER MÄRCHENVOGEL

Er ist wieder da, der Märchenvogel.

Ich spreche nicht etwa vom Phönix oder von dem Vogel Rok, die nichts als Märchenvögel sind. Nein, der Märchenvogel, den ich meine, existiert in Wirklichkeit. Ganz einfach, ich meine den Storch.

Kürzlich, am 3. April, erhielt ich eine Karte vom Lande: »Nun komme nur her. Das Frühjahr ist für doll im Gange. Die Schnepfen sind da, der Kiebitz schreit sein Kui–wit und auch die Störche sind angekommen. Viele sind es zwar nicht mehr, aber einige wenige gibt es doch noch.«

»Viele sind es zwar nicht mehr« ... Der Satz ließ mich in elegische Betrachtungen versinken.

In der Tat, die Störche sind seltener und seltener geworden. In unserer Kinderzeit gab es kaum einen ordentlichen Bauernhof in unserem Lande, der nicht seine Storchenfamilie hatte. Kein hohes langgestrecktes Strohdach, das nicht sein Storchennest aufgewiesen hätte. Und doch klagten die Störche derzeit, wie wir Menschen heute über Wohnungsnot. Sie wandten sich aber in solchen Fällen nicht an das Storchenwohnungsamt, sondern kämpften um das Nest, oft auf Leben und Tod. Die siegreiche Familie sandte dann zum Dank für die Wohngelegenheit dem Bauern im Laufe des Sommers ein überzähliges Junges herab, oder ein Ei oder zum mindesten denn doch eine lange Schwungfeder.

So musste es sein, denn das gab Glück.

Was für Jubel unter uns Kindern, wenn im Frühling die Störche heimkehrten! Wir liebten ihn, unseren Adebar, begrüßten ihn mit altüberlieferten Versen und achteten sehr darauf, in welcher Art wir ihn zuerst gewahr wurden. Fliegend – so wurde man fleißig. Klappernd – so wurde man geschwätzig. Auf einem Bein stehend – so wurde man faul. Und wer etwa Klapperndes in der Tasche hatte, unterließ nicht, damit beim Anblick des ersten Storches zu rascheln. Das, so hieß es, gab Geld in die Tasche. All da umwob die Erscheinung des schwarzweißroten Vogels mit romantischem Märchenreiz. Dazu sein geheimnisvolles Kommen im Lenz und sein Verschwinden im Herbst! Und welch breiten Raum nahm der Storch in unsern Kinderbüchern und Kindergeschichten ein! War nicht er es, der uns selbst gebracht haben sollte? Freilich, die Zuverlässigkeit dieser Historie wurde von skeptischen Kindergemütern bald arg bezweifelt und dieser Zweifel erschütterte unseren Autoritätsglauben zum ersten Male in seinen Grundfesten. Wie konnten unsere Eltern, denen wir sonst blind trauten, uns derartig narren wollen. Denn wir sahen den Storch wohl mit allerlei

Beute aus dem Moor in sein Nest zurückkehren – manchmal umwand sogar eine Ringelnatter seinen roten Schnabel – aber niemals sahen wir ihn ein Baby tragen! Und wenn unsere Alten uns mit dem Storch »anmeierten« – das war unser Beschönigungsausdruck für »anlögen« – ja, dann waren auch die Geschichten vom brennenden Dornbusch und von dem querdurchgerissenen roten Meer vielleicht nur Fabeln? Aber glücklicherweise plagen solche Zweifel ein nur in der Gegenwart lebendes Kindergemüt nicht lange ...

Ganz Deutschland kennt den Storch, aber es gibt doch Bezirke, in denen der besonders häufig ist – oder leider: war. Diese Bezirke sind der Oberrhein – Straßburg steht vor unserer Erinnerung als die Stadt der Störche, der Gänseleberpasteten und des Münsters –, Niedersachsen und Schleswig-Holstein. Bei uns war er so häufig, dass er als ein Wahrzeichen unseres Landes gelten konnte. Und es wurde von Vielen nahezu als ein Unglück betrachtet, als im Laufe der Jahre die Störche seltener und seltener wurden. Denn der Storch galt seit Alters als ein Glücksvogel. Nur die Jäger betrachteten ihn scheelen Auges und behaupteten, dass er unter den Junghasen und dem jungen Wildgeflügel arg aufräume; sie waren mit seiner Abnahme wohl zufrieden. Aber der Unwille der ganzen Gegend richtete sich gegen den unglücklichen Schützen, der es gewagt hatte, seine Flinte gegen diesen »Wildschädiger« zu richten. Die Anderen aber taten alles, den Glücksvogel anzulocken; man befestigte alte Wagenräder auf den Dachfirsten, um ihn zum Nisten anzulocken: hieß es doch, dass ein Haus mit einem Storchennest vor dem Ausbruch einer Feuersbrunst totsicher geschützt sei! Freilich, der Storch schien nur auf Strohdächer oder – ausnahmsweise – auf hohen alten Bäumen zu nisten. Die Strohdächer aber nahmen reißend ab. Und außerdem suchte man sich die Verminderung der Störche mit den Gefahren zu erklären, die sie auf ihren Wanderzügen im Frühling und im Herbst zu bestehen hatten. Man dachte sich, dass gewaltsame Stürme die Störche im Mittelmeer in die Wogen geschleudert hätten und las in den Zeitungen abenteuerliche Geschichten von Massenvergiftung in Südafrika.

Märchen! wie alles am Storch (der Storch war der beste Freund des Märchen-Andersen). Es war weder das stürmische Mittelmeer noch die Giftlegerei der südafrikanischen Buren, was die Störche bei uns verminderte – es war das Drainagerohr, die Trockenlegung der Sümpfe, die Abschaffung der Strohdächer, was sie vertrieb. Was nützten ihnen die langen roten Watbeine, wenn sie die sumpfigen Wiesen und die Moore nicht mehr vorfanden, wenn sie durch das ganze Land stelzen konnten, ohne sich die Strümpfe nasszumachen? Was half ihnen der lange rote Schnabel, wenn es allzu wenig aufzuspießen gab? Und wie ungemütlich waren die harten schwarzen Teerpappe- und Blechdächer, die sich die modernen Bauernhäuser zugelegt hatten! Es gab nachgerade zu wenig in Niedersachsen, was den Storch herzukommen lockte – und mehr und mehr der Störche gaben die beschwerlichen Wanderungen auf und blieben in Afrika.

Es ist überhaupt wohl nur eine Einbildung gewesen, wenn wir glaubten, des Storches eigentliche Heimat sei bei uns. Als Zugvogel weilt er nur die kürzere Zeit des Jahres bei uns und doch betrachteten wir Afrika nicht als seine eigentliche Heimat, denn nur bei uns zog er seine Nachkommen auf. Aber wir beachteten nicht, dass nur ein kleinerer Teil der Störche lange Wanderungen unternimmt; der größere Teil verbleibt in Afrika. Die Störche teilen sich in Zug- und Standvögel, aber mehr und mehr bekehren sich auch die Zugvögel zu dem alten Worte: »Bleibe im Lande und nähre dich redlich.«

Es war durchaus nicht das ganze Europa, das die Zugstörche besuchten. Sie gingen nur auf Deutschland, Holland und Dänemark, wenn die Wanderlust sie überkam; hier verlebten sie ihre Flitterwochen und kosteten das Glück des Familienlebens. Auch in Ungarn, Bulgarien und in der Türkei fanden sich die Wikingernaturen unter den Störchen zahlreich ein, während die Spießbürgerseelen daheim in Afrika blieben. England hat keine Störche, Frankreich ebenso wenig, denn Straßburg und das Elsass erlauben wir uns noch immer zu Deutschland zu rechnen ... Aber vielleicht ist auch bei uns, wie in Dänemark und Holland, die Zeit des letzten Storches nicht mehr fern. Das Drainagerohr hat überall gesiegt und wenn Holland erst sein Kanalsystem den Forderungen der Neuzeit entsprechend in Ordnung gebracht hat, wird es auch da weniger und weniger zu fischen geben. Dann wird es Zugstörche wohl nur noch in den Donaulanden und auf der Balkanhalbinsel geben, wo die Märchenvögel seit je zahlreich in den Städten und Ortschaften des Maritzatales horsteten. Dann wird der Storch bei uns vollends zum Märchenvogel geworden sein, von dem nur noch in alten Sagen die Rede ist.

Wie gesagt, die meisten Störche sind nicht Zug- sondern Standvögel in Nordafrika und es war eine Art von Heroismus, den die Nordwanderer unter ihnen übten. Denn hätten sie es in Afrika nicht viel bequemer gehabt? Futter genug in den Lagunen, Seen und Flüssen, die von kleinen Wasserwesen wimmeln und Störchen, Flamingos und Ibissen den Tisch reichlich decken. Hier hatten sie auch nicht so ängstlich auf die Jahreszeiten zu achten. Kommen die armen Störche bei uns im März und April nicht oft genug im rauesten Winterwetter an? Aber sie müssen so früh kommen, wenn sie mit der Aufzucht der Brut vor dem Eintritt der Herbstkälte fertig werden wollen. Im August müssen die jungen Störche die erforderlichen Flugkünste eingeübt haben; Ende August oder Anfang September treten Alt und Jung die große Reise nach dem Süden an. In Nordafrika ist das alles nicht so ängstlich. Dort sieht man zu gleicher Zeit Nester im Bau, brütende Storchmütter und ausgewachsene Storchenkinder, die auf den Dachfirsten mit gehobenen Fittichen die ersten noch ein wenig unsicheren Gehübungen unternehmen – genau wie man dort Knospen, welkende Blüten, grüne und reife Früchte an einem und demselben Orangenbaum beobachten kann. Es gibt nordafrikanische Städte und Dörfer, in denen kaum ein Dach ohne Storchennest ist, wie z.B. Constantine oder Bona.

Auch in Amerika gibt es keine Störche. Seltsam, dass man noch nicht daran gedacht zu haben scheint, sie dort einzubürgern, wohin doch sonst so viele Tiere und Pflanzen aus Europa gebracht sind. Freund Spatz, auch ein Einwanderer, ist in den amerikanischen Städten genau so häufig wie bei uns. Freilich, er hat kein empfindliches Nervensystem. Die Kamele, die man in Amerika einbürgern wollte, vertrugen das Taylorsystem gar nicht, so ausdauernd sie sonst sind, und auch die Nachtigallen, die der unglückliche Kaiser Maximilian von Mexiko in den Gärten seiner Hauptstadt aussetzen ließ, scheinen keine Nachkommen gehabt zu haben. Aber ein Versuch mit der Einbürgerung des Storches scheint nicht gemacht zu sein. Man denke sich, was ein Ansiedler aus Schleswig-Holstein, Oldenburg, Mecklenburg und Hannover empfinden würde, wenn er plötzlich das Klappern eines Storches hörte! Da drinnen in einem jungfräulichen Wald an einem sprudelnden Fluss und mit vielen Seen und Lagunen in seiner Nachbarschaft – oder draußen in den flachen endlosen Naturwiesen am Mississippi, dem »Vater der Gewässer« ...

# SCHMETTERLINGE

Als die Schulferien begannen, kaufte ich meinem Jungen ein Schmetterlingsnetz – und dann fuhren wir aufs Land. Er hat, wie ich, die Sammelleidenschaft; da er aber leider nicht, wie seinerzeit ich, den Vorzug genießt, auf dem Lande aufzuwachsen, so musste sich diese Passion bisher fast ausschließlich auf Briefmarken beschränken. Ich will nichts gegen das Briefmarkensammeln sagen, es hat gewiss auch sein Lockendes und seine bildenden Eigenschaften. Und seinen Rekordreiz – den hatte es besonders in der Zeit, als die Briefmarken noch schneller wechselten als die Damenhutmoden. Damals kam so etwas wie eine atemlose Leidenschaft in die Jagd meines Kleinen nach den kleinen bunten, ach! leider oft so geschmacklosen Papierfetzchen. Damals tat er mir leid, wenn er mir erhitzt erzählte, dass des Nachbars Erich oder Hansjürgen die und die und die Marke besäßen, die sein Album noch nicht aufwiese. Ich verschaffte sie ihm ... aber ich musste mit einer Art von Mitleid auf seine hochaufatmende Genugtuung blicken. Was war seine Sammelei gegen meine Jugendleidenschaft, das Schmetterlingssammeln! Ich erzählte ihm davon und wusste ihn zu entflammen. Gott, in diesen heißen Tagen, wie zahlreich mussten die Schmetterlinge sein! Sie brauchen Sonne. Nicht umsonst nennt man sie bei uns Sommervögel. Noch treffender wärs, man hieße sie Sonnenvögel. Freilich gibt es auch Nachtschmetterlinge, aber die schönsten Kinder dieses farbenreichen Geschlechtes sind doch die Tagschmetterlinge, die echten Sonnenkinder. Und wie gut würde es mir tun, mit meinem Jungen an der Hand all die verschwiegenen Plätze meines Jugendparadieses einmal wieder aufzusuchen, wo ich einst der Leidenschaft des Schmetterlingssammelns gefrönt hatte. Wie, ich sollte noch einmal das Schmetterlingsnetz schwingen? Nein, nein. Das würde ich meinem Jungen überlassen. Er mochte die Schmetterlinge fangen, ich wollte indessen meinen Erinnerungen nachgehen. Sind nicht auch die Erinnerungen – Erinnerungen an die Kinderzeit zumal – buntgefärbt und nur mit zartem Griff zu fangen, wie die Schmetterlinge?

Nun also, wir gingen aufs Land. Noch immer ist es schön, im warmen Gras zu sitzen und zu träumen ... und an Erinnerungen war fürwahr kein Mangel.

»Hier wird ein Strauch, ein jeder Halm zur Schlinge,
Die mich in liebliche Betrachtung fängt;
Kein Mäuerchen, kein Holz ist so geringe,
Dass nicht mein Blick voll Wehmut an ihm hängt:
Ein jedes spricht mir halbvergessne Dinge ...«

Aber mein armer Junge! Er machte inzwischen viel geringere Beute als ich. Alle Augenblicke kommt er zu mir gerannt, aber alles, was er fängt, sind billige Kohlweißlinge. Wie, die Sonne scheint, der Himmel ist blau, weiße Wolken vergehn, die Welt duftet nur so nach Sommer und alles ist verheißungsvoll – Junge! und du kannst keine Schmetterlinge sehen, außer diesen gemeinen Dingern? Freilich, die Wahrheit zu gestehen, ich selbst hatte auch noch keine gesehen, aber ich hatte ja auch nicht acht darauf gegeben. Hier in dieser Waldlichtung, die noch fast unverändert geblieben war, trotz der rastlosen Flucht der Jahre, die seit meiner Jugendzeit verstrichen war – hier mussten doch Distelfalter sein, jene schöngezeichneten Schmetterlinge, deren Dasein an die rotblühenden Distelstauden geknüpft ist. »Junge, du kannst nicht suchen!« Er sah mich nur vorwurfsvoll an und seufzend erhob ich mich. Disteln gab es genug; die so unendlich dekorativ wirkende Stachelpflanze stand auch in Blüte, aber Distelfalter fand auch ich nicht, trotz allen Stöberns, ebenso wenig andere Vertreter der Gattung Vanessa, wie den Admiral und die verschiedenen Füchse.

Murrend sagte ich zu meinem kleinen, im Geheimen wohl triumphierenden Begleiter, dass wir uns nach einem anderen Jagdgrund begeben müssten. Schmetterlinge und Dichter lieben das Unland – Sandflächen, Heide und Moor. Sie (ich meine: die Schmetterlinge – oder gilt das von den Poeten auch?) sind von ihren Nahrungspflanzen abhängig. Ja, aber findet man an unseren Waldrändern noch etwa die alten Zitterpappeln, die die Nahrungspflanze der Raupen des großen Eisvogels sind? Es scheint, als wären sie alle ausgerottet, so scharf ich auch auf dem Weg nach dem Moor nach ihnen ausspähte. Ach und das Moor! – Ich fand es nicht mehr; es war der Moordammkultur zum Opfer gefallen und längst unter den Pflug genommen; schilfiger, blaugrüner Hafer wiegte sich, wo einst duftender Augentrost geblüht hatte. Über den blaurötlichen Polstern, dieses Pflänzchens lebte ein Gewimmel kleiner Tagfalter: fuhr man darüber hin mit dem Stab des Netzes, so erhoben sich förmlich bunte Wolken von zarten Bläulingen, rotglänzenden Dukatenfaltern, gelblichen Heuvögeln und zierlichen Perlmutterflüglern. Weg, fort, verschwunden! – Aber wie war es mit der großen, buschbestandenen Sandfläche der Allmende? Hier war die wilde Möhre mit ihren weißen Blütentellern häufig; auch die Ginsterpflanze und das Heidekraut. Es war noch ziemlich unverändert, das Stück Land, das mir in der Jugend bald als Prärie, bald als schottisches Hochland, bald als asiatische Steppe hatte dienen müssen, je nach Lektüre, die ich trieb, heut Coopers Lederstrumpfgeschichten, morgen Scotts Romane oder Gogols Taratz Bulba. Ja, da hätt' ich schon wieder einen ganzen Schwarm bunter Erinnerungen eingefangen, aber mein armer Junge stand neben mir mit leerem

Netz. Gewiss, zahlreiche Weißlinge und auch ein paar Äugler fliegen hier umher, aber von den farbigen Schmetterlingen, von denen ich meinem Jungen erzählt hatte, sahen wir nicht einen. Hatten wir einen schlechten Tag erwischt? Hatte ich etwa vergessen, dass auch in meiner Knabenzeit emsiges Suchen und viel Glück zum Schmetterlingsfang gehörten? Aber das zugegeben, gern zugegeben – es wird so sein: Die heutigen Boden- und Forstkultur hat nur zu viele der Nahrungspflanzen der Schmetterlinge ausgereutet, hat Unland in Bauland verwandelt, hat die mit Knicks eingefassten Feldwege zerstört, hat die blumigen Gräbenufer und Feldraine entfernt. Dem Kohlweißling tut so etwas nichts – und darum ist er noch so häufig, wie früher, aber seine edleren Artgenossen sind seltener geworden, oder ganz verschwunden.

Ich suchte den enttäuschten Knaben zu trösten, während ich ihn im Geheimen bemitleidete. ... Und dann musste ich plötzlich an ein eigentümliches Schmetterlingserlebnis in der Schweiz denken. Es war im August 1911, als ich dort weilte, im Thurgau, zu Besuch bei Freunden, die sich dort am Untersee ein hübsches Besitztum erworben hatten. Wie heiß es in jenem Sommer war, fast so heiß, wie in dem diesjährigen Glutensommer! Und so ging ich denn fast jeden Nachmittag in die sog. »Oberwiese« meiner Gefreundeten hinein, wie man dort Obstpflanzungen benennt, um unter den Bäumen meine Mittagsrast zu halten. Ein besonders heißer Tag fiel mir ein; träge blinzelte ich in den flimmernden Glast der über den halbverdorrten Krautstauden in augenblendendem Zucken seinen Reigen hielt. Es wirkte einschläfernd, betäubend; genau wie das einförmige Summen der unzähligen Bienen, Hummeln, Wespen und des anderen Geziefers, das die Sonnenglut erst recht lebendig werden lässt. Dazu das schaukelnde, unberechenbare, seltsam graziöse Flattern von Myriaden weißer Schmetterlinge, gemeiner Kohlweißlinge. Die Schweiz soll ein Land der Falter sein, wie Carl Spittelers unsagbar stimmungsvolles Gedichtbuch »Schmetterlinge« beweist, aber ich sah von diesem Reichtum in der Obstwiese nichts, als nur ganz vereinzelt einen zartfarbigen Bläuling oder den roten Tulpenschein des Fuchses. Die Schmetterlingsaristokratie fühlte sich in diesem plebejischen Kohlweißlingsmeeting anscheinend nicht wohl.

Eben wollte ich eindämmern, da erschien – fast schreckhaft geräuschlos – ein bäuerlich aussehender ältlicher Mann vor meinem Blick. In der Hand trug er aber keine Hacke oder Sense, sondern – ein Schmetterlingsnetz. Mit großem Eifer schien er der Weißlingsjagd nachzugehen. Vor sich trug er an einem Gurt einen geräumigen Deckelkasten. Stromweise rann der Schweiß über sein gerötetes Gesicht und er schien bereits völlig außer Atem zu sein. Ich richtete mich erstaunt auf und rief ihn an. Auch er schien über mein ganz unvermutetes Erscheinen zu erschrecken und machte ein ganz verdutztes Gesicht.

»Grütze,« sagte ich. So hatte ich mir den landesüblichen Gruß der Schweizer dieser seldwylischen Gegend zurechtgemacht. »Was machen Sie denn da?«

»Grüet Se,« erwiderte er schnaufend. »Ich fange Sommervögeli.«

»Sommervögel? Schmetterlinge? Und warum? Sind Sie ein Sammler?«

»Nein. Ich fang sie bloß so ...« Damit wollte er sich – wie mir schien, verlegen und etwas mürrisch – davonmachen. Aber das Tun des Mannes interessierte mich und so erhob ich mich völlig und trat zu ihm.

»Die Kohlweißlinge sind wohl sehr schädlich?« nahm ich das ins Stocken geratene Gespräch wieder auf. »Darum betreiben Sie wohl Ihre Jagd?«

Diese Bemerkung rief ein säuerliches Lächeln in das faltige Bronzegesicht des Schmetterlingsjägers.

»Schädlich sind sie ja,« brummte er. »Aber darum fange ich sie nicht. Auch gehört diese Wiese ja gar nicht mir. Ich habe überhaupt keinen Grundbesitz nur ein Gärtlein.«

»Dann wollen Sie sich wohl nur etwas Bewegung machen?«

Nun verschwand alle Säuerlichkeit aus den Mienen meines Gegenübers und er lachte rund heraus.

»Nein, ich gehe meiner Arbeit nach,« sagte er dann.

»Ihrer Arbeit?« fragte ich erstaunt. Und da sich eben ein prächtiger Bläuling auf die Schirmdolde einer starken Schierlingsstaude setzte, fügte ich hinzu: »Rasch! Das ist ja ein prächtiges Exemplar!«

Aber er machte ein ganz gleichgültiges Gesicht und brummte: »Das ist nichts für mich. Ich brauche nur Weißlinge.«

Nun war ich mit meinem Latein zu Ende und musterte den Mann mit ratlosem Blick.

»Ja – was in aller Welt tun Sie denn mit diesen Weißlingen?«

Er sah mich erstaunt prüfend an.

»Ich lebe davon. – Nein, ich esse sie nicht, so ist das nicht zu verstehen. Ich verkaufe sie.«

»An wen denn?« fragte ich verblüfft. »Wer kauft denn diese gemeinen Tierchen, die man überall findet?!

»Sind Sie vielleicht Gelehrter und selbst Sammler?« fragte er nach einigem Zögern zurück.

»Keine Spur.«

»Na, dann will ichs Ihnen sagen: ich mache Schmetterlinge.«

Ich glaubte nicht recht verstanden zu haben.

»Sie machen Schmetterlinge?«

»Jawohl.« Er öffnete seinen Kasten und ließ mich hinein sehen. Er war mit einer Schicht aufgespießter Kohlweißlinge bereits halb gefüllt. Dann zeigte er auf ein einsam stehendes Häuschen am Rande einer Bachschlucht. »Dort wohne ich. Da habe ich meine Fabrik. Kommen Sie mit, ich will sie Ihnen zeigen. Aber Sie dürfen nichts davon erzählen. Das würde mir das Geschäft verderben.«

Langsam stiegen wir den Hang hinab. Das Häuschen umgab ein Gärtchen mit farbenschönen Blumen aller Gattungen. Eine betagte Frau ging zwischen den Beeten hin und her, stand bei einzelnen Blumen still, schüttelte sich leicht und legte irgend etwas auf ein dütenförmig gefaltetes Blättchen. Als wir herankamen, sahen wir, dass es Blütenstaub war, den diese alte fleißige Biene sammelte.

»Meine Frau,« sagte der Schmetterlingsjäger. »Sie hilft mir, Sie sammelt das Material, das ich brauche, um die Schmetterlinge zu fabrizieren. – Nun kommen Sie mit mir in meine Werkstube.«

Das war ein geräumiges, herrlich kühles Zimmer. Es erinnerte mich an den Laden eines Juweliers. Prachtvolle Schmetterlinge mit ausgespannten Fittichen, hübsch geordnet, bedeckten einige altmodische Mahagonitischchen. An der Wand waren zahlreiche Kohlweißlinge befestigt.

»Sehen Sie hier. Diese Tierchen an der Wand warten darauf, so hübsch zu werden, wie jene auf den Tischchen.«

»Und dann?«

»Verstehen Sie noch nicht? Sehen Sie, mir ist es lange nicht gut gegangen. Ich hatte Schulden, war ein säumiger Landwirt, verlor mein Gütchen. Ich hätte Naturwissenschaften studieren sollen oder Maler werden – aber dazu reichten die Mittel nicht aus. Endlich verfiel ich darauf, für Sammler Schmetterlinge zu fangen. Das lohnte sich, als ich noch jüngere Beine hatte, obgleich die gesuchtesten Exemplare natürlich sehr selten sind. So mühte man sich oft tage- und wochenlang vergebens ab. Und jetzt kann ich nicht mehr so herumspringen. Kohlweißlinge dagegen gibt es genug. Und da ich mich in der Jugend auch ein wenig als Aquarellist versucht hatte, dachte ich zunächst daran, die weißen Flügel zu bemalen. Aber das ging nicht. Die Farben schlugen ein; auch zerfraß ihre Schärfe oft die Flügel. Aber man muss sich zu helfen wissen. Ich verfiel darauf, die Farben zu ersetzten. Blumen und Schmetterlinge, gelt, halten doch ohnehin enge Freundschaft? Das ging nach einiger Übung, ging herrlich. Es ergab sich die gleiche Textur und die gleiche Durchsichtigkeit. Goldstaub und Silberstaub brauche ich auch viel. Was sagen Sie zu diesem Distelfalter?«

»Aber der ist doch echt?«

»Nein, nein, er ist gefälscht. Ein veredelter Kohlweißling. Ich brauche nie mehr natürliche Schmetterlinge. Die entfärben sich mit der Zeit. Meine nie.«

»Aber lassen sich Kenner so leicht irreführen?«

»Bis jetzt, ja. Ich habe einen großen festen Kundenkreis.«

»Und lohnt sich dieser Erwerb?«

»Nun, so leidlich. Für Seltenheiten bekomme ich bis zu zwölf Franken. Ich liefere aber auch an Wiederverkäufer. Leider muss ich im Winter das Geschäft schließen, um kein Mißtrauen zu erwecken. ... Bitte, wollen Sie diesen Distelfalter zur Erinnerung an Ihren Besuch von mir annehmen?«

Und der alte fröhliche Betrüger heftete das feingefärbte Tierchen zart auf meinen Rockkragen. – Ich muss mich wohl mit meinem Jungen zu ihm begeben. Hoffentlich lebt er noch.

# DIE EIBE

Nicht nur die Zahl der jagdbaren Tiergattungen unserer Wälder ist im Laufe der Zeiten durch den Einfluss der fortschreitenden Kultur stark zurückgegangen, auch der Wald selbst hat ein wesentlich verändertes Aussehen bekommen. Aus dem altgermanischen Wald, wie ihn Plinius schildert, sind wohlgepflegte wegsame Forsten geworden und Umfang und Baumbestand haben durch Menschenhand mancherlei Veränderungen erlitten. Der ungepflegte gemischte Wald ist infolge der modernen Forstwirtschaft fast verschwunden; sie hat mancherlei neue Baumarten eingeführt, aber dafür sind andere Baumarten beinahe ausgestorben. Sehr in die Augen fällt das starke Zurückdrängen des Laubwaldes zugunsten des Nadelholzes. Gewisse Laubhölzer sind in manchen Gegenden, wo sie früher nachweislich sehr stark vertreten waren, gar nicht mehr oder doch nur vereinzelt aufzufinden. Die stärkste Einbuße hat aber zweifellos eine Nadelholzart, die im alten Germanien sehr häufig war und als heiliger Baum galt, erlitten: die Eibe (Taxus baccata).

Die meisten Leser werden die Eibe, die als Strauch in Gärten und Parkanlagen vorkommt, als Baum kaum kennen. Urwüchsig findet sich dieser Baum mit seinen dunkelgrünen Nadeln und seinen scharlachroten Beeren wohl nirgends mehr in unserem Lande. Er hat gleich der Zypresse und dem Wacholder etwas Düsteres und Fremdartiges. In Groß-Flintbek bei Kiel und in Groß-Flottbek bei Hamburg habe ich sehr stattliche Eiben gesehen. Die letztere gab Detlev von Liliencron die Inspiration zu dem 4. Kantus in seinem Poggfred »Mein Wald Herzebruch«. Dort schildert er »ein Eibenwäldchen in den Unterlanden« am Strand der Nordsee und fabelt, dass es, aus nur neunzehn Bäumchen bestehend, sich auf einer Scholle im Sturm von Schottlands Küste – »von einer großen Waldnacht nur die Neige, von einstiger Märchennacht ein letzter Rest« – losgerissen habe und an der friesischen Marschenküste wieder landfest geworden sei. Er gibt in dem Gedicht dann der alten Volksmeinung Ausdruck, dass diese seltsamen Bäume dem in ihrem Schatten Ruhenden Betäubung und Tod brächten, und weiß das Wäldchen im übrigen so plastisch zu vergegenwärtigen, dass der naive Leser wirklich an sein Vorhandensein zu glauben geneigt ist. Nach Prahls Flora Schleswig-Holsteins und nach unserem Forstbotanischen Merkbuch aber kommt die Eibe urwüchsig in unserem Lande nicht mehr vor, dagegen findet sich ein kleiner Eibenwald noch in dem dänischen Nachbargebiet, und zwar bei Veile.

Genauere Beobachtungen hinsichtlich der geographischen Verbreitung der Eibe hat man übrigens bisher nur für Mitteleuropa gemacht.

Danach unterscheidet man eine nördliche und eine südliche Eibenzone. Die nördliche erstreckt sich – freilich mit großen Lücken – von den Niederlanden bis zum Rigaischen Meerbusen; die südliche beginnt mit dem Wasgau, Schwarzwald und Jura und zieht sich über das ganze Gebiet der Alpen und Karpathen. Dazwischen hat der Baum in den mitteldeutschen Gebirgen ein ziemlich ausgedehntes Verbreitungsgebiet; er kommt vor am Südrande des Harzes und im Bodetale, auf dem Eichsfelde und in Thüringen, an der Werra und im Röhngebirge. Die bedeutendsten Eibenbestände aber haben sich in Westpreußen in der Tucheler Heide erhalten.

Aber es ist ein Irrtum, wenn man glaubt, dass die Eibe je große Wälder gebildet habe. Meist tritt sie als Unter- und Zwischenholz in anderen Wäldern auf, bildet freilich zuweilen ganze Horste darin. Sie liebt nämlich den Schatten und siedelt sich deshalb gern in Buchenwäldern an, kommt aber auch in Fichten- und Kiefernbeständen vor. In der Regel zieht sie wasserhaltigen Boden vor, gedeiht aber auch auf trockenen Böden, wenn sie kalkhaltig sind.

In alten Zeiten war die Eibe, wie die Mitteilungen von Cäsar, Plinius u.a. klassischen Autoren zeigen, in Gallien und Germanien sehr häufig; für das Mittelalter fehlen derartige Zeugnisse vollkommen. Dafür geben Funde von Eibenholzteilen, wie sie in unseren Mooren viel gemacht sind, Aufschluss darüber, dass die Eibe auch in jener Zeit in Landschaften oft genug vorkam, in denen sie heute völlig verschwunden ist. Ein weiteres Mittel zu solchen Feststellungen sind die zahlreichen mit Eiben-, Iben-, Iven- usw. zusammengesetzten Ortsnamen, die sich in unserem Lande nicht selten finden; in früher wendisch besiedelten Teilen unserer Heimat gilt das Nämliche für die mit Cis zusammengesetzten Ortsnamen, wobei auch die Forstortsbezeichnungen heranzuziehen sind. Auch alte Forstakten geben mancherlei beachtenswerte Aufschlüsse.

Zieht man sie in Betracht, so lässt sich behaupten, dass die Eibe im Großen und Ganzen ihr altes Verbreitungsgebiet behauptet hat, innerhalb dessen aber an Zahl ungeheuer abgenommen hat. Die Eibe ist zur Seltenheit geworden, selbst in Polen, Russland und Galizien, wo keine so intensive Forstwirtschaft getrieben wird, wie in Deutschland. Unter den Ursachen, die diesen Rückgang verschuldet haben, spielt eine große Rolle die in landwirtschaftlichem Interesse unternommene Entwässerung vieler Gegenden, womit die Senkung des Grundwassers zusammenhängt. Auch die moderne Forstwirtschaft war der Eibe nicht günstig. Die sogenannte Plänterwirtschaft schonte die Eibe; die Kahlschlagwirtschaft ging ihr ans Leben, denn sie trieb die Eibe zugleich mit dem Schlage ab. So wurden im Anfang des vorigen Jahrhunderts im Bodetale allein einmal 500 Eibenstämme gefällt. Und die Eiben, die etwa stehenblieben, fingen bei dieser Wirtschaft, die ihre Lebensbedingungen nicht beachtete, zu kränkeln an und gingen bald ein. Der Nachwuchs aber brachte es an solchen Stellen selten über Strauchbildungen oder verkrüppelte Stämme, die wenig widerstandsfähig sind und nur selten Früchte zeitigen.

Auch der Mensch hat dem Baume seit alters nachgestellt, denn sein Holz hat viele Vorzüge. Der alte Germane, der mittelalterliche Jäger benutzte das eisenharte, elastische Holz der Eibe mit Vorliebe zur Herstellung des Bogens. Noch im 16. Jahrhundert wurden in Nürnberg zahlreiche Eibenbogen hergestellt und nach Antwerpen und England versandt, im Jahre 1559-60 nach Ausweis alter Rechnungen allein 36000 Bogen. Das Holz dazu wurde in Niederösterreich geschlagen. Aber auch zu Stegen, Treppenstufen und Türschwellen wurde mit Vorliebe Eibenholz verwendet. Ferner benutzten es gern die Tischler zu Möbeln, die Schnitzer und Drechsler zu Schnitzbildern und kleinen künstlichen Truhen. Eibenzweige wurden gern zum Schmuck von Kirchen und Gräbern verwendet und dienten samt den Beeren als beliebtes Volksheilmittel in manchen Krankheiten. All diesen Schädigungen war die langsam wachsende Eibe, deren Samen mit keinerlei Flugapparat ausgerüstet ist, nicht gewachsen. Und darum ist dieser seltsam schöne Baum heute dem Aussterben nahe. Möge er überall, wo er noch vorkommt, sorgsam geschont werden.

# HAND ODER MASCHINE?
## Ein Gespräch über Dr. Sauermanns »Schleswig-Holsteinisches Jahrbuch für 1925/26«

»Gott segne das ehrbare Handwerk!«

Cay: Sie haben den neuen Kunstkalender erhalten, seh' ich. Haben Sie schon in ihn hineingesehen?

Lorenz: Gewiss. Ich habe in ihm geblättert. Er scheint recht interessant zu sein.

Cay: Interessanter als manche seiner Vorgänger. Besser komponiert. Er beleuchtet nur ein Thema, aber von allen Seiten. Freilich ein ungemein wichtiges Thema.

Lorenz: Das Thema des Handwerks. Brennende Frage.

Cay: Ich finde, Sauermann sollte nun endlich die Maske des Kalenders fallen lassen. Sie hat sich überlebt und etwas Spielerisches. Ich glaube nicht, dass die Jahrgänge des Buches je als Kalender benutzt worden sind.

Lorenz: Wohl kaum. Aber die Kalendermode grassierte ja, als Sauermann mit seinem Kunstkalender zum ersten Male hervortrat. Er nennt ihn übrigens ja auch schon seit einiger Zeit ein Jahrbuch – ein Jahrbuch für die Entwicklung der Kultur und Kunst in unseren Herzogtümern.

Cay: Und da konnte er freilich kein anziehenderes Thema finden, als das Thema des Handwerks. Der Zweikampf zwischen Werkzeug und Maschinen –

Lorenz: Zweikampf? Huldigen auch Sie dieser veralteten Anschauung?

Cay: Veraltet? Erlauben Sie mal: hat nicht die Maschine den Niedergang des Handwerk verschuldet? Und ist damit nicht etwas unendlich Kostbares vernichtet worden?

Lorenz: Man muss Eier zerschlagen, wenn man Rührei haben will.

Cay: Freilich. Aber mancher Fortschritt ist nur mit Rückschritten zu erkaufen und beraubt uns anderer Möglichkeiten. Man sollte sich manchen Fortschritt verbieten, wenn man einsieht, dass er zu einer Gefahr für den Gesamtorganismus wird. Und die Maschinen, so groß das Genie ihrer Erfinder war, sind zu einer solchen Gefahr geworden. Charakteristisch ist der Ausdruck, dass die Maschinen »bedient« werden. Aus dem Herrn ist hier offensichtlich der Knecht geworden. Als man im 16. Jahrhundert den Erfinder der Bandwebmaschine in der Stadt Danzig ermordete, mag den Mördern eine Empfindung dieser Entwicklung vorgeschwebt haben.

Lorenz: Und doch wird unsere Kultur auf diesem so viel Großes und Herrliches schaffenden Todesgang nicht umkehren, solange ihr genügende Energiemengen zur Verfügung stehen. Auch der Weltkrieg hat daran nichts geändert. Im Gegenteil. Das Tempo dieses »Fortschritts« wird immer rascher und ungezügelter werden. Richtet sich doch sogar schon unsere geistige Kultur gegen uns auf – sie wird ja immer unübersehbarer.

Cay: Also sind wir im Grunde einer Meinung?

Lorenz: Nur, dass Sie – Romantiker und Optimist – an eine Umkehr glauben, die ich – Wirklichkeitsbeobachter und Pessimist – nicht für möglich halte. Sie glauben an eine Wiederkehr goldener Zeiten für Kunst und Handwerk. Ich nicht. Sie glauben, dass die Massen sich wieder zum organisch beseelten Volk gliedern werden. Ich nicht. Sie glauben, dass die großen Städte sich wieder zurückentwickeln können zu harmonisch gebildeten Stätten, wie sie in den Blütezeiten großer Kultur bestanden. Ich nicht.

Cay: O, dieses erbarmungslose »Ich nicht!«

Lorenz: Sehen Sie doch die großen Städte an! Sie ersticken ja ihre eigenen Erzeuger. Von der großen Flut der Einwanderer, die in der Hauptmasse die Vergrößerung unserer Städte bewirken, ist, wie die Statistiker behaupten, nach wenigen Generationen kein Sprössling mehr vorhanden. Auch durch so viele industrielle Werke, Fabriken, Bergwerke, Werften zieht ein Strom raschverbrauchter Kräfte. Und für viele Unternehmungen werden sich dereinst keine Arbeiter mehr finden lassen. Man braucht sich ja nicht nur an die Nasen und Lippen zerstörenden Chromfabriken zu erinnern; auch manche anderen Unternehmungen werden möglicherweise einst ebenso tot und verlassen dem Verfall preisgegeben dastehen, wie jetzt so manche vereinsamte Schöpfung feudaler Herrlichkeit.

Cay: Möglich. Aber wenn die Maschine ausregiert hat, können Gerät und Werkzeug wiederkehren.

Lorenz: Und das Handwerk würde über die Industrie triumphieren, meinen Sie. Wer's glauben könnte. Aber wo das kunstvolle Werk seiner Außenwelt dem Mensch erst als etwas Fremdes und Feindliches entgegengetreten ist, da ist nur noch Untergang zu erwarten. Wie gewisse Bakterien mit den von ihnen ausgeschiedenen Stoffen ihren Wirt vernichten, aber auch an diesen Stoffen selbst zu Grunde gehen, nicht anders wird es dem Menschen mit dem geheimen Gift seiner Kulturwerke gehen.

Cay: Eine trostlose Anschauung. Aber geniale und schöpferische Naturen werden auch in solchem Zustande noch ihre Lebensaufgabe in der Neuschaffung von materiellen und Geisteswerken, sowie in der Reformierung ihres Milieus sehen. Das ergibt sich ja auch Seite für Seite aus dem Kunstkalender. Das Handwerk steht vor einer großen Wiedergeburt. Lesen Sie doch die ungemein interessanten Äußerungen von Handwerksmeistern und Gesellen in dem Jahrbuch. Sie bilden nach meiner Meinung den wertvollsten Abschnitt in ihm.

Lorenz: Aber die Massen werden sich der von den einsichtigeren Naturen geplanten Umkehr nicht mehr anzupassen vermögen. Gewiss, schöpferische Geister werden immer noch auftreten. Aber denken Sie z.B. an John Ruskin! Dieser große Schönheitsapostel des 19. Jahrhunderts wollte das schwarze England von heute wieder zu dem farbigen England Shakespeares machen. There are three things, to which man is born: labour and sorrow and joy, sagte er. Arbeit und Sorgen kommen von selbst. Die Freude wollte er bringen. Er erlitt einen völligen Misserfolg. Die öffentliche Meinung in England wandt sich voll Empörung gegen ihn und sein Appell ans Herz verhallte – umsonst. Das Kohlenruß-England ist seither noch rußiger geworden.

Cay: Und der Weltkrieg hat eine Art von Weltgericht über das schwarze England, das schwarze Europa gebracht. Es ist wahr, niemand weiß, wohin die Entwicklung führt. Die Völker sind losgelassen. Eine neue Epoche zieht herauf. Wie in den Urzeiten der Wanderung wogt es in den Massen. Aber warum soll man nicht davon träumen, dass eine neue künstlerische Formgestaltung auf allen Lebensgebieten Tatsache werden könne?

Lorenz: Träumen! Träume sind Schäume ... Wo die uniformen Geister der modernen Zeit übers Land brausen, da lagern sich graue Nebel auf blühende Farben und alte Sitte und Art des Volkes ist dahin.

Cay: In der Tat. So sehe ichs. Ich habe in dem Kunstkalender geblättert. Da wagt sich gewiss manche Hoffnung ans Licht. Wie niedergetretenes Gras richtet sich das Handwerk vielleicht hier und da auf. Aber die Maschine spielt die Herrin, wo sie nur die Dienerin sein darf. Auch das Handwerk hat sie in ihren Bann geschlagen. Wo das Handwerk noch gedeiht, ist es Dienerin der Industrie, mehr oder weniger. Das Land ist handwerkarm geworden. In meiner Jugend gab es auf dem Lande zahlreiche Handwerker. In einem mir genau bekannten Dorfe lebten: ein Weber, ein Tischler, ein Zimmermann, ein Steinhauer, ein Dachdecker, ein Schmied. Von ihnen allen gibt es heute nur noch den Schmied dort, weil er den Bauern unentbehrlich ist; aber auch seine Tätigkeit ist eingeschränkt und im wesentlichen auf Ausbesserungen und den Hufbeschlag beschränkt, weil auch er schon viele Fertigware aus der städtischen Fabrik bezieht. Und auch in der ländlichen Schmiede sieht man schon moderne Maschinen.

Lorenz: Und das wird sich mehr und mehr verstärken.

Cay: Nur für Ausnahmefälle.

Lorenz: Nein, keineswegs. Wo die Maschine sich einmal eingenistet hat, verwandelt sie die Werkstatt. Das Werkzeug, das Gerät blieb immer der Diener der Menschen. Die Maschine hat die Neigung, sich selbständig zu machen. Und dann: sie arbeitet exakter, massenhafter, billiger. Heutzutage soll alles regelmäßig sein. Akkuratesse ist die Größe und zugleich der Fluch unserer Zeit. Denn eigentlich spricht nur das Unregelmäßige zu uns, wie die Natur selbst. In einer getriebenen Arbeit, in einem Schmiede verrät es die kunstvoll gestaltende Hand, verrät es das Leben des Schaffenden. Wo aber die maschinelle Exaktheit an seine Stelle tritt, da flieht die Seele und lässt eine leere Form zurück. Wie aber soll der brutale Einfluss der Maschine gebrochen werden? Wir sind doch unter ihm, den Handwerker eingeschlossen, schon sämtlich zu mehr oder minder seelenlosen Uhrwerken geworden; man speist unseren Körper wie unseren Geist mit billigen Surrogaten; wir sind selber zum Teil eine Maschine geworden – und die Hand, die einst aus Stein, Bronze, Eisen so Köstliches schuf, vermag nur noch in stumpfer Wiederholung ein Rad zu drehen.

Cay: Da nörgelt der Pessimist. Ich stimme Ihnen in keiner Weise bei. Das Handwerk, der Ur- und Nährboden aller Kunst, darf nicht aus der Welt verschwinden.

Lorenz: An Ihr »darf« wird sich die Entwicklung nicht kehren. Auch die Kunst in alter Bedeutung wird sterben. Ja, sie ist schon gestorben. Die verschiedenen »Ismen« waren nur Galvanisierungen. Kunst will erlebt werden. Aber das Erlebnis ist heute zum flüchtigen Eindruck, zum Schattenbild geworden. Die lebendige Schönheit ist vergessen. Wie die Religion. Wer ist noch wirklich fromm? Aber die Kunst gedeiht nur da, wo Frömmigkeit ist. Und das wirkliche Handwerk blüht nur, wo die Herzen voll Sehnsucht und Hoffnung sind und an Gott glauben. Unsere Zeit aber ist götterlos und deshalb gottlos. Wir bewundern nicht mehr die Pfeilerhallen eines gotischen Domes, aber Maschinen- und Bahnhofshallen mit ihren Raumüberspannungen. Darin finden wir eine »neue Schönheit«. Gewiss, derartige Dinge haben ihre Meriten. Aber eine so edle und hohe Schönheit, wie es sie nicht gab, offenbaren sie nicht. Was tuts? Die mußelose Hast des Lebens von heute ist allzu verschieden von der Rhythmik früherer Jahrhunderte und lässt die Menschen gar nicht mehr zum Gefühl der Entbehrung kommen.

Cay: O doch, doch, doch! Es gibt viele, deren Herzen nicht nur leer sind, sondern diese Leere auch schmerzlich spüren.

Lorenz: Aber sie sind kraftlos. Der große Glaube fehlt, der Glaube an Gott und der Glaube an sich selbst. Das Handwerk begann zu blühen, als das Christeneuropa mit gemeinsamen Konzilen und Kreuzzügen entstand, gehüllt in das wunderbare Steingewebe der Gotik und überall mit der einen Figur des christlichen Menschen. Diese Blüte dauerte bis zur Renaissance, ja, über die Renaissance hinaus bis zu Barock und Rokoko. Dann begann es abzusterben. Denn schon von der Renaissance an war eine neue Einheit Europas entstanden. An die Stelle des Christenheitseuropas trat mehr und mehr das Europa der Wirklichkeit – nicht mehr das Europa des gemeinsamen Glaubens, aber mit gemeinsamer Wissenschaft und ihrer Formelsprache, in dem Gewande der Maschinen und dem einen überall gleichen, grauen, tätigen, praktischen Menschen. Dasselbe – aber mit gänzlich verändertem, ja gegensätzlichem Vorzeichen. Die Gotik: überlebendig, hastig, Himmelstürmerei. Die Wirklichkeit: ebenso lebendig, ebenso vehement, aber – Weltstürmerei. Denn erst diesem zweiten Europa war vorbehalten, was das erste als Postulat aufgestellt hatte: die Weltherrschaft. Man hätte erwarten können, dass Europa die Wirklichkeit als Beruhigungsmittel nach seiner stürmischen mythischen Himmelfahrt benutzen werde. Aber wie damals Dome und Kathedralen und Münster, so erschienen jetzt als Ausdruck der europäischen Wirklichkeit die Maschinen, wiederum lebendige, hastige, unruhige Geschöpfe und in ihrer Art so bewundernswert, wie einst die Dome. Nach dem mythischen Extrem rannte Europa so in das Extrem der Wirklichkeit.

Cay: Sehr geistvoll. Aber jetzt – nachdem auch der alte Sehnsuchtstraum des Fluges durch die Luft erfüllt ist – möchten doch wohl die Möglichkeiten dieses Extrems erschöpft sein. Was bleibt? Sie haben in Ihren Ausführungen ja bereits angedeutet, dass der Rhythmus von Europa antithetische Bewegung ist. Muss das Perpendikel also nicht jetzt zurückschlagen? Immer der Zukunft zugewandt, wurzelt Europa doch auch tief in der Vergangenheit und versucht sich immer wieder daran, Vergangenes neu zu beleben. Diese gegensätzliche Bewegung schafft Leben, wird aber wohl mit Unrecht Fortschritt, Entwicklung, Evolution genannt. Sie ist vielmehr ein Hin und Her ... Jedenfalls: wir besitzen das kostbare Erbe von Jahrhunderten und wir sollten es wegwerfen wie eine hohle Schale? Dann würde Europa ja wieder der Barbarei anheimfallen!

Lorenz: Ich sehe sie kommen. Denn auch der Fels des deutschen Idealismus ist ja zerbröckelt. Und ringsum wogt die Brandung und niemand weiß zu sagen, was kommen wird. Woher soll die alte Besinnlichkeit kommen? Nirgends sehe ich die Möglichkeit. Das Börsennetz umspannt die Erde, Tag und Nacht rollen die Bahnen, dampfen die Schiffe, flitzt der elektrische Funke durch die Luft, steigen Luftschiffe und Flugzeuge empor ... Und auch das ist Kultur.

Cay: Ich nenne das Zivilisation.

Lorenz: Und wir können doch auch nicht ewig Antiquitätenhändler bleiben?

Cay: O nein. Übrigens: Antiquitätenhändler und -käufer finden Sie ja meistens nicht in unseren Reihen. Aber wie wir uns von der Alleinherrschaft der Vergangenheit losmachen müssen, so müssen wir uns auch aus den Fangnetzen der Industrie und des Kapitalismus befreien. Unter ihrer Herrschaft soll das Leben der Oberschicht aussehen, als wäre das Bügeleisen darüber gegangen, während in der Tiefe tierisches Triebleben zuckt – als ob das Kultur wäre! Sehen Sie, das ist das Zeitalter der Demokratie und der Maschine; die heiligsten Gefühle lässt sie absterben – in Menschen, welche alles Künstlerische und Individuelle in sich unterdrücken, die Vergangenheit anekelt, die Gegenwart martert, die Zukunft erschreckt ... Ist nicht Chaos um uns voll zersetzender Elemente? Macht sich nicht der gewitzte Durchschnittsmensch breit, der immer nur an das eigene bequeme Fortkommen denkt? Aber den lebendigen Kräften des Volkes steht er ferne und verständnislos gegenüber. Wie soll sich da die Zukunft gestalten, wenn diese Gestaltung nicht von einsichtigen und tatkräftigen Männern in die Hand genommen wird?

Lorenz: Sie erinnern mich an den Mann, der mit bloßen Händen eine Lokomotive in voller Fahrt stoppen möchte. Der Strom der heutigen Entwicklung ist allzu reißend geworden, er verödet das Land und übervölkert die Städte; der Traum und Zwang des Gewerbes jagt alle Begabten in die Großstadt und die seelenlose rein mechanische Arbeit dort brennt alle Güter des Herzens und Geistes zu Asche ... Was gilt heute der einst goldene Boden des Handwerks? Er wird geringgeschätzt. Vergessen ist, dass aus ihm auch die Kunst entsprang. Die alten Handwerkergeschlechter sind ausgestorben und können ihr Können nicht mehr vererben. Nein, nein – ich kann an eine bessere Zukunft nicht mehr glauben. Die technischen Fortschritte unserer Zeit sind so gewaltig, dass eine Umkehr nicht mehr möglich scheint.

Cay: Es ist wahr, wir stehen zwischen zwei Zeiten und zwei Welten. Gewaltig ist das Leben aufgewühlt. Aber muss es zur Faxe und Farce werden? Wir werden uns nicht immer an diese trügerische Erde und an die kurze Zeit klammern, die wir auf ihr zubringen. Wir werden das Unvergängliche wieder entdecken. Die Hochflut der rein äußerlichen Auffassung des Lebens wird sich verlaufen. Sie sehen den modernen Menschen nur noch pathologisch. Ein Geschlecht aber, das so emsig entdeckt und arbeitet und plant, wie das unsere, lebt vielleicht konzentrierter, als frühere Geschlechter – aber verbraucht und krank kann man es nicht nennen. Ich glaube fest, dass die aufbauenden Kräfte schließlich die Oberhand gewinnen werden. Denn sonst ...

Lorenz: Denn sonst?

Cay: Ach, wer wollte den Glauben an die Menschheit, an sein Volk aufgeben! Hier, der neue Kunstkalender ist ein Dokument dieses Glaubens. Erinnern Sie sich des 15. Jahrhunderts. Auch damals war der Boden Deutschlands überall aufgewühlt. Aber in dem zügellosen Treiben steckte doch Genialität.

Lorenz: Und dann kam der 30jährige Krieg.

Cay: Und ein Jahrhundert später Goethe. Wir haben den Weltkrieg gehabt. Eine neue Zeit dämmert herauf – schade, dass wir ihren vollen Tag nicht erleben können!

Lorenz: Goethe kam, allerdings. Aber vergessen Sie bei alledem nicht, dass schon nach dem 30jährigen Kriege Leben und Kunst zweierlei geworden waren. Wie einst soll uns jetzt das Vollgefühl neuen kräftigen Lebens kommen?

Cay: Ich habe aus vielen Beiträgen des Kunstkalenders die Zuversicht gewonnen, dass wieder ein selbständiges Handwerk kommen wird – und das ist das beste, ja, das einzige Bindemittel zwischen oben und unten und zwischen Leben und Kunst. Es kann nur kommen durch das selbständige Handwerk selbst, nicht durch ein »Besserwissen« der Laien oder durch die Industrie, durch Schulen usw. Es gibt viele geistig und künstlerisch hochstehende Handwerksmeister, mehr, als wir in unserem Dünkel ahnen – das zeigt der Kunstkalender. Ich glaube auch daran, dass eine Gesellschaft kommt, die das selbständige Handwerk als etwas sehr Hochstehendes anerkennt.

Lorenz: Wer glaubt, wird selig.

Cay: Ein wahres Wort. Wir haben den Glauben nötig. Die besondere Art unseres Lebens und Treibens vor dem Krieg hat den selbständigen Handwerkerstand und mit ihm den besten gesellschaftlichen Mittelstand fast vernichtet. Darüber hat der Krieg unerbittlich Gericht gehalten. Er fordert die Wiederherstellung dieses Mittelstandes, denn er ist das Rückgrat eines gesunden Volkskörpers, wenigstens in Deutschland. Mittelstand – verstehen Sie das Wort nicht in dem politischen Sinne! Ich meine eine Gesellschaftsschicht, die dem eigentlich Menschlichen am nächsten steht, für die Hand und Körperkraft so wichtig sind, wie Kopf und Geisteskraft. Das ist ein höchstes Ziel ... Ein richtiger Handwerksmeister – der muss eine maßgebende Persönlichkeit in dem Deutschland der Zukunft werden. Denn das richtige handwerkliche Arbeiten steht der Erde nahe, führt aber über sie hinaus; es schafft Wahrheit und Schönheit zugleich; es steht vor allem unseren Beschäftigungen der Verlogenheit und dem Schwindel am fernsten.

Lorenz: Das ist viel. Und das haben Sie aus dem Kunstkalender ersehen? Träumer! ... Aber ich werde mich eingehender in das Buch vertiefen müssen.

Cay: Das wäre zu empfehlen. Und – der Glaube an Jugend, die die Wahrheit eifriger sucht und vor handwerklicher Grobheit und schwieligen Händen weniger zurückschrickt, als s.Z. wir. Das übrige sei Gott anheimgestellt.

# DER EARL VON CLANCARTY

Kürzlich weilte ich ein paar Tage bei Freunden in Hamburg, und ein Nachmittag entführte uns nach dem winterlichen Blankenese – das im Schnee ebenso reizvoll ist, wie im sommerlichen Grün – und von dort zu Fuß nach Wittenbergen, einem Gasthaus, das dort auf sandiger Höhe liegt und eine wundervolle Elbaussicht bietet. Im Sommer spielt sich auf dem wiesenebenen Vorland dieses Gasthauses bis zum Elbufer hin und bis in die Elbe hinein das ungebundene Leben natursehnsüchtiger Großstädter ab, die hier, selbst der Kleiderhaft entronnen, Sonnen- und Flutenbäder nehmen; an diesem Wintertage lag die weite Fläche aber unbelebt unter schimmernder Schneedecke, und in der großen, gemütlich durchwärmten Gaststube waren wir drei die einzigen Gäste.

Ich weiß nicht mehr, wie der krause Gang unserer Unterhaltung plötzlich sich in das Labyrinth der Literatur verlaufen hatte, kurz! mit einem Male saßen wir mitten im heißesten Meinungsstreit über Stoffe und Formen der Dichtung und jeder wollte ihr seinen Weg zeigen. Der eine hielt den Roman für abgetan und wollte allein das Theater gelten lassen, der andere meinte, das alles sei ganz egal, wenn sich nur ein echter Künstler in dem Werk offenbare.

»Und wie wolltet Ihr wohl den Earl of Clancarty in enge fünf Akte pressen!« spielte er zuletzt seinen Trumpf aus. »Dazu gehörte ein Homer ... oder zum mindesten doch ein Walter Scott – und es ist wirklich merkwürdig, dass dieser Kerl seinen Scott noch nicht gefunden hat!«

»Der Earl of Clancarty?« sagten wir wie aus einem Munde. »Wer ist denn das überhaupt?«

»Das wißt Ihr nicht? Und sitzt doch hier auf der Stelle und in dem Hause – na ja, das Haus mag inzwischen ja neu gebaut sein – in dem dieser großartige Piratenhäuptling vor den Toren Hamburgs durch Jahre hin residiert hat!«

»Der Earl of Clancarty?« wiederholten wir. »Der Name klingt doch englisch oder irisch! Wie sollte der nach Wittenbergen geraten sein?«

»Irisch, ganz recht. Er hieß Donaugh Macarty, Earl of Clancarty. Übrigens hat schon Macaulay über ihn in seiner Geschichte Englands seit dem Regierungsantritt Jacobs des Zweiten manches erzählt. Wie er hierher geriet? Sehr einfach. Er entstammte einem altirischen Königsgeschlecht und war ursprünglich im Besitze großer Güter und außergewöhnlicher Einkünfte. Aber er führte einen höchst ausschweifenden Lebenswandel. Als Jacob der Zweite seines Thrones verlustig erklärt wurde, kämpfte Clancarty für ihn gegen Wilhelm den Dritten;

er wurde aber gefangen genommen, in den Tower geworfen und seine Güter wurden von der Krone eingezogen. Nach dreijähriger Haft gelang es ihm, nach dem Festlande zu entkommen, wo Jacob der Zweite ihm den Befehl über ein aus irischen Flüchtlingen gebildetes Korps anvertraute. Aber der Friedensschluss von Ryswick machte alle Hoffnungen auf die Wiedereinsetzung Jacobs des Zweiten auf den britischen Thron zunichte; der Earl kehrte verkleidet nach England zurück, wo er von einem Verwandten seiner Frau verraten wurde, zum zweiten Male musste er in den Tower wandern. Seine hochherzige Frau, eine Tochter des Staatssekretärs Sunderland, teilte seine Haft. Von ihrem Dulden gerührt, ließ Wilhelm der Dritte ihren Gatten frei, doch unter der Bedingung, dass er nach dem Festland zurückkehre. Seine Güter blieben eingezogen. Nur eine jährliche Pension von 300 Pfund Sterling wurde ihm zugestanden.«

»So genau wissen Sie das? Sie haben wohl Studien gemacht, um ...«

»Diesen Roman zu schreiben, gewiss! Aber ich verzweifle daran. So ein Scott liest sich verteufelt leicht. Aber einen Scott zu schreiben, das ist verteufelt schwer. Aber weiter! – Also der landesverwiesene Clancarty begab sich nach Hamburg und erwarb später einen Hof bei Altona. Aber sein unruhiges Blut ließ ihn hier nicht lange ausharren. Er wurde – Strandräuber. O, das war damals durchaus kein ehrenrühriger Beruf! Er erwarb zunächst eine Insel vor der Elbmündung – oder nach anderer Überlieferung die Insel Rottum vor der Emsmündung – und erließ eine Bekanntmachung, wonach er jedem, der ihm in See treibende Güter zuführe, die Hälfte des Erlöses abgeben wolle. Die Fürsten von Oldenburg schritten zwar gegen den seltsamen Piraten ein, er wies aber nach, dass er als Besitzer der Insel das Bergungsrecht habe, das derzeit allgemein von den Strandbewohnern ausgeübt wurde.«

»Jawohl! – Gott segne den Strand! So hieß ja das Kirchengebet in den Strandkirchen.«

»Ganz recht. Und der Earl of Clancarty führte sogar in der Wahrung dieses Rechtes Krieg gegen die Borkumer, als sie die Güter eines spanischen Schiffes geborgen hatten, das 1707 näher bei Rottum als bei Borkum gestrandet war.«

»Aber was hat das alles mit Wittenberge zu tun?«

»Nur Geduld! Wir kommen schon noch hin und zwar gerade jetzt. Denn um diese Zeit verkaufte Clancarty seinen Altonaer Besitz und erwarb dafür ein einsames Gasthaus am Elbufer – Wittenbergen – das ihm für seine Zwecke ebenso geeignet erschien, als eine kleine Insel, aber den Vorzug hatte, einer größeren Stadt benachbart zu sein. Im Kaufkontrakt wird der Käufer Graf Christian Clancarty genannt. Von jetzt an leitete er seine Raubzüge von Wittenbergen aus. Niemand hinderte ihn daran; Strandgut war Freigut. Noch heute liegt diese Anschauung den Küstenbewohnern im Blut, sagte doch einmal ein Schlepperagent in Cuxhaven: »Gott möge Schiffbruch verhüten; will er's aber nicht, so lasse er die Schiffe hier stranden!« Im Hause Wittenbergen hat Graf Clancarty lange gehaust; er gestaltete es zu einer wahren Raubfeste um, zu der er zeitweilig auch noch wieder zurückkehrte, als er sich – nach Jahren – in Hamburg ansässig gemacht hatte.«

»Und seine Frau?«

»Von der ist in den Überlieferungen nicht weiter die Rede – und das ist ein Hemmnis, über das ich nicht wegkomme.«

»Tor, wozu gibt es die Phantasie?«

»Leicht gesagt!«

»Und sein Ende?«

»Das ist das andere Hemmnis. Er war durch seinen Strandraub zum wohlhabenden Manne geworden und betätigte sich als – Geldverleiher. Daneben aber führte er ein Grandseigneurleben – und als er 1734 starb, hinterließ er seinen beiden Söhnen nichts als eine große Schuldenlast. Seine Besitzungen mussten verkauft werden und das stille Haus Wittenbergen erwarb »aus dem gräflichen Clancartyschen Konkurse« ein Johann Wilhelm Meyer.«

»Meyer?«

»Ja – und das ist das dritte Hemmnis! Poesie und Prosa! – Wie gesagt, sonst hätte ich meinen Scottroman längst fertig!«

»Nun, vielleicht erbarmt sich ein anderes episches Talent, das vor Hemmnissen nicht so leicht erschrickt, des hiermit preisgegebenen Romanstoffes!

## WOHER KOMMEN DIE KÜNSTLER?

Eine seltsame Frage!

Woher sollen sie kommen, als aus dem Volk?

Aber das Volk hat – oder hatte – Stände und Schichten; aus welchem Stand rekrutierten sich die Künstler? Darüber denkt selten jemand nach. Aber es ist nicht seltsam, dass die Dichter im Mittelalter fast sämtlich dem ritterlichen Stande angehörten, während sie heute fast alle aus dem Bürgerstande kommen? Es wirkt fast scherzhaft, als kürzlich jemand die Frage nach dem Ursprung der heutigen Dichtersleute Schleswig-Holsteins aufwarf – und nachwies, dass sie fast ausnahmslos dem Lehrerstande angehörten: von Lobsien bis Ehrke. Das begann übrigens schon mit Klaus Groth und Johann Hinrich Fehrs; auch Joachim Mähl und Ernst Edert waren Lehrer; es war aber in den früheren Generationen noch nicht in so ausgesprochener Weise der Fall; weder Hebbel noch Theodor Storm, noch Timm Kröger waren Lehrer.

Die Dichter lieben es, sich als Künstler zu bezeichnen. Aber die eigentlichen Künstler, die Maler und Bildhauer, unterscheiden sich doch in bestimmter Weise von ihnen. Bis der Naturalismus auftrat, der den guten Geschmack zum Kuckuck jagte, entstammten sie der Mehrzahl nach, dem alten, durch das Zunftwesen sorgsam von den anderen Ständen des Volks abgegrenzten Handwerk. Von den alten Handwerkerfamilien scheinen es besonders die Goldschmiede gewesen zu sein, in deren Generationen sich der Geschmack – eine wesentliche Künstlereigenschaft – immerwährend verfeinerte; ich will nur ein Beispiel von vielen nennen: Albrecht Dürer, der einer Goldschmiedsfamilie entstammte.

Der gute Geschmack ist vielleicht eine der wichtigsten Seiten künstlerischer Begabung, aber er ist durchaus ein sekundäres Merkmal, ein Kultur- und Züchtungsprodukt. Es hat große Künstler gegeben, die den sicheren Geschmack vermissen ließen, wir dürfen Richard Wagner und Anselm Feuerbach zu ihnen zählen. Der sichere Geschmack kann sich nur in einem Genie bilden, das ästhetisch hoch gezüchtet ist: wie im alten Griechenland oder in der Zeit der Renaissance, in Japan und im alte Persien. Ein Publikum, wie es die Griechen in ihrer Blütezeit darstellten, gibt es heute nicht mehr; und eine Fülle von Mäzenen, wie sie die römischen Kardinäle, der venezianische und genuesische Kaufmannsadel, der Hof von Florenz und der anderen italienischen Kleinstaaten bildete, hat es auch nicht wieder gegeben; der französische Hof des Sonnenkönigs war eigentlich, trotz seiner viel größeren politischen Bedeutung nur ein blasses Abbild davon, wie denn auch die Barockkunst und die Rokokokunst eine Nachblüte der Renaissancekunst waren. Krupp, Stinnes, Thyssen, Ballin und andere Größen unserer Zeit waren gewiß viel reicher als die Medici oder die de Rovère, aber sie bildeten keine tonangebende Klasse und interessierten sich nur mäßig für die Kunst. Aber eine lange aristokratische Kultur begünstigte sie, wie nichts anderes.

Und diese Kultur geht Hand in Hand mit alter Handwerkskultur. Das gehört dazu. Denn in der Oberschicht wird ein Begabter selten zum wirklich ernst strebenden Künstler; er wird bestenfalls zum Amateur, zum Liebhaber, zum Dilettanten. Der Künstler ist zumeist Handwerker oder Bauernsohn. Denn die vielseitige technische Begabung, die der Bauer bis zur Zeit des Eindringens der Maschine und des Händlers in seinen Betrieb brauchte, stellt ihn dem Handwerk fast gleich; nur der Schmied, wahrscheinlich aber nicht aus einem technischen, sondern aus einem magischen Grunde, ergänzte schon in vorgeschichtlicher Zeit als einziger Handwerker die bäuerliche Technik. Sie kamen alle aus Handwerkerkreisen, die florentinischen Künstler, die die wunderbare Anhäufung von Schätzen, Fresken, Statuen, Kirchenbauten, Altären, Gold- und Silberschmiedearbeiten, Bilder und Reliefs geschaffen haben, die jetzt den Stolz der Arnostadt bilden und Milliarden wert sind. Sie hatten keine Geheimnisse, weder technische noch sonstige, wie jetzt leicht gefabelt wird, sie gaben sich nur mit ganzer Seele ihrem Berufe hin; sie standen nicht in der schrecklichen Dienstbarkeit der Mode, des Bilderhändlers, der Ausstellungen, sondern hielten sich an ihre Auftraggeber: die Kirche und die Mäzene; sie verachteten das Geld und selbst den Ruhm, weil sie losgelöst waren von all der Jagd nach Gewinn und von all der Eitelkeit, die die heutigen Künstler stacheln und quälen. Sie waren eigentlich Handwerker geblieben, wie ihre Väter, und wie sie waren sie von der Leidenschaft für die unbegrenzte Vollkommenheit des Werks ihrer Hände besessen; sie arbeiteten eigentlich nur, um ihre Leidenschaft zu befriedigen; ihre Seele war von einer naiven Hingebung erfüllt. Geld? Das Geld war ihnen ein Nebenbei; Das Werk – das war die Hauptsache.

Aber es ist alte Handwerkergesinnung, wie dir jeder schlichte Zinnleuchter zeigt, den heute kein Mensch mehr macht und machen kann, und den du für schweres Geld beim Althändler erstehst.

Talent hatten sie, das ist natürlich. Und Geschmack hatten sie. Daneben hatten sie Geduld und treue Beobachtung. Aber keines der Rezepte brauchten sie, die gerade unser Verfall erfunden hat, und keine Gewerbeschule, keine Akademie, keine Kunstbücher.

Sie waren nicht in Demut versenkt, feierlich oder asketisch, sondern gute Söhne des Volks, schlau, boshaft, heiter und höchst unabhängig von den Priestern und Mäzenen, die ihnen ihre Arbeiten abkauften.

Die meisten waren Handwerkersöhne, und ihre Namen, die wir mit soviel Andacht aussprechen, zumeist Spitznamen. Goldschmiede und Blumenzüchter trifft man bezeichnender Weise oft unter den Vätern. Sie verdienen nicht sehr viel – die Zeit, die Raffael zum Kardinal, Tizian zum Grafen, Rubens zum Gesandten machte, war noch nicht da, aber sie waren Geistesaristokraten und Freigesinnte. Das wesentlichste Merkmal ihres Ideals war ein stolzer und reiner Realismus, gleich weit von Naturalismus und Expressionismus entfernt, aber durchgeistigt von dem naiven Mystizismus des Glaubens und geadelt von der Schönheit der Formen. Ihre Renaissance war nicht die verruchte und schamlose Auferstehung des Heidentums, die Luther so sehr empörte; aber taktvoll suchten die Florentiner das Dogma zu vermenschlichen.

Dieser Takt, dieses Maß ist aller Kunst eigen, solange sie ihren Ursprung aus dem Handwerk nicht verleugnet. Auch die graziösen Rokokokünstler Watteau und Fragonard waren Handwerkersöhne; noch Böcklin bekundete den Geschmack, den sein Hervorgehen aus einer Handwerker- und Seidenfärberfamilie ihm vererbt hatte. Als aber in der ersten Hälfte des 19. Jahrhunderts, bei niedergehendem Handwerk, die bildenden Künstler aus der Schicht der Bauern und ländlichen Tagelöhner hervorzugehen begannen, trat an die Stelle der hohen Technik und Grazie die Handgreiflichkeit des Naturalismus in der Malerei, die von genialen, aber im Geschmack bei weitem nicht sicheren Malern wie Courbet und Millet ausgeht und propagiert wurde

Die Überlieferung war unterbrochen. Und so kam, was kommen musste, die Kunst verlor ihren Stil, trotz allem Stilgeschrei (Jugendstil!). Bis tief ins 19. Jahrhundert hinein waren die Künstler aus den Familien geschmackvoller Schnitzer, Briefmaler, Dekorationsmaler, Tischler – gekommen; nachher traten die Handwerker zurück und die Sprösslinge von Landarbeitern und Proletariern – Courbet, Millet, Cavarni, Segantini usw. – oder von blasierten Vertretern der Großbourgeosie – Whistler, Leibel, Klinger usw., – traten an ihre Stelle. Das frühere Publikum aber ward durch traditionslose Snobs ersetzt, denen die Werke der neuen Künstler imponierten, die auch die letzten richtungslosen Stile des Kubismus und Expressionismus kritiklos anstaunten.

Gibt es aus den ständigen Ohnmachtsanfällen – denn weiter sind doch die ständig wechselnden heutigen Kunststile nichts – noch ein Aufrütteln und Wachmachen? Oder ist auch die deutsche Kunstseele in einen Schlaf verfallen, aus dem sie nicht mehr den Weg zurückfindet?

Brocken und Krumen.

# DAS GRÜNE STÄBCHEN
## Von Tolstoi zu Trotzki • Gespräch mit einem Balten

A: Wir wundern uns hier, dass wir fast nichts mehr von Russland hören. In der Tagespresse ist sehr selten die Rede von russisch-bolschewistischen Dingen. Wird das russische Volk die Sinnlosigkeit des Bolschewismus überwinden? Man hat früher soviel von der elementaren Kraft des Russentums gesprochen!

B: (achselzuckend): Ich weiß es nicht. Ich bin zu lange entfernt von den russischen Dingen, Gottlob! Jedenfalls wird es mit dieser Befreiung noch lange dauern. Aber der Durchschnittsrusse kann sehr viel vertragen, was anderen Leuten Tod und Verderben brächte.

A: Schwärmer bei uns glauben, aus einem Russland, das den Bolschewismus überwunden habe, werde eine religiöse und kulturelle Erneuerung hervorgehen, die auch dem mechanisierten Westeuropa die Erlösung der Seele bringe.

B: Das wäre Dostojewski ein Triumph! – Aber es ist sehr zweifelhaft, ob er ihn erringt. Ich sagte, dass der Durchschnittsrusse viel vertragen könne. Aber vielleicht hindert ihn seine Fähigkeit des Duldens und Ertragens, über sich selbst hinaus zu kommen. Er kann zu gut gehorchen. Er findet sich mit jedem Zwange ab. Also auch mit dem bolschewistischen. Er braucht vielleicht fremde Gewaltherrscher – er hat sie immer gebraucht.

A: Fremde? Aber die Bolschewisten sind doch Russen?

B: Nur zum Teil. Und diese entstammen zumeist Bojarenfamilien mit tatarischer Blutzumischung.

A: Aus der Zeit des Tatarenjochs, der ersten russischen Fremdherrschaft?

B: Ganz recht. Aber die Tataren waren nicht die ersten Fremdherrscher Russlands. Schon zu Anfang der russischen Geschichte hören wir von den warägischen Herrschern. Das Volk hatte sie selbst gerufen – mit der Begründung, dass es sich selbst nicht zu regieren vermöge. Das russische Volk war immer grau – und sozusagen anonym.

A: Aber die russische Geschichte hat doch viele heroische Züge!

B: Wirklich? Wagende Tatengröße haben in Russland fast immer nur die fremdstämmischen Herrscher besessen. Das Volk zog immer das Leben in der Knechtschaft dem Tode für die Freiheit vor. Es konnte immer nur despotische Herrscher gebrauchen. Und es bekam sie! Sie sprachen ja schon vom Tatarenjoch. Dies Joch wurde dann abgelöst vom Despotismus des Zarentums und von einer Leibeigenschaft, unter deren eisernen Druck das Volk über vierhundert Jahre geschmachtet hat.

A: Das war tatarisch, also asiatisch. Aber Peter der Große ...

B: Peter der Große, jawohl ... Aber er war nichts, als ein zivilisierter Barbar, der das russische Volkstum und die russische Kultur, ohne an der Leibeigenschaft zu rütteln, auf Wege lenkte, die beide noch mehr verwirrten und irreführten. Peter hatte auf seine Weise ja recht: Russland konnte sich Asien gegenüber nur behaupten, wenn es Westeuropa überlegene Kulturelemente entnahm: Organisationsformen und Kriegstechnik zumal. Aber es konnte sie nicht restlos entnehmen, weil ihm die kulturellen Voraussetzungen dafür fehlten. So konnte Russland seine Selbsterhaltung noch ohne Schädigung in national-kultureller Hinsicht erhalten. Das wurde der Grund seiner ewigen Gereiztheit gegen Europa und vor allem gegen uns Balten und euch Deutsche.

A: Aber die Aufhebung der Leibeigenschaft bahnte dann doch gesundere Verhältnisse an!

B: (lächelnd): Wenn die Russen nicht Russen gewesen wären! Die heroischen Tugenden wissen sie nicht zu schätzen. Sie ziehen die passiven Tugenden des Duldens, des Ertragens, der Demut vor. So sehr, dass sie auch Übel und Böses lieber erleiden, als bekämpfen. Tolstois Lehre: »Widerstehe nicht dem Übel!« entspricht durchaus der Volksreligion. Mit wollüstiger Glut suchen viele Russen die Selbsterniedrigung. Die Märtyrer- und Opferidee beherrschte selbst Tolstoi, der sein Leben lang zu leiden wünschte. Und glauben Sie nicht, dass dem Russen diese Neigung erst während der Leibeigenschaft angezüchtet worden wären. Sie sind ureingeboren. Der Russe ist fähig, sich hundertmal als »getreuer Hund« irgendeines seiner vielen »Herren« zu verbeugen; aber – merken Sie wohl! – in der letzten Schicht seiner weiträumigen Seele hat er dabei neben all der Furcht, der Ehrfurcht und der Selbstdemütigung ein Gefühl der Überlegenheit über seinen Herrn, ein Gefühl der Ironie: Armer lieber Herr, wie schwer hat es Dir Gott gemacht, dass Du Dich der Sünde schuldig machen musst, mich zu beherrschen! So etwa fühlt er; denn die Macht ist dem Russen an sich böse.

A: (erstaunt): Aber wie ist es bei solchem Gefühl möglich, dass sie in Russland – vom Zaren an – so viele Herren fanden? Denn die Herren, die Seelenbesitzer – das waren doch auch Russen –?

B: Es waren Bojaren, »Herren«, Adelige, die zumeist warägische oder tatarische Blutbeimischung in ihren Adern hatten. Übrigens waren sie wieder dem Zaren leibeigen ... Aber sehen Sie nicht ein, dass diese innere Haltung des Volkes – so tief sie alle letzte Achtung der Autorität ausschließen mag – doch jede Autorität, die nun schon einmal besteht, verewigen muss?

A: Danach ists freilich kein Wunder, dass die Gewaltherrschaft in Russland solange bestehen konnte.

B: Und jetzt wieder besteht – in der Form des Bolschewismus. Russische Natur und orthodoxes Christentum sind so beschaffen, dass sie den Gewaltaktivismus des Staates in ihrer letzten Tiefe ersehnen, weil sie das Martyrium ersehnen.

A: Aber wie ist die gleichzeitige Grundhaltung des russischen Herrn beschaffen?

B: Dessen, der auf der gleichen religiösen Grundlage mit dem Volke steht, meinen Sie. Denn die Bolschewisten tun das bekanntlich nicht – weshalb ihre Herrschaft vielleicht umso länger dauert! – Der russische Herr – nun, in seinem tiefsten Wesen herrschte er immer mit »schlechtem Gewissen« und »schämte« sich irgendwie, dass er herrschen musste. Wie aber die Haltung der Leibeigenen jede wahre Achtung vor der Autorität ausschloss, so die Scham der Herrn jede strenge Gewissenhaftigkeit und jeden Gesetzessinn. Eben das schlechte Gewissen ließ ihn zur Willkür und Gewalt neigen. Mit gutem Gewissen haben in Russland nur die Menschen deutscher Abstammung zu herrschen gewusst ... Sie sehen: dies Volk hat die Autokratie im Grunde gefordert – und hat sie auch immer bekommen. Denn es verdient sie.

A: Aber ich verstehe nicht, wie Russland unter diesen Umständen zu dem starken Glauben an eine welterobernde Nationalmission kommen konnte! Den hatte es doch!

B: Hier muss man Staats- und Volkspolitik unterscheiden ... Das Volk war wohl erst neuerdings zum bewussten Träger der Machtideen des russischen Nationalismus geworden, aber es war für sie längst religiös-mystisch vorgebildet. Die »rechtgläubige« russische Kirche nährt in ihren Anhängern den Glauben, dass sie die Trägerin der in Brüderlichkeit geeinten ganzen Menschheit sei. Dieser Traum schlummert im Hintergrunde jeder russischen Seele. Selbst der bisher größte Russe, Tolstoi, vermochte sich, bei allem nachdrücklich betonten Kosmopolitismus, eine Erlösung der ganzen Menschheit nur mittels ihres Durchganges durch das Russentum vorzustellen. Kein russischer Welterlöser kennt einen anderen Weg. Das ist aber durchaus im Sinne der russischen Kirche und des russischen Volkes. Unter wechselnden Formen und Göttern lebt dieser Glaube in allen russischen Geistern: vom Mönch und panslavistischen Agitator an bis zum terroristischen Sozialrevolutionär und bis zum bolschewistischen Kommunisten. Aber diese russische Brüderlichkeitsidee würde die Welt in einer Weise erlösen, die wild und grausam wäre – soviel ist sicher!

A: Indessen, Tolstoi, dieser aufgeklärte und freie Geist ...

B: (lacht): Aufgeklärte und freie Geist? Hm ... Er war der Vater des Bolschewismus.

A: (verwirrt): Wie – Tolstoi? Der große Leo Tolstoi?

B: (ironisch): Jawohl, er selber, der große Leo Tolstoi! (ernst): Übrigens, nein, ich will es ihm wirklich nicht bestreiten; er war sicherlich ein gewaltiger Dichter und ein großer Künstler! – Aber in welchen zerreibenden, nie ganz überwundenen Zwiespälten verfloss seine Jugend, ja sein ganzes Leben! Zur Zeit seiner Geburt bestand noch die Leibeigenschaft. Er wollte sie abschaffen und fand nicht den Weg dazu. So war er der Typ des »reuigen Edelmanns«, der sich Zeit seines Lebens gedrängt fühlte, die an den Leibeigenen begangenen Verbrechen wieder gut zu machen. Mehr oder weniger gehörten zu diesem Typ alle adligen Dichter Russlands. Alle gingen von dem Gedenken aus, mit Hilfe des befreiten Volks den russischen Gedanken zu verwirklichen. Aber einem solchen Streben stellte sich das russische Kulturschicksal entgegen. Da diese Erkenntnis ihrem Stolz peinlich war, so erniedrigten sie Kunst, Dichtung und Wissenschaft Europas. Nicht alle, nicht die »Westler« vom Schlage Turgeniews; aber Tolstoi, Dostojewski und andere. Ist Ihnen nicht aufgefallen, mit welcher Leichtigkeit Tolstoi – und auch die andern Russen – unausgleichbare Widersprüche in ihren Anschauungen zum Ausdruck bringen? Sie entsprechen den uns ganz unmöglich erscheinenden Inkonsequenzen in seinem Handel. Typisch sind hier seine theoretischen Schriften. Wie oft wird er in ihnen matt, sophistisch und ungerecht; ja, er scheint uns ganz seine sonstige Geistesschärfe zu verlieren. Aber er und die Russen – die merken derartige Widersprüche gar nicht. Machte man Tolstoi auf sie aufmerksam, so sagte er einfach mit einer Handbewegung: »Das ist etwas anderes« oder: »Auf diese Plattform stelle ich mich nicht.« Sein Leben lang wollte er ein echter Bauer sein, ein Muschik. Aber kamen ihm die anderen Muschiks zu nahe auf die Haut, dann kam plötzlich unter seinem Bauernbart und unter seiner zerknitterten demokratischen Bluse der alte russische »Barin«, der hohe Adlige, zum Vorschein, und die Nasen der treuherzigen Besucher wurden blau vor der unerträglichen Kälte, die plötzlich von ihm ausging … Das einzige Rätsel, an dem er ständig herumgrübelte, das waren nicht Gott und nicht Russland, das war vielmehr die Unentrinnbarkeit des Todes. Von diesem Gesichtspunkt aus sollte er einmal betrachtet werden … Gott konnte nicht sterben, aber er, Leo Tolstoi, musste eines Tages sterben. Und eines Tages gestand er: »Warum soll man die Wahrheit suchen? Das ist alles ganz gleichgültig! Denn … wir müssen ja sterben!« Auch das ist echt russisch – wie denn ja der religiöse Russe nicht die Vergebung der Sünden, sondern die Erlösung vom Tode sucht! … Und welchen Tod ist er gestorben! … Etwa den Tod Lears auf der Heide!

A: Wie kommen Sie gerade auf Lear?

B: Ich weiß, Sie denken an Tolstois törichte Schrift über Shakespeare und den König Lear?

A: Ja, darin redet er nun freilich wirklich wie ein spießbürgerlicher Nationalist.

B: Nicht wahr? Wie ereifert er sich über die Dummheit des alten Königs, der sich aufs Altenteil setzen will, wie tadelt er seinen Mangel an praktischem Sinn und an patriarchalischer Würde ... Aber erlebte er nicht selber schicksalsmäßig, was er an Shakespeares Tragödie als unvernünftig beschimpft? Hat er sich als Greis nicht selbst zu Gunsten seiner Frau entmündigt – und ist er nicht zuletzt auf die Landstraße geflüchtet? Einem vornehmen Geschlecht entsprossen, schämte er sich seit seiner Jugend seiner Besitzmacht. Um das Evangelium zu erfüllen, das er predigte – die Verbrüderung in Armut –, überschrieb er seine Güter ... an seine Frau. Und dann ging er, im selben Greisenalter wie König Lear, auf die »dürre Heide« und starb in einem armseligen Landbahnhof einen kläglichen Tod. Hätte Tolstoi vor Shakespeare gelebt, so hätte Shakespeare aus Tolstois Schicksal seinen ganzen Lear ableiten können ...

B: (nach einer Pause): Verblüffend ist das! Tolstoi, nach Shakespeare lebend, verhöhnte den Lear, dessen Schicksal er selber erfüllte. Das war allerdings ein fast bolschewistisches Vergehen!

B: Tolstoi ist noch viel unmittelbarer als Vater des Bolschewismus zu bezeichnen. Er hat freilich das Nichtankämpfen gegen das Böse gepredigt, während die Bolschewisten absolute Gewalttäter sind – aber irgendwie arbeitet ihnen dies Evangelium in die Hände. Sozial und politisch war er Kapitalist und Gutsbesitzer, sein ganzes Fleisch war das Fleisch des alten Russlands, aber er verstümmelte und tötete es mit der gleichen blinden Wut wie die Bolschewisten. Aber am meisten hat er ihnen vorgearbeitet mit seiner Verneinung aller Kultur als einer krankhaften und widernatürlichen Kompliziertheit. Er hatte den Willen zur Vereinfachung, zur Wiederherstellung der ursprünglichen Natur. Er wurde nicht müde, alle Kultur, alles von Menschenhand Geschaffene herabzusetzen, es zu verneinen. Er bejahte immer mehr alles Einfache, Natürliche, Elementare, Wilde. Sieht er ein Bauwerk, eine Stadt, so ist sein erster Gedanke: alles vereinfachen, ebnen, abbrechen, zerstören, nivellieren. Und es muss wahr sein, das haben die Bolschewisten sich gemerkt. Russland ist das Land der Steppen – und die Steppe ist die Heimat der Nomaden. Die Bolschewisten sind die modernen Nomaden; wenn sie könnten, würden sie das ganze Europa nivellieren. Bolschewismus ist der Mord Russlands. Tolstoi hat ihn begonnen – Trotzki wird ihn vollenden.

A: Ach, ich glaube, sie tun Tolstoi doch Unrecht. Er hat durch die Verworrenheit seines Prophetentums wohl geschadet, aber als Dichter und Christ kann er doch kein Bolschewist sein!

B: Er wollte es wohl nicht sein – und doch, er hat den Bolschewisten vorgearbeitet. Freilich, als er noch jünger war und der gegen Europa verbitterte Prophet noch nicht den Dichter in ihm erschlagen hatte, da gründete er eine Genossenschaft zu Errettung der Welt und vergrub in seinem Garten zu Jasnaja Pojana ein grünes Stäbchen. Er verhieß, dass, wenn man es wieder ausgrübe, das Reich Gottes auf Erden anbräche. Dies grüne Stäbchen haben die Bolschewisten nicht; in ihrer Politik ist nur der stählern Hebel der grenzenlosen Zerstörung ... Der Bolschewismus ist gleichsam das Fegefeuer, in dem Tolstoi und alles Russentum jetzt schmachten; wer weiß, ob sie je aus diesem Fegefeuer, in dem Tolstoi und alles Russentum jetzt schmachten; wer weiß, ob sie je aus diesem Fegefeuer erlöst werden! Doch wie dem auch sei, alle diese russischen Propheten haben etwas tief Fragwürdiges. Die russische Seele, wie sie sich in der russischen Dichtung auswirkte, ist ein Abgrund: voll Wunderblumen und voll zischender Schlangen. Wir mögen sie lesen – aber mit Vorsicht, mit Vorbehalt! Nie kommen die russischen Dichter heraus aus der geistigen Vergewaltigung ihrer Leser und überall enden sie bei der physischen Gewalt im Namen ihrer Ideale. Der russische Geist scheint vorausbestimmt zur Sackgasse des Dogmas – und der Ausweg aus ihm ist ihm schwer vermauert. Wie typisch ist es für Dostojewski und für Tolstoi, dass sie eben erst himmlische Worte einer All-Liebe aussprechen können, in der aber auch gar kein Plätzchen für etwas außerhalb der Liebe ist – und dann wenige Zeilen später in Äußerungen eines abgründigen Hasses ausbrechen können –!

A: O ja – das ist auch mir aufgefallen. Es ist geradezu anstößig für unser Empfinden, welch wütenden persönlichen Hass Tolstoi gegen seine Gegner in seinen theoretischen Schriften Ausdruck zu geben vermag.

B: Nicht war? Aber bei Dostojewski ist der Weg von der Höhe mystischer Verzückungen zur Gewalttat noch kürzer wie bei Tolstoi. Was soll man über die Geistesart eines Volkes sagen, in dem dergleichen möglich ist! Aber unter den Deutschen hatte vor dem Bolschewismus für derlei niemand ein Auge. Man hat von jedem bedeutenden Russen fein ausgestattete Gesamtausgaben veranstaltet und hat besonders Tolstoi und Dostojewski essayistisch angehimmelt – mit artistischer und psychologischer Neugier. Möge das grüne Stäbchen ausgegraben werden – zum Heile Russlands! Aber möge Deutschland nie vergessen, dass es sein grünes Stäbchen längst ausgegraben hat und der russischen Lehren nicht bedarf. Selbst Dostojewski, als er die »Brüder Karamasow« dichtete und in diesem Roman die Gestalt des russischen Welterlösers schuf – – wollte er da wirklich die Welt erlösen oder wollte er sie beherrschen? Ich fürchte: beherrschen! Denn: Lenin und Trotzki und Konsorten, das ist die Antwort auf diese Frage und sie erledigt wohl auch die Hoffnung eurer Schwärmer, dass auf Grund der russischen Frömmigkeit sich das bilden könnte, was die Welt heute dringend braucht: ein neuer Glaube.

Kultur? Nie ist das Wort mehr gebraucht worden, als in unserer Zeit. Aber was es bedeutet, ist tot und eingesargt. Lebendig war es, als Dome, Paläste und Rathäuser gebaut wurden. Auch heute werden solche Bauwerke noch errichtet – nach altem Muster. Aber die für unsere Zeit bezeichnendsten Gebäude sind Riesenbahnhöfe, Fabriken und Museen.

Aber die Museen – sind sie nicht Kulturdenkmäler ersten Ranges? Zweifellos, wir verdanken ihnen viel. Sie entreißen herrliche Kunstwerke dem Privatbesitz oder schwer zu erreichenden Schlupfwinkeln, und nicht selten retten sie sie vor dem Untergang. Wenigstens vorläufig. Denn es lauern auf sie auf dem unaufhörlich vibrierenden Boden der Großstadt neue Gefahren. Ist die Einwirkung der modernen Heizung und Beleuchtung genügend festgestellt? Führt nicht manchmal schon der Wechsel des Klimas langsame Auflösung herbei? Es sei an Layards Ausgrabungen für das britische Museum erinnert. Unter der Sonne des Südens hatten die assyrischen Monumente Tausenden von Jahren getrotzt. In den feuchten Nebeln Londons droht ihnen langsame Verwitterung. Schon heute bieten uns ihre Berliner Abgüsse aus guter Zeit mehr als die Originale. Immerhin: noch nie gab es einen solchen Überblick über die ganze Welt und ihre Schönheit. Wir danken ihn den Museen. Sie sind Bildungsinstitute ersten Ranges, Hochschulen für Kunst und Wissenschaft. Und gleichsam die Priester in diesen Hallen sind der Direktor und seine Assistenten. Unter ihrer Leitung haben die Schätze sich vermehrt, jeder einzelne Gegenstand steht in einem fast persönlichen, ich möchte sagen »Gemütsverhältnis« zu ihnen, und ein leicht begreiflicher Ehrgeiz sucht die einzelnen Abteilungen möglichst vollständig zu machen. Aber – große Kunst gab es eigentlich nur in Zeiten, die das Museum noch nicht kannten.

Kürzlich ist die Mumie des Pharaos Tutankhaman ans Licht gezerrt worden. Man lässt die Toten nicht ruhen. Widerwillig tun Felsengräber sich auf, und was Ehrfurcht und Liebe einst für die Ewigkeit in die Erde gebettet zu haben glaubte, reißt pietätlose Sammelsucht wieder in unsern geschwätzigen Alltag hinein. »Verflucht sei, wer an meine Gebeine rührt!« ruft Shakespeares Grabschrift uns zu. Aber wer kehrt sich daran! Der moderne Mensch besitzt einen geschliffenen, von keiner Ehrfurcht abgestumpften Verstand. Und ein wortgewandtes Geschlecht bekleidet seine Urtriebe – Neugier und Raub – mit den blendenden Worten: »Bildung und Wissenschaft.« Kultur? Die große Kunst Ägyptens wanderte aus der Werkstatt sofort unter die Erde in die Mastabas, die unterirdischen Grabkammern. Denn der namenlose Künstler schuf für Götter und Tote. Er wendete sich mit seinem Werk so wenig an das Lob der Öffentlichkeit, wie man schaubetet für Geld auf dem Markte. Jahrtausende haben die Pharaonen in den Tiefen der Erde geschlafen. Dann kamen die räuberischen Beduinen. Und den Räubern folgten die Archäologen. Nun werden die Könige aller Welt im Museum zur Schau gestellt. Und jeder Tourist kann in die geöffneten Grabkammern hinabsteigen. Tutankhamen ist ja nicht der erste Pharao, der entdeckt wurde. Schon lange liegt Amenophis IV. in seinem offenen Sarkophag, grell beleuchtet von einer elektrischen Lampe, die gerade über der, höchst unköniglich, nicht vorhandenen Nase angebracht ist ...

Zweifellos gehören die Archäologen zu den anziehendsten und gebildetsten Menschen, die es heute gibt. Und sie zerstören wenigstens nur, um zu erhalten. Aber dann kamen, gerade auch in Ägypten, die Ingenieure und die Kaufleute. Und vor der Vermessungswut und dem Regulierungseifer der Ingenieure rettet eine Landschaft weder Schönheit noch Geschichte. Sie möchten am liebsten die ganze Erde neu schaffen und, nach ihrer Ansicht, verbessern. Nur widerwillig lassen sie zu, dass hier und da sog. »Naturparks« entstehen, die einen Rest der alten Natur in unverfälschter Schönheit weiter bestehen lassen sollen. Was sind diese Parks anderes als – Museen? Amerika fing mit seinem Yellowstone-Park an und zahlte damit den Tribut, der den Yankees nach ihrer Meinung erlaubte, den Rest ihres Kontinents umso gründlicher zu entwalden, zu – kultivieren. Auch Deutschland hat einzelne derart befriedete Gebiete. Aber gerade sie zeigen, dass längst das alldurchflutende Lebensgefühl verengt wurde auf die Fortschrittsbahn rein materialistisch-mechanischer Zivilisation. Dafür aber droht sie, die ganze Welt zu umfassen und alle urtümlichen Kulturen, wo sie noch bestehen und blühen, in ihre Netze zu ziehen und sie zu zerstören. Ein in früheren Zeitaltern nie denkbares Schicksal von unerhörter Großartigkeit und Furchtbarkeit vollzieht sich in unserer Zeit: die Herrschaft der Geschäfte über die ganze Erde mit ihrer Kultur der Materie, die uns alles ermöglicht, was den Alten unerreichbar blieb, die der Natur alle Geheimnisse abringt, jedes Rätsel in Zahlen auflöst und die Welt mit Drähten regiert; eine Herrschaft, die weder Respekt vor den Toten, noch – was noch erschütternder ist – vor dem Leben hat.

Eine grausam unerbittliche Maschine walzt die moderne Zivilisation dahin über Sage und Traum der Völker des Erdballs, über Sonnen- und Sternenglauben, Baumkult, Feldkult, fromme Einfalt, Sinnbild, Sitte, Brauch, Sang und Lied. Längst hinweggewischt und geschwunden ist die große Tierwelt Europas: Auerochs, Wisent, Bär, Luchs,

Wolf, Elch, Biber, Otter, Nerz. Von mehreren tausend Vogelarten blieben wenige hundert übrig, und jetzt scheinen auch Storch und Hausschwalbe auf dem Aussterbeetat zu stehen. Zu dem Frevel am Tier tritt der Frevel an Aue und Wald. Die Welt ward grau in Europa und Amerika, ein wohlbestelltes Schachbrett der »Kultur« entstand, und die europäischen Kolonisationsbestrebungen suchen auch die anderen Erdteile nach diesem Muster zu gestalten. Die Geschichte der Siedelungen Europas in ihnen, der britischen in Indien, auf Ceylon und in Singapore in Hongkong, Australien und in Kanada, in Ägypten und Südafrika, der spanischen und französischen in Mexiko und Südamerika, in Afrika und Hinterindien, der niederländischen auf den Sundainseln – was ist sie? Eine Kette rücksichtsloser Vergewaltigungen und Erpressungen – unter dem Namen »Kultur«. Der weiße Europäer, das Bleichgesicht, steht seit etwa 400 Jahren im Begriff, sich die gesamte Erde zu unterwerfen. Die Zeit ist nahe, wo die letzten »Naturvölker« allesamt vor der europäischen Zivilisation dahinschmelzen. Die Welt ihrer Götter und Dämonen, ihrer Religion und ihre Kultur gilt uns als Aberglaube. Wir blicken auf die kindliche Handschrift ihrer Lebensformen hochmütig herab und spüren nicht das Herz, das in ihnen schlug. Nur als unwissende Vorstufe unserer eigenen zweifellosen Welterklärung findet der heidnische Mythos mit seinen phantastischen Göttern noch eine gewisse gutmütige Anerkennung in den Kreisen gelehrter Mythologen und Folkloristen. Und dabei sind uns manche dieser Völker in der Geschlossenheit und Würde der von ihnen entwickelten Kultur unzweifelhaft überlegen. Wie nannten die Samonaner die kolonisierend bei ihnen eindringenden Deutschen und Amerikaner? »Papalagi« – d.h. »Zerbrecher des Paradieses«.

Östlich von Java liegt die Insel Bali, auf der sich bis in unsere Zeit ein eigenes Volkstum mit einer wahrhaft bezaubernden Kultur erhalten hatte. Im Mai 1904 zerschellte in der Brandung an der Südküste dieser Insel ein kleines chinesisches Segelschiff. Der Eigentümer, ein Chinese, klagte über »Strandraub«. Unter dem ans Land gespülten Gut sollte sich eine Kiste mit 2000 Silberdollar befunden haben. Die Balier schwuren, kein Geld am Strande gefunden zu haben. Man verlangt von dem Fürsten Genugtuung. Er erklärt sich bereit, vor dem Gericht zu erscheinen. Aber mit »Wilden« verhandelt man nicht. Man erklärt ihm den Krieg. Im Herbst 1906 schiffen sich von Java einige tausend Mann europäischer Truppen unter großer Begeisterung des Publikums gegen Bali ein. Einige vergebliche Lanzengefechte überzeugen die Balier von der Nutzlosigkeit eines Widerstandes gegen europäische Bewaffnung, und sie begeben sich auf ihre Reisfelder, um die unterbrochene Arbeit fortzusetzen. Den Truppen wird willig alles gegeben, was sie verlangen. Der Fürst und die Häuptlinge mit ihren Familien aber und alle, die von ihnen Besoldungen und Unterhalt beziehen, entschließen sich zu sterben und bereiten sich seit Tagen in Gebeten auf das »Purutan« d.h. das Ende vor.

Die Truppen nähern sich dem Palast des Fürsten. Einige alte Frauen und die Kranken, die nicht gehen können, sind mit dem Dolch erstochen worden. Dann schießen aus dem Palast Flammen empor. Heraus tritt ein seltsamer Zug: Männer in glänzenden Gewändern, rot und schwarz, mit langwallendem Haar, im Gürtel lange goldene juwelenfunkelnde Kris (d.i. Schwerter). In ihrer Mitte festlich geschmückte Frauen, Blumen im Haar, neben ihnen hunderte von Kindern. Frauen und Kinder tragen den weißen Mantel der dem Tode sich Weihenden. Als letzter erscheint der Fürst auf einem goldenen Stuhl, der von vier Männern getragen wird. Lautlos und langsam bewegt sich der Zug den Truppen entgegen. Etwa hundert Schritt vor ihnen hält er plötzlich an. Der Fürst steigt von seinem Tragstuhl. Ein Schuss aus einem alten Bronzerohr, das zerknallt, gibt das Zeichen. Mit erhobenen Lanzen und gezückten Schwertern stürzt alles in das Schnellfeuer der Repetiergewehre. Die Artillerie feuert ihre Schrapnells in den dichten Menschenhaufen. Die Leichen häufen sich auf und versperren neuen Scharen, die aus dem brennenden Palast treten, den Weg. Voll Grauen schweigt das Feuer der Truppen. Da sieht man einen Mann im Priestergewand mit eisiger Sicherheit den hocherhobenen Kris in die Brust von Männern und Frauen stoßen, die sich um ihn drängen. Er wird niedergeschossen. Ein anderer übernimmt sein Amt. Verwundete erstechen sich selbst oder erweisen Sterbenden diesen Dienst, die, von Granaten zerrissen, es nicht mehr selbst können. Neue Massen kommen näher, singend stürzen sie vor und fallen. Die Soldaten zögern, weiterzuschießen. Da werfen ihnen Frauen einen Regen Goldschmuck und Goldmünzen entgegen: »Hier habt ihr das Geld, wofür ihr kamt!« Sie weisen auf ihre Brust, um dorthin getroffen zu werden.

Der Weg zum brennenden Palast des Fürsten ist frei.

Europa siegte über die – Wilden ...

# NIJAHRSKOKEN

Weihnacht und Neujahr sind vorüber. Der Dreikönigstag hat die »Zwölften« abgeschlossen. Der graue Alltag hat wieder das Regiment. Es ist lastender als je ...

Es ist etwas ganz Geringes und Bescheidenes, von dem hier erzählt werden soll. Ein Kuchen; was will das viel sagen. Eine Sitte unseres Bauernvolks aus den »Zwölften«; es sind wichtigere Dinge, die zugrunde gegangen sind. Und doch: auch die kleinste Scherbe vermag Himmel und Sonne und Regenbogen zu spiegeln!

Meine Kinderzeit liegt über vier Jahrzehnte zurück. Damals standen Dorf und Land noch bei weitem nicht so stark unter dem Einfluss städtischen Wesens als heute. Ich musste daran denken, als wir den diesjährigen Christbaum nach alter Sitte mit seinen »Lexen« und »Netzen« schmückten. Die hatten wir selber herstellen können. Aber schmerzlich vermissten wir, wie schon manche Weihnachten zuvor, die bunten Kuchen, mit denen man in meiner Jugendzeit die Zweige des Christbaums behing: die »Kindjees-« oder »Wiehnachpoppen«. Sie waren aus Braunem- oder Weißemkuchenteig geformt, mit Fruchtsaft (Rotebeet- oder Kirschsaft) bemalt, teilweise mit weißem Zuckerguss verziert und mit Goldschaum beklebt. Die von altersher überall wiederkehrenden Figuren waren: Adam und Eva, Reiter zu Pferde, Pferd, Hirsch, Schwein (Frehrs Eber?) und Hase (Kutsche, Mühle, Schiff, Tabakspfeife waren jüngere Gebilde). Dies Figurenbrot – ach, der heutige buntglitzernde Glasschmuck und der sonstige sinnlose Christbaumzierrat ersetzen es mir so wenig, wie das sog. »Engelshaar« die zierlichen Gebilde der selbstverfertigten Lexen und Netze aus farbigem Papier!

Und plötzlich tauchte das Wort »Nijahrskoken« in meinem sinnenden Hirn auf. Ich sah mich als kleinen Knaben wieder vor dem flakkernden Feuer auf dem altehrwürdigen offenen Herde im Hause meines Großvaters stehen, das noch ein Musterbau altniedersächsischer Bauart war, und das Eisen, in dem sie gebacken wurden und das einem Waffeleisen glich, aber ungefüger war, fortwährend in die Glut geschoben werden. Nach diesem Eisen hießen die Kuchen, in der Form den sogenannten Karlsbader Oblaten gleichend, auch wohl »Isenkoken«. Meistens wurden sie aber »Nijahrskoken« genannt, denn dies Backwerk stellte man damals nur in der Zeit der Zwölften her. Der Teig war höchst einfach, der bestand nur aus gesiebtem Roggenmehl und Syrup mit einem Zusatz von Pottasche. Das Eisen glich, wie schon vermerkt, dem Waffeleisen, aber es hatte flache, tellerförmige Platten statt der gefensterten Rechtecke. Die im Hause meines

Großvaters benutzten Eisen stammten, soweit mir erinnerlich, alle aus der Mitte des 18. Jahrhunderts; eines trug in der Platte die Inschrift »Soli Deo Gloria« und die Jahreszahl 1754; die andere Platte wies eine bildliche Darstellung, ein springendes Ross, auf. Sie waren, ersichtlich mit dem Streben nach künstlerischer Wirkung, nach alter Überlieferung in der Dorfschmiede hergestellt. Die Platten wurden mit einer Speckschwarte oder mit zerlassener Butter gefettet, dann wurde ein Löffel voll Teig darauf getan, das Eisen geschlossen und so in die Kohlenglut geschoben. Der Tag des Backens war ein Fest – nicht nur für uns Kinder, sondern für alle Hausgenossen. Denn jeder von ihnen bekam etwa ein Stieg dieser Kuchen (20 Stück); auch wurde an Nachbarn und Freunde davon verschenkt. Am Tage das Backens boten sie trotz des einfachen Teiges einen Hochgenuss, denn sie waren noch »kross«; später wurden sie zäh wie Leder, büßten aber für unverwöhnte Gaumen nichts von ihrem Wohlgeschmack ein. In späteren Zeiten, als auch der bäuerliche Gaumen anspruchsvoller wurde, verfeinerte man den Teig vielfach.

Johanna Mesdorf, die unvergessliche Leiterin unseres Museums für vaterländische Altertümer, hat in einer dem landesüblichen Backwerk in Schleswig-Holstein gewidmeten interessanten Arbeit bemerkt, dass diese Kuchen nur in dem Dorfe Wankendorf in Holstein hergestellt worden seien, wo sie – vor etwa 3 Jahrzehnten – in den Bauernhäusern noch die zu ihrer Herstellung erforderlichen Backeisen aus dem 16. und 17. Jahrhundert gesehen habe, die bald darauf alle an fahrende Händler verkauft seien. Das ist ein kleiner Irrtum. Es mag nur ein kleiner Bezirk Holsteins gewesen sein, wo »Neujahrskuchen« noch in der Gegenwart üblich waren, aber ich weiß, dass man sie in allen Dörfern des damals noch unzerteilten Kirchspiels Bornhöved backte und dass die Sitte sich in einzelnen Häusern bis auf unsere Tage fortgeerbt hat, wenn jetzt auch der Teig meist aus Weizenmehl hergestellt und mit mehr Würzmitteln versetzt wird. Es sind also auch in diesen Häusern noch die Eisen vorhanden: möge man sie festhalten und wertschätzen.

Denn sie sind kulturhistorisch außerordentlich bedeutsam. Ein Kindervers behauptet bekanntlich, dass zum Backen »sieben Sachen« gehören, aber diese Siebensachen stammen schon aus einer entwickelteren Kultur; für die »Nijahrskoken« kamen nur drei Sachen in Betracht: Syrup (ursprünglich wohl Honig), Mehl und Fett. Ist es zu kühn, wenn wir annehmen, dass sie direkt von den Opferkuchen aus heidnischer Zeit abstammen? Dafür spricht nicht nur der primitive Teig, sondern auch die runde Form der Kuchen, der eine Nachbildung der Sonnenscheibe sein dürfte; auch gab es kaum eins der Eisen, in dessen Plattengravierungen nicht eine kleine strahlenumgebene Sonne vorkam. Sodann spricht die Zeit des Backens – die »Zwölften«, die Lage der Wintersonnenwende – dafür. Und gleich geformte, ähnlich hergestellte Kuchen gab es durchaus nicht nur in Holstein oder gar nur in Wankendorf. Die Karlsbader Oblaten haben wir schon erwähnt; es möge auch an die fränkischen Hohlhippen erinnert werden; von der Grenze Böhmens also reichen diese Kuchen bis nach Schweden, wo sie auch noch heute gebacken werden. Dort werden sie »Raa« genannt, von denen es zwei Arten gibt: tunn raa, dünne raa, und die feinere, go raa (was in Nordschleswig missverstanden und mit god raad »guter Rat«, übersetzt wurde.) Auch das Gerät für die Herstellung der in der unseren heidnischen Vorfahren heiligen Herdglut gebackenen dünnen runden Kuchen scheint eine uralte Backform zu sein.

Ein Kuchen: was will das viel sagen? Und doch: kann es nicht viel und Bedeutsames erzählen?

Wie öde sind unsere Dörfer geworden, seitdem »Fortschritt« und »Aufklärung« all die alten, ehrwürdigen Sitten und Bräuche gegenstandslos machten, die den Wechsel der Jahreszeiten umrankten und zumeist aus uralter Zeit stammten! Statt sie abzuschaffen, hätte man ihren Sinn nachforschen und sie dadurch neu heiligen sollen.

# VUN DEN MATTERJALISMUS UN SO'N KRAM
## oder:
## Wat Krischan Ol-Schiet-Du to den Barmatismus seggt

Dat weer wull toveel verlangt, dat Ji noch de lütt Zeppelin-Geschicht' in'n Kopp hebben schulln, de ik vörigs Johr in de »Klock« vertellt heff. Wat schulln Ji wul! Darto is hüttodags toveel los. Ümmer – rrr! – 'n anner Bild! Un wat uns Dütsche angeiht – mit uns speelt de Weltge-schich jo all mehr Koppheister: güstern den Kopp mit den Zeppelin hoch in de Wulken – hüt stapelbots bargdal mit dulle Prozesse in de düsterste Düüp, »wo da ist Heulen und Zähneklappern«.

Ja, denn mütt Ji mi awer Verlöf gewen, dat ik mi sülben ziteern doh. De Zeppelin-Geschicht füng so an: »Dor seeten se nu werr, as an so männigeen leewen Sünndag-Nahmiddag, bi Fritz Uterhark in'n Krog: Hans Ohm, de Buervagt, breed un vermägsam, in de een Sofaeck; Krischan »Ol-Schiet-Du«, lang un hager as so'n Bohnenstaken, in de anner Sofaeck; Peter vun Qualen an de Smallsied vun den Disch in den eenen Lehnstohl, un Klas Winckelmann an de Breedsied in den annern Lehnstohl. Dat weeren de öptersten Buern vun Fredenkamp un dorüm müssen se respekteert warrn un kreegen ganz vun sülben de beste Plätz in de Gaststuw.« Ja, so füng de Geschicht an un so seeten se ok nu an dissen düstern Märzsünndag werr dor, rögen in ehrn Grog un wull'n wul eegentlich ehrn Pott Solo speeln. Awer dor wörr dütmal ebenso wenig wat vun, as domals in'n Oktober. Domals keemen se vör Begeisterung nich darto; darvun kunn awer hüt nich de Red wesen: se seeten dor, as slukohrige Hasen in Regenweller. Hüt keemen se vör Entgeisterung nich darto. Dat weer hüt öwerhaupt all anners: buten all griesgrau – un in de Gaststuw weer keen anner Gäst, as de Granden vun Fredenkamp, un Fritz Uterhark harr sik verdreetli mit'n Stohl an den Honoratschorendisch ranrakt.

Peter vun Qualen werr vörmiddags mit sien Fru to Kark wesen un he vertell, dat de Preester ganz fürchterli öwer den Materialismus – »Matterjalismus« spöök he dat Wort ut – lostrocken harr. Denn de Matterjalismus, de güng hüttodags dör Dütschland as so'n brüllen Löw, de alln Schick un olen Bruk, all Rechtlichkeit un Ehrlichkeit utrötten wull. Un dat Leegst weer, dat de Öptersten in'n Lan'n dat Volk mit'n slecht Bispill vörangahn weern. Un achter jeden Satz vun sin Predigt harr he seggt: »O Land, Land, Land, höre des Herren Wort!«

Se weern jüst wul all ni sünnerli fram un maken geern ehrn Snack öwer den Paster, de een vun de ganz Iwerigen weer, wieldess de Buern mehr för Liedsamkeit un Gahnlaten sünd un dat Kind ni gern mit dat

Ba'-Water utgeet. Awer dütmal wag sik keen affälli Wort öwer ehr Lippen. Se seeten all nadenkern dor, rögen in ehrn Grog un de Buervagt brumm:

»Dar is nix vun to seggen; so as dat nu hergeiht, mutt'n jo seggn: De Paster hedd recht!«

»Dat hedd he!« plich Klas Winckelmann em bi. »Awer – Matterjalismus ... ik kann mi jo denken, wat de Preester dormit meent – los Lewen hedd he dormit meent – awer wenn ik uprichtig wesen schall: wat is egentli Matterjalismus? Segg Du dat mol, Buervagt. Du musst dat jo weten.«

»Matterjalismus ... Matterjalismus ...« segg Hans-Ohm un keek hoch, so'n beeten in de Kniep, »ik weet wul, wat dat is, dat is wat Leegs; awer wenn ik dat nu so blitz-platz seggen schall, denn ...« he geew sik innerli 'n Schubs, »denn mutt ik gestahn, dat ik dat ok nich so utdrücken kann. Wüll to Hus mol naslagen, ik heff dor so'n Oart Fremdwöerbook.

»Och, wat dat anlagt,« seggt Fritz Uterhark un steiht up, »so'n Oart Dings heff ik ok.« He geiht na't Schenkschapp un kromt dor so'n beeten umher. Denn keem he mit dat »Dings« anslepen, blädert 'n lütt beeten dorin herüm un liest denn vörr: »Materialismus: vom Geistigen abgewandte, nur im grobsinnlichen Genuss Befriedigung suchende Weltanschauung und Lebensweise.«

»Na ja, so ungefähr swew mi dat ok vör,« sä de Buervagt, de vun dat Vertroon up sein »Bildung« redden wull, wat noch to redden weer. »Ik kunn dat op'n Stutz blots nich so utdrücken. – Un, Kinners, wenn dat so is, so hedd de Paster jo würklich Recht hadd, denn wat dar nu so vörgeiht in de Welt un wat'n nu so lesen deiht in't Blatt, dat kann een jo angst un bang maken. Denn is jo würklich allns, wat fröhertieden güll, in de Wicken gahn. Wat för'n Geschichten gifft dat nu nich – in Berlin un in de annern groten Städer ... Dor kümmt'n ut dat Schrutern jo rein nich mehr rut!«

»Ja, is'n Skandal. Dat is wied mit uns kamen – to wied ...« meen Peter vun Qualen. »Un wenn dat noch bi den Matterjalismus bliewen deh! De is up sein Oart jo noch ganz ehrlich. Awer hüttodags is dat all mehr Swindelismus un Hochstapelismus – un dat in'n ganz groten Steelismus!«

»Hest Recht, Peter,« sä Klas Winckelmann. »Dat is jo binah as'n Fabel: reist dor so'n Keerl vun Lodz – so heet de ol Stadt jowull – na Amsterdam, ward dor in'n Handüm-dreihn so'n rieken Klauer – dat kümmt jowull vun Klau'n, wat, Hans-Ohm? – un in Dütschland rutscht se all vör em up'n Buk, lat sik besteken un doht sik mit em, as wenn he de Schah vun Persien weer ... Nee, sowat weer ünner dat ol Regiment doch ni mögli west! ... Awer wat seggst Du denn darto?«

wenn he sik an Krischen Ol-Schiet-Du. »Du sühst jo so nadenkern ut. Wat gruwelst Du?«

»Ik?« keem de ole Mann in sein Eck hoch un sett sik wat steiler hin. »Och, wieder nix. Ik dach man an Amsterdam un an den ol'n Vers, den wi fröher as Jungs so oft herbeden dehn.«

»Wat för'n Vers?«

»Och, Ji kennt em doch. Wo weer dat noch ... kann'ck em denn nich werr up de Reeg kriegen?« He summ un brumm liesen wat vör sik hen. »Ja, so weer't jo ok!« sä he denn un bä den Vers her:

»Amsterdam, de grote Stadt,

De is but up Pahlen –

Wenn se nu in't Water fallt,

'Keen schall dat Betalen?«

»Och, dat oll Riemelsch meenst Du?«

»Ja, dat meen ik ... Ik heff mi dat domals männigmol mit mien Jungsverstand utmolt, wodenni dat wul utsehen möch, wenn so'n grote Stadt up'n mol in't Water fallt – – un nu is dat nich Amsterdam, nee, nu is dat uns' grot, schön, stark Dütschland, dat in't Water fulln is. Och – un wenn't man noch rennli Water weer! Nee, awer dat is in'n Moratz fulln, reineweg in'n Moratz! Och ... ol Schiet, Du!«

Se seegen den olen Mann sein Hartenstruer an – un all kreegen för'n lütten Stoot dat Swiegen.

»Jo, de verfluchten Fremd'n!« füng de Buervagt denn wedder an. »De hebbt de Schuld ... Föftig Johr lang hebbt se an uns' Volk rümnörgelt – un nu se an't Ruder kamen sünd, is Swindel Trumpf un Bedrog Gesetz!«

»'N ganz amsterverdamtige Geschicht!« meen Klas Winckelmann, de sik ni ümmer 'n slechten Witz verkniepen kunn.

»Och, Klas, wenn Du so'n Witzen maken wullt, dennso kunnst Du jo ok vun Barmaterialismus snacken!« sä Krischan Ol-Schiet-Du – he wull em dormit to verstahn gewen, dat nix lichter weer, as so'n Wortwitze to maken. Un he smustergrien so'n lütt beten na em röwer. »Awer nee, musst ni. Darto is de Sak doch to ernst un uns' Rinfall to leeg ... De Barmatismus, jo, de hedd nu wull för veel Dinge de Verantwortung. Awer wodenni wullt Du em faten? Dat is ebenso as mit den Materialismus. Wat is dormit seggt? Kiek mol, so'n Ismus, den kannst veel fopen un veel ziteern, he kümmt ebenso wenig as'n slechttrocken Hund. Ja, noch veel weniger, denn wat is'e veel anners as Daak un Newel? Wenn Du den griepen wullt, kannst de Finger noch so dull tosamkniepen, hest doch nix in de Hand. Nee, an de Minschen un an de Verhältnisse musst Di holn ...«

»Wodenni meenst dat?«

»Ja – ik meen man, wenn de Lüd sik öwerleggt harrn, dat man wul

Inrichtungen reformeern kann, awer keen Verhältnisse, stünn'n hüt sach veel Dinge anners un dat seeg beter üm uns ut. Nu ... och, ol Schiet, Du!«

»De Lüd, seggst Du,« meen Peter vun Qualen. »Awer wat weern't denn ok för Lüd! Harrn de Geweten un Geföhl för Verantwortung?«

»Hest ok werr Recht – ol Schiet, Du!« sä Krischan. »Dor sünd wul Namens, awer Minschen – sünd dat würkliche Minschen, de dor achter staht? De Kutisker, de Barmat ... sünd dat ni blots so'n Oart Maschinen, de Geld slucken doht un Geld werr utspiegt ... in anner Maschinen, de ok keen Minschen sünd? Dat is uns' grot Unglück, dat mit de Revolutschon öwerall Nullen an't Ruder kamen sünd, Nullen un Redensarten. Un tell mol Nullen tohopen: dat gifft nix Ganzes un nix Halwes; dat gifft gornix.«

»Un doch geewt düsse Nullen hüt den Utslag.«

»Jo, dat is jo de Knutt – ol Schiet, Du! Och, all de lütten Machthabers, de wi nu kregen hebbt! Fröher wörr ümmer seggt, dat mit un an de Fürstenhöw garto veel Geld verpulvert worr ... Wat is siet Negentein an Geld verpulvert worrn? ... De Swindel geiht apen spazeern up de Straat, wenn 'n nich in't Auto großarti öwer Land föhrt; staatlich Gelder sünd milliardenwies in swindelhafte Kreditünnernehmungen steken worrn – un dorför leeten sik denn sogenannte Staatsmänner spiekern na Noten ... Un so hebbt se Dütschland blameert vor alle Welt – bet up de Knaken; ol Schiet, Du! ... Och, miendag is Dütschland jo sowied ni rünner west, as nu!«

»Lumpen!«gnurr de Buervagt.

»Lumpen, jo – Drinkgellerlumpen! De hebb uns schön reformeert!« sä Klas Winckelmann.

Dor weer'n lang Tied Swiegen. Du kunnst de Klock an'e Wand ticktacken hörn. Mit'n mal russel dat in ehr un se slög halwig.

»Wat – is dat all halwig söben? Denn mütt wi jo to Hus!« sä de Buervagt, tröck sein Taschenklock un vergleek ehr mit de Krogsklock.

»Fritz, Dien Klock geiht um siew Minuten to lat.«

»Wenn Dien Klock richtig geiht, Buervagt.«

»Deiht se.«

»Denn is dat ok dat eenzigst, wat nu noch richtig geiht in ol Dütschland,« sä Klas Winckelmann, de dat Witzemaken ni nalaten kunn. »Awer wat Krischan dor eben seggt hedd, dor steckt veel Richtigs in!« sett'e gau hinto, weil dat he wüsst, dat de sien Witzemaken ni recht verknusen kunn. »Krischan, wat meenst, kümmt Dütschland ut all den Kram noch wedder 'rut?«

»Werr'rut?« anter de, »De Hand wull ik ni dorför in't Füer leggen. De ganze Welt is jo hüt verschraven ... So'n Johrer hunnert mütt wull vergahn, ehr up dien Frag genau antert warden kann. Wenn wi lehrn doht, dat ut Redensarten un grot Wöer ümmer dat Gegendeel vun dat rutkümmt, wat se bezwecken wüllt, denn vellicht. Söken – dat heet Finden; awer Finden heet: Verleeren – dat is de ole Geschicht, de keen Minsch begriepen will. Wat is ut de Frieheit worrn? Slaveri. Wat ut de Bröderlichkeit? Schreckensherrschop. Wat ut de Gliekheit? Dat de Minschens vör nix mehr Respekt un Ehrfurcht hebbt. Och, ol Schiet, Du! Dat gifft blots een Reform, de keen Nadeel bring: dat is de, dat de Minschen beter, gerechter, sittlicher un rein in Hart un Geweten ward. Reformen un Inrichtungen – de sünd ümmer blots soveel wert, as de ehr dörsetten will. Wenn wi dat ut all den bösen Kram lehrt, denn hebbt wi em am Enn noch ümmer nich to düer betahlt. Awer wokeen will hüt noch lehrn?«

Un de ole Mann stünn up, betahl sein Grog, nehm sein Mütz vun'n Haken un sä Gunnach.

»Dunnerslag!« sä Peter vun Qualen, as de Ol gahn weer. »De kann dat meist noch beter as unse Paster!«

Un denn güngen se ok.

# GEDICHTE UND BALLADEN

## ICH BEDARF DER MÄDCHEN

Ich bedarf der Mädchen,
Aber nicht der Musen;
Alles was das Herz entzückt,
Gibt ein schöner Busen.
Zwingt ihr Musen, wie ihr wollt,
Strenge Gouvernanten,
Und skandiert, zensiert und plagt
Eure Adoranten.
Ich entrann dem strengen Blick,
Dem gehobenen Finger
Froh wie ein befreiter Sklav
Dem geschlossenen Zwinger.
Meine Verse zähl ich jetzt,
Wie die Adern schlagen,
Wenn im holdesten Duell
Sie das Glück erjagen.


## UN GÜNG SE ABENDS NA DEN SOOD.

Un güng se abends na den Sood,
Denn luer' ick all up ehr;
As harr se Feddern in den Foot,
So smäädsch keem se dorher.
  Slank as'n Tulk,
  Flink as'n Swulk
Keem se as ut een Fröhjahrswulk.

Un tröck ick ehr den Ammer 'rup
Un sä, ick harr ehr leew,
Lach se un meen, dat weer jowull
Dat Sötste, wat dat geew.
  »Leew is Luun,
  Flüggt dör'n Tuun,
Leifi as een Duwenduun!«

Un göt ick ehr den Ammer vull,
Denn lach se: »Magst mi lied'n?«
Denn steeg mi dat so hitt to Kopp,
Denn süng se: »Kannst mi krieg'n!«

»Magst mi lied'n?
  Kannst mi krieg'n!
Griep man to un ick bün din!«

Un bög den Kopp un spitz den Mund
Rot as een Rosenknupp –
»Nu legg din Arm min Nacken rund
Un drück mi rasch een up!
  Leew is Leew –
  Deew is Deew
Nimm di, wat keen Deern di geew!«

Denn flög min Hart so wild und lut,
Dal awer sack min Hand;
Denn lach se mi vun Harten ut,
  Flink as'n Swulk
  Slank as'n Tulk
Swünn se as in een Fröhjahrswulk.


DOR ACHTER IN DE BLANGENDÖER

De Snee, de liggt so blink und blank
In'n hellen Maandenschien,
Dor achter in de Blangendöer,
Dor sleek sik eener rin.

Un in de Stuuw seet ganz alleen
Een smuke Deern, to spinn'n.
Do kloppt't: »Ik bün dat, min lütt Deern,
Lat mi en beten rin!«

Un hastig spüng se up, de Deern,
Dat Spinnrad füll to Eer –
To Enn is nun min lütt Gedich,
Wat wüllt Ji ok noch mehr!?

## HANNES LICHTFOOT – EN FIXEN KERL

Morgens, denn kiek ik
Bi min Leewste öwer 'n Tuun,
Abends, denn danz ik
Mi düsig un duun, –
Nachts, wenn de Ool mi
Up'n Heuböhn insparrt,
Denn flick ik de Sahlen,
Dat mi de Tiet ni lang ward.
Un wenn he denn fünsch is,
Un schellt un schandeert,
Denn mutt ik mi wunnern,
Dat he so regeert:
– »Du löppst achter Deerns her?
Du schusst di wat scham'n!«
Ja, wa is denn min Vader
To min Moder ins kam'n?


## MAUVEFARBEN

1.

Mich schlug die erste Liebe in Bande,
Sie war ein reizendes Mädchen vom Lande.
Blond war sie und wunderschön –
Und ihr Name war Alwine Köhn.
Sie kam, wie gesagt, erst frisch vom Land,
Um die Kochkunst zu lernen bei Madam' Quandt,
Das Kochen, den Haushalt, das Fruchteinmachen –
Frau Quandt war berühmt in solchen Sachen.
Frau Quandt, meine Wirtin, war streng und barsch,
Sie brachte das Mädel sehr oft auf den Marsch.
Sie meinte: »Wie leicht ist so'n Ding verführt,
Wenn man nicht schilt und sich nicht um sie schiert.«
Doch dämpfte das nicht Alwines Mut:
»In een Ohr 'rin, dör't annere rut.«
Sie zeigte dabei mit dem Zeigefinger
Auf die Ohrmuscheln, die rosigen Dinger.
Es war, wie folgt, ihr Tageslauf:
Des Morgens stand sie um halbfünf auf
Und hatte das Haus schon geputzt und gefegt,

Indes ich noch lange der Ruhe gepflegt.
Dann klingelte ich, und Brot und Kaffee
Auf dem Arme, kam sie treppan wie ein Reh.
Ich seh' sie noch vor mir, als wär' es erst heut'.
In ihrem blauen Kattunhauskleid,
Das sie mit Abscheu und Schrecken trug,
Das knatternd und knitternd Falten schlug,
Und das sie nur trug, weil Frau Quandt es befohlen:
»Dat smutzt ni, is billi un kann ewig holen.«
Sie setzte das Kaffeebrett vor mich hin,
Aufrecht, stolz, eine Herzogin ...
Scherzworte flogen, Arme sich bogen –
»Alwine!!« klang's unten gezogen.
»Lassen Sie mich, Frau Quandt tat rufen!«
Schon hör ich der Füße Geklapp auf den Stufen ...
Mittags, dann stand sie im Küchendunst –
Sie war schon weit in Frau Quandtens Kunst.
Den Kopf puterrot bis ins Genick –
Ich bekam von ihr keinen einzigen Blick.
Am Abend erst – spät – am Stadtpark entlang
Sahen wir uns in dem Ulmengang –
Und es ward zwölf – und es ward Nacht,
Eh an den Heimgang wir gedacht.


2.

Manchmal, ich hatte vielleicht was vergessen,
Meine Mappe oder das Frühstücksessen,
Kam ich zurück, trat in mein Stübchen
Und überraschte darin mein Liebchen.
Da stand sie, anstatt das Wischtuch zu führen,
Und blätterte eifrig in meinen Papieren.
Und dabei sie zu überraschen,
Die hastig Entfliehende zu haschen!
Doch las sie viel lieber, als meine Gedichte,
Zehntausendmal lieber, die Modeberichte.
Einst kam sie trippelnd zu mir gelaufen:
»Ach Gott, Wie gern würd' ich so eins mir kaufen!«
Sie wies auf Frau Quandtens Modejournal
Und rief: »Dies Bild – nun sehen Sie mal!« –
»Mauvefarben? Blassrötlich, mein Kind,
Blassrötlich wie Malven und Frührosen sind,
Blassrötlich, wie deine Pfirsichwangen ...« –
»O Sie!« und trillernd ist sie gegangen.

Und ich – ich zählte im Stillen mein Geld
Und hab' ihr die Malvenrobe bestellt.
Wie freute sie sich – wie hat sie gelacht –
Wie stand sie vorm Spiegel mit ihrer Pracht,
Und hatte für mich kaum Auge noch Zeit:
»Lass doch! Du drückst ja das schöne Kleid!«
Dann aber gab es als Zeichen des Danks
Doch einen kleinen Kuss par distance –
Sie streifte zärtlich das raschelnde Kleid
Mit den gespreizten Fingern beiseit'
Und beugte sich vor und hat mir die roten
Schwellend gespitzten Lippen geboten,
Und an der Hosennaht die Hände,
Nahm steif ich entgegen die süße Spende.
Dann hat sie sich wieder im Spiegel besehen
Und lachte sich zu und ließ mich stehen …
Da zog ich sie an mich, mir kochte das Blut –
Ich küsste sie, zitternd vor Gier und Wut –
Anfangs erstaunte sie grenzenlos:
»Was tust du doch, was tust du bloß!«
Dem Weinen nah, in tiefem Leid,
Seufzte sie dann: »O das schöne Kleid!«
Und ward dann kalt und tat tief gekränkt,
Doch da ich ihr das Kleid geschenkt,
Hat sie's geduldet, hat sie's gelitten,
Ist trällernd endlich von dannen geschritten.

*

Aber am nächsten Sonntag beim Tanz
Schlug alle Mädel sie mit ihrem Glanz;
Doch kalt, wie abwesend, sah sie seitwärts –
Ein Schauer lief mir über's Herz.


### 3.

Kaum zweimal hatt' sie die Robe getragen –
Dann hat mich ein grässliches Unglück geschlagen.
Ein Jemand kam, ein Jemand ging
Und sie mit ihm fortflog, mein Schmetterling.
In dem Malvenkleid sie zu mir kam:
»Adieu! Mich holt mein Bräutigam –
Sein Vater hat ihm den Hof gegeben
Und nun muss ich als Bauersfrau leben.
Die Hochzeit wird bald. Sie kommen vielleicht?
Adieu –!« und sie hat mir die Hand gereicht,

Mich angelacht und ist fortgeflogen –
Und ich stand wie aus dem Wasser gezogen.
Und appetitlos ward ich und bleich:
»Ich trat in Erlenkönigs Reich.«
»Es war ja doch nur ein Zweiwochenscherz –
Kein Ernst, keine Liebe mit Geist und Herz?«
Mein Zimmernachbar sprach so zu mir –
Ganz ängstlich: »Na, sprich doch, was ist mit dir?
Du wolltest sie doch nicht etwa frei'n?« –
»Nein nein ... dergleichen ... ich habe ... nein
Ein Mädel wie die, was denkst du dir,
Sie verwechselte ja immer mich und mir, –
Heiraten – nein, aber – weißt du – ich kann
Sie doch nicht vergessen ...« – »Bah, sei doch ein Mann.«
»Ein Mann – ja ...! Weißt du, es sitzt wie Wut
auf das Mädel mir im Blut, im Blut ...
Ich möchte sie peitschen – ich möchte sie schlagen
Und sie doch wieder auf Armen tragen –
Wie Sturm ist 's mir im Blut nach ihr
Und doch, ich hass' sie, glaube mir –«
»Ach was, lieber Freund, nimm 's mir nicht krumm,
Aber du hast verflucht wenig Mumm!«
Ich ward verrückt, ich ward toll und mürrisch –
Was hilft es! predigte man mir herrisch.
Dann lag ich, wahrhaftig, im Bette lang
Bewusstlos im Fieber, ich war recht krank.
Die Dirn', sie tat einen Schlag mir auf's Herz,
Noch nimmer fühlte ich solchen Schmerz. –
Doch als ich genas und matt und bleich
Wieder umherging, so wunderlich weich –
Da war mir das Mädel völlig egal,
Ich verlachte mich selbst und die Liebesqual –
Nur mitunter vor meinem Auge hing
Ein blassroter kleiner Schmetterling
Reglos und welk und lebenslos, –
Anstarrt' ich ihn müßig und teilnahmslos
Und schlug mit der Hand, dass das kleine Ding
Spurlos verwehte und verging – – –

## ICH LIEBE DICH NICHT MEHR

Die tausend Sterne sanken
Erbleichend von ihrer Wacht.
Meine Liebe und ich, wir wanken
In wilden und in kranken
Verstöhrenden Gedanken
Hindurch die Sommernacht.

Sie sprach: »Ich kann dich nicht lassen«,
Doch meine Liebe ist vorbei.
Mir ist, ich könnte sie hassen,
Und muss mich küssen lassen ...
Und dulde ihr heisses Umfangen –
Wie elend ist mir dabei.

Wir mussten uns endlich trennen,
Ein letzter verzweifelter Kuss.
Das Frührot sahen wir brennen
Über den schweigenden Fennen
Und zwischen den Erlenstämmen
Dampfte der rauchende Fluss.

Die Pforte stand noch offen,
An der ich sie gestern empfing.
Von Tau die Hecken troffen ...
Mit sterbendem Glauben und Hoffen,
Gekrümmt, wie tödlich getroffen,
Sie endlich von mir ging.

Dann bin ich nach Hause gegangen
Im starren Morgenschein.
Vor mir deine Augen, die bangen,
Mit schmerzlichen heissem Verlangen,
Die totenblassen Wangen –
Und mein Herz so schwer wie ein Stein

Ju – hu – huch! Faslabend is hüt
Un dat ganze Dörp ut de Tüt !
De nätigste Bur stellt de Messfork bisit,
Nimmt dat Bortmess un schraapt sick blank un wit;
Un sien Oolsch, de tütert sick up un an,
Wat dat Schapp an Kasseltüch hergeben kann.
Denn stüürt se, en luriges Plinken in't Oog,
Bedächtig tosamen hendal na den Krog.
Un de Deerns erst, de flattert vun Sleifen un Binner,
Un huchelt un lacht un kiekt un öögt.
Dat de Burßen dat Hart in'n Liw sick högt.
Un de – hüt geit de Arbeit geswinner,
As sünst dat ganze Johr – fix fix!
Un denn man halsöwerkopp in Wichs.
        Ju – hu – huch! Vivat hurrah! Wat'n Lewen!
        Na, eenmal in't Johr kann't man Faslabend gewen.
Up den Muskantenböhn
Sitt Kassen Hummel un Jochen Klöhn.
Kassen Hummel, de Griskopp, süht ut vun Natur
Verdreetlich-verknäpen un scharp un sur;
Sien Mund is as'n verslaten Schapp,
He schüddkoppt un nückkoppt un dat man knapp –
Denn eegentlich is he Kulengrawer,
Fründ Hein sien Agent un Karkhofnawer;
Awer bi Danzmusiken
Mutt he sit Öllers den Brummbass striken.
Dod oder Lewen, em is't egal;
Geld mutt dat gewen: Betal, betal!
Un so singt un klingt sien Brummbass bloß:
        Wat'e weggiffst, büst los!
        Wat'e weggiffst, büst los!
Sien Nawer, Wäkdags 'n Sniedersmann,
De kiekt den Brummbass minnachtig an –
Lat em man brummen un grünzen un klagen,
Hellup jucht de Fidel ünner mien Bagen.
Wat schall dat ewige Sorgen un Grämen,
Licht mutt man Lewen un Starwen nehmen!
De Brummbass, ja, de is brummsch un gnurrsch,
Awer mien Fidel is fein un forsch!
        Ja – hu, de Fidel,
        De is kandidel,

Un de Fidelmann,
Kiek, dat is'n kandideln Mann!
Lütt as'n Bütt,
Krall as'n Ball,
Flink as'n Lünk,
Kawweridsch as'n Pietsch –
So sitt un hanteert mit lustige Mien
Jochen Klöhn sien lustige Vigelin,
Un se saustert un schriet mit Gejuch un Kristeen:
Du schast dien Geld woll wedder kree'n!
Du schast dien Geld woll wedder kree'n!
Hörst du? De eerste Danz geit vun'n Stapel,
Dat is'n Lewen as in Neapel!
Dat dreit un drängt sick, dat lewt un lacht –
Kiek bloß, sogar de Kronlüchter flaggt
Mit Sleifen vun roden französ'schen Kattun,
De swikswakt, as weeren se nu all duhn;
De danzt in'n Wind rundüm, rundüm,
Jüst as de Danz sick nimmt de Krümm.
Natürlich, dat Jungvolk is am döllsten,
Awer vergnögt sünd ok de Öllsten,
De hebbt den Vörtritt: Mann för Mann
Trädt se mit ehr Oolschen an,
Vörsichtig, swor, as'n Plog in'e Braak;
Eegentlich is dat nich mehr ehr Sak.
Awer de Fruunslüd, de lat jo keen Rau,
Un de Fidel fangt an – na, denn man tau!
Awer naher sitt se stiw un still
In veer Parteen bi't Solospill;
Dor dampt de Meerschum, dampt de Grog –
Blot mol ins mit, wenn de Kort nich will,
Denn kaakt un dampt de Olen ok;
Denn futert se wild up eenanner los:
»Kunnst em ni steken? Wat speelst du bloß?«
Un haut up den Disch, ehr splittert de Knaken:
»Du büst woll nich richtig? Wat makst du för Saken?«
De Schüllige dukt sick, dat is dat Best,
Un rückt an sien Bostdok un straakt sick de West.
Bian in de Stuw
Sitt de Fruns in Sünndagsstaat un Huw
Bi Kaffee un Koken, bi Puffer un Tort
Un rötert un snötert in een Tour fort
Vun em un vun ehr, vun dit un vun dat –

Ick segg ju, dat ganze Dörp kriggt wat!
Dat is en Mirakeln, dat is en Spektakeln,
As harrn se Eier leggt, de se bekakeln.
    Awer buten in'n Saal,
     Hin un her, up un dal,
      Dor geit dat hoch her, de Deuscher hal!
Arm in Arm, Paar na Paar, mit Lachen un Winken
Tojuchen, Nückköppen, Ogenplinken –
Un all de jungen Gesichter, wat blöht se!
Un all de hitten Harten, wat glöht se!
Dor danzt se un jachtert, dat is'n Lewen,
As wulln de hüt noch all in'n Hewen –
En Schottschen, en Polschen: Wat hebbt se dat hild!
En Walzer, en Rheinlänner: Kinners, wa wild!
Över de Vigelin springt de Bagen
Leifig, as de Katt övern Tuun,
Wenn de Hund kümmt, ehr to jagen;
Awer de Brummbass hedd slechte Luun,
Hör em man brummen un stühnen un klagen –
Wufft he ni jüst as'n Hund vör't Stackett,
De leider de Katt nich fatkregen hedd?
Schön-Elschen, danz nich soveel mit Jan Stoldt!
Sien Snauzbort, de glinstert so geel as Gold;
Un smidig un glidig un rank as 'n Aal.
Hedd ok bi de Gard in Potsdam stahn;
As he segg'n deit, so drög he de grote Fahn;
Dat is denn woll wat un hedd veel to bedüden,
Un all, seggt he, möchen se em geern liden.
He seggt ok, de Kaiser harr mol mit em snackt –
– Schön-Elschen, kumm blot ni ut den Takt!
Un he seggt sogar un ward lang as 'n Latt,
Mit een vun de Hofdams harr he wat hadd:
Se harr em in'n vergüldte Kutsch
Mal heemlich afhalt un harr mit em swutscht,
Sodennig harr se sick in em verkeken.
Dat wörr ehr denn beid en düre Reken:
Se füll in Ungnad un kreeg dat nich good,
Un he flög in'n Kassen bi Water un Brod.
Schön-Elschen, lütt Deern, dat glöw man nich, hör!
He will sick blot dickdohn, he lüggt di wat vör!
Fat em doch nich so vergetern üm!
Wes' doch nich ümmer so üm em rüm!
Kiek di na em dien Ogen nich ut,

He makt di mindag nich to sien Brut!
Du büst em en Strüschen, in't Knoplock to steken,
Wieder hett he di nich up sien Reken;
Du büst em vellich in'n Schummertied
Good 'nog tom Ficheln, wenn keener ju süht –
Awer apen mit di na de Kark to föhrn,
Dat deit he nich, dor will ick up swörn!
Ja, harrst du man Hotjepermotje in't Schapp
Un harrst du en Utstür, de nich to knapp –
Du hest awer blot, wat ni rekent ward,
Blot dien hitt Blood in Adern un Hart,
Blot dien Schönheit, de bald verblöht,
Un en lütten Kassen mit Nadel un Tweern:
Dat is, wat du mitbröchst, du arme Deern!
Lat lopen den Bursöhn; dien Hart, dat mööt –
Ick segg di, gah nich ut dat Gelach
Mit em alleen to Hus' düsse Nach!
Nimm leewer Klas Stölten, den armen Knecht;
Schön-Elschen, hör, wat de Brummbass seggt:
      Wat'e weggiffst, büst los!
      Wat'e weggiffst, büst los!
Awer Schön-Elschen hedd keen Ohr
För den Brummbass sien dröhnig Gerohr;
Se hört blot up de Vigelin,
De jucht un jubelt so hell un fin:
      Du schast dien Ehr woll wedderkree'n!
      Du schast dien Ehr woll wedderkree'n!
Awer de Fidelbagen
Hedd lagen.


## HANNIS LICHTFOOT – DE VERSCHÄL


De Deerns mögt min Snauzbort
Ni liden und schellt –
Un he is doch so prachtvoll
As keen up de Welt!

Min Snauzbort is vossrot
So krus un so krall –
Dat de Deerns dorvör bang sünd,
Dat makt, se sünd mall.

Un de Kröger will Geld hebb'n –
Un he weet doch ganz good:
Ik bün all sit Faslabend
Gans blank un gans bloot!

Ik wull geern betalen –
Ik kann jo man ni,
Ik heff bloot een schäwschen
Koppern Sösslink bi mi!

Keen Deern will mi hebben,
De Weert smitt mi rut –
Ik krieg keen Glas Beer mehr
Und krieg ok keen Brut!
Nu sitt ik un gruwelt
All meenige Stünn,
Un kann't ni begriepen,
Un kann't ni ergrünn:

Vun't Eene to wenig,
Vun't Anner toväl –
Datsülwi kümmt rut,
Bi all den Verschäl!


## BET DE HAHN VUN'N KARKTOORN KREIHT

»Süster, kumm, nu lat uns gahn,
Hett al Twölw vun'n Karktoorn slahn!«
»Broder, hüt müss du ni quesen,
Hör doch, wa de Fidel geit!
Hüt lat uns mol lustig wesen,
Bet de Hahn vun'n Karktoorn kreiht!«
»Süster, kumm, nu lat uns gahn,
Hett al Een vun'n Karktoorn slahn!«
»Broder, hör, de Nach is isig
Kiek, ik bün noch veel to hitt.
Un min Kopp is rood un düüsig,
Broder, noch komm ik nich mit!«
»Süster, komm nu, mak doch tau,
Kiek, de Finstern ward al grau!«
»Och, min Broder, noch'n beten,

Noch'n beten töw up mi,
Sünst mit Lischen oder Greten
Danzt he un geit mi vörbi.«
»Süster, komm nu, lat uns gahn,
Hör, dor buten kreit de Hahn!«
»Lat em krein un lat em krischen,
Broder, wat scheert mi de Hahn
To sin Leewste nehm he Lischen,
Awer mi, mi leet he stahn!«
»Süster, du büst ja so blass!
Un dien Oogen sünd as Glas!«
»Och, dat kümmt vun'n hellen Hewen,
Süh, de Morgen schient so grau,
Un so koolt is't, ik mutt bewen,
Min Gesicht is matt von Dau.«
»Süster, Süster, – un dien Gang
Is so matt, – du büst jo krank!«
Broder, legg mi in den Kleewer,
Bet dat olle Hart stillsteit.
Och, keen Dokter mött min Fewer –
Hör, de Hahn vun'n Karktoorn kreit!«


## DE SCHATTENTOG

»Nu is de Ole dormit lank,
Nu is he doot. Gott Loff un Dank!
Bloot uns to Last, bloot uns för 'n Foot,
Gott Loff nu is he endli doot.
He weer je oold he weer je op ...«
De Fru nück lisen mit den Kopp.
Friech Mars gau uut de Kamer slark.
»Ik gah man un bestell dat Sark;
Je ehr, je bäter an de Siet,
De Liken wahrt ni in diss' Tiet.«
Un ehr dat dreemal Abend weer,
Do bröchen se em in de Eer –
Un baben, wo in'n Sünnenschien
Vergnöögt de Hahn vun'n Karktorn grien,
Dor sacken se em in de Kuhl,
De swart uut Gras un Blomen schuul.
De Paster snack twee lang, twee breed

Vun't Handslaan keem he gans in Sweet;
»Wohlauf, Wohlan! – zum letzten Gang!«
Un noch eenmal Gebäd, Gesang.
Un dennso smeeten vun de Kant
Se in de Düüp dree Schüffeln Sand.
Un »Gott sei Dank!« un all Mann hoog
To't »Fellversupen« in de Kroog.
Friech Mars, de harr de gröttste Hast:
»Man to! – de Ool liggt wiss un fast.« –
Des Abends laat, in'n Maandenschien,
Vergnöögt de Hahn vun'n Karktorn grien,
Do kümmt Friech Mars ut't Weertshus ruut;
De annern sünd all lang vöruut.
Em weer so düsig in den Kopp,
He tummel langs den Karkhof rop.
Mit eenmal kümmt he steil und hoog –
In'n Maanschien kümmt em wat in't Oog:
En Likentog. En Sark vörop.
Un en Gefolge Kopp an Kopp.
Wa leiri! Dat maakt gorkeen Larm –
Em ward dat koold, em ward dat warm.
So lies as Windweihn in de Saat
De Folgers em vöröwer gaht.
De Mannslüüd all in Lakensröck
Un in de Hann de Sünndagsstöck.
Un achter uut de Rockenflitz
Kiekt alle Mann de Piepenspitz.
De Fruenslüüd all in'n Truerstaat,
De witten Döök to 'n Weenen praat.
Un achter't Sark geiht stramm un stief,
Den Kopp vördaal, sien egen Wief;
De annern sünd sien Nawerslüüd –
He steiht un weet ni, wat't bedüüd;
He steiht un kiekt, he steiht un kiekt –
Dor's een, de jüst sien Piep ansticht;
He fraagt un beewt: »Na, Nawer, segg,
Keen bringt ji dor al wedder weg?«
Verfehrt gluupt em de Nawer an,
De Swäwel glinstert in sien Hann,
He höllt dat Swäwelholt vörbi
Un lett dat smoeln un antert: »Di!«
»Wat seegst – ?!« He tummelt, gripp ümher,
Fallt lingelang daal up de Eer.

De Klock sleiht Een jüst vun de Kark. –
Morrn maakt de Discher wedder'n Sark.

## AUF DER BORNHÖVEDER HEIDE

### 1.

Ein düsterer Tag war's zur Winterzeit
Und fern aller Sommerfreude,
Da ging ich langsam, sonder Geleit,
Aus auf die Bornhöveder Heide.
Zwischen Knickwällen wand sich der Weg empor,
Wie Besen standen die Reiser;
Zuweilen ein Steinblock, ein morsches Tor;
Der Wind pfiff verstohlen und heiser.
Der »Königsberg« stieg empor aus dem Land
Ein Hünengrab, ernst und finster;
Wie gesträubtes Haar auf der Kuppe stand
Ein Busch von verwelktem Ginster.
Schon tausend und mehr Jahre war's,
Dass man als Grabmal ihn baute,
Eh das herrische Auge Waldemars
Von ihm übers Blachfeld schaute.
Und die Wälle verschwinden, die Heide liegt weit
Wie der graue Himmel darüber;
Nur die Stille, murmelnd von alter Zeit,
Klang wie ein Bach mir vorüber.
Ein Krähngeschwader von Segeberg her
Zog über das Feld von Bornhöved;
Sie krächzten: »Hier weer't, wo dat Holstensweert
Menni Dänenkopp upklövt hett!«
Der Wind sauste durch den Hagedorn,
Als erzähle er alte Sagen;
Drin klang's – fern, fern, – wie Drommete und Horn
Aus längst vergangenen Tagen.
Reisige Heerhaufen ziehen heran,
Bewaffnet bis zu den Zähnen;
Voll Mut der Ritter, voll Hass der Mann,
Die Holsten und die Dänen.
Im Westen glomm auf ein gelber Schein
Hinter wimmelnder Wolkenherde;
Lang sah ich stumm in die Heide hinein:
Auch ich bin ein Sohn dieser Erde.

### 2.

Und Abend nicht mehr, weißer Mittagsschein
Liegt zitternd über der Heide;
Die Hengste wiehern, die Hörner schrei'n,
Die Schwerter entzischen der Scheide.
Über den Häuptern der Scharen flog
Wie Blut im Sonnenbrande
Das Nesselblatt niedrig, der Danebrog hoch:
Der Stolz kommt vor der Schande.
Ich sehe die Holsten, die Augen blau
Sprühten zornige Funken;
Die Schwerter mähten in sonniger Au.
Viel' Halme sind umgesunken.
Und blendet die Sonne die Holsten zuerst,
Herzog Alf sinkt kniend zur Erden:
»Herr Gott, wenn Du der Sonne wehrst,
So will ich Dein Diener werden.«
Und sieh, der Sonne wehrt wunderbar
Maria Magdalene;
Den Holsten hilft Gott und der Heiligen Schar,
Nichts hilft dir dein Eifer, Däne.
Ich sehe sie vor mir: Ihr Gelbhaar quoll
Vor unter den Eisenhüten.
Ohnmächtig, König, ist dein Groll
Und deiner Dänen Wüten.
Dein blutroter Danebrog sinkt; schwerwund
Bist du vom Streitroß gefallen;
Ein Jubel schallt über den Heidegrund,
Den Geest und Marsch widerhallen.


### 3.

Der Wind sauste durch den Hagedorn,
Als erzählte er alte Sagen;
Dumpf klang's wie aus Gräbern, in grimmigem Zorn:
»So war es in alten Tagen.
»Nun sieh dich in der Heimat um, –
»Gar manches ist unecht geworden
An Sitte und Blut; gar manches ist krumm,
Was grade sonst war im Norden.
»Ja, Holstensinn und Holstenart
Sind wieder in vielen Gefahren:
Wer schlägt sie nieder, kräftig und hart,
Wie vor siebenhundert Jahren?

»O rufet zusammen Mann für Mann,
Dass sie feststehen, wie die Alten!
O hüte die Heimat, wer da kann,
Vor fremdem Wesen und Walten!« –
Im Westen verglomm der letzte Schein,
Und dunkel ward das Gelände;
Stumm starrte ich in das Dämmern hinein
Und faltete meine Hände.
Und mein Herz trug heiß, als ich heimwärts schritt,
An dem Wunsch, dass ich ähnlich werde
Der Schar, die hier für die Heimat stritt:
Auch ich bin ein Sohn dieser Erde.


## DE ORGANIST VON BOVENAU

Im Jahre 1627, als Wallensteins Scharen raubend und plündernd durch Holstein zogen, um nach Jütland vorzudringen, wurde die Klosterschule zu Bordesholm zerstört und die Kirche zum Pferdestall gemacht. Das Amt Bordesholm verlor gegen 1000 Pferde und 1000 Stück Rindvieh. Auch das Kirchspiel Nortorf wurde stark mitgenommen. Die Prediger flohen vielfach, um ihr Leben zu retten. In Bovenau nahm der Organist J. Jüngling, der zu Wittenberg einige Jahre ein Hausgenosse Luthers gewesen war, im 105. Lebensjahre ein schreckliches Ende. Von den katholischen Kroaten wurde er gezwungen, auf der Orgel vorzuspielen. Als ein treuer Bekenner des Lutherglaubens stimmte er Luthers Schutz- und Trutzlied »Ein feste Burg ist unser Gott« an. Die Wut der Unmenschen kannte keine Grenzen. Sie rissen ihn von seinem Sitz, schleppten ihn an den Haaren durch die Kirche und ermordeten den Greis dann in bestialischer Weise vor dem Altar. (Aus der Kirchenchronik von Bovenau).

1.

De Organist von Bovenau,
    de weer al öwer hunnert Johr,
Ganz krumm un ganz al »Gnaad vör Gott«,
    blot sin Gehör, dat weer noch klor.
Un jeden Morgen, den Gott geew,
    sett op sin Kopp he de Calott
Un güng denn in de Kark un speel:
    »Ein feste Burg ist unser Gott.«

Du ole Griesbort, tröst di Gott!
  Dor höll keen Mur, keen Borg mehr stand,
De Tied hadd Blootsprütt an de Schoh,
  de Wallensteiner stampt' dör't Land,
Kroaten un Slovaken, wild un unnasch,
  as so'n Koppel Wölf –
De Stormklock huult vun Torn to Torn,
  vun Dörp to Dörp, oft noch Klock Twölf.

Keenen, de nachts noch slapen kunn, –
  denn, keek he na den Hewenrand,
Seeg he bald hier, bald dor en Dörp vergahn
  in lichterlohen Brand.
Dat weer so'n Tied as unse Tied:
  Nix weer mehr seker, nix stünn wiss,
Nichmal de Gloow, de sünst as Licht dalschient
  in deepste Finsternis.

De Herrgott sleep, so säd'n de Lüd
  un fooln ni mehr de Hann tosam,
Un dat geew wölk, de lachen luud:
  De Herrgott, dat is Lögenkraam!
Wat stött he, de allmächtig is,
  unschülli Lüd in düsse Qual?
Wat hört he nich up uns Gebett
  un sleiht de brunen Taters dal?

Dor thront keen Herrgott hewenhoch
  in idel Lich, dat is ni wohr,
De Preesters leepen jo toerst
  vull Bang vun't Book un vun't Altor!
De Herrgott is en faste Borg?
  Keen is noch, de dat glöwen deit?
De Borg de is up Wulken buut,
  up Wulken, de de Wind verweiht!

De Organist vun Bovenau,
  de sett sik up sin Küsterbank
Un fool de Hann un dach an Gott
  getrost as all sien Lewen lang.
»Ein feste Burg ist unser Gott!«
  Dat harr he sülwst von Luther lehrt,
Harr he doch mal, – lang is dat her, –
  sin Kunst in Wittenberg studeert.

Oft swüng sin Seel sik ut de Tied
   un öwer Johrn, de lang vergahn,
He seeg sik in sin swatte Jack
   bi Doktor Martin Luther stahn,
De läd sin Hand em up den Kopp,
   so jung he weer un unbedarft,
Wa ok dat Lewen mit em speel:
   He harr sin fasten Glowen arwt.

En Dag weer kam'n, vergeten ni,
   as Luther schreew un sett dat Leed,
Dat sülwst dat köllste Hart bedwüng
   un jeden Traagen mit sik reet,
Dat Leed, dat mit sin Wort un Klang
   den bösen Fiend verjagen dä
Un Kraft vun'n Hewen in sik harr
   för jeden, de verzagen dä.

Dat Leed weer gahn bargup, bargaf
   mit em dat heele Lewen lang,
Dat Leed, dat weer sin Stütt un Staff,
   weer sin Gebett un sin Gesang.
Un güng'n nu Nood un Dood dörch't Land,
   he wüss: Dat müss vöröwergahn:
»Ein feste Burg ist unser Gott!
   Das Wort sie sollen lassen stahn!«

   2.
Do keem de Dagg, wa »Land in Not!«
   an'n Hewen dubbelt schrewen weer,
De Landstraat wülter sik henlang
   dat wille Wallensteener Heer,
Slovaken un Kroaten, bruun vun Fell
   un swatt as Pick dat Haar,
Peervolk un Footvolk –
   mit Geschrigg hölln se vör Bo'nau an't Door.

Ganz Bovenau stünn leddig,
   all weern se up de Flucht mit Kind un Koh,
Un blot de ole Organist stünn bi sin Kark,
   dat Hart vull Roh,
Se harrn em seggt: »Kumm gah mit uns,
   dat Heervolk drifft mit di sin Spott!«

He schüddel blot sin griesen Kopp:
  »Ein feste Burg ist unser Gott!«

»Ein feste Burg ...« –
  Em dä dat leed, dat he dat nu nich speelen kunn,
Sin ole Helpsmaat weer nich dor,
  ok de weer ilig mit verswunn.
Deep in Gedanken stünn he dor
  un hör nichmal den willen Larm,
Mit den he inbrickt in dat Dörp,
  de Mord- un Brandgesellenswarm.

De Hüs' ward plünnert un schamfeert,
  denn flüggt up't Dack de rode Hahn.
De ole Mann de süht dat an,
  as bleew Verstand un Sinn em stahn.
Toletzt, dat heele Dörp een Füer,
  ward de Kroaten em gewohr,
Se driewt mit em ehr Schandenspill
  un spiegt em in sien witte Haar.

»Büst du alleen, du Gottesmann,
  trüggblewen, – wull, so speel uns nu
En Hochamt in din Ketzerkark
  to Ehrn vun Unse Leewe Fru!«
De Organist geiht in de Kark
  un sett sik vör de Orgel dal,
Treckt sin Register, as sik't hört,
  un speelt sien Lutherschen Choral.

Dat he em hüüt noch speelen kann!
  Nix weet sin Hart vun Hohn un Spott.
Wat bruust dat dörch den Karkenruum:
  »Ein feste Burg ist unser Gott!«
Do awer brickt de Orgelstrom
  mit eenmol as en Stöhnen af,
En Wutschree klingt deep ut de Kark,
  en Wutschree vun den Chor heraf.

Denn slögen se den olen Mann
  un tarrn em an sin slowitt Haar
Hendal de Trepp un dörch de Kark
  bet na den Heiland an'n Altor.

Nix säd he, as »Ein feste Burg ...,«
  do slögen se em up den Mund:
»Nu swöör em af, dien Luthergloow,
  sünst warst du doodslahn as en Hund!«

»... ist unser Gott,«
  stöhn he un böhr de Hann üm Hölp na den Altor,
Do öwerfüll'n se em mit Moord,
  un rood farw sik sin sülwern Haar.
Schindluder dreewen se mit em,
  he wörr mit Sporn un Steeweln spark,
Bet Hornlund ehr vun buten reep
  to anner Schann- un Schinnerwark.

De Heiland baben em an't Krüz
  weer bleek as de gekalkte Wand,
Dat weer, as krümm un wünn he sik,
  as tucks dat in sin nagelt Hand.
De Nagel awer lett ni los.
  Sin Ogen sünd vull bitter Qual.
En Herrgott, de ni helpen kann,
  so süht he up den Dooden dal:

»Ik hölp so geern ut Nood un Dood,
  ik kann ja nich, min Arms sünd fast,
Ik wull de Welt Versöhnung bring'n
  un nix lewt in ehr as de Hass.
Dat weer ümsünst, ümsünst!
  Ümsünst, dat ik an't Krüz min Blood vergööt!«
Un weer dat nich, as spröök sin Mund
  so to den Dooden vör sin Fööt?

Un kiek he vull Vertwiewlung nich
  in de düster Kark hindol?
Weer nich sin Oog vull Wedderwilln,
  beew nich sin Höwd von Angst un Qual?
Weer't nich, as spröök sin bleeke Lipp
  nochmol dat Wort ut deepste Not:
»Wat hest du mi verlaten, Gott« –
  un störw nochmol sin sworen Dood?

Still! Is jo man en knökern Bild!
  De Füerschien is dröwerslahn

Vun buten her. Nu glöst he ut.
   Dat Bild bliff still in'n Schummern stahn,
As dat vun'n Snittker kamen is.
   Dat weer en Spöök. De Abend kümmt. –
Un't is, as güng wat liesen üm,
   dat möde Seelen mit sik nimmt.


   3.
Wohin? Wi foolt de Hann tosam:
   Wat Gott is, ward in Ewigkeit
Keen minschliche Verstand ergrünn,
   noch wat he plaant un sinnen deiht.
Doch klingt di nich een Wort in't Ohr,
   en Wort so fast, en Wort so lies:
»Dien Seel weer tru. Se kümmt noch hüt mit mi
   in't ew'ge Paradies!?«


Dat weer en Tied as unse Tied,
   nix höll mehr seker, nix stünn fast,
Dat weer en Tied as unse Tied
   vull Qual un Pien, vull Gift un Gall, vull Gramm un Hass.
Un doch, de Griesbort vör'n Altor –
   drüm hew ik sien Geschich vertellt –
De Organist vun Bovenau
   störw för sien Glowen as en Held!


### De Wichelboom

Dor stünn in't Moor en Wichel slank,
De harr en Kron as Sülwer blank.
Se weer so glatt, so schier, so stolt,
Keen Biel, keen Äxt keem an ehr Holt.
Neeg an den Boom lang ström en Bäk;
In den stünn Fröhjohrs Häk an Häk.
Twee Junglüd güng'n den Bäk henlang,
Dat Häkisen glinster in ehr Hann so blank,
De ene as en Bar so groot,
De anner fien as Melk un Bloot.
Se böden sik ni Tiet un Stunn,
Se glupen sik an as dulle Hunn.
Se möchen beid Amriken lid'n,

Se wulln all beid Amriken frieg'n,
Amriken mit de Oogen klar,
Amriken mit de geelen Haar.
»Du meenst, di mag Amriken lied'n?
Du schast ehr awer doch ni krieg'n!«
»Snack, wat du wullt! Min is de Deern!
Un büst du füünsch, ik kann't ni wehr'n!«
De Groot wörr bleek as Maandenlicht,
De Lütt, de lach em in't Gesicht.
De Groot, de kreeg dat Isen tohöch,
De anner sik ni ripp un röög,
Kiek blot verfehrt em an un stief,
Do fohr dat Isen em in't Lief.
He stöhn, he tummel, he füll dal,
Dat Isen op em stünn as'n Pahl.
Stur stünn de Groot un kiek em an:
»O Gott, o Gott, wat heff ik dahn!
»He röögt ni Hand, he röögt ni Foot –
Hans, kiek mi doch an! – Nä, he is doot.
»Dat, Gott in'n Häwen, dat heff ik ni wullt!
Awer he harr Schuld, – ja, he harr de Schuld!
»Un dat üm so'n verfluchtige Deern!
Hans Hinnerk, Hans Hinnerk, ik günn di ehr gern!«
Dat Isen steek he in de Eer,
As wenn't en scharpen Äscher weer,
Un graaw em en Graff ünner'n Wichelboom,
Dorin droomt de Lütt sinen längsten Droom.
Denn güng de Lange mit sturen Blick,
De Angst, de seet em in't Genick.

Ins Harwstdaags, dat weer na veele Johrn,
Un groot un old weer de Wichel worn
Ünner de Wichel an'n Grabensoom,
Dor arbeid'n Klaas un Hinnerkohm.
Do leeg dor ünner den Boom en Mann,
En Griisboort, de weer ut Annermanns Lann,
So talteri weer he, dat seeg jüst ut,
As weer de Mann de ewige Jud.
He sä ok, he wanner ümmers to,
Awer nargends fünn he Rist un Roh.
Do graaw Klaasohm sin Äscher wat op,
He verfehr sik ni slecht, – en Dodenkopp,
De rull den frömden Mann vör den Foot

Un wörr op eenmal düsterrot.
De Griisboort stöhn: »He klagt mi an! –
»Dat is sin Bloot, ik bün Johann.
»Ins graw ik em in, nu grawt Ji em ut,
Dat weer wol vergeten, nu ward dat luut.«
De annern kiekt em an verfehrt. –
»Bringt mi to Gericht: Ik weer't! Ik weer't!
»Hier hew ik em mit min Häkisen steken.
Nu will he mi mahnen, mit mi afreken,
»De Reken is richti, de Reken is good,
Verfulln is min Leben, Blood follert Blood.
»To Enn is de Quälkram! Man to, man to!
Endli finn ik Rist un Roh!«
Keen Woort keem mehr rut ut sin Munn.
Se hefft em de Hann tosamenbunn,
Se schicken na't Amt, dat hett em halt –
He hett an't Hängholt sin Reken betahlt.

Nu is dat lang her, de Tiet geiht fort,
Awer de Boom steiht noch an densülwigen Oort,
Un wenn de Sünn hindalschient up't Moor,
Denn snack he liesen un ward ni kloor.
As snack he deep, deep ut'n Droom, –
De Lüüd, de nömt em den Dodenkoppboom.


KAI WITTORP

»Kai Wittorp, wenn't Abend ward,
Krüppt dat as en Fewer di in dat Hart.
»Kai Wittorp, wat hesst du för'n Ungedüer?« –
»Ick will un ick mutt den Wulf up de Luer,
De all min Buern ehr Schaap toritt
Un ehr wul gor noch sülben fritt.
Wes still, is man de Wulf eerst doot,
Denn ligg ik wedder di in'n Schoot.«
In'n Hewen de Maand stürm, so bleek noch un groot,
Achter de Bööm brenn dat Abendrot.
Sä he, he wull den Wulf up de Luer?
En slanker Wild harr he up de Spur.
Dat weer in de Tiet, wenn de Wildrosen blöht;
En Wildros' steek em in't Gemöt.

»Kumm, wenn de Maand an'n Hewen steiht,
Kumm lang den Weg, wenn de Nachtigall fleit.
Kumm in dat Holt, wenn dat schummeri ward,
Lang mi dien Hand her, ik gew di min Hart.
Un is ok man groff min Rock,
So schön as dien Borgfru, so schön bün ik ok.«

Al menni Wildros' harr he afreten,
Harr he verdorben un harr he vergeten.
Un as he in't Holt keem, un wat sehg he dor? –
En Jümfer in Haaren, sünner Kleed, sünner Schoh.
Witt blinker ehr Hut, ehr Haar weern geel,
De Maandschien üm ehren Bossen speel.
Un as se sik wennt, un as se sik kehrt,
Wat hett Kai Wittorp sik verfehrt!
Achter de Bööm brenn dat Abendrot,
In'n Hewen de Maand hüng so bleek noch un grot –
Vergangen Johr in de Wildrosentiet
Güng disse Jümfer an sien Siet;
Bet he ehr verlach, bet he ehr verleet,
As de Harwst dat Loow vun de Twigen reet.
Dor steiht se nu un kiekt em so glöni in't Oog,
Kai Wittorp vör ehr stünn stur un hoog,
Un se seggt: »Ik luer al so lang up di,
So lang up di, nu bliew bi mi.
Ik heff mi grämt, ik heff mi lengt,
Dat's leeger as en Minsch sik denkt ...
Du weerst de Wulf un ik weer dat Lamm,
Kai Wittorp, ik weer di so gramm, so gramm!«
Un se eih em lang de Backen dal,
Kai Wittorp sack üm as en dalslahn Pahl.
Dor leeg Kai Wittorp lingelang;
In'n Hewen de Maand schien sülwerblank.

»Kai Wittorp! Kai Wittorp!« wiet güntsiet dat klung,
As harr de Wind en Nachtigalltung.
»Kai Wittorp! Kai Wittorp!« so rööp dat veel,
As süs' de Wind dör en Klockenspeel.
»Kai Wittorp, Kai Wittorp, dat kunn di wul duern
Wat lettst du mi hier bi Nachttied luern?«
Un dör dat Krattholt en Jümfer brickt dör,
De kiekt mit verwillerten Oogen ümher;
Üm't bleeke Gesich ehr fallt dat Haar:

»Kai Wittorp! Kai Wittorp! Büst du ni dar?«
Se leep dör dat Gras mit leifigen Foot:
Dor leeg Kai Wittorp, un he weer doot.


## DER ROTE BUSCH

In diesem Sinnen schlendr' ich übers Feld;
In festgefrorenem Schnee liegt rings die Welt;
Die Sonne sinkt. Da fesselt meinen Blick
Ein flammendroter Busch am kahlen Knick.
Ein Buchenbusch, von Sonnenglanz durchloht,
Fest hält sein Laub er noch im Wintertod
Und glüht in fabelhafter Gloria,
Wie jener Flammenbusch, den Moses sah.
Doch ach, kein Pfingstgeist lebt in diesem Laub,
Und sank die Sonne, wird es dürr und taub.
Wie da mein Herz nach jenem Tage bangt,
An dem der Busch in grünen Flammen prangt!


## FRÜHER FRÜHLINGSTAG

Ich ging allein durch Feld und Flur
An einem frühen Frühlingstag,
Vom Schnee zerschmolz die letzte Spur,
Die hinterm Knick im Schatten lag.

Und beiderseits von meinem Pfad
Auf brauner Krume grün und dicht
Stand wie ein Hauch die junge Saat
Im weißen, zarten Frühlingslicht.

Noch tot der Strauch, noch tot der Baum,
An dem noch falbes Herbstlaub hing;
Es war der erste Frühlingstraum,
Der übers Erdenantlitz ging.

Und fern im Nebel blau verhüllt
Der Wald wie eine Märchenwand –

Wie Sehnen hat es mich erfüllt:
Dahinter liegt das Kinderland.

Mit schwerem Herzen macht' ich Halt;
Warum, ich weiß es selber kaum.
Ich starrte in den blauen Wald
Und träumte einen Kindertraum.


## ERSTER KUCKUCKSRUF
(Vosselkamp 1916.)

Der Frühling lacht mein Wäldchen an,
Sieh, erstes Grün umspinnt es schon.
Und horch, war das nicht Kuckucksruf,
Der langentbehrte Doppelton?

Verzaubert schlägt und lauscht mein Herz
Dem lieben Klang und zählt ihn nicht.
Ach, viel der Jahre gingen schon,
Die mir der holde Ruf verspricht.

Wie lenzlich lacht der Hain mir zu
Von seinem Frühlingshügelthron –
O Kuckuck, bist Du ein Geschöpf
Oder nur des Waldes Frühlingston?


## DIE AMSEL RUFT DEN FRÜHLING

Ein Märztag legt sich sacht ins kühle Dämmergrab ...
Da horch! Von jenem Apfelbaume sprüht's herab.
Der seine krummen Äste in den samtnen Himmel reckt:
So goldenhell, so rein, so ahnungsdunkel,
Blaugoldnen Feuerflammen gleich –
Ein zitterndes und sprühendes Gefunkel
Von Tönen, Trillern, Klängen herb und weich.

Dort, schwarzer Vogel, jetzt bist du entdeckt!
Gebetversunken,
Sehnsuchts- und wonnetrunken,

Berauscht vom Duft, den Keimen rings und Sprossen
Durch die noch strenge Märzenluft ergossen,
Klingt dein inbrünstig Lied dem nahen Lenz entgegen.
Dein Rufen, Flehen, Locken, innig und verwegen:
  »Komm doch, komm in Feld und Wald –
  Komm doch, komm doch, komm doch bald!«

Wie sich der Schnabel rührt, sich schwellt die kleine Kehle.
Der schwarze Federball ganz Andacht und ganz Seele!
Und ob der Abendpurpur sonst verglüht am Abendrand
Von Ast zu Ast
Nachklettert er dem, güldnen Glast,
Schwingt höher sich und höher in den Wipfel,
Bis endlich er vom höchsten Gipfel
Verdämmern sieht das wartebange Land …


### DER ALTE KIRSCHBAUM BLÜHT WIEDER

Hatte heut Nacht einen lieben Traum.
Wisst, zu Haus war ein Kirschenbaum,
Der lehnte krumm wie ein gichtiger Recke
Über die alte Gartenhecke
Teilnahmslos im Rundgang des Jahres,
Kaum mehr wert, dass das Beil ihn noch schone.

Aber im Mai – ein Wunder war's –
Stand in Blüten die ganze Krone,
Schneeweiß umschleiert, wie eine Braut –
Schaut doch nur, schaut!
Schön vor den anderen Bäumen allen
Hat ihn die Mainacht plötzlich geschmückt;
Wie eine Wolke, vom Himmel gefallen,
Steht er, tief in sich selber verzückt.

Blütenumschleierter alter Baum,
Dich sah ich heut Nacht in meinem Traum,
Alle die Kelchlein der Sonne offen,
Emsig von suchenden Bienen umsummt,
Ganz Erfüllung von Sehnsucht und Hoffen,
Stand er versonnen und glückverstummt.

Dich sah ich, o du
Mein alter Baumfreund – und mich dazu
Als Buben wieder, der unter dir spielt
Und selig dein Frühlingswunder fühlt.


## DER EWIGE TON

Die Nacht fällt wie ein Tuch aufs nackte Feld
Und Strauch und Baum,
Von Frühjahrsahnung wie das Land geschwellt,
Stehn halb im Leben, halb im Traum.

Da horch, wie aus den dunklen Erlen
Ein Ton erklingt. Ein Ton! Er rührt unsagbar hold
Mein Herz. Ihm folgen Flötentriller: Perlen
Wie von zerriß'ner Schnur gerollt.

Die Drossel singt ihr Frühlingsabendlied;
Singt tausend Jahr im Frühling schon
  Das gleiche Lied,
  Den gleichen Ton.
Und wie er Adam schon im Paradies
Das Herz vor Sehnsucht schwellen ließ,
So wird die holde Jubelplage
Die Herzen rühren bis zum jüngsten Tage.


## HEIHÜPPER SPEELT SIN VIGELIN

»Heihüpper speelt sin Vigelin
So iwerig, so gläsern fin,
Dat geit in Flugg- und Beenwark rin:
Komm, Olsche, to Gelagg!«
So rööp de dicke Hummel ut,
So summ dat lis', so brumm dat lut
Ut Busch un Gras, ut Kratt un Krut
Den langen Sommerdag.

Halli, hallo! Halli, hallo!
Dat güng to Danz ohn Strümp un Schoh,

De Kuckuck slög den Takt darto
Bet in'e Abendstünn – – – –
Mit eenmal geew he sik to Roh,
Heihüppel gnidel wul noch to,
Doch liser wörr't mit dem Halloh,
Wat güng dat to? – – –
De blanke Lee sirrst dör de Grünn ...


## IN DER FRÜHE

Heilige Morgenfrühe! Aus blau überwehtem Feld
Steigt eine Lerche klingend auf zum Himmelszelt.

Ich lehne am offenen Fenster und bade mein Gesicht
Erquickt in dem tauigfrischen weißen Morgenlicht.

Traumvolle Morgenerde!
Die Völker sind ruhlos und laut –
Wann wird es sein, wann endlich,
Dass ihnen der Morgen graut?


## DIE HASELSCHLUCHT

Liegt eine wundersame Schlucht im Wald,
Ein guter Zufall ließ sie mich entdecken.
Das ist für mich der rechte Aufenthalt,
Dort spielen Glück und Seelenruh' Verstecken.
Der Allerseelenwind selbst macht hier Halt,
Denn Tod und Leben haben keine Schrecken
Für den, dem aufschloss sich ihr grünes Tor
Und der in ihrem Frieden sich verlor.

Ein tauiger Grassteig leitet in die Tiefe,
Ins Allerheiligste, ein Elfenpfad;
Oft war es mir, als ob mich etwas riefe,
Wenn ich mich scheu und zaghaft ihm genaht;
Oft war mir auch, als ob ein Geist entliefe,
Der mich geneckt mit seinem Elfenrat,
Indes der Kuckucksruf fernab, fernab
Wie Glockenlaut mir nachklang wie ins Grab.

Wie schlug mein Herz, als hätt' ich mich verirrt!
Weit draußen blieb der helle Sommerreigen;
Weit draußen blieb, was hüpft und zirpt und schwirrt,
Und hier umfing mich sanft ein grünes Schweigen.
Hoch über mir, wie Netzgestrick verwirrt,
Regt sich ein Schutzgedach von Haselzweigen
Mit händegroßen Blättern, grünen Herzen,
Und drunten blühen gelbe Königskerzen.

Der Herrgott hatte seine Welt vollendet
Und nickte mit der Braue. Sie war gut.
Doch ach, wie hat sein Garten sich gewendet,
Seit er ihn gab in Adams Hand und Hut?
Wie haben Gier und Raffsucht nicht geschändet
Die Erde, seit sie düngte Abels Blut?
Doch diese Schlucht, sie scheint mir wie ein Stück
Vom Garten Eden und von seinem Glück.

Hat jemals sie ein Menschenfuß begangen?
Hat je ein Beil die Wildnis angerührt?
Sie sieht so ruhig aus, so unbefangen,
Als hätte nie der Fluch hier triumphiert,
Der tiefe Furchen grub in Evas Wangen
Und Adam in die Wüstenei geführt.
Nein, nichts von Wüste, nichts von Sündenfall,
Hier ist nur Frieden, Schönheit überall.

Der unbewussten Schönheit Zaubergüte,
Des unbewussten Friedens Märchenreich –
Hier wirkten sie in jeder kleinsten Blüte,
In jedem Grashalm, jedem Blatt und Zweig.
Hier lebt sie noch, die Paradiesesmythe,
Ward Adam auch verbannt aus diesem Reich:
Nur Hasenpfoten, Rehhuf, Mardersohlen
Durchstreifen diesen Zufluchtsort verstohlen.

Ein Pfauenauge, das auf grüner Halde
Zuvor um Distelblüten buhlte, hing
An einem Sonnenfunken, den vom Walde
Der Wind geweht in diesem Elfenring. –
Nun fand das Sonnenkind nicht mehr die Spalte
Und tanzte wirr im Schatten – armes Ding!

Sein Spiel war eine Freude meinen Elfen,
Die dann sich eilten, ihm zum Licht zu helfen.

Mir aber wird so wohl in diesem Reich,
Dass ich's am liebsten nie verlassen hätte.
Die Welt braust fern – ach, schwiege sie nur gleich,
Und bräche, die mich fesselt, doch die Kette!
Ach! würd' ich doch – und wär's auch nur ein Zweig –
Was mich von allem Welttum endlich rette
Und mir ein Leben gäbe, qualentrannt,
Wie's rein erwächst aus Gottes Schöpferhand.

O schattendunkler Grund, kühlgrüne Nacht,
Durchwoben von geheimnisgoldner Helle,
Von ungeseh'nem stillen Blick bewacht –
Wie oft betrat ich deine Märchenschwelle!
Tief drin am Moosstein, wie vom Schlaf erwacht,
Doch schlummertrunken noch, sprang eine Quelle
Im Selbstgespräch, vor allen Lauschern sicher –
Bald trauervoll und tief, bald mit Gekicher.

Hier schloss zu einem anmutvollen Dunkel
Das Hasellaub die wirr durchbroch'nen Läden;
Hier spannen von der Quelle Silberfunkel
Die Schattenfeen verträumt grüngoldne Fäden,
O, ein Gespinst, des zauberhaft Gefunkel
Das Herz berückt. Du wonnevolles Eden –
Du hast mich oft gelinder Hand geborgen
Vor all der wilden Qual der Menschensorgen.

Hier war die Erde tief in sich versunken,
Verloren in undenkbar tiefem Traum,
Voll schwerer Wehmut, dennoch wonnetrunken;
Hier wurzelt er, der alte Weltenbaum,
Des Krone schauert, wo die Sterne prunken.
Ach, meine armen Worte fassen kaum,
Was mich bewegt, wenn die scheuen Schritte
Mich leise führten in des Quellgrunds Mitte.

Und dennoch, wie er freundlich mich empfing –
Zum Schluss hat er mich immer gehen heißen,
Wie den mit mir gekomm'nen Schmetterling
Mit seiner Sehnsucht nach dem Sonnengleißen.

Ein Menschenherz ist auch ein unstät Ding,
An dem der Widersprüche viele reißen.
Doch immer: bin ich müd' der Menschenwelt,
Dann kehr' ich wieder in dein Feengezelt.


## DE HEID

De Heid leeg wid mit gris Gesteen –
Dor weer keen Hus un Hoff to sehn.
Bloot westento, in't Abendgold,
Een Hünengraff, een Föhrenholt.
De Adder krööp dör Moß un Krut,
In't Hewen weern de Krein lut.
Lat keem to ehr de Sommertied,
Denn blöh se purpurn milenwied.
Un kreeg een wunnerlise Stimm:
De rode Heidblöt hüng vull Imm'n.
So weer dat ins. – Do keem de Bur
Mit Plog un Peerd un de sik suur.
Un sei vull Gottvertrun sin Koorn,
Wo sünst nix wüss as Heid un Doorn.
Dat Moor mit Wullgras, Bees un Liesch
Wörr afbackt un een gröne Wisch.
Weer't awer wo för't Koorn to dröög,
Dar sett he Dannen in de Reeg.
Un bloot de Drömer, de hier geit,
Lengt sik noch na de ole Heid,
De affsieds leeg, een eensam Land
Vun Hewenrand to Hewenrand.


## LETZTER SONNIGER OKTOBERTAG

Wolken, von mildem Licht beschienen,
Weh'n auf und ab, wie weiße Gardinen.
Darunter, im Silbernebel, das Land
Einschlummert zwischen vergilbenden Hecken;
Immer lässiger zieht das Wiegenband
Frau Sonne mit ihrer linden Hand
Und der Wind murrt: »S–t! nicht wecken«!

Im Garten über der letzten Blume,
Wie Harfensaiten in süßem Verstummen,
Verspätete müde Bienen summen;
Und aus der gärenden Ackerkrume
Steigt auf ein herber Schollenduft –
Fern aber, silbern schallend,
In Schlucht und Gruft verhallend,
Das Fahrewohl des Sommers
Klingt durch die blaue blanke Luft.


## DIE FREMDE STADT

Der D-Zug spielte seine sausende
Weltmelodie seit vielen langen Stunden;
die monotone, selten pausende,
Bevor er nicht an's Endziel sich gefunden;
Schon hatte er gar manche Tausende
Von Höhenmetern rastlos überwunden,
Gewaltig keuchend, aber niemals irrend,
Durch Tunnel fauchend, über Brücken klirrend.

Mir flattert das Herz und Müdigkeit
Umkrallte doch mit fahler Hand die Stirne;
Wie lag die rote Morgenstunde weit,
Da ich von ferne erschaut die Gletscherfirne!
Nun lag sie hinter uns seit Mittagszeit
Und Abend sank ... Es wogte mir im Herzen
Wie eine Flut von Bildern, ewig wechselnd,
Zu Splitter jeden reinen Eindruck häckselnd.

Und Abend sank ... Doch noch ist Zwielichthelle.
Wie Berg und Wald vor meinen Blicken fliehn!
Als wichen sie entsetzt von ihrer Stelle
In ein vernebelndes Weißnichtwohin.
Wir aber sind's, die rastlos wie die Welle
Und Wolkenheimatlos vorüberziehn,
Vorbei an mancher kleinen Station,
Die angstgeduckt nachsah der Vision.

Und Abend sank ... Doch weiter sang sein rauhes
Stählernes Lied der Zug der Nacht entgegen;

Am Fenster wirbelten ein aschengraues
Gestäube hin, durchsprüht von Funkenregen;
Darüber sprach ein klares, blaues, blaues
Stück Sternenhimmel mild den Abendsegen,
Und westwärts stand der Mondenkahn, am Steuer
Sein Fährmann, überstrahlt von weißem Feuer.

So saß er schon, als Adam grub im Garten
Und Eva unterm Baum stand und ihn rief;
So sah er zu schon Penelopes Worten,
Indess Odyss' in Kirkes Armen schlief;
So sah er auf Karthagos Mauerscharten
Und wie Roms Flotte durch die Wogen lief,
Selbst durch den Himmel steuernd seinen Kahn
Die von den Göttern vorbestimmte Bahn.

Winkt er mir nicht? Fast war's, als ob er renne
Ein Weilchen mit dem Zuge um die Wette.
»Der alte Tor, als ob er je gewänne!«
Triumpflacht zu ihm auf die Wagenkette.
Und war es nicht, als ob er sich besänne
Und sich vor dieser Sturmeseile rette
In eine letzte Felsenkluft, indess
Ins Flachland flog der rasende Express?

Der Wetternde, wie er die Ferne frißt!
Glühlampenhalt, verdoppelt sich sein Eilen;
Nun keine Steigung mehr zu fürchten ist
Rast er dahin auf seinen Schienenzeilen
Wie ein Taifun, wild wie der Antichrist
Mit langem Sausen, Brausen, Dröhnen, Heulen.
Nur ab und zu schlägt ein Gleiswechsel zwei
Verbiss'ne Takte in das Einerlei.

Speit er nicht Feuer auf die grünen Fluren
Im Kochen seiner abgehetzten Brust?
Duckt sich die Erde nicht vor seinen Spuren,
Welkt nicht, wohin er rollt, all ihre Lust?
Und macht er uns nicht alle zu Lemuren,
Die nie etwas von Göttlichem gewußt?
Wurd es verscheucht von uns'rer wilden Zeit
In unerreichbare Unendlichkeit?

Auf aberhunderten von wirren Gleisen
Rast sie ja selbst wie ein Express einher;
Zu wundervollen Abenteuerreisen
Erhob sie sich ins freie Lüftemeer
Und bannte unbekannter Kräfte Kreisen
In Leitungen von Draht, die kreuz und quer
Einnetzen unsern armen Erdenball,
Und wandelt sie in Licht und Stimmenschall.

Wo aber blieben Sehnsucht, Glaube, Traum?
Geheimnisvoller alter Mond da droben,
Sahst du schon Menschen auf der Erde Raum,
Die betend nicht mehr ihre Hände hoben?
Sahst Menschen je du, die dem Weltenbaum
Mit Ihren Beilschlag drohten, wild im Toben
Wider den Gott, der grünen ihn und schatten
Ließ über Midgards friedevollen Matten?

Und trutz dem eignen Blutschlag im Gewissen!
Denn siehst du heut noch schuldlos reine Mienen?
Wer ward von uns nicht mit hineingerissen
In diese Welt der keuchenden Maschinen,
Die Sklaven oder Herren – wer mag's wissen –
Uns alle zwingen jenem Gott zu dienen,
Der nicht geboren wurd aus klugem Zweifel:
Dem Fortschritt, der Vernunftgottheit … dem Teufel.

Wie ist die Welt heut voll von toten Seelen,
Lebender Leichen voll mit roten Wangen;
Wie stirbt der Gottanruf in vielen Kehlen
Vor allzu heißem irdischem Verlangen!
Die Schwachen alle, ach! wer mag sie zählen
Die sich gefügt dem Drängen und dem Bangen
Um's Brot, das fehlen würde ihrem Munde,
Gehorchen sie nicht dem »Gebot der Stunde«!

Wer rettet uns aus dieser All-Entzweiung?
Wie schön war einst der Götter grüne Erde!
Sie ward geknebelt – wer bringt ihr Befreiung?
Wer ruft dem wüsten Eden neu ein Werde?
Wer nicht zu frommer feierlicher Weihung
Der Flamme wieder auf dem Götterherde?
Ein Seufzen geht durch alle Kreatur
Nach einem solchen Werde: lausch' ihm nur!

Wild wie ein Urschrei voll brutaler Wut
Peitscht da ein langer Pfiff in mein Besinnen.
Er fährt mir wie ein heißer Schreck in's Blut
Und alles, was ich sah, fühl' ich zerrinnen.
»Mein bist du!« schreit der Pfiff. »Sei auf der Hut!
Du kannst der Heutwelt nimmermehr entrinnen!«
Ich fuhr empor. Da horch! wie die Gewalt
Des Schrei's gleich einem Winseln bang verhallt ...

Wie sich der Pfiff in mein Empfinden krallte!
Kann die versklavte Seele niemand retten?
Und dann das Winseln, das so bang verhallte!
Hör' ich ein Klirren wie von schweren Ketten?
Nein, nur die Gangtür rasselte und knallte
In's Schloss. Der Schaffner fragte nach Billetten.
Die Reisenden, verschlafen: »Sind wir da?«
Und erwidernd nickte er ein »Ja«.

Und Bogenlampen tauchen aus der Nacht
Und brennen in den Sammet grelle Flecken.
Da sänftigt sich die Fahrt, wird leise, sacht.
Packhäuser seh' ich, die in langen Strecken
Sich hinziehn an den Schienen, schwarzbedacht.
Wie nun die Reisenden die Arme wecken!
Die Fahrt ist aus. Und plötzlich sehn wir alle
In eine lichterhelle Bahnhofshalle.

Ich nahm den leichten Koffer in die Hand
Und sah vertaumelt auf den langen Zug,
Eh' ich der fremden Stadt mich zugewandt
In die mich seine wilde Schnellkraft trug.
Sein Schlot spie röchelnd weißen Qualm vom Rand,
Wie ein Veratmender den letzten Fluch,
Doch niemand achtete noch seiner mehr
Und reglos stand er, dunkel, traurig, leer.

Dann sah ich mich in einer großen Stadt.
Enttäuschung: war sie nicht wie alle Städte,
Die Tag und Nacht sinnlos das große Rad
Der Massenmenschenmühlen in sich drehte?
Taghell die Nacht, der Himmel dünstematt,
Verschlossen für den Blick, wie für Gebete,
Gestirnt von einer Flut von Bogenlampen.
Wo find ich sie, die festlich goldnen Rampen.

Zur hohen Burg, die ich im Traum gesehn,
Zur Kathedrale, drin die ew'gen Schauer
Der gottverbundenen Gebete wehn
In einer Andacht jenseits Lust und Trauer?
Sie sollten hier, in dieser Großstadt, stehn,
Geborgen hinter einer Zinnenmauer
Doch hier ist nichts, als Großstadtwüstenei,
Etagenhäuser, Kinos und Geschrei.

O all ihr Städte, steinerner als Stein,
Ruhlos durchwogt von wurzellosen Massen,
Sich gierig zankend um das Mein und Dein –
Seht ihr nicht, wie auf euren Asphaltgassen
Ein graues Heimweh schleicht, den Bettelschein
In dürrer Hand, verloren und verlassen?
Ist eure Welt von Beton, Glas und Stahl
Nicht wirklich dieser Erde Jammertal?

Hinweg aus diesem Viertel und hinauf
Zur Oberstadt, die schon vor tausend Jahren
Erstanden ist, in andrer Zeiten Lauf,
Als andre Menschen, andre Götter waren!
Und brunnenrinselnd tut ein Platz sich auf,
Hoch überwölkt von einem dunkelklaren
Nachthimmel voll von goldnen Funkelsternen,
Die niederleuchten mild aus Weltallfernen.

Und du, du alter Mond, schwimmst du ja auch
Gelassen in der ruhevollen Bläue!
Wie heiter strahlt dein lichter Silberhauch
Beschwichtigung in alle Qual und Reue –
Ein Hirte, der nach priesterlichem Brauch
Verspricht, dass sich das Leben stets erneue.
Du brauchst es nicht mit Worten zu beteuern,
Bist du doch selbst ein Vorbild im Erneuern!

Der Nachtwind flüstert sanft, von Duft beladen,
Mir zu, beim Lied des Brunnenrohrs zu rasten,
Und die bedrängte Seele frei zu baden
Von allen Grillen und von allen Lasten.
Erfrischt erging ich mich in den Arkaden,
Die diesen heitren Brunnenplatz umfaßten,
Und schreite, ferne Harmonie im Ohr,
Gedankenvoll bis ans Arkadentor,

Und mache an ihm Halt erschrocken fast,
Im Herzen Jubel halb und halb Verzagen:
Da seh ich im milden Mondenglast
Betürmt und feierlich zum Himmel ragen
Die alte Burg, den Dom und den Palast,
Wie sie herüberschau'n aus alten Tagen.
Wie schlägt mein Herz! Und wie sich meine Augen
An diesem Wunder fest und fester saugen!

Sie stehn wie für die Ewigkeit gegründet,
Entrückt der gierigen Vergänglichkeit;
Sie sind von einem Lebensblut durchadert,
Die gegen jeden Todansturm sie feit;
An ihren Mauern schlägt, wie es auch hadert,
Zu Schaum sich das Gewoge uns'rer Zeit
Mit seiner steten, zwistenden Gemeinheit –
Sie stehn: ein Bild der ewigen All-Einheit.

So ragen sie in Stern- und Mondenschein,
Der sie wie eine Liebkosung umgleitet –
Sehr nahe, dass das Auge jeden Stein
In ihren alten Mauern unterscheidet;
Sehr fern, wie zwischen Sein und Nichtmehrsein
Silbern entrückt, am Himmel ausgebreitet;
Die Fenster mondenglänzend überall
Als wenn sie widerspiegelten das All.

Ich konnte mich nicht satt an ihnen schauen:
Ewig sich sehnend, ewig wünschelos,
So ragen ihre Türme in den blauen
Gestirnten Himmel, dessen Mutterschoß
Sie sich voll stolzer Demut anvertrauen,
Wie er so schweigend und wie er so groß.
Sie stehen wie in tiefen Traum geborgen
In uns'rer Nacht – und harren auf den Morgen.

Auf einen Morgen, der des Schweigens Bann
Des Wartens schwere Last von ihnen nähme,
Da eine Zeit, wie die, die sie ersann,
Den Zwiespalt feindlicher Zertrennung zähme,
Der kaum ein Menschenherz noch tragen kann –
Weh! wenn nun dieser Nacht kein Morgen käme
Und aus dem Mutterschoß der ew'gen Mächte
Uns neues Heil und neue Götter brächte?!

Ich weiß nicht mehr, wie lang ich so stand,
Emporgehoben und doch voll von Trauer;
Erkenntnisschwer verschränkt' ich Hand in Hand
Und mich durchrann ein eisiges Erschauern:
Wie steht doch Bau an Bau so stumm im Land,
Nicht Gott noch Mensch spricht mehr in diesen Mauern!
Wüst ist's geworden hier auf dieser Erden –
Ihr Götter, Lasst es endlich Morgen werden!


## DAT DÖRP

Dat Leben gung so gau,
Un dreew mi wied ümher;
Nu kam ick werr' to Hus,
Un finn dat Hus ni mehr.
De Stieg an unsen Knick,
De weer so wunnerschön;
Wo is de ole Knick?
He is ni mehr so sehn.
De Weg na't Dörp herup,
Ick stah un kiek un kiek –
Dat Dörp is wul noch dor,
Süht sik blot ni mehr liek.
Sünd luder nie Hüs'
Mit Filtdack un mit Pann:
Keen Stegel un keen Port
Süht mi noch fründli an.
Dat ward mi klamm üm't Hart,
De Welt is kold un kahl –
Gau dreih'ck mi üm un gah
Na'n Bahnhoff dal.


## DER SCHMIED

Ich habe im Traum einen Schmied gesehn,
Ich sah ihn am Glutherd vorm Amboß stehn.
Zerfurcht das Antlitz, wildbärtig und fahl,
Doch die sehnigen Arme wie federnder Stahl.
Die Augen versunken, doch tief und klar –

»Schicksal« der Name des Schmiedes war.
Die Zange holte ein Herz aus der Glut,
Es sprühte von Funken und tropfte von Blut.
Fest hielt die Zange das Herz im Fang,
Der Hammer ging wütend: Kling klang, kling klang.
Dein Herz und meins, aller Menschen Herz,
Die Zange hieß Not, und der Hammer hieß Schmerz.
Die Flamme im Herde zischte und sang:
Der Vater geht seinen letzten Gang.
Der Vater, der lange dein Führer war,
Liegt stumm und kalt auf der Totenbahr'.
Und die Fremde winkt, die Heimat versinkt,
Im Blick des Heimwehs Träne dir blinkt.
Die Liebe auf zagen Zehen dir naht –
Weh! Liebe ist Spiel und Trug und Verrat!
Die Freundschaft ist Trost beim perlenden Wein –
Weh! Eines Tages stehst du doch allein.
Eines Tages, eines Tages ... und die Tage gehn,
Und blasser und blasser wird alles Geschehn.
Im Gleichmaß wechseln Licht und Nacht,
Im Gleichmaß weint dein Herz und lacht ...
Doch eines Tages im Morgenrot
Sagt dir ein Brief: Die Mutter ist tot!
Die Mutter – sie tat ihre Augen zu,
Sie dachte noch deiner – dann ging sie zur Ruh.
Die Mutter – es gibt kein schwereres Wort –
Nun ging auch die Mutter von dir fort.
Das ist der letzte Prüfungstag,
Der letzte, der härteste Schicksalsschlag.
Halt aus! Halt aus! Zerspring nicht dran!
Das Herz, das federt, viel tragen kann.
– – Dieweil die Flamme so zischte und sang,
Ging wütend der Hammer: kling klang, kling klang.
Nun ist das Herz fein gerichtet,
Aufhebt es der Schmied und hält es ins Licht,
Nur sacht noch kantet und kehrt er das Stück,
Dann endlich reicht er mir's wieder zurück.
Nun ist es gerichtet, gehärtet, gestählt,
Nun trägt es mit Gleichmut, was peinigt und quält.
Trage dein Herz, trag's bis an den Tod:
Nun ist es gefeit vor aller Not.

## DAT GLÜCK

Wi wüllt so veel, wi sorgt so veel,
Wi nehmt so swoar dat Lebensspeel;
Wi lewt tomeist, as drömen wi –
Un unse Glück, dat seht wi ni.

Wi hoept so veel vun't tokam'n Joahr;
Un is't denn kam'n un is't denn doar,
Denn seht wi ni den Ogenblick –
Denn drömt wi werr vun tokam'n Glück.

Erst wenn wi lat in gülden Schien
Versacken seht de Lebenssünn,
Denn fallt uns in,
Wa oft dat Glück stumm vör uns stünn.


## LETZTER WILLE

### 1.

Eins möchte' ich haben:
Freunde, nach diesen Tagen des Tandes
Sei ich begraben
In einer Knickecke des Holstenlandes.
Das ist das Heimatlichste, was wir haben;
Da schmiegt sich das Land in den Winkel der Wälle,
Und darüber neigen, halb Dämmer, halb Helle,
Sich breit die Haselzweige hernieder;
Zur Seite aber stehn Schlehdorn und Flieder
Und leuchten und lachen wie Gottes Güte,
Wenn sie um Pfingsten stehn in Blüte.
Hier grabt mir ein Grab im lauschigen Schatten.
Weit schau ich ins Land über Knicks und Matten
Und bin doch versteckt und ewig in Frieden.
War so lang in den Lärm der Städte verbannt:
Nun ruh ich endlich im heimischen Land,
Von aller Qual und Unrast geschieden.
Nur etwa ein Pflüger zieht mir vorbei,
Ich höre die Schollen knirschen und krachen;
Und im Sommer ergötzt mich der Ernte Juchei,
Der Dirnen Kreischen, der Burschen Lachen.
Dann bleib ich allein mit Vögeln und Tieren –
Und das ist erst fein!

Kann ganz nach Behagen spintisieren
Und horchen tief in die Erde hinein,
Die sich, wie in schwerem Traum befangen,
Seit Uranfang müht, zum Wort zu gelangen,
Und es nicht findet; zu grell und laut
Ist die Oberwelt für das Seufzen der Tiefe,
Und erst, wenn die Nacht tiefdunkel blaut,
Klingt's rätselhaft – den Lebenden graut –
Als ob ein Traumwandler um Hilfe riefe ...
Mich stört es nicht mehr, ich höre in Ruh
Dem Kreißen der alten Gebärerin zu.
Mich quält nicht mehr das Wollen und Werden;
Mir stachelt kein Lenz mehr Herz und Blut,
Mir dämpft kein Herbst mehr Sehnsucht und Glut;
Ich bin enthoben den Ängsten der Erden.
Und was ich gesucht in den Lebenstagen,
Jetzt hab ich es endlich: Heim und Behagen.
Freunde, ich möchte so gerne es haben!
Mein Leben war hart, ein emsiges Traben
Um taube Nüsse und wertlose Gaben,
Fern der Heimat, ein nutzloses Ringen –
Was ich ersehnt, der Tod soll's mir bringen:
In einer Knickecke sei ich begraben!

2.

Ihr meint, ich wäre gar so allein
In meiner verlassenen Knickwallecke?
Zu Häupten den unbehauenen Stein,
Nur Feldblumen auf der Grabesdecke –
Und bald werde sie versunken sein.
Vielleicht werde nachts ein Irrwisch bekunden,
Eh' mein Gedenken ganz vermodre,
Dass hier eine arme Seele lodre,
Die im Leben nicht ganz ihr Recht gefunden –
Dann werde sie gar verrufen sein:
Eine Stätte für Eidechsen und Lurche.
Bald aber zöge der Pflug die Furche
Entlang dem bei Seite gerückten Stein;
So werde dem Leben
Die Stätte des Todes wiedergegeben.
Ihr Lieben, das darf Euch nicht viel bangen:
Was kann ich Besseres verlangen,
Als so süßes Vergessenwerden!

Ich gebe der Erden, was der Erden,
Und trutze dem Tod:
Ich lebe weiter in schwellenden Ähren
Und lebe weiter im duftenden Brot,
Das ferne Kinder und Enkel verzehren.
Mög fallen der Stein, das Grab verderben,
Alles Dauern ist ja nur Schein;
Ich werde vergessen, aber nicht sterben;
Ich geiste im Winde über die Felder
Und flieg mit dem Sonnenschein durch die Wälder;
Ich segne das Heu und das Getreide
Und segne das grasende Vieh auf der Weide –
Gott schenke allem fröhlich Gedeihn!


3.

Und kommt dann der Spätherbst – die Stürme rauschen
Mit sausendem tiefen Orgelklang
Durch die Lüfte – dann streck ich mich lang,
Und lege mich fein zurecht, zu lauschen.
Sanft wie ein Wiegenlied lullt's mich ein;
Traumloser Schlummer tief und warm
Nahm längst mich in seinen barmherzigen Arm,
Wenn die Raben im kargen Schein
Der Wintersonne nach Futter schrein.
Ich höre sie nicht ... doch die ersten Lerchen,
Die in den blauenden Himmel steigen,
Rufen mich wieder zum Frühlingsreigen
Aus der versteckten Feldergruft.
Alles wird dann zum seligen Märchen –
Wenn aus dem Walde der Kuckuck ruft,
Die Schwalbe zwitschert, die Drossel singt
Und Sommernächtens der Nachtigall
Betörender süßer Liederschall
Auch in meiner Seele widerklingt.
Dann kommen die Menschen wieder ins Feld,
Es klingt die Sense, der Kornhalm fällt –
    Ein ewiges Werben,
    Von Anfang bestellt,
    Ein ewiges Sterben
    Geht durch die Welt –
    Ein ewig Vergehn,
    Doch auch ein ewiges Aufersteh!
Was kann mir selber Bessres geschehn?

## DODENVOLK

Wenn de Maand an'n Häwen steit
Mang de Steerns, de he höden deit,
Wenn dat lies' vun baben klingt,
As wenn de Engeln en Droomleed singt,
Wenn de Nachwind sik rögen deit
In dat Koorn, dat sik bögen deit
Week un sach
In de warme, lurige Sommernach,
Mal hin un mal her
un denn ni mehr,
As wenn dat en olen Grotvaderdanz weer –

Wenn dat denn Twölf vun'n Karktoorn sleit,
Swar, lud, as en Stemm ut de Ewigkeit,
Denn röögt sik dat ok bi de lütte Kark,
Dat klötert, dat rötert, dat wunnerwarkt;
Denn ward dat lebenni mang Blomen un Krut:
Dat Dodenvolk stiggt ut de Gräber herut;
Lock ehr de Maand? He schient so klor –
Dor kümmt de Tog al ut dat Dor:

Vöran loopt de Lütten, all Hand in Hand,
Bald middenwegs rönnt se, bald an de Kant;
Dat Jungvolk denn, en ganzen Swarm,
Wölk gaht alleen, wölk Arm in Arm;
Un denn de Olen, een bi een,
Mit krummen Rügg un stiwe Been;
So langsam gaht se, knapp künnt se mit –
Du sühst ehr bloß, du hörst keen Tritt.

Dor liggt in'n Maandschien so bleek de Straten,
So still un verlaten;
De Höw un de Hüser deep in'n Droom,
So frömd in den Häwen kiekt jede Boom;
De Kristangelboom vull Lichter steit,
Goldgeel lacht de Kohbloom up Wisch un Weid';
Un in de Luft, dar rüükt dat so sööd
Na Witdoorn un Sirenenblööd,
Un de Knicken sünd grön un blau un wit:
Dat is in de Sommeranfangstid.

To middwegs in't Dörp, dor deelt sik de Tog:
Du sühst bloß toletzt de Lütten noch:
Se stellt sik in'n Krink, se makt en Danz
Up den grönen Klint: Ringelrosenkranz.
Een Jung, een Mäten; een Jung, een Mäten;
Un denn spält se Letzten, denn spält se Fangen,
Un singt un springt so krall un flügg:
»Wol up de Brügg, wol dal de Brügg,
Den Letzten wüllt wi fangen,
De bliwwt dor in behangen!«
Ehr witten Hemder flattert un fleegt,
Wenn se sik tofaten kreegt.

Bi den Dörpsood ünner de ole Linn
Stellt de Deerns un de Burßen sik hin.
Dor snacken se fröher un lachen lut,
Dor wörr menni Jungdeern en stolte Brut,
Un öwer ehr Köpp de ole Linn,
De höll ehr en Predigt un segen ehr in
Wull beter, as menni Prester dat kann:
Se kenn ehr jo all vun lütt up an ...
Vun den Sood in'n Schatten, bald hier, bald dor,
Verswindt vun dat Jungvolk en eensam Paar,
Dat söcht wat un kann dat knapp wedderfinn,
De Stellen, wo ins se tosamenstünn
Un sik wat vertellen van Läwen un Leew,
Dat weer dat Söötste, wat dat geew ...
Von feern wildess en Nachtigall fleit
Von Leew un Läwen, dat vergeiht;
As Daudrüppen klor
In de Morgenstunn,
As Blotdrüppen swor
Ut en deepe Wunn,
So kamt de Tön' ut Hartensgrunn,
As stünn een alleen
Un ween un ween
Un rööp wat un söch wat un jammer un klag –
Awer vergahn sünd de schönen Daag ...

De Olen ... Wölk güng'n na't Feld an't Door:
»De Rogg steiht würkli fien dit Johr.«
Denn na de Wischen: Dat Gras schööt hoch,
Heu gifft dat öwer un öwer genoog.

Se kiekt ümher: Dat Weder is fien,
Un blifft't so, denn künnt se warafdi bald meihn.
So gaht se wedder na't Dörp herop
Un staht bi de Höw un nückt mit den Kopp:
Se tööwt up ehr Fruns, de de Goorns bekiekt
Un de Bleekplätz beseht, wo dat Linnen liggt –:
Wull weer dat schön, as se hier noch lewen
In Arbeit un Rau ünner Gott sin Häwen:
In't Graww, dor is dat so düster un still:
»Herr,« nückkoppt se denn, »es geschehe dein Will.«

Ol Klasohm bloot mit sin Fru an de Sit,
De beiden staht stiw un nückkoppt ni mit:
In ehr Hus seht se noch Lampenschin,
Lang kiekt se in dat Fenster 'rin:
Dor sitt ehr Dochder noch bi de Weeg,
In de ehr lütte Söhnssöhn leeg;
De weer noch ni, as se güngen in't Graww,
De Dod keem in't Hus un hal ehr af –
Un ehr Söhn, ehr Söhn – dat weer de Verdarw –
To fröh hedd he kregen dat grote Arw,
To geern spält he Korten un geit in den Krog
Väl leewer, as achter den swaren Ploog;
Väl leewer spält he den groten Mann,
As bögt den Rügg un röögt de Hann;
Un alles nimodsch mutt dat sin:
En Seimaschin, en Meimaschin –
Un de Fru to Hus, se kann ehr so dur'n,
Mutt sitten un lur'n, mutt sitten un lur'n.

De beiden Olen zittert un bäwt,
Un wringt de Hann, as wenn se noch läwt;
O se harrn dat wull sehn eerst an ehr Land,
Dat weer ni mehr in den richtigen Stand:
Voll Köök dat Koorn, voll Quäk de Eer –
All ut de Kehr, all ut de Kehr!

Se schüttelt den Kopp voll Sorg' un Qual;
Denn gaht se na den Krog hendal.
Dor schint de Fenstern ok noch blank,
Dree sitt dor tohopen up de Bank;
Ehr Söhn is de een; up sin bruun Gesicht
Fallt hell jüst dat gele Lampenlich;
Dor sitt he so breet, as de Hochmod dat kann

Mit de Dummheit in een Gespann ...
– So staht de beiden an't Fenster noch,
Do kümmt werr an de Dodentog.
Ditmal gaht de Olen vöran;
Se winkt ehr iweri mit de Hann,
As harrn se Il, in ehr Rauhstatt to kamen;
De beiden nückkoppt: »In Gottes Namen.«

Denn kamt de Lütten; se künnt knapp mit,
Un oft mütt se rönnen, so lütt sünd ehr Schritt,
As fröher, wenn se to Hus kamen schulln
Un se doch so geern noch spelen wulln.
Wid achteran
Toletzt kamt de Deerns un de Burßen an.
Se treckt dorhin mit sware Föt,
So langsam, unlusti, so höplos un möd;
Oft kiekt sik wölk üm, oft winkt se sik:
»Ja, ja, gaht man to, wi kamt jo glik.«
Oft bliwt twee stahn
In'n Schatten, wo ehr ni süht de Maan;
Se snackt miteenanner, se drückt sik de Hann,
Denn fangt de Deern to weenen an;
Mit sture Ogen, dat Hart vull Qual,
Kiekt he up ehr dal,
Un treckt ehr wider un seggt: »Dat ward Tid,
Lat uns! wat helpt dat ... De Weg is noch wid ...«
Un wider gaht se den Weg henlank
Den sworen Gang ...

Un de Dag kümmt herup, wak ward bald dat Läwen,
In'n Osten farwt sik al gülden de Häwen,
Un in de Feern kreit en Hahn sin: »Kikeriki!
De Nach is vörbi, de Nach is vörbi!«
De Maand hedd keen Glanz mehr, de Steerns ward blass,
Parlen von Dau sitt up Krut un Gras;
Un de Tog verswindt, du sühst knapp, wo;
De Port jankt bloot lisen un – klank! – fallt se to;
De Morgenwind weiht üm de lütte Kark,
Dat klötert, dat rötert, dat wunnerwarkt,
Un denn is't vörbi un nicks mehr to finn:
Blank blitzt de Toorn in de Morgensünn.

## MODERSPRAAK

Awer gah ick 's awends öwer de Heid.
Denn seh ick Wittekind rieden.
Denn seh ick Heervolk geg'nöwer stahn
Un miteenanner strieden.

Denn seh ick Scheep dörch de Waggen gahn,
De Flaggen staht bunt an'n Hewen,
Un ok de Wulken, de driebens gaht,
Sünd vull vun vergeten Lewen.

Un so lang find't de Geister keen Roh,
Solang möt se drieben ehr Wesen,
Bet ji ut den Droom upwaken doht,
Ji Sassen un ji Freesen!

# NACHWORT

In dem kleinen Bauerndorf Ruhwinkel, am äußersten Südrand des Kreises Plön im damaligen Gutsdistrikt Perdoel gelegen, erblickte am 11. April 1865 Johannes Christian Kruse das Licht der Welt.[1] Er war der erste Sohn des Schmiedemeisters Johann Friedrich Kruse und der Dorothea Magdalena geb. Horst. Über die Kindheit ist nur wenig bekannt. Schulunterricht bot die einklassige Elementarschule im Ort. Schon hier zeigte sich dem Lehrer die Begabung des Schülers. Die Tochter erinnerte sich später: »Mein Vater hatte große Freude an dem aufgeweckten Schüler und gab ihm sein Bestes. Er war immer der Erste in der Klasse. Seine Aufsätze bewiesen schon seine kommende Begabung. Später schrieb Johannes schon kleine Novellen, ich erinnere noch sehr klar, dass er mit meinem Vater sie durchsah. [...] An schönen Sommerabenden kamen wir Kinder in unserem Garten zusammen. Johannes erzählte uns wunderschöne Geschichten. Es war zauberhaft an manchen Abenden, über uns der leuchtende Mond, neben uns die blühende Pracht, saßen wir lauschend, zusammengedrängt auf der Rasenkante unter unserem Prinzapfelbaum. Bis Vaters Ruf ›zu Bett Kinder‹ uns trennte. [...]«[2] Unverkennbar war demnach schon damals der Drang, Ausflüge ins Reich der Phantasie zu unternehmen.

Nach der Konfirmation sollte er das väterliche Handwerk erlernen. War schon während der kurzen Schulzeit erkennbar, dass der Junge mehr zu einem Träumer und Bücherwurm tendierte, so erwies er sich dann in der Tat als zu »*töffelig*« in der Werkstatt.[3] Schweren Herzens nahmen die Eltern daraufhin Abschied von der Tradition, dass der Erstgeborene das väterliche Handwerk weiterzuführen hatte. Eine andere Möglichkeit für eine Ausbildung des Jungen musste ausgelotet werden. Die Mittel der Eltern reichten gerade für das Lehrerseminar und so ging Kruse 1881 zur Ausbildung als Volksschullehrer nach Barmstedt auf die Präparande. Erstmals gelangte er aus dem behüteten elterlichen Umfeld und seinem Heimatort heraus. Nur wenige Wochen später entfloh er allerdings voller Heimweh aus dem Internat und dem dort herrschenden strengen Erziehungsgeist und kehrte nach Hause zurück. Doch wie sollte es weitergehen? Als Handwerker war der Sohn nicht zu gebrauchen, und eine höhere Ausbildung konnten sich die Eltern nicht leisten. Abhilfe schien da ein privates Institut in Kiel zu bieten, das Kruse schließlich besuchte: »*eine Anstalt wie in Dickens Romanen*«.[4] Immerhin gelang es, die Grundzüge der englischen und französischen Sprache zu lernen, doch sonst konnte ihm dort nicht viel beigebracht werden. Nicht lange dauerte es, dann hockte er wieder daheim in Ruhwinkel. Die Dörfler schüttelten über den vermeintlichen »Nichtsnutz« nur den Kopf. Notgedrungen überließen die Eltern den wunderlichen Jungen sich selber, der sich fortan autodidaktisch weiterzubilden versuchte. Dabei verleiteten ihn die Gedichte Theodor Storms zu dem Wunsch, selber ein Dichter zu werden. Johann Gottfried Herders ›Stimmen der Völker‹ und Karl Viktor Müllenhoffs ›Sagen, Märchen und Lieder der Herzogthümer Schleswig, Holstein und Lauenburg‹ regten ihn in dieser Zeit zur Gestaltung eines ähnlich gearteten Stoffkreis an, für den er in den Bauernhöfen und Kätnerhäusern des Heimatdorfes und der näheren Umgebung seine Sammeltätigkeit entfaltete. Er versuchte plattdeutsche Volkslieder zu sammeln, doch der Versuch scheiterte kläglich: »*Nur verstümmelte Ammenreime und Kinderspielverschen fand ich.*"[5] Trotz des eigentlichen Misserfolges, was seine Sammeltätigkeit und sein berufliches Fortkommen betraf, war „*diese Zeit, die von 1881 bis 1884 dauerte, [...] die glücklichste Zeit [meines] Lebens; [...].*«[6] Den Angaben einer Klassenkameradin, sollen auch Veröffentlichungen erster kleiner Textschnipsel in der bekannten Berliner Zeitschrift ›Deutsches‹ (ab 1884) ›Schorers Familienblatt‹ erfolgt sein.[7]

Schließlich eröffnete sich 1884 die Möglichkeit in Kiel als einfacher Helfer an einem neu gegründeten Zeitschriftenunternehmen mitzuwirken. Für Kost und Logis war erst einmal gesorgt. Die von Wilhelm Biernatzki herausgegebenen ›Schleswig-Holsteinischen Jahrbücher – Zeitschrift für die wirtschaftliche Kultur, die sozialen Bestrebungen und das öffentliche Leben der Gegenwart‹ griffen weit über den landwirtschaftlichen Rahmen hinaus und fanden durchaus Beachtung, doch nach zwei Jahrgängen ging die Schrift 1885 aus finanziellen Gründen ein. Immerhin hatte Biernatzki das Talent seines Helfers erfasst. Und so verdankte Johannes Kruse es dessen Fürsprache, dass er, der ehemalige Dorfschüler, noch im selben Jahr bei der ›Kieler Zeitung‹ als Volontär anfangen durfte. Die Bezahlung war äußerst gering. Nach kurzer Zeit erkannte man aber auch hier sein Talent. Er wurde Mitarbeiter des Feuilletons. Schon bald entstanden kleinere Aufsätze über Literatur, Kunst und Wissenschaft, meist anonym, mal mit einem schlichten »K« kenntlich gemacht, seltener gezeichnet mit »*Johann Kruse*«. Auch in anderen Publikationsorganen fanden sich erste feuilletonistische Beiträge unter seinem Namen. Das er, der einfache Dorfschüler, sein Handwerk verstand, bezeigen die groß angelegten Würdigungen über Theodor Storm, Johann Meyer, Klaus Groth, Detlev von Liliencron oder Theodor Fontane. Die Essays fanden sich allesamt in bedeutenden überregionalen Zeitschriften des Deutschen Reiches.[8] Zudem versuchte er sich in dieser Zeit an ersten Prosatexten.[9] Noch ganz im Stil der zeittypischen epigonalen Reimerei erschienen auch erste Gedichte zunächst weitab der Heimat.[10]

Die Bezahlung bei der Zeitung war karg und auch das Zeilenhonorar für die außerhalb Kiels erschienenen Texte brachten zwar eine merkliche Verbesserung der finanziellen Lage, doch Kruse lernte schnell die Abhängigkeit eines Literaten der als freier Mitarbeiter an einer Zeitung beschäftigt war. »*[...] meine Wenigkeit hat schon Tage gehabt, wo ich, wenn ich nicht in die Volksküche mochte neben Eckenstehern, trocken Brod gegessen [...]*«.[11]

Je mehr ihn die journalistische und redaktionelle Arbeit fortan in Anspruch nahm, je mehr diente sie auch seinem autodidaktischen Fortkommen. Alles saugte er in sich auf. Lesen, überhaupt die Beschäftigung mit der Literatur, war für ihn eine Grundvoraussetzung für das Schreiben. Doch sein Weg von der einfachen Dorfschule ohne die entsprechende Bildung und ohne rechten Mentor war lang. So hatte er »*sich in dieser Beziehung immer selber helfen und viele bittere und dornige Um- und Irrwege gehen müssen.*«[12]

Ein erster Höhepunkt bildete unzweifelhaft die verspätete Reaktion auf seine beiden Würdigungen zu Klaus Groths 80. Geburtstag im April 1889. Zwar bekam Groth erst im August einen der Artikel zu Gesicht, doch selbigen Tags noch ging ein Brief an den jungen Feuilletonschreiber ab. Und Groth, der die ›Kieler Zeitung‹ bisher aufmerksam gelesen hatte, wusste welcher Rohdiamant da schlummerte. »[...] Wenn ich den vielen Freunden meinen Dank auszusprechen nicht im Stande bin, Ihnen gegenüber muß ich eine Ausnahme machen. Sie haben meinen Dank noch besonders verdient und ich glaube, es macht Ihnen Freude, wenn ich ihn ausdrücklich und vom Herzen dazu getrieben ausspreche. [...] Ihre Fortschritte – erlauben Sie mir das Wort – sind für mich so klar und so rasche, daß ich in der Stille mein Erstaunen fühlte und es Ihnen ausspreche, in der sicheren Hoffnung, daß Sie erst im Anfang Ihrer Laufbahn stehen, für die ich Ihnen wünsche: das Glück möge Ihnen beistehen.«[13] Kruse fasste diese Worte des großen niederdeutschen Dichters als eine Art Ritterschlag auf.

Ein weiterer Höhepunkt war unzweifelhaft die persönliche Beziehung zum Dichter-Baron Detlev von Liliencron. 1887 lernte Kruse den Dichter zunächst über dessen abgedruckte Gedichte kennen und schwärmte schon bald für diese neue Art von Lyrik. Im August des folgenden Jahres bekam er gar ein Gedichtmanuskript Liliencrons auf den Schreibtisch. Doch der Anlass war zweideutiger Art. Er erhielt von der Redaktion die Aufforderung, es zurückzusenden, da es nicht abgedruckt werden konnte. Das Werk selbst wäre nicht daran schuld. Vielmehr sei die Redaktion gezwungen, auf das Publikum Rücksicht zu nehmen. »*Mancher Backfisch u. rührselige alte Jungfer ist darunter, und zwar nicht nur vom weiblichen Geschlechte. [...] ›Anständige‹ rote Grütze und ›fromme‹ unschuldige Milch – das ist es, was ein*

*ansehnlicher Teil von unsern Lesern verlangt. [...] Hoffentlich ver-*
*übeln Sie uns die Rücksendung nicht – die Leute Männer und Frauen*
*des Schattens der Doppeleiche müssen eben erst ganz allmählich zur*
*wahren Poesie erzogen werden.*«[14] Liliencron wurde durch diesen
Brief aufmerksam. Statt eines trockenen formalen Absageschreibens
hielt er ein diplomatisches Schreiben voller Esprit in den Händen. Er
beschloss, sich den Mann näher anzusehen.

Am 31. März 1889 folgte schließlich die persönliche Bekanntschaft
durch einen Besuch Liliencrons in Kiel. Der Dichter-Baron stieß dabei auf den jungen Journalisten und war von dessen Belesenheit be-
eindruckt. Liliencron meinte in ihm gar den »feinsten Literarhistori-
ker«[15] zu erblicken – auch gab Kruse sich schon damals als angehen-
der Lyriker zu erkennen. Beide kamen sich näher. Schon im folgenden Monat besuchte Johannes Kruse erstmals sein Dichteridol in
Kellinghusen. Weitere Tagesbesuche bis hin zu mehrtägigen Aufenthalten folgten.[16] Detlev von Liliencron wiederum animierte in der
Folgezeit seinen Gast dazu, viel offensiver mit seinem Talent umzugehen, machte ihn mit den Werken des Naturalismus bekannt, die gerade die literarischen Formen neu zu bestimmen versuchten, und ver-
mittelte ihm Kontakte zu Zeitschriftenredaktionen. Auch bat ihn der
arrivierte Dichter, aufgrund Kruses vorhandenen lyrischen Gespürs,
ihm beim Korrekturlesen und Redigieren der anstehenden Bände ›Der
Mäzen‹ sowie ›Der Haidegänger‹ zu helfen. Und, so Liliencrons Rat,
Kruse könnte dabei durchaus selbst etwas lernen. Der stürzte sich in
den folgenden Monaten voller Enthusiasmus und Elan in diese Arbeit: »*[...] mein ganzes, ganzes Herz ist dabei.*«[17] Als Dank erhielt
später ›Der Haidegänger‹ auf dem Vorsatzblatt die gedruckte Wid-
mung „Meinem Freunde Iven Kruse zu eigen". Liliencron war es auch,
der ihm in dieser Zeit den Dichternamen »Iven« verpasste, abgeleitet
aus dem Althochdeutschen von »iwa«, die Eibe.

Inzwischen hatte Kruse, animiert von seinem Lehrmeister, sich in
seinen freien Stunden intensiv mit dem eigenen Schaffen auseinan-
dergesetzt und eine ganze Anzahl von Verwertbarem auf das Papier
bannen können. Unter anderem entstand die einen sozialkritischen
Einschlag nicht verleugnende Dorferzählung ›*Knääp. Studie aus ei-*
*nem ostholsteinischen Tagelöhnerdorf*‹, die die Berliner ›Tägliche
Rundschau‹ abdruckte.[18] Er kann nicht verleugnen, dass seine literarischen Wurzeln trotz des romantischen Empfindens auch und nicht
zuletzt im Naturalismus und Neurealismus stecken. Dabei ist ein We-
sensmerkmal dieser Richtungen, dass sie ihre Arbeiten oft als »Skizze« oder »Studie« bezeichnen. Sozialkritik wird indirekt geübt, indem
das einfache, teilweise erbärmliche Leben nur fotografisch in der Technik eines Schnappschusses aufgezeigt sowie die Sprache des einfachen

Volkes in die Literatur eingeführt wird. Zahlreiche Autoren dieser literarischen Richtung sind zugleich auch einfühlsame Schilderer von Landschaften. Die Handlung gegenüber dem beschreibenden Element tritt dabei in den Hintergrund. Alles dies gilt auch für diese und weitere Arbeiten Kruses.

Diese Veröffentlichungen in dem Berliner Blatt verfehlte ihre Wirkung nicht. »*Theod. Fontane schrieb mir, daß er in ihnen [den Figuren/VG], etwas vom Blut Tolstois‹ entdeckt habe, worauf mir der Kamm mächtig schwoll.*«[19] Trotz der Widrigkeiten schien es geschafft. Die kurze, aber intensive Freundschaft zu Detlev von Liliencron hatte ihm den Weg gebahnt. Nun schien er als Dichter unter den jungen, aufstrebenden Modernen bekannt zu sein. Und so folgte Kruse dem Rat Liliencrons und wandte sich direkt an Redakteure der führenden Zeitschriften der Moderne. Schon wenig später konnte er die ersten Veröffentlichungen unter Dach und Fach bringen u.a. in der im S. Fischer Verlag erscheinenden renommierten ›Freien Bühne für modernes Leben‹ sowie in der nicht weniger bekannten ›Modernen Dichtung. Monatsschrift für Literatur und Kritik‹. Vor allem die fast ins symbolistische hinweisenden Prosaskizzen ›*Die Gekreuzigte*‹ sowie auch ›*Christus*‹ lenkten in den literarischen und künstlerischen Kreisen die Aufmerksamkeit auf einen hoffnungsvollen Literaten, der am Anfang einer vielversprechenden Karriere zu stehen schien. Der Name war innerhalb weniger Monate bekannt geworden, der Boden schien geebnet.[20]

Nur wenige Wochen nachdem Liliencron Anfang 1890 nach München verzogen war, versuchte dieser seinen in der Heimat verbliebenen neuen Freund zu animieren, die gering besoldete Stellung in Kiel aufzugeben und sich ebenfalls als freier Schriftsteller nach München zu begeben. Hier pulsiere das Leben und wenn eine Künstlernatur, wie auch Kruse vermeintlich eine sei, vorankommen will, so gehe das nur in einer Großstadt, wie Berlin oder eben München, meinte der Dichter-Baron. Zunächst sperrte Kruse sich. Dann kam der Wendepunkt. Er verliebte sich im April 1890 zum ersten Mal in seinem Leben. Doch die Beziehung dauerte nur eine kurze Zeit, nicht einmal zwei Wochen und der junge Mann wurde völlig aus der Bahn geworfen. Er kündigte seine Stellung in Kiel Mitte Juni und zog sich zunächst in seinen Heimatort Ruhwinkel zurück. Einige Skizzen und Essays entstanden zwar, doch insgesamt war es eine harte Zeit, die er in Ruhwinkel durchlebte. Kaum konnte er sich über Wasser halten. Im September half er gar den einheimischen Bauern auf den Feldern beim Kartoffelausgraben.[21]

Als sich im Oktober und November 1890 Detlev von Liliencron wieder mehrfach in Erinnerung brachte und erneut vom Leben in München schwärmte, war auch Kruse soweit, den großen Schritt zu wagen. Wohl zum Jahresanfang 1891 zog er nach der bayrischen Kunst- und Landeshauptstadt, um sein Glück dort doch einmal zu versuchen. Als Iven Kruse voller Träume von einem Leben als Dichter in München eintrifft, erweist sich das schon bald als fragwürdig. Sein Freund Liliencron war finanziell inzwischen am Ende und schon wieder auf dem Sprung in den Norden. Nur wenige Tage der Gemeinsamkeit blieben. Beide merkten jetzt, wie unterschiedlich ihr jeweiliges Naturell doch imgrunde war. Hier der schneidige Offizier, impulsive Lebemann, Bohemien, dem die Frauen zuströmten, dort der einfach wirkende, bedächtige und introvertierte Holsteiner Jung, dem man zunehmend anmerkte, dass er nur ein Anhängsel Liliencrons war. Unweigerlich kühlte die Beziehung ab, wenn beide auch in späteren Zeiten noch weiterhin in lockerem Kontakt standen. Zwar trat Kruse noch dem Kreis der von Detlev v. Liliencron, Otto Julius Bierbaum und Julius Schaumberger gegründeten Münchner ›Gesellschaft für Modernes Leben‹ bei, doch wohl fühlte er sich immer weniger im Kreise der Naturalisten. Dagegen schloss er sich mehr und mehr einem »*lieben Kreis junger Maler, zumeist Skandinavier*«[22] an und versenkte sich in seine Arbeit: »*Schrieb viel, aber meist um Honorar, das trotzdem dürftig genug einging*«.[23] Doch so recht kam er nicht von der Stelle. Gehemmt und abweisend wirkte der junge Mann in der Großstadt. Dabei hatte er es trotz aller Widrigkeiten eigentlich geschafft; war als Dichter unter den jungen, aufstrebenden Modernen bekannt. Die kurze aber intensive Freundschaft mit Detlev von Liliencron hatte ihm den Weg gebahnt. Seine Werke wurden immerhin auch bei literarischen Abenden von anderen vorgetragen, wie u.a. in der Berliner ›Freien literarische Gesellschaft‹ im November 1891. Neben Gedichten von Arno Holz und Detlev von Liliencron blieb dem Rezensenten dabei besonders eines in Erinnerung: »Iven Kruses Gedicht ›Abschied‹ wirkte durch seinen mehr als drastischen Schluß.«[24]

Soviel Erfolg Kruse auch hatte, gelang es ihm wie so vielen Schriftstellern vor und nach ihm nicht, sich mit Honoraren von Gedichten, Essays und Erzählungen ein ausreichendes Einkommen zu erschreiben. Einen Mäzen oder reiche Eltern gab es nicht. Und, wie es in den Kreisen der Literaten und Künstlern üblich, andere um Hilfe angehen, seine Kontakte für das eigene Fortkommen nutzen, wiedersprach seinem zurückhaltenden Wesen. Nach einem halben Jahr an der Isar gab Kruse voller Heimweh und Geldnot auf und zog wohl Anfang Juni 1891 erneut nach Ruhwinkel. Und anders als in München fand er jetzt wieder zur großen Form zurück. Eine seiner großartigen holsteinischen Dorfgeschichten, ›*Der liebe Gott. Studie aus einem holsteinischen Tagelöhnerdorf*‹ entstand und fand bei Fritz

Mauthner, dem Herausgeber des Berliner ›Magazin für Litteratur‹ ihren Abnehmer. Und wer bei Mauthner veröffentlichen durfte, der galt in den Kreisen des Literaturbetriebes durchaus etwas. Mit diesen Gelegenheitsveröffentlichungen schlug er sich mehr schlecht als recht durch. Immerhin gelang es ihm als freier Mitarbeiter für die ›Hamburger Nachrichten‹ ein zusätzliches Auskommen zu erzielen. Für die erste Zeit lebte er wieder bei den Eltern in Ruhwinkel, nur unterbrochen von einigen kurzen Aufenthalten in Altona, wenn dort für die Zeitung etwas zu erledigen war.

In Altona schließlich lernte er 1892 den Verleger Georg Rauschenplatt kennen, der ihm immerhin eine wenn auch gering bezahlte so doch relativ sichere Stelle anbot. Kruse zögerte nicht, besann sich auf seine Anfangsjahre, auf das, was er von der Pike auf gelernt hatte und wechselte wieder in das Fach eines Redakteurs und Journalisten. So zog er nach Cuxhaven und redigierte für die nächsten 10 Jahre das ›Cuxhavener Tageblatt‹. Auch rein äußerlich emanzipierte Kruse sich von seiner ersten Schaffensphase: Fortan publizierte er wieder unter seinem Geburtsnamen Johannes Kruse. Die Tage mit Liliencron und den Naturalisten sollten endgültig der Vergangenheit angehören, wenn auch ein Großteil seines zukünftigen Schaffens davon geprägt blieben. Sein regelmäßiges Einkommen hatte er nunmehr; viel weniger befriedigte ihn dagegen seine Tagesarbeit, die ihm wenig Muße für sein dichterisches Schaffen ließ. »*Da ich allein in der Redaktion war und einen großen Teil der Berichterstattung selbst zu erledigen hatte, gab es Arbeitstage von acht Uhr morgens bis ein Uhr nachts, dann auch wieder Tage, an denen ich viel für mich arbeiten konnte. Aber im Ganzen waren diese zehn Jahre wenig ergiebig für meine Produktion*«.[25] Immerhin entstanden einige seiner besten Erzählungen u.a. 1895 ›*He will de Ogen todohn*‹[26], 1897 ›*Das Szepter*‹[27] und 1898 ›*Der Holzapfelbaum*‹.[28] Und auch als Lyriker trat er jetzt immer öfter in Erscheinung. Anders als in den Erzählungen, die in ihrer Skizzenhaftigkeit und Natur- und Personenbeschreibungen weiterhin dem Naturalismus verhaftet blieben, wechselte er in der Dichtung meist in das Fach der romantischen Naturlyrik, die Schule seines einstigen Lehrmeisters zeigend.

Als sich 1894 zum 500. Mal die Vereinigung des Amtes Ritzebüttel mit der Hansestadt Hamburg jährte, da brachte sich der neue Redakteur als Mitglied des Festausschusses in die Organisation des Ereignisses ein. Und wirkte Kruse schon als Organisationshelfer mit, was lag näher, als ihn auch in seiner eigentlichen Funktion als Redakteur und Schriftsteller einzubinden. So erschien ein Jahr darauf, 1895, sein ›Gedenkbuch zur Erinnerung an die Jubelfeier der 500-jährigen Vereinigung des Amtes Ritzebüttel mit der Freien und Hansestadt

Hamburg‹. Es war ein Auftragswerk seines Verlegers. Kruse kompilierte, ordnete, stellte zusammen und schrieb Textübergänge. Das hatte nichts mit dichterischer Leistung zu tun, doch es war das erste Mal, dass sein Name im Zusammenhang mit einem Buch genannt wurde: »Zusammengestellt und bearbeitet von Johannes Kruse«. Hier werden die Vorbereitungen und die Ereignisse der Feiertage noch einmal für die Nachwelt festgehalten. Während dieser Zeit lernte er den Marschendichter Hermann Allmers und Hermann Löns kennen.

Zu Beginn des 20. Jahrhunderts schien Iven Kruse dann auch als Schriftsteller, endgültig den Durchbruch geschafft zu haben. 1900 erschien unter seinem richtigen Namen das Werk ›Schwarzbrodesser‹, ein erster wenn auch schmaler Band, der die vergessenen und verstreuten Zeitschriftenabdrucke seiner besten naturalistischen Erzählungen zusammenfasste und erstmals einem größerem Publikum näherbrachte.[29] Kruse geriet mit seinem Werk dabei nicht an einen unbekannten Verleger. Georg Heinrich Meyer, der seinen gleichlautenden Verlag 1895 in Leipzig gegründet hatte, gehört heute zu den legendären Gestalten im Verlagsgeschäft.[30]

Das Rauschen im Blätterwald war gewaltig, gemessen an dem schmalen Bändchen und dem anscheinend unbekannten Autor, da Kruse seinen inzwischen bekannten Künstlernamen abgelegt hatte und die Texte unter seinem Geburtsnamen veröffentlichte. Alle damals namhaften Blätter nahmen Notiz von dem Werk. Ob im ›Kunstwart‹, in ›Velhagen & Klasings Monatsheften‹, in den ›Internationalen Literatur- und Musikberichte‹ oder gar in Maximilian Hardens ›Zukunft‹, sie alle zeigten das Werk an oder rezensierten es. Dabei war sich die Kritik nahezu einig: »Liebe, freundliche, kurzumrissene Skizzen, aus denen uns die Seele des Volkes wie mit großen blauen Augen entgegenschaut. Herrlichkeit und Natürlichkeit sind die Kennzeichen dieser Geschichtchen, die dadurch wirken, dass sie jede erkünstelte Wirkung vermeiden. Und welche Mannigfaltigkeit weisen sie auf!«[31]

Doch die Veröffentlichung stand unter keinem guten Stern. 1903 drohte der Konkurs des Verlages, den Meyer aber abwehren konnte, indem der sein Verlagsgeschäft samt Autoren veräußerte.[32] Kruses Werk übernahm dabei der Verlag Franz Wunder, der 1905 die 2. Auflage herausgab. Honorar gab es wieder nicht: »Wunder behauptete, Meyers Schulden seien noch nicht gedeckt.«[33] Als die neue Auflage unter dem leicht geänderten Titel ›Schwarzbrotesser‹[34] und jetzt wieder unter dem in Literaturkreisen doch besser bekannten Künstlernamen Iven Kruse erschien, waren die Rezensenten sich im positiven Besprechen wieder einig: »Ein stimmungsvolles Büchlein, das weniger kunstvoll aufgebaute Novellen als einfache Skizzen darbietet. Diese aber sind des Lobes durchaus würdig. Die Schilderung von Menschenleid und Menschennot überwiegt zwar, immer aber empfängt der Leser den tröstlichen Eindruck, dass selbst über dem geringsten Dasein ein gerechtes Schicksal waltet [...].«[35] Doch der Verlag wollte mit diesem Werk eigentlich gar nichts zu schaffen haben, nur die ausstehenden Schulden Meyers hereinbekommen. »*Was gingen mich Meyers Schulden an? Ich wollte das Buch nicht mehr in Wunders Händen lassen und kaufte es für 75 M. zurück. So – nach diesem ›Geschäft‹ wollte ich vom Verlegen nichts mehr wissen. Den damals getanen Schwur hab ich bis zur Inflationszeit gehalten, [...].*«[36]

Eines war Kruse immerhin gelungen. Erstmals konnte er aus dem Schatten der inzwischen untergegangenen Naturalisten – zu denen er nur am Rande gehörte – heraustreten. Sein Name tauchte erstmals in den Literaturlexikas auf[37] und in zahlreichen Büchern über Schleswig-Holstein wurde er unter der Rubrik ›Heimische Schriftsteller‹ genannt und in Anthologien fanden sich die Arbeiten unter anderem neben denen eines Detlev v. Liliencron, Johann Hinrich Fehrs, Timm Kröger oder Wilhelm Lobsien.[38]

Doch aufgrund der schlechten Erfahrung und seines zurückhaltenden und mehr als selbstkritischen Wesens, was sein eigenes Schaffen betraf, war Kruses Lust an weiteren Veröffentlichungen von Prosaarbeiten oder gar Büchern verflogen. Unabhängig davon entstanden trotz der journalistischen Tätigkeit, zwar kürzere Prosatexte, vor allem aber Lyrik. Doch über zwanzig Jahre erschien kein neues Buch, dass die verstreut erschienenen Dichtungen für ein größeres Publikum zusammenfasste und auch kaum eine neue Erzählung entstand. Außenstehenden kam es vor, als ob der Dichter und Epiker, der so vielversprechend gestartet war, nach 1905 verstummt wäre.

War Kruse neben seiner Anstellung in Cuxhaven ab 1892 zeitweise auch noch als freier Mitarbeiter für die ›Hamburger Nachrichten‹ tätig, so bot sich ihm 1902 endlich die Chance, wie er es empfand, aus der Provinz herauszukommen. Die ›Hamburger Zeitung‹ stellte den freien Mitarbeiter zunächst als Feuilleton-Redakteur fest an. Damit verbunden war dann auch die Möglichkeit, wieder ein Stückchen näher der geliebten holsteinischen Heimat zu sein: »*Hamburg – Großstadtleben – Hafen – Sie können sich denken was das für mich nach Cuxhaven war. [...] viel auf Reisen: England, Schottland, Island, Skandinavien, Holland; viel in Kopenhagen; viel nach Mittel- und Süddeutschland [...]; viel Gesellschaftsveranstaltungen in Hamburg mitgemacht u. über all das tausende von Feuilletons geschrieben.*«[39] 1904 wurde er, der Volksschüler und Autodidakt, Chefredakteur des Feuilletons und erhielt wenig später die volle Verantwortung für die Zeitungsbeilage ›Literatur‹. Er hatte seinen Weg gemacht, sein Name wurde innerhalb kurzer Zeit über Hamburgs Grenzen bekannt, wenn auch nicht als Schriftsteller und Dichter so doch als Journalist.

Je länger Kruse in der Stadt weilte und die ihn umgebende Welt als immer hektischer voranschreitend empfand, umso mehr setzt er sich als Journalist und Essayist für die Bewahrung der gedankenlosen, von Nützlichkeitsdenken getriebenen Zerstörung der heimischen Landschaft ein. Als 1912 der Chefredakteur des Feuilleton des weit im Deutschen Reich bekannten ›Hamburger Fremdenblatt‹ seinen Posten aufgab, da war es der Verleger, der Iven Kruse die Offerte machte, den bekannten und renommierten Posten zu übernehmen. Kruse nahm das Angebot an, »*[...] weil das Fremdenblatt damals nur einmal täglich erschien und also nicht ganz so angestrengtes Arbeiten verlangte wie die ›Nachrichten‹. [...]*«.[40] Wie schon bei den ›Hamburger Nachrichten‹ so drückte Kruse auch hier dem Blatt in feuilletonistischer Hinsicht seinen Stempel auf, vor allem durch die neu geschaffene Beilage ›Literarische Rundschau‹. – Nur wenigen Personen gewährte er einen Blick in sein Inneres. Johann Hinrich Fehrs, Timm Kröger, Hans Friedrich Blunck zählten aus dieser Zeit zu seinen Bekannten.

Während dieser Zeit fielen dann zwei wesentliche, persönliche Ereignisse: Im Februar 1916 heiratete Kruse Elsa Irma Penckwitt und ein Jahr später wurde mit dem nach Detlev von Liliencron benannten Iven Detlev der erste von zwei Söhnen geboren.[41]

Als 1919 der Verleger Robert Hieronymus die liberaldemokratische ›Kieler Zeitung‹ übernahm, am Beginn der Weimarer Republik die auflagenstärkste Zeitung in Holstein, suchte er zur Aufwertung des Blattes einen versierten Feuilletonredakteur. Und Kruse folgte dem Ruf. Wie zuvor schon an den Hamburger Zeitungen kennengelernt, gründete er in Kiel eine eigene kulturelle Beilage: ›Schleswig-Holstein‹, in der er sich nach vielen Jahren wieder selbst verstärkt als Lyriker in Erinnerung brachte.

1922 war der Grenzstreit mit Dänemark zwar entschieden, Ruhe aber noch nicht eingekehrt. Kruse entschloss sich, ein Zeichen für seine Landsleute an der noch immer heftig befehdeten Grenze zu setzen und folgte erneut einem Angebot. So wechselte er wieder einmal den Arbeitgeber: »*Ruf nach Flensburg. Glänzende Bedingungen, von denen nicht eine gehalten wurde.*« Das Intermezzo bei der aus Berlin finanzierten ›Schleswigsche Grenzpost‹ dauerte nur fünf Monate. Innerhalb dieser Zeit soll sich nach eigenen Angaben sein Haar grau gefärbt haben. Er hatte tief in die Abgründe des Nationalismus blicken dürfen und seine Konsequenzen daraus gezogen: »*... gerade durch den Nationalismus büßen die Nationalkulturen ihre kulturelle Innerlichkeit und ihre Entwicklungskraft ein und verfallen einem Glaubens-*

*wahn, der noch fanatischer werden kann, als der religiöse Glaubens-wahn.«*[42]

Inzwischen schien es so, dass der Dichter Kruse hinter dem Redakteur und Journalisten völlig zurückgetreten sei. Der eigenen Schätzung nach mögen alleine seine tausenden von Feuilletons rund 15 Lexikonbände füllen. Doch die Wirklichkeit sah anders aus: Vor allem in den Zeitschriften nach dem Weltkrieg, an denen er wirkte, lassen sich Gedichte von Kruses Hand finden und neben diesen, entstanden auch novellistische Arbeiten, die aber über den Status des Halbfertigen meist nicht mehr hinausgelangten. Alles Drängen vertrauter Freunde, sie einmal zu vervollkommnen und vereinigt herauszugeben, schienen vergeblich zu sein. Denn Kruse schien immer hier noch einem Satz die letzte Vollendung, dort der Sammlung ein innerlich dazugehöriges, noch nicht ganz ausgereiftes Stück zu fehlen. Und dann waren da ja die schlechten Erfahrungen mit seinem ehemaligen Buchverleger. Was blieb, war die Arbeit in der Redaktion. So war dann vieles dem Tagesgeschäft geschuldet. Doch auch hier zeigt sich immer wieder einmal sein Können. Immer wieder einmal schwang Kruse sich zu der großen Form auf, wie sie ihn schon am Anfang seiner schriftstellerischen Laufbahn auszeichnete. Manch ein Feuilletons, ein Essays, ist zum Teil wie eine kleine Erzählungen durchkomponiert. Aus seinem reichen Wissen sowohl der Historie der Heimat als auch durch umfangreiche Kenntnisse innerhalb der Literatur gestaltete er seine Artikel.

Was die Freunde nicht geschafft hatten, die äußere Notlage machte es möglich. Während der Wochen der Hyperinflation war Kruse ab Herbst 1922 ohne feste Arbeit. Um der finanziellen Notlage zu entkommen entschloss Kruse sich dann doch, sich wieder mit einem Buchverleger einzulassen. So erschien 1923 mit dem Bändchen ›*Zum stillen Unverhofft*‹ eine weitere Sammlung Geschichten aus dem Holsteinischen.[43] Und aufgrund des immerhin passablen Erfolges brachte der neue Verlag noch im selben Jahr die lange vergriffenen und vergessenen ›*Schwarzbrotesser*‹ heraus.[44] Wieder waren die Rezensenten sich in ihrem Lob einig. Im selben Jahr noch begann Kruse schließlich, eine neue Redakteurstätigkeit an der ›Niederdeutschen Rundschau‹ des Karl Wachholtz Verlages in Neumünster, wo er wieder eine neue kulturelle Beilage aus der Taufe hob, die Beilage ›Salz und Brot‹. In dem von ihm betreuten Blatt publizierte er unter eigenem Namen sowie noch unter sechs weiteren Pseudonymen.[45] Zeitweise besteht mehr als die Hälfte der Ausgabe aus der Hand Kruses. Heimatliche Themen drängten jetzt in den Vordergrund. Und so gab er mehr und mehr das Fach des Literaturkritikers auf und vertauschte es mit dem des Kulturkritikers: Sein literarisches sowie auch Lebensmotto war jetzt: »*Was ist der Mensch, seiner Geschichte beraubt? Dasselbe, was ein Mensch ohne Erinnerung und – ohne Stolz und Selbstbewußtsein ist.*«[46] Die Liebe zur Heimat wollte Iven Kruse wecken, aber nicht eine blinde Liebe. Dabei war Gefälligkeit nicht sein Stil. Der Herausgeber der Zeitung ließ dann schon einmal unter Artikel eine Anmerkung setzten: »Auch wenn man nicht alles unterschreibt, was Freund Kruse hier behauptet, liest sich sein Artikel recht interessant.«[47]

Hier beim Wachholtz Verlag fand er dann auch wieder zu sich selbst als Prosadichter zurück. Parallel zu seiner Redakteurstätigkeit beschäftigte er sich mit der schließlich als Buch erschienenen Erzählung ›*Der dritte Bismarck*‹. Das ambitionierte Werk wurde nach rund zweijähriger Vorarbeit im August 1925 veröffentlicht. Vor dem Hintergrund der deutsch-dänischen Frage, vor dem Hintergrund aufkommender Animositäten zwischen linken und rechten Parteigruppierungen – auch die Frage der Landarbeiter-Bewegung der 1920er Jahre fließt mit ein – entfaltete Iven Kruse die Handlung, in dem auch die politischen Strömungen abgebildet sind, wie sie in der instabilen Weimarer Republik, und auch in Holstein anzutreffen war. Fast ausnahmslos orientierte er sich neben der Gestaltung der Örtlichkeiten an soziale und historische Bedingungen seiner unmittelbaren Heimatregion, ordnete sie jedoch so, wie er sie für den Lauf der Handlung und die Anlage der Konflikte benötigte. Diese Veröffentlichung stand wiederum unter keinem guten Stern. Als das Werk im September 1925 erschien, wurde es nur 10 Tage später aufgrund eines Einspruchs verboten und konfisziert. Ein Flensburger Verleger hatte sich bei den von Kruse nur leicht verschlüsselten Personenbeschreibungen unrühmlich genannt gefühlt und das Gericht bemühte. Eine im selben Jahr noch halbherzig und mit Setzfehlern überarbeitete Auflage wurde vom Wachholtz Verlag so gut wie verschwiegen und erreichte keine Aufmerksamkeit. Zwischen Kruse und Karl Wachholtz kam es zum Zerwürfnis. Und so trennten sich zum Ende des Jahres 1925 der Redakteur und sein Verleger. Letzterer hatte überhaupt erst durch Kruses Zureden und dessen geschickter Reklame den Mut gefasst, den Wechsel vom reinen Zeitschriftenverlag zum Aufbau einer Buchsparte zu vollziehen. – Wenige Jahre später, zur Zeit des Nationalsozialismus, stand ›*Der dritte Bismarck*‹ dann wieder auf dem Index der verbotenen Literatur.[48]

Kein weiteres Engagement schloss sich ab Herbst 1925 an, obwohl die allgemeine wirtschaftliche Lage in Deutschland besser wurde und das Anzeigengeschäft der Zeitungen wieder zunahm. Doch als Autor eines konfiszierten Werkes war sein Name im Verlagsgeschäft zu einer Unperson geworden. So versuchte Kruse sich zunächst wieder als freier Schriftsteller durchzuschlagen. Über einen Kontakt zu Johannes Ahlmann, ehemaliger Vorstandsvorsitzende der ›Hollerschen Carlshütte‹, gelang es immerhin, ein Auskommen zu erzielen. Der Auftragsarbeit, eine Chronik der Büdelsdorfer Carlshütte zu verfassen, widmete er sich in den folgenden Monaten mit seinem ganzen Herzen. Dazu siedelte er nach Büdelsdorf über und bezog eine Wohnung auf dem Firmengelände. Alte Akten des Firmenarchivs wurden durchforstet, Beobachtungen in der Gießerei angestellt und Unterlagen aus der Kieler Landesbibliothek besorgt. 600 Manuskriptseiten entstanden bis Ende August 1926. Doch kurz vor Beendigung der Arbeit erkrankte Kruse schwer an einem Magenleiden. Da keine Besserung eintrat, begab er sich ins Krankenhaus. Eine eingeleitete Operation führte nicht zum Erfolg. Wenige Tage später, am 10. September 1926, starb Johannes ›Iven‹ Kruse.[49] Sein Grab befindet sich auf dem Friedhof von Bornhöved, zu dessen Kirchspiel sein Geburtsort gehört.

In einem Nachruf lautet es: »Ein Einsamer aus einer vergangenen Dichtergeneration ragte er in unsere Zeit hinein. Ein Stiller war er, in sich gekehrt, ein echter verschlossener Holsteiner alten Schlages, ein wenig weltfremd und sonderlich dem Zeitalter der Technik gegenüber. Ein Dichter der Stille, ›ein verspäteter Romantiker‹«. Und weiter heißt es: Mit ihm sei »der Letzte der alten Garde um Liliencron gegangen.«[50]

Als unmittelbare Reaktion auf Kruses Wirken wurden in Bornhöved, Büdelsdorf, Hamburg-Lohbrügge und Ruhwinkel Straßen und Wege nach ihm benannt.

*

Die Kaltschnäuzigkeit, als armer Künstler oder Bohémien auf Kosten anderer zu leben, wie etwa ein Detlev v. Liliencron oder Peter Hille, das hatte Kruse nicht. Und andere Schriftsteller? Theodor Storm und Timm Kröger waren Staatsbedienstete, Gustav Frenssen Pastor oder Johann Hinrich Fehrs Schulmeister. Sie alle konnten aus einer gesicherten Position heraus ihrer Kunst nachgehen. Und der ohne weiterführende Schulbildung dastehende ehemalige Dorfschüler Iven Kruse? Er machte das Beste daraus, wenn er auch einen langen und beschwerlichen Weg zu gehen hatte. Er wählte das Auskommen als angelernter Journalist und Redakteur, dabei bewusst den Wunsch, als Dichter zu wirken, zugunsten des Brotberufs zurückstellend. Wenn dann einmal ein Gedicht erschien, gelang es Iven Kruse als Lyriker des Hochdeutschen immer wieder einmal, durchaus Eigenes zu schaffen.

Doch für einen Augenblick gilt Kruse immerhin als Genie; nicht im Hochdeutschen wie sein Freund Liliencron, vielmehr im Niederdeutschen hatte Kruse den einzigartigen Ton getroffen: Als die noch 1889 in Kiel entstandene niederdeutsche Ballade ›*De Schattentog*‹ schließlich 1895 erschien, ging ein Raunen durch das Deutsche Reich. »Selten finden die Jüngstmodernen den echten Balladenton. Aber einen Meisterwurf hat Johannes Kruse [...] gethan. [...] Das Poem ist wie aus Eichenholz geschnitten, kernhaft und markig in jeder Zeile, in Sprache und Charakteristik.«[51] Hier kam jemand daher, der das Niederdeutsche nicht auf schenkelklopfende ›Läuschen und Riemels‹ wie Fitz Reuter beschränkte oder zart und weich wie Klaus Groth anklopfte, hier wurde es hintergründig, geister- und schicksalhaft. Als Detlev von Liliencron sie erstmals zu Gesicht bekam, soll er ihm sogleich den Titel angeheftet haben: Wiederbeleber der niederdeutschen Ballade; und selbst Klaus Groth soll anerkennende Worte gefunden haben. Bis heute gilt sie als eine der großartigsten Balladen des Niederdeutschen. Hier hatte ein Meister sein Metier gefunden. Wenn Kruse als Erzähler auch nahezu verstummte, als Lyriker gab er sich doch immer wieder einmal zu erkennen. Und hier waren es dann vor allem seine Balladen, die »eine solche Meisterschaft in der Handhabung der plattdeutschen Sprache bewiesen, dass diese verstreuten Gaben ganze Bibliotheken mittelmäßiger plattdeutscher Dichter aufwiegen.«[52] Doch die plattdeutsche Sprache, die sich auf dem Rückzug befand, ließ es nicht mehr recht zu, sich damit einen großen Namen zu erschreiben. Die Zeiten Groths und Reuters hatten sich geändert. Und so erhielten später weitere niederdeutsche Gedichte und Balladen nicht mehr die gebührende Beachtung, obwohl auch ihnen das klassische Maß zugebilligt werden muss.

Welcher Norddeutsche kennt nicht das Liebeslied ›Dat du min Leevsten büst‹. Dieses ursprünglich hochdeutsche, seit dem 19. Jahrhundert auch im Plattdeutschen bekannte Volkslied bestand ursprünglich aus drei Strophen. Weite Verbreitung erreichte das Lied Anfang des 20. Jahrhundert durch Liederbücher der Wandervogel- und Jugendbewegung. Besondere Beachtung erhielt es aber erst ab 1925, als in einem Hamburger Jugendliederheft das Lied mit einer um zwei auf fünf Strophen erweiterten Fassung erschien, die erstmals auch auf »den Morgen danach« eingeht. Der Autor, Iven Kruse, hatte wohl gemerkt, dass dem Ganzen zur Abrundung noch etwas fehlte.[53]

*

Kruse kann nicht verleugnen, das seine literarischen Wurzeln auch und nicht zuletzt im Naturalismus und Neurealismus stecken. Die Handlung gegenüber dem beschreibenden Element trat in den Hintergrund. Alles dies gilt auch für die Arbeiten Kruses. Seine impressionistischen Momentaufnahmen, stimmungsvoll, schnörkellos und atmosphärisch verdichtet, mit zum Teil plattdeutschen Dialogen, geben einen unromantischen Einblick in eine untergegangene Epoche des Dorflebens am Ende des 19. Jh. Somit unterscheidet Kruse sich von zahlreichen seiner späteren Kollegen. Seine Erzählungen sind nicht der üblichen Heimat- und Trivialliteratur zuzusprechen.

Was kann man sich darunter vorstellen, wenn es da lautet: »Wirkliches Leben aus Holsteins Moor und Heide schildert auch stimmungsvoll Iven Kruse«.[54] Was bedeutet »wirkliches Leben«? Wer mit der Biographie und der Heimat Kruses vertraut ist, stößt bald darauf, wie intensiv er aus seinem eigenen Leben und Umfeld schöpfte, wie sein eigener Erfahrungsschatz bis zuletzt in seinem Schaffen von wesentlicher Bedeutung war. Sehr gut lässt sich dabei die Arbeitsweise eines Dichters verfolgen, wie er Dinge der Realität nachbildet, sie aber gleichzeitig verfremdet.

Da tauchen Namensanalogien auf wie in der Erzählung ›Adam und Eva‹, dessen Handlung auf einem imaginären Bauernhof namens »Ellerstrücken«[55] verortet ist. Nicht weit von Wankendorf entfernt, in der Nachbargemeinde Stolpe findet sich ein Bauernhof gleichen Namens. Ähnlich verhällt es sich, wenn in der Erzählung ›Der Heiltrank‹ eine einsame Kate Namens »Nachtschatten«[56] auftaucht. Dieser Ort befindet sich in der Realität auf dem Weg zwischen Dieckhof und Kalübber Holz. Oder es werden einfach Namen vom Hochdeutschen ins Plattdeutsche verfremdet: Wenn in der späten epischen Erzählung ›Der dritte Bismarck‹ ein Organist »Siedentopp« auftritt, so ist das nicht weit hergeholt. Zwar nicht Organist aber Leiter des Wankendorfer Gesangvereins Anfang des 20. Jh. war ein Herr »Siedentopf«. Doch über diese kleinen Analogien zwischen Dichtung und Wahrheit hinaus, gibt es ganze Erzählstränge, die in Kruses unmittelbarer Heimat spielen.

In der Erzählung ›Homer am Ziegelofen‹, wird die Handlung um die alte Ziegelei des imaginären »Fredenkamp« herum entwickelt. »Sie lag unmittelbar hinter dem Dorf, in einer durch die ununterbrochen Jahrhunderte hindurch betriebene Lehmförderung immer mehr vertieften gelben Niederung, über die sich die langen niedrigen Lufttrockenscheunen hinzogen und in deren Mitte sich das Göpelwerk der primitiven Lehmmühle und die Wasserflächen der Formstellen befanden.«[57] Und genau so sah die Ziegelei in Ruhwinkel aus, Kruses Geburtsort, die für zahlreiche Bauten der umliegenden Dörfer im 19. Jh. die roten Ziegel lieferte. Die Transformation von Ruhwinkel, dem »ruhigen Winkel« der eigenen Kindheit, in ein erwünschtes und von ihm bei seinen Rückzügen aus den Städten immer wieder so empfundenes »Friedensgelände« wie »Fredenkamp« spricht für sich. Übrigens taucht der Ort »Fredenkamp« immer wieder auf, so auch in der Erzählung ›Nach Rom –?‹. Der Protagonist besucht in dieser Geschichte u.a. ein Hünengrab, den »Köhnshügel, [...]. Oben sollte nämlich *einer der Sagenkönige gehalten haben auf seinem Roß, um die Schlacht zu leiten.*«[58] Und das ist dann der ›Köngsbarg‹ oder ›Königshügel‹ einige hundert Meter westlich von Bornhöved, und ebenso viel südlich von Gut Schönböken gelegen. Von der Kuppe dieses steinzeitlichen Hünengrabes soll der Dänenkönig Waldemar II. am 22. Juli 1227 seine im Kampf gegen die Holsten unter Graf Alf unterlegenen Krieger geleitet haben. Doch über diese und weitere kleineren Analogien hinaus gibt es auch bedeutendere Parallelen zwischen Literatur und Realität zu entdecken.

Eine seiner naturalistischen Erzählung lässt sich ebenfalls leicht verorten: ›*Knääp. Studien aus einem ostholsteinischen Tagelöhnerdorf*‹, beginnt in einer Tagelöhnerkate in »*Kattholt [...] in der grasigen Auniederung unter den alten, sturmfesten Eichen, die sich weiterhin wie gehorsame alte Wachsoldaten zu einer regelrechten Allee zusammenschlossen, durch die gebietend das weiße Herrenhaus des Gutes herabsah.*«[59] Nun nennt sich die Flur auf dem die Arbeiterkaten des Gutes Perdoel standen eben ›Kattholt‹. Bei der nahe vorbeifließenden Au handelt es sich um die alte Schwentine und das genannte Herrenhaus ist jene von Christian Frederik Hansen 1796–1800 errichtete dreiflügelige Residenz.[60] Doch das ist nur der flüchtige Einstieg in die Handlung. Eine der Protagonistin ist mit einem Mann verheiratet, der dem Trunk ergeben ist. Eines Abends begibt sie sich wieder einmal auf die Suche nach ihm in den Nachbarort:

»*[...] Endlich tauchten aus dem mißfarbigen Nebel die Bahnhofslaternen deutlicher hervor, deren Flammen in ihren Glashäuschen mit einem rötlich-gelben Dunstkreis umgeben waren. Im Vordergrunde, hart am Wege, lag ein massives, fensterloses und ganz dunkles Steingebäude – der neu errichtete Getreidespeicher des Herrn Gastwirts und Getreidehändlers Grotkopp; etwas weiter an der anderen Seite trat wie ein Palast das große Wohnhaus des Bahnhofsgranden hervor.*

*Die Frau stand neben dem Speicher still und schaute nach dem Gasthaus hinüber, aus dessen Fensterreihe zu ebener Erde anheimelnd helles Licht schien. Als armer Musikant sollte dieser Grotkopp hierher gekommen sein; er hatte den Wert des damals neu eröffneten Bahnhofs für einen anschlägigen Kopf – den hatte er und noch heute war sein stehendes Wort ›'n anschlägschen Kopp is beter as 'n lerrige Geldknipp‹ – sofort begriffen und zunächst eine Hökerei und eine Wirtschaft eröffnet. Jetzt war er – wenigstens für die Begriffe der Tagelöhner – ein ›schwerreicher Kerl‹. [...]*«[61]

Diese Stelle ist mit Bedacht geschildert. In Wankendorf, Nachbarort von Perdoel/*Kattholt*, beginnt die moderne Zeit 1868, im Jahr der Inbetriebnahme der Bahnstrecke Neumünster-Ascheberg-Neustadt.

Und wie in der Erzählung gab es einen »*anschlägigen Kopf*«, der aber nicht erst zuwandern musste, sondern eine Bauernstelle in der Dorfstraße betrieb. Die Rede ist von dem Halbhufner Hans Hinrich Schlüter, der in Wankendorf eine Gastwirtschaft nebst Kramladen und Kornhandel am Bahnhof errichtete.[62] Als Geschäftsmann hatte er die Zeichen der Zeit erkannt. Zusammen mit seinem nicht minder kaufmännisch begabten Sohn, der den Betrieb später um eine Mühle und ein Hotel erweiterte, gerät er in der Erzählung zur Figur des »*Cassen Grotkopp*«. So sind manche von Kruses Geschichten immer wieder durchwebt mit Personen und Örtlichkeiten der Realität. Und wenn man die heimische Geschichte der Region kennt, ist es nicht schwer, Fiktion und Fakten aufeinander zu beziehen. – Dazu ist zu wissen, dass die Erstabdrucke der Erzählungen in Zeitschriften erschienen, die kaum im Heimatort und in den Dörfern der Umgebung verbreitet waren. Kruse musste demnach nicht unbedingt damit rechnen, dass sich jemand erkannte oder bloßgestellt fühlte.

Und wie Kruse in vielen seiner frühen Erzählungen Heimatliches – ja, auch eigene Erfahrungen – anklingen ließ, so ist es vor allem die 1925 erschienene epische Erzählung ›*Der dritte Bismarck*‹, die zu Anfang der Weimarer Republik in seiner Heimatregion im Dreieck Wankendorf, Altekoppel, Bornhöved spielt. Auf den ersten Blick scheint es allerdings, als handelt es sich bei dem Schauplatz um ein holsteinisches Nirgendwo. Doch schon der zweite Blick belegt, dass Kruse ganz aus dem Reservoir der Regionalgeschichte schöpft. Das Werk steckt in dieser Hinsicht voller Anspielungen. Und hier zeigt sich, dass ein Literaturforscher auch immer ein gehöriges Maß an Wissen über den Autor und sein Umfeld besitzen sollte, dass er die Geschichte der Region, in der ein Werk verortet ist, kennen muss, um alle ausgelegten Fäden aufnehmen zu können.

Ob Iven Kruse nun in Cuxhaven, Hamburg, Kiel oder Neumünster arbeitete, immer blieb die Verbundenheit mit seiner Heimat. Zahlreiche Wochenenden und Urlaubstage verbrachte er in Ruhwinkel und unternahm von dort Ausflüge in die Umgebung oder besuchte Bekannte. So verwundert sein enges Vertrautsein mit der Geschichte seiner Heimat nicht, mit der Geschichte der Güter und Dorfschaften, mit Personen und mit den politischen Strömungen. Kalaidoskopartig mischte er Menschen und Begebenheiten der Realität bunt durcheinander und schaffte daraus etwas Eigenes.

*

Die zahlreichen Essays Kruses, die sich mit der Natur beschäftigen, mit Schmetterlingen, mit selten gewordenen Büschen und Bäumen, sie sind nach wie vor aktuell und auch hier greift er wieder, wie schon in den Erzählungen, auf seine unmittelbare Heimat zurück, so u.a. in dem im Dezember 1911 entstandenen und mehrfach gedruckten Aufsatz ›Knicks. *Offener Brief an einen holsteinischen Landrat*‹, der auf die großen Rodungsaktionen auf den Ländereien des an seinem Geburtsort Ruhwinkel angrenzenden Gutes Perdoel anspielt.

Zahlreich sind die Artikel, in denen Kruse sich mit der damals schon in weiten Teilen untergegangenen dörflichen Kultur beschäftigt, mit dem dörflichen Leben, wie er es noch in seiner Jugend erlebt hatte. Sie lassen uns heute einen unmittelbarer Blick in die Geschichte tätigen, auf eine untergegangene Epoche, die Dank Kruse dann aber doch nicht ins Nichts versunken ist und uns heute plastisch vor Augen führt, was einmal war. Und wieder wird auf eigenes Erleben zurückgegriffen, so u.a. in ›*Nijahrskoken*‹.

Das epische und lyrische Werk Iven Kruses, das er uns hinterlassen hat, ist nur ein Schmales geblieben, das aber durchaus beachtenswert und von eigener Art. Unabhängig vom literarischen Wert steckt es darüber hinaus noch voller historischer und biographischer Anspielungen aus seinem Leben, seinem Lebensumfeld, aus seiner Heimat, die hier nur kurz angedeutet werden konnten. Viele reale Personen und Begebenheiten finden sich in der Fiktion gespiegelt wieder. Bis zum Ende seines Schaffens ist erkennbar, dass Kruse seinen eigenen Erfahrungsschatz aus der unmittelbaren Heimat, ob in Essays oder als Dichter, vor den Augen der Leser ausbreitete.

\*

Der Dank gilt Dr. Kornelia Küchmeister (Landesbibliothek Kiel), Marion Sommer (Staats- u. Universitätsbibliothek Hamburg) und Harald Timmermann (Bornhöved) für die Bereitstellung von Unterlagen, Wolfgang Sämmer (Universitätsbibliothek Würzburg) für die Besorgung von Abdrucken, Prof. Horst Kruse (Münster) für ergänzende Informationen und Hermann Wiedenroth im ›Bücherhaus‹ in Bargfeld b. Celle für die Nutzung der umfangreichen Handbibliothek.

\*

ANMERKUNGEN

[1] Laut Taufregister der Bornhöveder Kirche.

[2] ›Salz und Brot‹ (Beilage der ›Niederdeutschen Rundschau‹). 4.Jg. Nr.44, Neumünster 31.10.1926.

[3] Iven Kruse: *Selbstbiographie*. In: Meerumschlungen. Ein literarisches Heimatbuch für Schleswig-Holstein, Hamburg und Lübeck. Hrsg. Richard Dose. Hamburg 1907, S.271.

[4] Biographische Skizze. Manuskript o.D. [ca.1925], Landesbibliothek Kiel.

[5] Iven Kruse: *Ein niederdeutscher Volksdichter.* ›Weserzeitung‹, 22. u. 23.4.1887.

[6] Iven Kruse: *Selbstbiographie*. In: Richard Dose (Hrsg.): Meerumschlungen. Ein literarisches Heimatbuch für Schleswig-Holstein, Hamburg und Lübeck. Hamburg 1907, S.271.

[7] Neben der ›Gartenlaube‹ eine der führenden Unterhaltungszeitschriften des Deutschen Reiches. Eine Durchsicht der Inhaltsverzeichnisse ab Gründung 1880 bis 1890 ergab keinen Hinweis auf Veröffentlichungen Kruses. Möglich sind aber anonyme Veröffentlichungen z.B. innerhalb der Rubrik ›Plauderecke‹ von der Art eines Textes wie:»Vom Ukleisee in Holstein« (›Deutsches Familienblatt‹ 1881, S.559)

[8] z.B. Joh. Kruse: *Der Dichter des ›Immensee‹*. ›Literarisches Centralblatt für Deutschland‹, Leipzig 1886. Der gleiche Artikel auch in: ›Allgemeine Zeitung‹, München, 6.9.1886. – *Die Hexe. Ein Kapitel aus dem Volksaberglauben*. In: ›Der Salon für Literatur, Kunst und Gesellschaft‹. Rendnitz b. Leipzig 1886, S.450ff. – Johannes Kruse: *Ein niederdeutscher Volksdichter*. ›Weser-Zeitung‹. Nr.14489. Bremen, 22 u. 23.4.1887. – Johannes Kruse: *Maienfahrt zu einem Dichter*. ›Hamburger Fremdenblatt‹. Hamburg Juni 1889. – Johannes Kruse: *Zu Theodor Fontanes siebzigstem Geburtstag*. ›Allgemeine Zeitung‹. Nr.362, München 30.12.1889, S.1f.

[9] An Gustav Frenssen 12.12.1902. SHLB Kiel, Nachlass Frenssen.

[10] Johannes Kruse *Weihnacht*. Erschien innerhalb des Bandes ›Rigascher Almanach für 1887‹. Riga 1887, S.31. – Erneut wurde das Gedicht, diesmal unter dem Namen Iven Kruse und in etwas veränderter Form innerhalb der Schrift ›Niedersachsen‹ (1.Jg. Nr.6, 15. Dezember 1895) veröffentlicht.

[11] An Detlev von Liliencron 29.9.1889, SUB Hamburg, Nachlass Liliencron.

[12] Wie Anm. 4.

[13] Klaus Johann Groth (*Heide 24.4.1819 †Kiel 1.6.1899); Lehrer, Privatdozent und Professor. Groth gilt als bedeutendster niederdeutscher Lyriker. Er führte das Plattdeutsche als Literatursprache ein und gilt damit als Begründer der niederdeutschen Mundartdichtung. Abdruck nach einer Abschrift von Iven Kruse.

[14] Volker Griese: Detlev von Liliencron. Chronik eines Dichterlebens. Münster 2009, S.134.

[15] Detlev von Liliencron an Theobald Nöthig, o.D. [Anfang Juni]. In: Jean Royer (Hrsg.): Detlev von Liliencron und Theobald Nöthig. Briefwechsel 1884–1909. Bd.1. Herzberg 1985, S.346.

[16] u.A. 7.–8.4.1889, 19.5. und acht Tage zwischen Ende August und Anfang September; gemäß Korrespondenz im Nachlass Liliencron. Staats- und Universitätsbibliothek Hamburg.

[17] Iven Kruse an Detlev von Liliencron 10.5.1889, Briefnachlass Liliencron, Staats- und Universitätsbibliothek Hamburg.

[18] Die Geschichte wurde wohl wegen ihrer sozialkritischen Tendenz von Kruse erst Jahrzehnte später in den zweiten Erzählband *Zum stillen Unverhofft* (Bremen o.J. [1923]) aufgenommen.

[19] Biographische Skizze. Manuskript o.D. [ca.1925], Landesbibliothek Kiel.

[20] Iven Kruse: *Ein Maitag* ... . ›Freie Bühne für modernes Leben‹. 1. Jg. Berlin 29.1.1890, S.599. – Iven Kruse: *Die Gekreuzigte*. In: ›Moderne Dichtung. Monatsschrift für Literatur und Kritik‹. Brünn, Leipzig, Wien [ca. März] 1890, S. 101ff. Ein weiterer Abdruck erfolgte in: ›Sphinx. Monatsschrift für Seelen- und Geistesleben. Organ der Theosophischen Vereinigung‹. Hrsg. von Hübbe-Schleiden. Braunschweig 1892, 7.Jg. 15.Bd. [Dezember] S.150ff. – *Christus*. In: ›Moderne Dichtung. Monatsschrift für Literatur und Kritik‹. Brünn, Leipzig, Wien Bd.5 Mai 1890, S. 291ff.

[21] Iven Kruse an Otto Julius Bierbaum, 19.9.1890. Original: SUB Hamburg, Nachlass Liliencron, Sign. 157b.

[22] Biographische Skizze. Manuskript o.D. [ca.1925], Landesbibliothek Kiel.

[23] Ebd. – Es erschienen: Iven Kruse: *Die violetten Handschuhe*. In: ›Moderne Rundschau‹. Hrsg. Leopold Weiß, Wien 1891, S.344f. – Iven Kruse: *Gedichtentwürfe I–III*. In: ›Moderne Rundschau‹. Hrsg. Leopold Weiß, Wien 1891, S.154ff.

[24] ›Das Magazin für Litteratur‹. 60.Jg., Nr.46. 14.11.1891, S.736. – Bei dem Gedicht ›*Abschied*‹ handelt es sich um das Werk *Ein Maitag* ... . ›Freie Bühne für modernes Leben‹. 1. Jg. Berlin 29.1.1890, S.599.

[25] Wie Anm. 3.

[26] ›Niedersachsen‹, Nr.6, 15.12.1895, S.84ff.

[27] ›Niedersachsen‹, Nr.24, 15.9.1897, S.372.

[28] S. Matthes: »Nun sieh dich in der Heimat um«. Heimat und Kultur zwischen Elbe und Weser. Jg. 8. Nr. 3 1989, S.2.

[29] Iven Kruse: *Schwarzbrodesser. Holsteinische Gestalten und Geschichten*. Berlin u. Leipzig 1900.

[30] Birgit Kuhbandner: Unternehmer zwischen Markt und Moderne. Verleger und die zeitgenössische deutschsprachige Literatur an der Schwelle zum 20. Jahrhundert. Mainzer Studien zur Buchwissenschaft 17. Wiesbaden 2008, S.253.

[31] ›Internationale Literatur- und Musikberichte‹. Leipzig 1901, S.62.

[32] Georg Heinrich Meyers große Zeit kam ab 1914, als er als Prokurist des Kurt-Wolff-Verlags den Verlag zu ungeahnten Erfolgen führte.

[33] Biographische Skizze. Manuskript o.D. [ca.1925], Landesbibliothek Kiel.

[34] Iven Kruse: *Schwarzbrotesser. Holsteinische Gestalten und Geschichten*. Berlin o.J. [1905].

[35] ›Blätter für Volksbibliotheken und Leshallen‹. Bd.7. Wiesbaden 1906, S.180. / weitere Besprechungen u.a.: Eckart, Bd.1. Berlin 1907, S.327. od.: Deutsche Literaturzeitung. Für Kritik der internationalen Wissenschaft. Berlin 1908, S.242.

[36] Biographische Skizze. Manuskript o.D. [ca.1925], Landesbibliothek Kiel.

[37] u.a. Adolf Bartels: Geschichte der deutschen Literatur. Bd. 2. Leipzig 1905, S.36. – Kürschners Deutscher Literatur-Kalender auf das Jahr 1909. Hrsg. Dr. Heinrich Klenz. Leipzig o.J. [1909], S.910. – Rudolf Eckart: Handbuch zur Geschichte der plattdeutschen Literatur. Bremen 1911, S.311.

[38] z.B. in: Richard Dohse (Hrsg.): Meerumschlungen. Ein literarisches Lesebuch für Schleswig-Holstein, Hamburg und Lübeck. Hamburg 1907. / Jacob Bödewadt

(Hrsg.): Zwischen zwei Meeren. 25 Dichter der Nordmark. Ein niederdeutsches Dichterbuch. Braunschweig 1920.

[39] Biographische Skizze. Manuskript o.D. [ca.1925], Landesbibliothek Kiel.

[40] Ebd.

[41] Harald Timmermann: Iven Kruse. In: Biographisches Lexikon für Schleswig-Holstein und Lübeck. Hrsg. Schleswig-Holsteinische Landesbibliothek. Neumünster 2000, S.215. – Iven Detlev *5.12.1912 Blankenese †1.6.1991 Bremen, begraben auf der Grabstelle seines Vaters. Vom Sohn Kai ist weiteres nicht bekannt.

[42] Iven Kruse: Zwei Städte. In ›Niederdeutsche Rundschau‹. Nr. 28. 12.7.1925, Titelseite.

[43] Iven Kruse: *Zum stillen Unverhofft und andere Geschichten.* Bremen o.J. [1923].

[44] Iven Kruse: *Schwarzbrotesser. Holsteinische Gestalten und Geschichten.* 3. Aufl. Bremen o.J. [1923].

[45] Mitteilung durch Prof. Dr. Horst Kruse an Verfasser, 21.10.1998.

[46] ›Schleswig-Holstein‹. Kiel 5.4.1919

[47] u.a. Iven Kruse: *Bauernreligion.* In: ›Niederdeutschen Rundschau‹ . Neumünster 18.10.1925, S.22.

[48] Gemäß: »Liste des schädlichen und unerwünschten Schrifttums«, 1938. – Mehr als einmal lässt Kruse in der Erzählung erkennen, dass er in erster Linie Schleswig-Holsteiner und Föderalist ist. Das eine wie das andere Extrem, Links- wie Rechtsradikalismus, war ihm zuwider. Wie lautet eine Stelle im Roman: »*Er sah die Pöbelherrschaft voraus, die wir seitdem ertragen müssen. Er sah die Reaktion voraus, die sie hervorrufen würde, und die sich jetzt anzukünden scheint. Aber geistlos, wie die Pöbelherrschaft, würde auch sie sein; davor gilt es sich jetzt zu hüten!*«

[49] Die Firmenschrift ›Carlshütte Rendsburg. Ein Jahrhundertbuch der Holler'schen Carlshütte bei Rendsburg insbesondere ein Lebensbild des Gründers Markus Hartwig Holler.‹ erschien pünktlich zum 100-jährigen Firmenjubiläum 1927.

[50] Hans Ehrke. Iven Kruse †. In: ›Niederdeutsche Rundschau‹, Neumünster 19.9.1926, S.24.

[51] Alfred Biese: Lyrische Dichtung und neuere deutsche Lyriker. Leipzig 1896, S.257. – Das Gedicht selbst erschien in: ›Niedersachsen‹. Nr.3, 1.11.1895, Titelseite.

[52] ›Eckart. Ein deutsches Literaturblatt. Deutsche Zentralstelle zur Förderung der Volks- und Jugendlektüre‹. Berlin 1907.

[53] Max Laudan (Hrsg.): Hamburger Jugendlieder. 2. Heft. Nestlieder. Hamburg-Hammerbrook 1925, S.24.

[54] Louis Lasser: Die deutsche Dorfdichtung von ihren Anfängen bis zur Gegenwart. Salzungen 1907.

[55] Iven Kruse: *Adam und Eva.* In: ›Niederdeutschen Rundschau‹, Beilage ›Salz und Brot‹. April 1925, 3.Jg. Nr.15. (Wiederabdruck in: Iven Kruse: Salz und Brot. Hrsg. Volker Griese und Harald Timmermann. Neumünster 1998, S.10).

[56] Iven Kruse: *Der Heiltrank.* In: ›Schwarzbrotesser. Holsteinische Gestalten und

Geschichten‹. Berlin o.J. [1905], S.119. (Wiederabdruck in: Iven Kruse: Salz und Brot. Hrsg. Volker Griese und Harald Timmermann. Neumünster 1998, S.88).

57 Iven Kruse: *Homer am Ziegelofen.* In: *Zum Stillen unverhofft und andere Geschichten.* Bremen [1923], S.72. (Wiederabdruck in: Iven Kruse: Salz und Brot. Hrsg. Volker Griese und Harald Timmermann. Neumünster 1998, S.110ff.).

58 Iven Kruse: *Nach Rom –?.* In: *Schwarzbrotesser.* Bremen [1923], S.34. (Wiederabdruck in: Iven Kruse: Salz und Brot. Hrsg. Volker Griese und Harald Timmermann. Neumünster 1998, S.124ff.).

59 Iven Kruse: *Knääp. Studien aus einem ostholsteinischen Tagelöhnerdorf.* In: *Zum stillen Unverhofft.* Bremen o.J. [1923], S.52. (Wiederabdruck in: Iven Kruse: Salz und Brot. Hrsg. Volker Griese und Harald Timmermann. Neumünster 1998, S.45ff.).

60 Dr. Deert Lafrenz: Christian Frederik Hansens Bautätigkeit im Kreis Plön. ›Jahrbuch für Heimatkunde im Kreis Plön‹. o.O. 1995, Teil I. Nr.25, S. 5–28. bzw. Teil II. o.O. 1997, Nr.27, S. 17–39.

61 wie Anm.59, S.61f.

62 Einer der Söhne, August Christian Dietrich Schlüter, führte die im Ort gelegene Hufenstelle (Dorfstraße Nr. 14) weiter. 1876 gliederte er dem Bauernhof eine Gastwirtschaft an, die noch heute besteht.

# NACHWEIS DER TEXTGRUNDLAGEN

Stillschweigend verbessert wurden offensichtliche Fehler und der von Iven Kruse recht häufige und uneinheitliche Gebrauch von Auslassungszeichen [...] statt eines Gedankenstriches. Kruses Auslassen des Kommas zwischen Hauptsätzen und zwischen Adjektiven, die als gleichwertige Attribute gebraucht werden, wurde beibehalten.

### ERSTE SCHRITTE

*Christus.*: ›Moderne Dichtung. Monatsschrift für Literatur und Kritik‹. Brünn, Leipzig, Wien, Mai 1890.

*Die violetten Handschuhe.* ›Moderne Rundschau‹. Wien, März 1891.

*Die Gekreuzigte.* ›Modernes Leben. Ein Sammelbuch der Münchner Modernen‹. München 1891.

### ERZÄHLUNGEN

*Holsteinische Julilandschaft:* ›Niederdeutsche Rundschau‹, Neumünster 19. 7. 1925.

*He will de Ogen todohn | Nach Rom –? | Die Ringelnatter Die Kreuzotter | Der liebe Gott | Der Holzapfelbaum | Feigheit –? | Das Zepter*: ›Schwarzbrotesser. Holsteinische Gestalten und Geschichten‹, Bremen o.J. [1924]

*Es ist worden kühl und spät:* ›Niederdeutschen Rundschau‹, Neumünster 29.11.1925.

*Adam und Eva:* ›Salz und Brot‹, Beilage der ›Niederdeutschen Rundschau‹, Neumünster April 1925.

*Käpt'n Adebar:* ›De Plattdütsche Klock‹, Beilage der ›Niederdeutschen Rundschau‹, Neumünster 8.2.1925.

*Zum stillen Unverhofft | Der Heiltrank | Die Kohlen | Knääp | Homer am Ziegelofen*: ›Zum stillen Unverhofft und andere Geschichten, Bremen o.J. [1924]

### BETRACHTUNGEN

*Knicks*: ›Der Vortrupp. Halbmonatsschrift für das Deutschtum unserer Zeit‹, Hamburg u. Berlin März 1912.

*Erntezeit jetzt und früher | Die alte Linde | Der Märchenvogel | Schmetterlinge | Die Eibe | Woher kommen die Künstler? | Tutankhamen*: ›Salz und Brot‹, Beilage der ›Niederdeutschen Rundschau‹, Neumünster 1923ff.

*Die Frühlingswiese | Hand oder Maschine | Der Earl von Clancarty | Das grüne Stäbchen | Vun den Matterjalismus un so 'n Kram*: ›Niederdeutsche Rundschau‹, Neumünster 1924ff.

*Nijahrskoken*:›Schleswig-Holstein‹, Beilage der ›Kieler Zeitung‹, Kiel 1920.

<small>GEDICHTE UND BALLADEN</small>

*Ich bedarf der Mädchen | Un güng se abends na den Sood | Dor achter in de Blangendöer | Hannes Lichtfoot | Ich liebe dich nicht mehr | Bet de Hahn vun'n Karktorn kreiht | De Schattentog | Der ewige Ton | Heihüpper speelt sin Vigelin | Dat Dörp | Dat Glück*: ›Iven Kruse. Platt- un hochdütsche Lyrik ut de nalaten un verstreuten Schriften‹. Hrsg. Harald Timmermann. Bornhöved 1981.

*Mauvefarben | Schön-Elschen – Faslabend | Auf der Bornhöveder Heide | De Organist von Bovenau | De Wichelboom | Kai Wittorp | Der Schmied | Dodenvolk*: ›Iven Kruse. Hoch- und Niederdeutsche Balladen‹. Hrsg. Harald Timmermann. Bornhöved 1996.

*Erster Kuckucksruf | Die Amsel ruft den Frühling | Der alte Kirschbaum blüht wieder | In der Frühe | Die Haselschlucht | Letzter sonniger Oktobertag | Die fremde Stadt*: ›Brocken und Krumen. Betrachtungen. Gedichte. Briefe.‹ Hrsg. Volker Griese. Wankendorf 2000.

*De Heid | Moderspraak*: ›Dodenvolk. Vertellns un Riemels‹. Hrsg. Volker Griese. Wankendorf 1999.

*Früher Frühlingstag*: ›Niedersachsen‹, Bremen 1899.